Crimes à Denver

NORA ROBERTS

Crimes à Denver

BEST SELLERS

éditions Harlequin

Cet ouvrage a été publié en langue anglaise
sous le titre :
NIGHT TALES

Première partie : NIGHT SMOKE
Deuxième partie : NIGHT SHIELD

Traduction française de
FABRICE CANEPA

HARLEQUIN®

est une marque déposée du Groupe Harlequin
et Best-Sellers® est une marque déposée d'Harlequin S.A.

Photo de couverture :
© NEIL EMMERSON / GETTY IMAGES

83-85, boulevard Vincent-Auriol, 75013 PARIS — Tél. : 01 42 16 63 63
Service Lectrices — Tél. : 01 45 82 47 47
ISBN 978-2-2800-8761-2 — ISSN 1248-511X

PREMIÈRE PARTIE

La loi du danger

Prologue

De toutes les découvertes faites par l'Homme, le feu était probablement la plus fascinante et la plus ambiguë. Il pouvait purifier ou détruire. Sa chaleur était source de vie mais il pouvait aussi provoquer la mort dans d'atroces souffrances. Le feu était source de vénération et de crainte depuis des milliers d'années parce qu'au fond, il était synonyme de pouvoir.

C'était peut-être pour cette raison qu'il le troublait à ce point. Depuis l'enfance, il avait été inexplicablement attiré par les flammes. Combien de fois lui avait-on répété de ne pas jouer avec des allumettes ? Mais il connaissait chaque expression du feu, chacun de ses visages… Et il les aimait.

Il y avait le feu qui brûlait dans les cheminées, le feu rassurant et réconfortant, devant lequel les anciens réchauffaient leurs vieux os, celui que contemplaient rêveusement les amants enlacés. Il y avait le feu de camp qui parlait d'aventure et de nuits étoilées, un feu auprès duquel s'échangeaient des histoires aussi vieilles que lui. Il y avait les feux des SDF, autour desquels se massaient les déshérités, les laissés-pour-compte. Des feux à l'odeur d'ordure dans de grands barils de métal. Des feux qui faisaient parfois la différence entre la vie et la mort, lorsque le froid s'acharnait contre les corps recroquevillés dans les ruelles insalubres.

Et puis, il y avait les incendies. Ces odes brillantes aux dieux tout-puissants qui rappelaient parfois aux hommes trop fiers que jamais ils ne contrôleraient le feu. Il suffisait de si peu : une cigarette mal éteinte jetée dans une poubelle, un fer à repasser ou une bougie oubliée, un drap négligemment jeté sur un radiateur, un éclair parfois…

Le feu brûlait au hasard, sans distinction de classe. En son sein se consumaient indifféremment les objets les plus précieux et les ordures, les maisons somptueuses et les taudis, les hommes de toutes races et de tous milieux. Comme Dieu, le feu frappait d'une main aveugle. Comme lui il pouvait détruire ou protéger. Comme lui, il était la vie et la mort, l'alpha et l'oméga. Maîtriser le feu, c'était devenir l'égal de Dieu.

Et lui, il maîtrisait le feu.

Une fois à l'intérieur du bâtiment, il observa attentivement la disposition des lieux. Une fois de plus, tout était simple, lumineux et terriblement excitant. Il savait exactement ce qu'il devait faire et cette sensation de pouvoir était grisante. Evoluant dans les ténèbres, il gagna le second étage à tâtons. Bientôt, il ferait clair comme en plein jour mais, pour le moment, il ne pouvait prendre le risque d'allumer sa lampe torche.

Arrivé devant la porte qui donnait sur la salle de stockage, il l'arrosa généreusement d'essence avant de la pousser. A l'intérieur, sur de très longues étagères, reposaient les articles de lingerie prêts à être commercialisés. A intervalles réguliers, il les aspergea de carburant, y ajoutant parfois de petits tas d'allumettes qui s'enflammeraient, causant ainsi une réaction en chaîne.

Il pouvait aisément imaginer la scène : des flammes bondiraient bientôt en liberté, embrasant tout sur leur passage. En quelques secondes, la pièce serait transformée en brasier. Puis les vitres exploseraient et les solives du plafond commenceraient à leur tour à brûler. Avant même que le feu ne se soit communiqué à l'étage inférieur, l'ensemble de l'édifice s'effondrerait sur lui-même comme un vulgaire château de cartes.

Si seulement il avait pu rester là et assister à ce divin spectacle. Si seulement il avait pu entendre le rugissement sourd, les craquements, les grésillements qui constituaient la mélodie secrète de l'incendie. Hélas, il serait déjà loin et devrait se contenter d'imaginer cette apothéose.

Parcourant le bâtiment, il continua à répandre l'essence, s'arrêtant parfois pour respirer son parfum grisant qui lui faisait légèrement tourner la tête, lui transmettant une sorte d'ébriété des plus agréables. Il prenait son temps, sachant que nul ne viendrait le déranger : le gardien de nuit devait lire tranquillement au rez-de-chaussée et n'effectuerait pas sa ronde avant un quart d'heure au moins.

Levant les yeux, il aperçut le réseau argenté du système anti-incendie qu'il avait pris la précaution de désamorcer en même temps que l'alarme. S'ils croyaient qu'il se laisserait piéger par de tels gadgets, ils allaient être surpris…

Lorsque les deux jerricans qu'il avait apportés furent vides, il les déposa au fond de la pièce, près du centre du foyer principal. Puis, presque cérémonieusement, il ôta ses gants et sortit une boîte d'allumettes. Il en prit deux et resta quelques instants immobile, les contemplant rêveusement. Deux petites brindilles appelées à un grand destin. Enfin, lorsqu'il se sentit prêt, il les frotta contre le grattoir et les laissa tomber sur le tas de sous-vêtements imbibés de carburant.

Une superbe flamme bleue s'éleva aussitôt et il lui sourit, comme un père à son enfant.

— Vas-y, montre-leur, murmura-t-il doucement.

Comme si elle lui obéissait, la flamme se communiqua brusquement à la traînée d'essence, se propageant à une vitesse incroyable. Cette fois, l'homme tourna les talons et s'enfuit, aussi silencieusement qu'il était entré.

1.

Nathalie Fletcher pénétra dans son vaste appartement plongé dans l'obscurité. Elle était épuisée. Une fois de plus, son dîner avec les responsables du marketing s'était prolongé au-delà de minuit. Et, au lieu de rentrer directement chez elle, elle était ensuite repassée par son bureau pour jeter un nouveau coup d'œil aux derniers modèles dessinés par ses designers. Evidemment, elle en avait profité pour rédiger quelques remarques qui s'étaient rapidement transformées en un conséquent mémo.

Il était à présent près de 2 heures du matin et elle se sentait éreintée. C'était d'autant plus ennuyeux qu'elle avait rendez-vous le lendemain matin à 8 heures pour un petit déjeuner avec plusieurs chargés de vente de la côte Est. La jeune femme essaya de se convaincre que cela n'avait aucune importance : le plus important, pour le moment, était de faire en sorte que l'ouverture se passe aussi bien que possible. Elle avait déjà consacré beaucoup trop d'énergie à ce nouveau projet pour se permettre de baisser les bras maintenant.

D'ailleurs, le jeu en valait la chandelle : selon toutes les projections, Lady's Choice, la nouvelle branche des Industries Fletcher, permettrait à l'entreprise de faire des bénéfices très confortables dès la première année. Et le mérite en revenait en grande partie à Nathalie. Elle avait mis en œuvre toute son expérience pour faire de cette entreprise l'un des fleurons de sa catégorie. Cela valait bien quelques sacrifices sur le plan personnel…

Traversant le grand salon dont les fenêtres dominaient la ville, Nathalie gagna directement sa chambre. Dans le miroir qui surmontait sa coiffeuse, elle avisa les cernes sous ses yeux que renforçaient encore la pâleur de ses joues et ses cheveux tirés en arrière. Le manque de sommeil commençait à se faire cruellement sentir. Pourtant, songea-t-elle ironiquement, les requins étaient censés ne jamais dormir. En allait-il de même pour ceux qui nageaient dans les eaux troubles du monde des affaires ?

Se massant la nuque, la jeune femme gagna la salle de bains pour y prendre une douche avant de plonger dans les bras de Morphée. Mais elle n'eut pas même le temps de se déshabiller que le téléphone se mit à sonner. Elle fut tentée de l'ignorer puis réalisa que personne ne l'appellerait à une heure si tardive si ce n'était pour lui annoncer quelque chose de réellement important. Inquiète, elle regagna donc le salon et décrocha, le cœur battant.

— Mademoiselle Fletcher ? dit une voix qu'elle ne reconnut pas.

— Elle-même, répondit-elle en s'efforçant de maîtriser son anxiété.

— Jim Banks à l'appareil. Je suis le veilleur de nuit de votre entrepôt sud…

— Que se passe-t-il ? demanda la jeune femme. Avez-vous été cambriolé ?

— Non. Mais l'entrepôt est en feu.

— Mon Dieu ! Y avait-il quelqu'un à l'intérieur ?

— Il n'y avait que moi. J'étais en train d'inspecter le rez-de-chaussée lorsque j'ai entendu une explosion à l'étage. Comme une bombe, vous voyez. Et puis tout s'est mis à flamber. J'ai immédiatement appelé les pompiers, puis je me suis dit que je ferais mieux de vous informer aussitôt.

— Vous n'êtes pas blessé ? demanda la jeune femme qui entendait des cris et le hurlement des sirènes derrière lui.

— Non, je suis sorti dès que j'ai compris que je ne pourrais rien faire seul pour éteindre l'incendie.

— Très bien, j'arrive tout de suite…

Il fallut moins d'un quart d'heure à Nathalie pour gagner le faubourg sud où se trouvaient la plupart des usines et des entrepôts de la ville. C'était un endroit morne et gris qui contrastait nettement avec le quartier résidentiel où se trouvait l'appartement de la jeune femme. De loin, elle aperçut l'épais nuage de fumée noire qui signalait l'incendie. S'approchant, elle se gara derrière une impressionnante colonne de camions de pompiers. Plusieurs hommes aux visages noircis s'activaient, maniant haches et lances d'arrosage pour maîtriser le sinistre, craignant sans doute que le feu ne se propage aux bâtiments voisins.

Nathalie s'avança vers le foyer. La chaleur était intense et les flammes impressionnantes n'avaient toujours pas été éteintes. L'entrepôt était très abîmé. Ses fenêtres avaient explosé, couvrant le sol de petits éclats de verre qui scintillaient à la lueur de l'incendie. Le toit s'était effondré par endroits, laissant échapper des rubans de feu qui paraissaient danser au sommet du bâtiment. Cette vision avait quelque chose de beau et de terrifiant à la fois et Nathalie ne put retenir un frisson.

— Mademoiselle Fletcher, fit alors un homme, juste derrière elle.

Se retournant vers lui, elle comprit à son uniforme qu'il devait s'agir du veilleur de nuit.

— Je suis Jim Banks, confirma-t-il en lui tendant la main.

Lorsque la jeune femme la prit dans la sienne, elle s'aperçut qu'elle tremblait.

— Vous allez bien ? demanda-t-elle, inquiète.

— Oui, mais je n'ai jamais eu aussi peur de ma vie, avoua Banks en jetant un coup d'œil nerveux à l'entrepôt.

— Que s'est-il passé, exactement ?

— Eh bien, j'ai entendu cette explosion et je suis monté à l'étage. Le feu s'était déjà répandu partout et je n'ai rien pu faire pour l'éteindre…

— Vous auriez pourtant dû entendre l'alarme des détecteurs de fumée, remarqua la jeune femme en fronçant les sourcils.

— C'est ce que je me suis dit après coup mais je vous assure qu'elles ne se sont pas déclenchées… Je suis immédiatement allé prévenir les pompiers mais, apparemment, il était trop tard, ajouta le veilleur de nuit en contemplant d'un air sombre le brasier. Bon sang ! ajouta-t-il. Je n'avais jamais vu une chose pareille et j'espère bien que je ne le reverrai plus jamais…

— Savez-vous qui est le chef des pompiers ?

— Non. Ils se sont mis au travail dès leur arrivée et je n'ai pas eu le temps d'en apprendre beaucoup.

— Bien… Vous devriez rentrer chez vous, Jim. Je m'occupe de tout. Et si les pompiers ont des questions à vous poser, ils pourront vous appeler.

— Merci, mademoiselle Fletcher. Et sachez que je suis désolé pour tout ce gâchis.

— Moi aussi, croyez-le, soupira la jeune femme.

Jim hocha la tête et, après avoir jeté un dernier regard à l'entrepôt, il s'éloigna à pas lourds en direction de sa camionnette.

Le temps que Ryan parvienne sur les lieux du sinistre, une foule de badauds s'était déjà rassemblée. Le feu fascinait les gens parce qu'il représentait l'intrusion de quelque chose de sauvage et d'indomptable au beau milieu de leurs vies policées. Certains prenaient même des paris sur les chances qu'avait l'incendie de se propager.

Descendant de son véhicule, Ryan s'approcha de la scène. Les gens s'écartaient sur son passage, impressionnés par l'aura d'autorité qui émanait de lui. Sa haute taille, sa puissante carrure, son visage impassible et ses yeux gris acier lui conféraient un charisme naturel qui en imposait à la plupart des gens. Ses traits paraissaient sculptés dans le marbre et les lueurs rouges et bleues des gyrophares y faisaient naître des ombres profondes.

S'avançant d'un pas souple et élastique qui témoignait de longues années d'exercice, il observa l'incendie, réalisant que les pompiers avaient parfaitement fait leur travail, parvenant à circonscrire les flammes qui ne tarderaient pas à s'éteindre d'elles-mêmes, faute de combustible. Ce serait donc bientôt à lui d'intervenir.

Après avoir passé sa veste de protection noire, il enfila une paire de gants ignifugés et mit son casque. Lorsqu'il fut prêt, il alluma une cigarette et tira une profonde bouffée, savourant cet ultime moment de calme qui précédait traditionnellement son entrée en scène.

Pourtant, malgré sa nonchalance apparente, ses yeux balayaient les lieux, retenant chaque détail qui pourrait se révéler utile par la suite. Presque inconsciemment, il prit note de la couleur du ciel, de la direction du vent, de l'inclinaison des flammes, des dommages structurels. Ensuite, il poserait des questions plus précises aux sapeurs-pompiers et effectuerait des tests scientifiques plus poussés. Mais, en général, les informations récoltées sur le terrain étaient celles qui seraient les plus utiles.

Exhalant un nuage de fumée qui se perdit dans celle que dégageait le foyer, Ryan observa le petit groupe de gens rassemblés non loin de lui. Il n'y avait pas trace du gardien de nuit qui avait appelé les secours. Il lui faudrait donc prendre contact avec lui aussi rapidement que possible. La plupart des personnes présentes trahissaient des sentiments classiques dans ce genre de situations : de l'excitation, comme celle qui brillait dans les yeux d'un jeune homme, de la peur dans ceux de sa petite amie qui se pressait contre lui, et surtout le soulagement de ne pas être la victime de ce déluge de feu.

Puis il avisa la jeune femme blonde qui se tenait à l'écart du groupe et contemplait le sinistre d'un air indéchiffrable. Elle était vêtue d'un beau manteau de velours, portait une luxueuse paire de chaussures et ses cheveux étaient soigneusement tirés en arrière en une coiffure sophistiquée. Ce n'était pas du tout le genre de femme à se trouver dans un quartier comme celui-ci en pleine nuit.

Outre sa tenue élaborée, l'inconnue tranchait avec le reste des gens par sa beauté. L'ovale de son visage aurait pu être celui d'un tableau de la Renaissance et l'incendie allumait dans ses longs cheveux blonds des reflets roux. Ryan ne parvint cependant pas à distinguer la couleur de ses yeux. Ils étaient fixés sur le sinistre et ne trahissaient aucune émotion, à part peut-être une pointe de colère rentrée. La jeune femme était soit insensible, soit habituée à se contrôler en toutes circonstances.

La question était de savoir ce qu'elle pouvait bien faire ici à une telle heure.

— Salut, inspecteur, fit alors le lieutenant Holden, le tirant de ses pensées. Vous n'auriez pas une cigarette pour un pauvre pompier trempé ?

Ryan sourit et lui en tendit une que l'autre alluma avec reconnaissance.

— Un incendie de plus à votre tableau de chasse, observa-t-il en désignant l'entrepôt qui n'était plus à présent qu'une ruine carbonisée et fumante.

— Oui. Et je peux vous dire que c'était une véritable saloperie ! Le haut du bâtiment était déjà complètement en feu lorsque nous sommes arrivés vers 1 h 50. Les deux derniers étages ont été réduits en cendres et le rez-de-chaussée a été bien abîmé aussi. Je pense qu'une bonne partie du matériel entreposé doit être irrécupérable.

— Une idée du point d'origine ? demanda Ryan qui connaissait l'expérience de Holden.

— Probablement le deuxième étage. C'est là que se trouvait le stock de lingerie féminine.

— Pardon ?

— Oui, c'est ce qu'ils conservaient ici, acquiesça Holden en souriant. Des sous-vêtements et des chemises de nuit. Vous verrez, nous avons réussi à sauver une petite partie des habits et des catalogues. Vous aurez de quoi vous rincer l'œil !

Avisant alors l'un de ses hommes qui bayait aux corneilles, Holden poussa un juron.

— Dis donc, petit ! hurla-t-il. Tu crois vraiment que cet incendie va s'éteindre tout seul ? Ces jeunes, ajouta-t-il à l'intention de Ryan, il faut les garder à l'œil à chaque instant !

Ryan hocha la tête et le regarda s'éloigner avant de revenir à la mystérieuse jeune femme blonde. Elle avait quitté son poste d'observation pour aborder l'un des pompiers.

— Comment le feu a-t-il commencé ? l'entendit-il demander.

— Ecoutez, mademoiselle, mon métier, c'est de l'éteindre. Si vous voulez avoir plus d'informations, vous devriez vous adresser à l'inspecteur.

— Les civils n'ont rien à faire sur les lieux de l'incendie, dit alors Ryan en s'approchant d'eux.

De plus près, il put enfin voir la couleur des yeux de la jeune femme. Ils étaient d'un vert profond, presque la couleur du jade.

— Il se trouve que l'entrepôt qui vient de brûler m'appartenait, expliqua-t-elle d'une voix polie mais réservée au cœur de laquelle Ryan perçut un écho un peu rauque qui avait quelque chose de félin.

Elle se tenait très droite, refusant de se laisser impressionner par la haute taille de Ryan. Mais ce dernier comprit aussi qu'elle était transie. Cela n'avait rien d'étonnant : le feu était à présent éteint, faisant brusquement chuter la température, et la jeune femme n'était pas habillée pour affronter le froid mordant qui régnait de nouveau sur les lieux.

— Puis-je savoir qui vous êtes ? demanda-t-il, curieux.

— Je me nomme Nathalie Fletcher. Je suis propriétaire de cet entrepôt et de ce qu'il contient et j'aimerais savoir ce qui s'est passé au juste. Vous pourriez d'ailleurs commencer par me dire à qui j'ai l'honneur ?

— Ryan Piasecki. Je suis inspecteur de police, spécialisé dans les incendies criminels.

— Vous pensez que le sinistre est d'origine criminelle ? s'exclama Nathalie, stupéfaite.

— Je n'ai aucune certitude pour le moment mais, si c'est le cas, je le découvrirai très vite. En attendant, je vous conseille de vous écarter, mademoiselle Fletcher. Je crains que vos chaussures ne résistent pas à un tel traitement, ajouta-t-il en désignant les délicates chaussures de cuir qu'elle portait et qui baignaient dans l'eau pleine de cendres et de gravats.

Sans attendre sa réponse, il la prit par le bras et l'entraîna en direction du coupé Mercedes dernier modèle qui était garé non loin de là.

— Mais que faites-vous ? protesta-t-elle, furieuse.

— Je fais en sorte que vous ne gêniez pas les secours et que vous ne couriez aucun risque, répliqua-t-il posément. Je suppose que ceci est votre voiture ? ajouta-t-il en désignant la Mercedes.

— Oui, mais…

— Alors, allez attendre à l'intérieur.

— C'est hors de question ! s'exclama-t-elle en tentant vainement de se dégager de l'emprise de Ryan. Voulez-vous me lâcher ?

Ryan soupira, comprenant que la façon dont il se conduisait ne ferait qu'accroître la colère naissante de la jeune femme. Se forçant à sourire, il essaya donc de faire montre d'un peu plus de diplomatie :

— Ecoutez, reprit-il d'une voix radoucie. Vous êtes gelée et vous avez les pieds trempés. Je ne vois pas l'intérêt pour vous de rester ainsi en plein vent.

— C'est très aimable à vous, répondit Nathalie avec une pointe d'ironie. Mais il se trouve que je viens de voir brûler l'un de mes entrepôts et que j'aimerais connaître l'étendue des dégâts.

— Vous ne pensez pas qu'il est un peu tard pour faire l'inventaire de ce qui reste ? demanda Ryan.

— Sans doute, concéda-t-elle en plongeant les mains dans les poches de son manteau dans le vain espoir de les réchauffer un peu.

— Puis-je savoir ce que vous faisiez dans le quartier, à ce propos ? reprit Ryan.

— Je suis venue dès que le veilleur de nuit m'a appelée, expliqua la jeune femme.

— Vers quelle heure l'a-t-il fait ?

— Disons vers 2 heures…

Ryan hocha la tête, observant attentivement Nathalie qui frissonnait malgré elle. Il avisa alors la robe de soirée qu'elle portait sous son manteau de velours.

— C'est une curieuse tenue pour vous rendre sur les lieux d'un incendie en pleine nuit, observa-t-il en haussant un sourcil.

— J'avais un dîner d'affaires et je n'ai pas pris le temps de me changer avant de venir.

— Votre dîner d'affaires a duré jusqu'à 2 heures du matin ? s'enquit Ryan.

— Non. Il s'est terminé à minuit, répondit-elle avec humeur. Pourquoi ces questions ?

— Si votre dîner s'est terminé si tôt, pourquoi étiez-vous toujours habillée à 2 heures ? insista Ryan sans répondre à sa question.

— Je ne vois pas en quoi cela vous concerne ! protesta Nathalie.

— Vous étiez avec quelqu'un ?

— Non. Je suis passée par mon bureau pour m'occuper

de quelques paperasses… Je venais juste de rentrer chez moi lorsque Jim Banks, le veilleur de nuit de l'entrepôt, m'a appelée.

— Vous étiez donc seule entre minuit et 2 heures du matin ?

— Oui…

La jeune femme fronça brusquement les sourcils, comprenant où il venait en venir.

— Vous ne croyez tout de même pas que c'est moi qui suis venue mettre le feu ?

— Je ne crois rien, mademoiselle Fletcher. Pour le moment, je me contente de réunir quelques éléments préliminaires dont je pourrais avoir besoin lors de l'enquête.

— Dans ce cas, articula Nathalie d'une voix où couvait une colère sourde, je vais vous faciliter les choses : la compagnie d'assurances qui couvre ce bâtiment est l'United Security. Cela vous évitera de me poser la question.

— Merci de votre coopération, mademoiselle Fletcher, répondit Ryan d'un ton mordant. Puis-je savoir dans quel domaine vous travaillez, au juste ?

— Je suis l'une des principales actionnaires de Fletcher Industries, monsieur Piasecki. Vous en avez peut-être déjà entendu parler ?

Ryan hocha la tête. Comme tout le monde, il connaissait cette multinationale qui s'était rendue célèbre en acquérant diverses entreprises dans l'immobilier, l'extraction minière et l'import-export. Les actifs de ce conglomérat étaient considérables, incluant des parts importantes dans diverses firmes cotées en Bourse. Fletcher Industries n'avait donc théoriquement aucune raison de chercher à truander son assurance mais Ryan savait que cela ne signifiait rien : même les compagnies les plus prestigieuses se rendaient parfois coupables de crimes minables…

— Etes-vous la dirigeante de Fletcher Industries ? demanda Ryan.

— Non. Mais je suis directrice d'un certain nombre de filiales et je supervise plusieurs projets au sein du groupe. Ce hangar contenait une partie importante du stock que nous devons commercialiser à partir du printemps dans plusieurs boutiques et sur Internet.

— Quel genre d'articles y étaient entreposés ?

— De la lingerie fine, inspecteur. Soutiens-gorge, négligés, déshabillés de soie, satin ou dentelle, ajouta-t-elle avec un sourire teinté d'ironie.

Ryan réalisa alors qu'elle tremblait de froid et paraissait avoir le plus grand mal à empêcher ses dents de claquer.

— Ecoutez, dit-il d'un ton conciliant. Vous êtes en train de geler sur place. Il vaudrait mieux que vous rentriez chez vous. Je vous contacterai aussitôt que possible.

— Mais je veux savoir ce qui est arrivé à mon entrepôt, insista la jeune femme. Et je tiens à connaître l'étendue des dégâts.

— Le bâtiment a été quasiment réduit en cendres, répondit Ryan. Le reste est inondé. Franchement, je doute fort qu'il reste le moindre sous-vêtement récupérable, mademoiselle Fletcher. La seule chose à faire, c'est appeler votre agent d'assurance dès demain. Maintenant, si vous voulez bien m'excuser, j'ai du travail…

— On peut dire que vous avez le chic pour réconforter les victimes, inspecteur.

— Ce n'est effectivement pas ma spécialité, répliqua Ryan que la jeune femme commençait à exaspérer au plus haut point.

— Vous savez, mon frère est policier à Denver et j'avais jusqu'ici une haute idée de votre profession, déclara Nathalie d'un ton très sec. Mais vous êtes parvenu à me faire changer d'avis en une seule soirée !

Sans attendre la réaction de Ryan, elle se détourna et s'engouffra dans sa voiture avant de démarrer sans même un regard en arrière. Un sourire aux lèvres, Ryan la regarda disparaître, songeant que jamais encore il n'avait vu une femme en colère aussi séduisante.

Nathalie dormit à peine deux heures avant que le réveil ne la tire d'un sommeil sans rêves. A contrecœur, elle se traîna jusqu'à la salle de bains pour prendre une douche glacée qui l'aida un peu à émerger de l'état désagréablement cotonneux dans lequel elle se trouvait. Se drapant ensuite dans un peignoir, elle appela son assistante pour lui demander d'annuler ou de repousser ses rendez-vous de la matinée.

Sans attendre, elle appela alors ses parents dans le Colorado pour leur faire part de ce qui s'était passé la veille. Ils se montrèrent prodigues en consolation et en conseils et elle se sentit réconfortée. Enfin, la jeune femme contacta son agent d'assurances et convint de le retrouver sur le site de l'incendie. A peine avait-elle raccroché que le téléphone retentit.

— Salut, Nat ! C'est Deborah ! s'exclama la voix familière de sa meilleure amie. J'ai entendu ce qui s'était passé aux informations…

— Eh bien ! On peut dire que les nouvelles vont vite, commenta Nathalie avec un pâle sourire.

— Oui. Je suis vraiment désolée pour toi, tu sais. C'est vraiment aussi grave qu'ils le disent ?

— Je ne sais pas, au juste. La nuit dernière, j'ai eu l'impression que tout était parti en flammes mais je dois aller vérifier l'étendue des dégâts tout à l'heure. Qui sait, nous pourrons peut-être sauver quelques articles de la collection…

— Tu veux que je vienne avec toi ? Je peux me libérer.

Nathalie sourit, touchée par sa gentillesse : entre son mari, son bébé et son poste de substitut du procureur, Deborah devait être débordée. Mais elle était prête à tout mettre de côté pour venir en aide à une amie dans le besoin.

— C'est gentil mais ça ne sera pas nécessaire, répondit Nathalie. Par contre, je t'appellerai dès que j'en saurai plus.

— Tu n'as qu'à venir dîner ce soir. Tu pourras souffler un peu et te détendre.

— Ce sera avec plaisir.

— Bien. S'il y a quoi que ce soit d'autre que je puisse faire pour toi, n'hésite pas à me le dire.

— En fait, il y a quelque chose : pourrais-tu appeler mon frère et ma belle-sœur à Denver et leur dire que tout va bien et qu'il est inutile d'arriver par le premier avion ?

— Pas de problème.

— Oh ! Encore une chose. Que peux-tu me dire d'un inspecteur de police du nom de Ryan Piasecki ?

— Piasecki ? répéta Deborah. Attends que je me souvienne… Il travaille sur les incendies d'origine criminelle. Il paraît qu'il est très bon dans sa partie.

— Espérons-le.

— Pourquoi ? Ils soupçonnent un acte malveillant ?

— Je n'en sais rien. La seule chose que je sache, en fait, c'est qu'il était sur les lieux, hier soir. Il s'est montré très désagréable et a refusé de me dire quoi que ce soit.

— C'est normal. Il faut un certain temps pour déterminer

les causes d'un incendie. Mais je peux faire en sorte d'accélérer la procédure, si tu veux.

— Non, ce n'est pas la peine. Pour le moment, du moins…

— Bien, dans ce cas, on se voit ce soir. Vers 7 heures ?

— Compte sur moi. Et merci pour tout, Deborah.

Nathalie raccrocha et après s'être habillée, elle décida de partir sans attendre pour l'entrepôt, dans l'espoir de se faire une idée de l'étendue des dégâts avant l'arrivée de l'agent d'assurances.

Lorsque la jeune femme se gara devant la barrière que les pompiers avaient installée pour tenir les curieux à distance, elle fut frappée de découvrir que l'état du bâtiment était pire encore que dans son souvenir. Les murs étaient calcinés et dégouttant d'humidité, le sol recouvert de débris noircis, de gravats, de morceaux de verre et de métal tordu. L'air empestait l'odeur âcre de la fumée.

Nathalie se glissa sous le ruban jaune qui délimitait la zone du sinistre et marcha en direction du hangar.

— Qu'espérez-vous faire, exactement ? fit une voix très sèche, derrière elle.

La jeune femme sursauta et se retourna, se retrouvant face à Ryan qui se dirigeait à grands pas dans sa direction, une expression furieuse sur le visage.

— Vous n'avez donc pas vu le signe ? demanda-t-il avec humeur.

— Bien sûr que si ! Mais ceci est ma propriété, inspecteur. Je dois y rencontrer l'agent de l'assurance dans peu de temps et j'estime avoir le droit de constater l'ampleur des dégâts !

— Bon sang ! Mais vous n'avez vraiment que ce genre

de chaussures dans votre armoire ? demanda alors Ryan, la prenant totalement au dépourvu. Attendez-moi…

Sans lui laisser le temps de protester, il regagna sa voiture qui était garée non loin de là et tira du coffre une paire de bottes qu'il apporta à la jeune femme.

— Mettez-les, lui intima-t-il. Sinon, vous risquez de vous blesser et je ne tiens pas à en prendre la responsabilité.

— Très bien, soupira Nathalie avant d'enfiler les bottes trop larges pour elle et qui lui arrivaient au genou, tranchant de façon cocasse avec son tailleur bleu marine très chic.

— Vous avez fière allure, railla Ryan avec un sourire. Maintenant, ajouta-t-il en recouvrant brusquement son sérieux, je veux qu'une chose soit claire : vous vous trouvez sur une scène de crime et je ne tiens pas à ce que vous détruisiez la moindre preuve. Alors je vous demande instamment de ne toucher à rien.

Ryan se garda bien de préciser qu'il avait déjà découvert une bonne partie des éléments dont il avait besoin.

— Je n'ai pas l'intention de vous causer le moindre problème, protesta Nathalie.

— C'est ce qu'ils disent tous, grommela Ryan.

— Dites-moi plutôt, inspecteur. Les policiers travaillent par deux d'habitude. Pourquoi pas vous ? Est-ce par goût personnel ou bien n'avez-vous trouvé aucun équipier capable de supporter votre mauvais caractère ?

— Il y a un peu des deux, répondit Ryan sans se démonter le moins du monde. En attendant, je suis curieux de savoir pourquoi vous vous entêtez à venir ici habillée de cette façon.

— J'ai de nombreux rendez-vous cet après-midi et je n'aurai pas le temps de me changer entre-temps.

— Ah, ces jeunes cadres dynamiques, ironisa Ryan.

Venez, ajouta-t-il en la prenant par le bras. Mais faites attention où vous mettez les pieds. Ce site n'est pas encore tout à fait sûr.

Il la conduisit jusqu'au seuil du bâtiment et elle réalisa qu'une partie de la toiture s'était effondrée sur elle-même, transperçant par endroit le sol des deux étages supérieurs. On pouvait donc voir le ciel par ces ouvertures béantes. Autour d'eux, tout n'était que cendres et morceaux de bois noircis et tordus et Nathalie ne put réprimer un frisson en avisant le groupe macabre de mannequins calcinés qui avaient été entassés dans un coin de la pièce.

— Ils n'ont pas souffert, rassurez-vous, commenta Ryan auquel sa réaction n'avait pas échappé.

— Je sais que tout cela n'est probablement qu'une vaste plaisanterie pour vous…, commença la jeune femme.

— Le feu n'est jamais une plaisanterie, l'interrompit Ryan en secouant la tête.

Sur ce, il gagna un mur en ruine auprès duquel se trouvaient ses outils : une petite pelle, un appareil photo, et une boîte à outils emplie d'instruments dont l'utilité échappa à Nathalie.

— Qu'est-ce que vous faites ? demanda-t-elle tandis qu'il s'agenouillait sur le plancher dont il avait apparemment entrepris d'arracher quelques lattes.

Sans répondre, Ryan récupéra un morceau de bois qu'il commença à gratter précautionneusement avec un couteau avant de le sentir.

— Savez-vous ce qu'est l'oxydation, mademoiselle Fletcher ? demanda-t-il finalement.

— Plus ou moins.

— C'est l'union d'un corps chimique avec l'oxygène, expliqua-t-il. Ce peut être un phénomène très lent comme dans le cas de la peinture qui sèche ou très rapide, dans le cas d'un feu. Tenez, sentez ceci, ajouta-t-il en lui tendant le morceau de bois.

Nathalie s'exécuta.

— Que sentez-vous ? demanda Ryan.

— Rien de particulier… De la fumée, surtout.

— Il y a aussi une odeur d'essence, expliqua Ryan sans la quitter des yeux. Généralement, les liquides s'écoulent par les fentes du plancher. Lorsqu'ils sont piégés dessous, ils ne brûlent pas. Vous voyez cet espace que je viens de dégager ?

Nathalie hocha la tête, observant la tache noire qui maculait le dessous du plancher.

— Ceci est une véritable carte. En l'analysant, je reconstitue toutes les phases de l'incendie.

— Etes-vous en train de me dire que quelqu'un a répandu de l'essence dans l'entrepôt avant d'y mettre le feu ? demanda Nathalie.

Ryan ne répondit pas, se contentant de ramasser un morceau de tissu brûlé qu'il lui montra.

— De la soie, commenta-t-il. Un beau gâchis…

Il ramassa le bonnet d'un soutien-gorge miraculeusement intact.

— Ce qui me fascine, c'est que l'on ne peut jamais savoir ce qui brûlera et ce qui sortira intact de la fournaise…

Nathalie sentit une colère glaciale monter en elle : Ryan était en train de se moquer d'elle.

— Si quelqu'un a délibérément mis le feu à cet entrepôt, je tiens à en être informée, déclara-t-elle froidement.

Ryan l'observa attentivement et se redressa enfin. Elle constata alors qu'il portait les mêmes vêtements que la veille.

Apparemment, il avait passé la nuit sur le site à réunir les preuves dont il avait besoin.

— Je vous adresserai une copie de mon rapport, dit-il. Mais j'aimerais que vous me disiez à quoi ressemblait cet endroit avant l'incendie…

Nathalie ferma les yeux, cherchant à se remémorer précisément l'apparence des lieux. Il lui semblait que ces souvenirs remontaient à une éternité.

— Il y avait trois étages pour une surface totale de six cent soixante mètres carrés. Les escaliers intérieurs et les balustrades étaient en fer forgé. Les couturières travaillaient au troisième étage.

— Vous voulez dire qu'il s'agissait de sous-vêtements faits main ? s'étonna Ryan. Dans ce cas, le stock devait représenter une sacrée somme…

— C'est exact. Notre objectif est de lancer une boutique de lingerie haut de gamme. Les pièces sont cousues dans une autre usine et assemblées ici où les couturières peuvent assurer les finitions. Le troisième étage était donc constitué d'une grande salle où se trouvaient les machines à coudre, d'une petite salle où l'on pouvait prendre le café et des toilettes. Au deuxième étage, le plancher était recouvert de linoléum. C'est là qu'était entreposé le stock. J'y avais un petit bureau dans lequel je pouvais m'installer lorsque j'étais de passage ici. Enfin, le rez-de-chaussée était réservé au contrôle qualité, à l'emballage et à l'expédition. Nous devions commencer notre activité dans trois semaines, au début du printemps.

La jeune femme se tut et contempla tristement les ruines carbonisées qui l'entouraient.

— Soixante-dix personnes travaillaient dans cette usine, reprit-elle enfin. Elles se retrouvent au chômage en attendant que nous reconstruisions une unité de production et vous me dites que cet incendie est criminel !

— Je n'ai pas encore assez d'éléments pour l'affirmer avec certitude, tempéra Ryan qui sentait la colère de Nathalie.

— Mais vous avez la conviction que c'est le cas, répliqua-t-elle durement. Et vous pensez que c'est moi qui suis venue mettre le feu au milieu de la nuit, n'est-ce pas ?

Ryan ne put s'empêcher de sourire en imaginant une telle scène : il voyait mal la jeune femme toujours si élégante se glisser discrètement dans l'entrepôt et asperger d'essence le stock de sous-vêtements.

— Vous croyez que j'ai engagé quelqu'un pour le faire ? s'exclama Nathalie, comme si elle venait de lire dans ses pensées. Vous me croyez capable de risquer la vie de l'un de mes employés juste pour toucher le chèque de l'assurance ?

— Je ne sais pas, avoua Ryan, soutenant le regard de la jeune femme. En êtes-vous capable ?

— N'est-ce pas à vous de le déterminer, inspecteur ? s'écria-t-elle, furieuse. Après tout, c'est vous qui menez cette enquête. Eh bien, sachez que je tiens autant que vous à avoir des réponses. Et je ne vous laisserai aucun répit tant que vous n'aurez pas arrêté celui ou celle qui a mis le feu à mon usine !

Sur ce, elle se détourna et s'éloigna à grands pas. En sortant de l'entrepôt, elle avisa une voiture garée près de la sienne. C'était celle de Donald Hawthorne, le directeur de l'entreprise de confection et l'un de ses plus proches collaborateurs. Le voyant sortir de son véhicule, elle le rejoignit. Sans un mot, il regarda les ruines calcinées de ce qui avait été son usine.

— Comment est-ce possible ? murmura-t-il en secouant la tête. J'avais fait vérifier tout le système électrique il y a moins de deux mois…

— Je suis désolée, Donald, murmura Nathalie en lui prenant doucement la main.

Elle savait ce qu'il devait ressentir : en une nuit, c'étaient deux années de travail acharné qui étaient parties en fumée.

— Est-ce qu'ils ont pu sauver quelque chose ? demanda-t-il d'une voix blanche.

— Non. Mais il nous reste le stock de l'autre usine, tenta-t-elle de le réconforter. Tout n'est pas encore perdu…

— Je me sens comme un capitaine regardant couler son propre bateau, Nathalie, avoua Donald en se tournant enfin vers elle.

Le cœur de la jeune femme se serra : pour lui comme pour elle, cette nouvelle compagnie était plus qu'une simple affaire commerciale. C'était la réalisation d'un rêve, une chance pour eux de se lancer dans une aventure résolument nouvelle, loin des tracas et des pesanteurs du siège de la multinationale. Tous deux avaient lutté pour s'assurer qu'ils seraient seuls maîtres à bord et cet incendie menaçait à présent cette fragile construction. Il allait probablement leur falloir demander à la maison mère de réinvestir et, dans ce cas, ils risquaient de perdre le contrôle du projet.

— Il ne faut pas baisser les bras, déclara Nathalie d'un ton décidé. Nous allons passer les trois prochaines semaines à travailler d'arrache-pied et nous serons prêts pour le printemps.

— Tu penses vraiment qu'il nous reste une chance de tenir les délais ? demanda Donald, dubitatif.

— Oui. Ce sera juste mais en repoussant l'audit et en faisant quelques heures supplémentaires, je crois que c'est toujours possible.

— De toute façon, je ne vois pas comment nous ferions

un audit : la plupart des dossiers et des comptes se trouvaient dans l'usine.

— Je n'avais pas pensé à cela, acquiesça la jeune femme d'un air sombre. Cela va rendre les choses un peu plus difficiles mais je ne pense pas que ce soit insoluble. Après tout, j'ai conservé un certain nombre de documents en double au siège et notre comptable doit avoir la plupart des comptes…

— Tu as contacté l'assurance ?

— Oui. J'attends l'agent d'une minute à l'autre. Ensuite, je retourne à mon bureau et je commande le matériel dont nous aurons besoin. Nous rapatrierons une partie du stock de Chicago et d'Atlanta pour compléter le nôtre. Quoi qu'il arrive, Lady's Choice ouvrira au mois de mars !

— Une chose est sûre, si quelqu'un peut accomplir ce miracle, c'est bien toi.

— Nous y arriverons ensemble, Donald. En attendant, retourne au siège et commence à passer quelques coups de téléphone : contacte Melvin et Deirdre, rassure nos distributeurs et nos clients, négocie avec les syndicats.

— Je m'en occupe, déclara Donald, visiblement rassuré de pouvoir passer à l'action. Tu peux compter sur moi.

— Bien. Je te rejoins dès que possible.

De l'intérieur de l'usine en ruine, Ryan observa l'étreinte de Nathalie et de Donald avant que ce dernier ne remonte en voiture. Il se demanda s'il s'agissait de son petit ami. Avec son costume trois-pièces et ses chaussures vernies, l'homme paraissait être son type. Par acquit de conscience, il nota le numéro de la plaque minéralogique de sa Lincoln et se remit au travail.

2.

— Elle devrait être là d'une minute à l'autre, déclara Deborah Guthrie, les poings sur les hanches. Et je veux entendre toute l'histoire avant qu'elle arrive, Gage.

Gage déposa une nouvelle bûche dans la cheminée et se tourna vers son épouse. Elle s'était débarrassée de son tailleur pour enfiler une jupe en laine et un pull-over en cachemire bleu marine. Ses cheveux d'un noir d'ébène retombaient sur ses épaules en lourdes boucles brillantes.

— Tu sais que tu es vraiment très belle, Deborah. Je crois que je ne te le dis pas assez souvent…

Deborah leva un sourcil moqueur. Gage savait se montrer charmeur lorsqu'il le voulait mais elle n'était pas dupe.

— Arrête de temporiser, Gage. Tu as réussi à garder cette histoire pour toi jusqu'à présent mais je veux tout savoir.

— Eh ! protesta Gage en levant les mains. Ce n'est pas ma faute si tu étais au tribunal durant toute la journée !

— Tout juste. Mais maintenant, je suis ici.

Gage se leva et la rejoignit pour déposer un petit baiser sur les lèvres de sa femme. Malgré elle, elle répondit avec passion à son baiser avant de se rappeler brusquement que son amie allait arriver d'une minute à l'autre. A contrecœur, elle s'arracha à cette délicieuse étreinte.

— Gage Guthrie ! N'as-tu pas honte de tenter de suborner un magistrat de cette façon ? Maintenant, je tiens à ce que tu me dises tout ! Je sais parfaitement que tu étais là-bas.

— C'est vrai, soupira Gage en allant remplir un verre d'eau minérale.

De fait, il était arrivé sur place. Mais trop tard.

Gage Guthrie avait une façon très personnelle de combattre le côté sombre d'Urbana. Trop longtemps, ce policier s'était résigné à l'existence de l'injustice et du crime. Et puis il avait été victime d'une fusillade qui aurait dû lui coûter la vie. Et depuis ce jour, il avait décidé de lutter. Il était devenu Némésis, une ombre dans la nuit, un justicier redouté des criminels. Seule Deborah connaissait son secret mais, même à elle, il avait parfois du mal à parler de cette existence secrète.

— J'étais là, reconnut-il en se servant un verre de vin. Mais je suis arrivé trop tard pour faire quoi que ce soit…

— Ne t'en fais pas, Gage. Même si Némésis est doté de pouvoirs extraordinaires, d'une prescience et de dons physiques bien supérieurs à ceux des êtres humains ordinaires, il est normal que tu ne puisses pas tout faire toi-même…

— Je le sais bien. Mais je regrette de ne pas avoir vu l'homme qui a mis le feu. Si tant est qu'il y en ait un…

— A t'entendre, j'ai l'impression que c'est ce que tu crois.

— Oui, avoua Gage en souriant, je suppose que je suis d'un naturel suspicieux…

— Moi aussi. Et je suis vraiment désolée pour Nathalie. Elle a travaillé très dur pour créer cette compagnie.

— Ne t'en fais pas pour elle. Il lui en faut beaucoup plus pour se laisser abattre.

— Tu as raison…

— J'essaierai d'en apprendre plus au cours des jours à venir.

A cet instant, la sonnette de la porte d'entrée se fit entendre. Après avoir embrassé son mari, Deborah alla ouvrir. Quelques instants plus tard, elle reparut avec Nathalie.

— *Ciao bella !* s'exclama Gage en embrassant la jeune femme sur les deux joues. Installe-toi, ajouta-t-il en se dirigeant vers le bar. Je te prépare un cocktail de ma spécialité.

Nathalie sourit et prit place dans le confortable canapé, jetant autour d'elle un regard légèrement envieux. Deborah et Gage avaient tout ce qu'ils pouvaient désirer : un couple épanoui, une maison magnifique et un enfant. La vie leur avait souri au-delà de toutes leurs espérances. Bien sûr, elle-même n'avait pas les mêmes attentes : elle avait résolument axé ses ambitions dans le domaine de sa vie professionnelle.

— Comment t'en sors-tu ? demanda Deborah.

— Eh bien, j'adore les défis et celui-ci en est un de taille. J'ai décidé de maintenir l'ouverture des magasins à la date prévue.

— Comment feras-tu pour compenser la perte de ton stock ? demanda Gage. Et celle de l'usine elle-même ?

— Je peux facilement en trouver une autre.

En fait, elle avait déjà négocié l'achat d'un nouvel entrepôt. L'argent de l'assurance couvrirait une partie de l'investissement et le reste serait amorti en deux années. Bien sûr, les deux premiers exercices seraient moins florissants qu'elle ne l'avait initialement envisagé mais ce n'était pas aussi grave qu'elle l'avait pensé en découvrant l'incendie, la veille au soir.

— Quant aux marchandises, reprit-elle, nous commencerons par redistribuer celles qui ont été produites dans les autres villes. Ensuite, nous reprendrons la production. Il nous faudra certainement faire quelques heures supplémentaires mais nous y arriverons.

Nathalie porta à ses lèvres le verre que Gage venait de poser devant elle, avalant une longue gorgée de Piña Colada.

— Donald a passé sa journée au téléphone, reprit-elle. C'est un véritable expert en relations publiques et en communication et il n'y a pas meilleur que lui pour obtenir des faveurs. Melvin est parti pour les autres usines afin de faire un état des lieux et de planifier les compensations de stock. Quant à Deirdre, elle a réuni tous les papiers qui avaient échappé aux flammes et elle a commencé à remettre en forme notre comptabilité. J'ai parlé aux responsables des syndicats et aux délégués du personnel et je leur ai promis que nous reprendrions la production sous quarante-huit heures.

— Dans ce cas, déclara Gage en levant son verre, buvons à la réussite de ton projet.

Lui-même travaillait dans le monde des affaires et il était bien placé pour savoir que Nathalie était l'une des meilleures professionnelles qu'il lui ait jamais été donné de rencontrer. Elle avait une volonté de fer et était capable de faire face à des difficultés qui auraient désespéré la plupart des gens.

— Est-ce que tu as du nouveau au sujet de l'incendie proprement dit ? demanda alors Deborah.

— Rien de précis, répondit son amie en fronçant les sourcils. J'ai parlé avec l'inspecteur chargé de l'enquête à plusieurs reprises. Il ne cesse de me poser des questions et de faire des sous-entendus mais il refuse de me dire ce qui s'est passé exactement.

— Justement, j'ai pris quelques renseignements sur ce Piasecki, aujourd'hui, remarqua Deborah. Je pensais que cela pourrait t'intéresser…

— Merci beaucoup, Deb. Qu'as-tu appris, au juste ?

— Piasecki a trente-six ans et est divorcé. Il a été pompier pendant dix ans avant d'être détaché auprès des services de police, il y a cinq ans. Depuis, il s'est distingué par ses états de service mais il s'est également fait quelques ennemis…

— Etant donné ses méthodes, cela ne me surprend pas beaucoup.

— Il semblerait qu'il ait tabassé un conseiller municipal. Il lui aurait brisé la mâchoire. C'était au cours d'un incendie de classe C dans une usine de produits chimiques. Piasecki se trouvait sur les lieux avec la dix-huitième compagnie de sapeurs-pompiers. Ils avaient été les premiers à intervenir et deux d'entre eux étaient grièvement blessés. A ce moment, l'un des conseillers municipaux est arrivé avec la presse et a commencé à vanter les mérites de ses équipes alors qu'il avait été le premier à demander la diminution des crédits et la suppression de plusieurs unités. Piasecki n'a pas apprécié…

— Je crois que j'aurais agi comme lui, reconnut Nathalie à contrecœur.

— Il est également passé devant le conseil de discipline pour avoir fait irruption dans le cabinet du maire et avoir déversé sur son bureau un sac rempli de débris ramassés après l'incendie d'une HLM de la banlieue est. Une inspection venait d'avoir lieu et les services municipaux l'avaient déclarée aux normes alors que le système électrique était défectueux, que les alarmes anti-incendie ne fonctionnaient pas et que certains escaliers de secours étaient bloqués. Vingt personnes avaient péri à cause de ces négligences.

— Deborah, je t'avais demandé de trouver des informations sur lui pour me prouver que mon instinct était bon, pas pour me démontrer que ce Ryan Piasecki est un saint !

— Désolée, fit son amie en haussant les épaules.

Elle-même avait toujours eu un faible pour les hommes qui combattaient le crime de façon atypique et elle avait passé assez d'années à combattre la corruption et les négligences de l'administration pour ne pas jeter la pierre à ce Ryan. En réalité, il lui était même déjà sympathique…

— Est-ce que tu as autre chose sur lui ? demanda alors Nathalie.

— Depuis qu'il travaille à la brigade de lutte contre les incendies criminels, il passe pour être un homme agressif, paranoïaque et invivable. Mais ses supérieurs s'accordent pour lui reconnaître le flair d'un chien de chasse et la ténacité d'un pitbull. Il n'arrête pas de creuser tant qu'il n'est pas certain d'avoir trouvé la solution au problème qui l'occupe. Ensuite, il va jusqu'au bout et ce n'est pas le genre de policier à se dégonfler devant un tribunal. Il semble que son témoignage se soit révélé déterminant dans de très nombreuses affaires. C'est un homme très intelligent et redoutablement perspicace.

— Bien, soupira Nathalie. Je suppose que je devrais me sentir rassurée de savoir que l'enquête est entre les mains de quelqu'un de compétent. Mais j'avoue que cet homme a le don de me mettre hors de moi…

La jeune femme fut interrompue par les cris du bébé de Deborah et celle-ci se leva en s'étirant :

— Je m'en occupe, dit-elle à Gage. Tiens compagnie à Nat.

— Je peux venir dire bonjour à Adrianna ? demanda celle-ci.

— Bien sûr.

Les deux jeunes femmes quittèrent la pièce tandis que Gage allait vérifier l'état de leur dîner dans la cuisine.

— Tu as une mine superbe, remarqua Nathalie. Je ne sais vraiment pas comment tu arrives à gérer tout cela en même temps : entre ton travail, les soirées avec ton mari et Adrianna, tu ne dois pas avoir une minute à toi !

— Eh bien, je pourrais te dire que c'est une simple question d'organisation et de priorités. Mais en réalité, je crois plutôt que c'est une histoire de passion : c'est cela qui me donne l'énergie de faire face à toutes mes obligations.

Deborah poussa la porte de la chambre de sa fille et Nathalie ne put retenir une exclamation admirative : les murs étaient couverts de motifs colorés, de princesses et de chevaliers, de dragons et de lutins. Mais Adrianna n'y prêtait aucune attention, exprimant clairement combien elle trouvait injuste d'être laissée seule alors que ses parents s'amusaient sans elle.

— Ma chérie, s'exclama Deborah en la prenant dans ses bras.

L'enfant cessa aussitôt de pleurer et un charmant sourire se peignit sur ses lèvres.

— Maman, articula-t-elle avec ravissement.

Le cœur serré, Nathalie observa son amie qui allongeait sa fille sur la table à langer pour la changer.

— Elle est un peu plus jolie chaque fois que je la vois, dit-elle en caressant doucement les cheveux du bébé qui avaient la consistance de la soie la plus fine.

Adrianna, ravie, se mit à babiller joyeusement.

— Nous pensons qu'il serait peut-être temps qu'elle ait un petit frère ou une petite sœur, déclara Deborah.

— Déjà ? s'écria Nathalie, stupéfaite.

— Eh bien, nous ne sommes pas encore décidés mais nous aimerions avoir trois enfants et je ne veux pas que la différence d'âge soit trop importante. Et puis, j'adore être maman, ajouta-t-elle en déposant un petit baiser dans le cou d'Adrianna.

— Tu aurais du mal à le cacher, commenta Nathalie en riant. Je peux la prendre un instant ?

Deborah hocha la tête et la jeune femme souleva précautionneusement le bébé qu'elle serra doucement contre elle. Et, de façon inattendue, ce contact lui parut brusquement le plus naturel du monde.

Deux jours plus tard, Nathalie se trouvait à son bureau, une pile de dossiers entassés devant elle. Un mal de tête abominable lui taraudait le crâne et elle ne cessait de se masser les tempes dans le vain espoir de le faire disparaître.

— S'ils ne peuvent réparer les machines, alors nous devons en racheter d'autres, dit-elle en changeant d'oreille le combiné du téléphone. Non, je ne peux pas attendre demain… Parce que je veux que toutes les couturières soient au travail le plus vite possible… Je viendrai aujourd'hui vérifier que la nouvelle usine est opérationnelle. Je sais que c'est de la folie mais c'est le seul moyen pour nous d'être prêts à temps.

Raccrochant, elle leva la tête vers Donald qui lui faisait signe :

— C'est bon, dit-il, ravi. Les premières publicités passeront dans le *Times* de samedi : une page pleine en trois couleurs.

— Ils ont tenu compte des changements que j'avais demandés ?

— Oui. Et les catalogues ont tous été expédiés aujourd'hui. Ils sont superbes.

— C'est vrai, reconnut la jeune femme en jetant un coup d'œil à celui qui se trouvait sur son bureau. Melvin ?

Melvin Glasky releva les yeux du listing informatique qu'il était en train de consulter. C'était un homme d'une cinquantaine d'années aux cheveux poivre et sel qui ne jurait que par le golf et les costumes anglais. C'était aussi l'un des meilleurs spécialistes de la logistique sur le marché. Comme chaque fois qu'il s'adressait à quelqu'un, il ôta ses lunettes cerclées d'acier et entreprit de les polir soigneusement.

— Tout est en ordre, expliqua-t-il. Chicago et Los Angeles sont dans les temps. J'ai rééquilibré le stock malgré les réticences des directeurs régionaux. J'ai bien cru que celui de Chicago allait se mettre à pleurer lorsque je lui ai annoncé que je devais lui emprunter une partie de sa précieuse production ! Alors je lui ai dit que c'était toi la responsable, comme d'habitude…

— Ton courage t'honore, commenta Nathalie en riant.

— N'est-ce pas ? En attendant, j'ai obtenu tout ce qu'il me fallait. Ils m'ont demandé de réduire le nombre d'articles proposés à la vente mais je leur ai rappelé que le catalogue était déjà publié et qu'il était trop tard pour faire la moindre modification. Et j'en ai profité pour leur rappeler que nous promettions des délais de livraison sous dix jours et que tu serais inflexible à ce sujet.

— Tu as bien fait, approuva Nathalie, frappée une fois de plus par les talents de négociateur de Melvin.

Sous son apparence bonhomme et sympathique, il cachait un sens aigu des affaires et un pouvoir de persuasion incroyable.

— Franchement, reprit-elle, tu aurais fait un brillant homme politique.

— Je n'ai pas encore renoncé à cette possibilité, répondit Melvin du tac au tac. En tout cas, sache que nous avons récupéré l'équivalent de cinquante pour cent du stock perdu au cours de l'incendie.

— Bravo ! Deirdre ? Où en es-tu ?

— J'ai effectué des simulations pour tenir compte du surcoût généré par le sinistre, expliqua Deirdre Marks en rejetant son épaisse chevelure rousse.

Dans ses yeux bleu délavé se lisait une vive intelligence et Nathalie la savait capable de traiter les informations à une vitesse stupéfiante.

— J'ai réalisé une estimation de la trésorerie pour l'année à venir en insérant en compte les primes que tu as décidé d'accorder pour les heures supplémentaires. Nous serons dans le rouge pendant plusieurs mois. Je t'ai préparé quelques graphiques…

— Oui, je les ai vus. Mais tes calculs ne prennent pas en considération la prime que nous versera l'assurance. A mon avis, cela devrait éponger une bonne partie de nos pertes. Et même si nous ne dégageons pas immédiatement de bénéfices, nous avons suffisamment de lignes de crédit pour faire face en attendant de redresser la barre.

— C'est probable. Mais je ne fais que te donner mon opinion de comptable : d'un point de vue strictement financier, notre investissement a sérieusement perdu de sa rentabilité.

— Je le sais. Mais il ne s'agit pas seulement d'argent. Nous développons une nouvelle branche d'activité et nous ne pouvons espérer en tirer bénéfice immédiatement. Je crois réellement que nous avons des produits de qualité et un concept de distribution original. Cela devrait nous permettre de nous tailler une belle part de marché. D'ici dix ans, je suis convaincue que nous aurons dépassé nos compétiteurs et c'est alors qu'il nous faudra analyser notre retour sur investissement. En tout cas, félicitations pour ton rapport, Deirdre. Je n'aurais jamais cru que tu parviendrais à récupérer autant d'informations malgré la perte de nos archives…

A cet instant, l'Interphone qui se trouvait sur le bureau de la jeune femme se fit entendre.

— Oui, Maureen ? fit Nathalie en pressant le bouton.

— L'inspecteur Piasecki est ici, mademoiselle Fletcher. Il n'a pas de rendez-vous mais il dit que vous accepterez de le recevoir…

Nathalie étouffa un juron, agacée une fois de plus par la présomption du personnage. Mais elle désirait ardemment savoir ce qu'il avait à lui dire au sujet de l'incendie et il lui restait une quinzaine de minutes avant de devoir partir pour la nouvelle usine.

— Faites-le monter, dit-elle. J'ai bien peur que nous ne devions ajourner cette réunion, ajouta-t-elle en se tournant vers ses collègues.

Ryan préférait rencontrer les gens sur lesquels il enquêtait sur leur propre territoire. C'était la raison pour laquelle il était venu jusqu'aux bureaux de Nathalie Fletcher. Ceux-ci reflétaient l'apparence extérieure de la jeune femme : élégants, raffinés, meublés avec goût. Le sol était recouvert d'épais et moelleux tapis, les murs décorés de peintures originales. Une délicieuse odeur de café flottait dans la salle d'attente où Ryan avait patienté. C'était probablement un endroit où il faisait bon travailler.

Maureen, la secrétaire de Nathalie, était une ravissante jeune fille qui était installée devant un énorme ordinateur dernier cri. Elle l'accompagna jusqu'au bureau de la direction qui ne le surprit pas plus que le reste du bâtiment : c'était un endroit coquettement installé où les meubles anciens côtoyaient les œuvres d'art moderne soigneusement sélectionnées.

Nathalie était assise derrière un imposant bureau d'acajou,

devant une fenêtre teintée. Elle portait un tailleur qui parvenait à être à la fois strict et sexy. A son entrée, elle se leva, comme les trois personnes qui se trouvaient là également. Ryan reconnut aussitôt l'homme qui avait rejoint Nathalie à l'usine incendiée. Tiré à quatre épingles, il était plutôt bel homme mais d'un genre policé, presque précieux, qui avait le don d'agacer Ryan.

Un autre homme se tenait auprès de lui. Plus âgé, il avait un visage qui faisait immanquablement penser à une tête de hibou et essuyait nerveusement une paire de lunettes cerclées d'acier pour se donner bonne contenance. Enfin, il avisa une grande femme qui devait avoir une quarantaine d'années et ne cherchait visiblement pas à le cacher. Elle était vêtue d'un tailleur qui lui donnait un aspect quelque peu masculin, contrastant avec la masse impressionnante de boucles brun-roux qu'elle ne se souciait pas de coiffer.

— Inspecteur, fit Nathalie en inclinant la tête un peu sèchement.

— Mademoiselle Fletcher.

— L'inspecteur Piasecki enquête sur l'incendie de l'usine, expliqua la jeune femme à ses collègues qui l'observaient avec une curiosité non dissimulée. Inspecteur, voici mes trois plus proches collaborateurs : Donald Hawthorne, Melvin Glasky et Deirdre Marks.

Ryan les salua tour à tour avant de se tourner vers Nathalie :

— Je trouve toujours étrange d'installer les bureaux des administrateurs d'entreprises aux plus hauts étages, commenta-t-il avec un sourire.

— Pourquoi cela ?

— Parce que ce sont les plus difficiles à évacuer en cas d'incendie. Il est impossible de faire monter une échelle jusqu'au quarante-deuxième étage et les buildings ne sont pas munis d'échelles de secours. De plus, ce genre de fenêtre ne fournit aucune aération permettant aux fumées de s'échapper…

— Si cela peut vous rassurer, inspecteur, cet immeuble est en conformité avec la législation en matière de prévention des incendies. Nous avons des détecteurs de fumée, des extincteurs automatiques et des lances à incendie à chaque étage.

— Votre usine était également parfaitement en règle, lui rappela Ryan en haussant les épaules.

— Inspecteur, êtes-vous ici pour me donner des nouvelles de votre enquête ou pour me faire un cours sur la sécurité ?

— L'un n'empêche pas l'autre…

— Si vous voulez bien nous excuser, fit Nathalie à l'intention de son équipe.

Tous trois hochèrent la tête et, après avoir rassemblé leurs affaires, quittèrent la pièce.

— Ecoutez-moi attentivement, inspecteur, reprit Nathalie lorsqu'ils furent sortis. Vous ne m'aimez pas beaucoup et c'est tout à fait réciproque. Mais il se trouve que nous avons un objectif commun. Il m'arrive très souvent de collaborer avec des personnes avec lesquelles je ne m'entends pas sur le plan personnel mais cela ne m'empêche jamais de travailler de façon professionnelle. J'espère que c'est également votre cas.

— Ne vous en faites pas pour cela, répondit Ryan en s'installant confortablement dans l'un des confortables fauteuils de cuir qui faisaient face au bureau de la jeune femme.

— Très bien, dit-elle en l'imitant. Dans ce cas, je vous écoute.

— Je viens de remettre mon rapport et, comme promis, je me permets de vous en livrer la conclusion en exclusivité : l'incendie a bien été provoqué.

Nathalie sentit son estomac se nouer. Elle s'était préparée à cette éventualité mais le fait d'imaginer quelqu'un mettant délibérément le feu à l'usine avait quelque chose de réellement effrayant.

— Vous en êtes certain ? demanda-t-elle avant de se reprendre. J'imagine que oui. J'ai appris que vous étiez très consciencieux…

— Vous devriez prendre une aspirine avant de vous creuser un trou dans la tête, remarqua Ryan d'un ton légèrement moqueur.

Nathalie réalisa alors qu'elle se massait convulsivement la tempe, le crâne traversé par une douleur lancinante. Furieuse d'avoir trahi une faiblesse, elle se renfonça dans son siège.

— Quelle est la prochaine étape ?

— Eh bien, j'ai déjà établi la méthode de l'incendiaire. Il me reste donc à déterminer son motif.

— Et s'il n'y en avait pas ? Certaines personnes mettent le feu simplement parce qu'elles sont dérangées…

— C'est exact, reconnut Ryan en sortant son paquet de cigarettes.

Il s'aperçut alors qu'il n'y avait aucun cendrier dans la pièce et se contenta de jouer avec.

— La pyromanie est une option que je ne peux écarter, reprit-il. Mais je dois aussi prendre en compte les motifs plus concrets. Il est toujours possible qu'il s'agisse d'un homme de main payé pour mettre le feu. D'autant que la prime d'assurance est plus que confortable, d'après ce que je sais…

— C'est exact. Et ce n'est pas sans raison : j'ai perdu pour un million et demi de marchandise et de matériel.

— C'est beaucoup moins que la prime, objecta Ryan.

— Encore exact. Mais si vous connaissez le marché de l'immobilier, vous réaliserez que le bâtiment qui a brûlé avait une valeur non négligeable. Franchement, si vous pensez vraiment que cet incendie est une fraude à l'assurance, vous perdez votre temps.

— J'ai beaucoup de temps, mademoiselle Fletcher, répondit Ryan en se levant. En attendant, j'aurai besoin que vous fassiez une déposition, demain à mon bureau à 2 heures.

— Je peux la faire tout de suite, suggéra Nathalie.

— Venez demain. Et comprenez bien ceci : si vous collaborez et que je réalise effectivement que vous n'êtes pas responsable de cet incendie, vous pourrez très bientôt toucher le montant de l'assurance.

— Très bien, soupira la jeune femme en s'emparant de la carte que Ryan lui tendait. Le plus tôt sera le mieux. Est-ce que ce sera tout, inspecteur ?

— Oui, répondit-il avant de laisser son regard glisser sur le catalogue qui se trouvait toujours sur le bureau de Nathalie.

Sur la couverture figurait un mannequin qui portait l'une des plus belles créations de Lady's Choice, un bustier rehaussé de dentelle rouge particulièrement affriolant.

— C'est un moyen très élégant de vendre du sexe, remarqua Ryan, provocant.

— Pas du sexe, inspecteur, de la séduction. Certaines personnes font encore la différence.

— C'est votre cas ?

— Je ne vois pas en quoi cela vous concerne.

— Oh, je me demandais juste si vous croyiez à ce que vous vendez ou si ce n'était pour vous qu'une simple histoire d'argent, répondit Ryan en résistant à la tentation de lui demander si elle-même portait l'un de ses modèles sous son tailleur trop strict.

— Dans ce cas, je vais satisfaire votre curiosité. Je crois

toujours en ce que je vends. C'est la seule façon de le faire bien. Quant à l'argent, j'aime en gagner et je le fais bien.

Prenant le catalogue sur le bureau, elle le lui tendit.

— Prenez-le. Qui sait ? Vous vous laisserez peut-être convaincre. Notre marchandise est garantie contre tout défaut et livrable dans les dix jours. Le numéro de téléphone qui permet de passer commande sera opérationnel dès lundi.

Au lieu de refuser le catalogue, Ryan hocha la tête et le prit. Il le roula et le plaça dans la poche arrière de son jean.

— Je vous remercie, dit-il en souriant.

— De rien. Maintenant, si vous voulez bien m'excuser, j'ai un rendez-vous à l'extérieur…

Elle contourna le bureau, offrant une fois de plus à Ryan le plaisir de contempler ses jambes magnifiques.

— Vous voulez que je vous dépose quelque part ? suggéra-t-il.

— Non, merci. J'ai une voiture, répondit-elle, visiblement surprise par cette marque de galanterie inattendue.

Ryan la rejoignit et l'aida à enfiler son manteau, laissant ses mains s'attarder brièvement sur ses épaules.

— Vous êtes tendue, mademoiselle Fletcher, constata-t-il.

— Non, je suis fatiguée. J'ai eu une semaine très difficile, inspecteur, répliqua-t-elle en se retournant brusquement.

Elle se retrouva nez à nez avec Ryan et sursauta violemment.

— Tendue et nerveuse, reprit ce dernier avec un sourire de prédateur.

Il se demanda si elle était aussi troublée que lui par leur brusque contiguïté ou si son contact la répugnait.

— Un esprit suspicieux vous dirait que ce sont des signes de culpabilité qui ne trompent pas, ajouta-t-il. Pourtant je ne crois pas que ce soit le cas… Voulez-vous savoir ce que je pense ?

— Je suis suspendue à vos lèvres, inspecteur, railla Nathalie.

Mais le sarcasme n'avait apparemment aucun effet sur Ryan qui se contenta de poursuivre :

— Je pense que vous êtes comme cela : nerveuse et tendue. Mais vous exercez un parfait contrôle sur vous-même et, la plupart du temps, cela ne se voit pas. De temps en temps, le masque tombe et c'est une vision fascinante.

— Voulez-vous savoir ce que moi je pense, inspecteur ?

— Je suis suspendu à vos lèvres, mademoiselle Fletcher.

— Je pense que vous êtes un homme arrogant, étroit d'esprit et exaspérant qui pense beaucoup trop à lui-même.

— Je pense que nous avons tous deux vu juste, opina Ryan.

— Et vous êtes sur mon chemin…

— Encore juste, concéda Ryan qui ne bougea pourtant pas d'un pouce. Vous savez que vous avez un très joli visage ?

— Je vous demande pardon ? fit Nathalie, complètement prise de court.

— Et vous avez énormément de classe, ajouta Ryan, réalisant qu'il l'avait totalement déstabilisée.

Elle l'observait avec un mélange de stupeur et de curiosité, se demandant sans doute quelle mouche l'avait piqué.

— Il est difficile de rester indifférent devant une telle vision, poursuivit-il, bien décidé à ne lui laisser aucun répit. D'autant que cela fait plusieurs minutes que je vous regarde…

— Je ne crois pas que ce genre de remarque soit très approprié, balbutia Nathalie.

— Si nous nous connaissions mieux, vous sauriez que

cela ne me dérange pas outre mesure. Maintenant, si vous voulez bien satisfaire ma curiosité, j'aimerais vraiment savoir si vous et Hawthorne avez une liaison.

Les yeux de la jeune femme s'agrandirent involontairement et elle secoua la tête :

— Bien sûr que non !

Réalisant ce qu'elle venait de dire, elle se mordit la lèvre.

— Mais je ne vois vraiment pas en quoi cela vous concerne, ajouta-t-elle froidement.

— Tout ce qui vous concerne me concerne, répondit Ryan.

— Dois-je en déduire que ce piteux simulacre de séduction était juste une façon de m'extorquer des informations ?

— Je ne pense pas que cette tentative ait été piteuse, protesta Ryan. Un peu évidente, peut-être, mais pas piteuse. Et, d'un point de vue purement professionnel, cela a parfaitement fonctionné.

— Comment le savez-vous ? J'aurais pu vous mentir.

— Pour mentir, il faut avoir le temps de penser avant de parler. Et ce n'était visiblement pas votre cas. Quant à ce que je vous ai dit, à titre purement personnel, c'était la plus stricte vérité : je vous trouve très attirante. Mais, rassurez-vous, cela ne perturbera en rien mon enquête.

— Je ne vous aime pas du tout, inspecteur Piasecki.

— Oui, vous me l'avez déjà dit, répondit Ryan en fermant les boutons du manteau de Nathalie sans tenir compte de son regard meurtrier. Nous nous verrons demain à mon bureau, conclut-il en faisant volte-face.

Tandis qu'il attendait que l'ascenseur effectue son interminable descente en direction du hall principal, il réfléchissait à ce qu'il venait d'apprendre sur Nathalie. Elle était indubitablement intelligente, très intelligente même. Mais cela ne l'empêchait en rien de mettre le feu à cet entrepôt. Pourtant, Ryan en doutait fortement.

Nathalie ne paraissait pas être le genre de femme à recourir à des moyens détournés : ce qu'elle voulait, elle le gagnait et elle avait suffisamment de confiance en elle pour croire que tout était à sa portée. En étudiant le peu d'éléments qu'il possédait sur son compte, il avait découvert que pas une seule fois elle n'avait été soupçonnée de procédé frauduleux en affaires. Son entreprise dégageait assez de profit par an pour financer le budget de deux ou trois pays en voie de développement.

Quant à Lady's Choice, c'était le bébé de Nathalie, son projet personnel. Elle devait être très attachée à sa réussite et, de toute façon, un éventuel échec n'aurait quasiment aucune répercussion sur le résultat du groupe. Bien sûr, l'incendiaire pouvait être quelqu'un d'autre au sein de la compagnie. Ou un concurrent qui craignait que la nouvelle entreprise ne rogne ses parts de marché. Et ce pouvait être aussi l'œuvre d'un pyromane, d'un détraqué comme il en avait déjà rencontré…

Comme il sortait de l'ascenseur, Ryan fut tiré de ses réflexions par son bipeur. Sans attendre, il se dirigea vers le téléphone le plus proche. Quelque part, un nouveau feu s'était déclenché.

3.

Nathalie dut attendre Ryan dans son bureau durant une quinzaine de minutes. C'était sans doute une technique éprouvée lorsque l'on devait interroger un suspect et elle était bien décidée à ne pas se laisser déstabiliser aussi facilement. Mais le réduit dans lequel l'inspecteur travaillait était à peine plus grand qu'un placard et elle ne pouvait rien faire d'autre que de rester assise à observer ce qui l'entourait.

Ryan travaillait au deuxième étage de l'une des plus vieilles casernes de la ville, juste au-dessus du hangar principal où étaient garés les camions. Dans la pièce contiguë, une femme tapait sans répit sur une vieille machine à écrire affreusement bruyante. La seule fenêtre donnait sur un parking craquelé entouré de bâtiments à moitié en ruine et ne laissait passer que quelques maigres rayons de soleil, éclairant des murs d'un jaune pisseux qui avaient autrefois dû être blancs.

Tout autour de la pièce étaient affichés des tableaux de liège sur lesquels étaient placardés des photographies d'incendie, des notes de service et un grand nombre de plaisanteries d'un goût douteux sur les Polonais. De larges étagères de métal occupaient le fond de la pièce et Ryan y avait placé pêle-mêle des classeurs, des livres, des brochures diverses et de nombreux trophées de basket-ball. Le bureau qui trônait au centre de ce capharnaüm était couvert de rayures et l'un de ses pieds trop court était soutenu par un livre de Steinbeck.

Incapable de résister à la curiosité, Nathalie le contourna et observa ce qui se trouvait posé dessus. Aucune photographie personnelle ne donnait le moindre indice sur la vie privée de Ryan. Il y avait seulement quelques trombones tordus, quelques crayons à papier cassés et une masse impressionnante de papiers en désordre. Elle les écarta précautionneusement et faillit pousser un cri en découvrant la tête décapitée d'une poupée.

Ses cheveux blonds et frisés étaient presque entièrement carbonisés, son visage noirci et à demi fondu ne laissant plus voir qu'un œil bleu qui paraissait contempler la jeune femme.

— Un souvenir, fit Ryan qui venait d'entrer, la faisant sursauter une nouvelle fois. Elle appartenait à une petite fille de la banlieue est. Lorsque nous l'avons retrouvée, il ne restait pas beaucoup plus d'elle que de sa poupée…

— C'est affreux, murmura la jeune femme, incapable de retenir un frisson.

— Son père avait arrosé le salon d'essence et mis le feu parce que sa femme venait de demander le divorce. En fin de compte, elle n'en a pas eu besoin…

Nathalie leva les yeux vers lui, frappée par la froideur de ses paroles. Mais peut-être était-ce le seul moyen de faire face aux horreurs qu'il devait affronter chaque jour.

— Vous avez un métier atroce, inspecteur, déclara-t-elle.

— C'est pour cela que je l'aime… Asseyez-vous, mademoiselle Fletcher. Je serai à vous dans un instant.

Refermant doucement la porte, il se retourna vers le jeune pompier que Nathalie avait aperçu juste derrière lui. A travers la paroi de verre dépoli, elle put cependant entendre leur conversation.

— Qui vous a dit d'abattre ce mur ? s'exclama Ryan d'une voix où couvait une colère à peine contenue.

— J'ai juste pensé…

— Justement ! Vous n'avez pas à penser tant que vous êtes en formation ! Vous n'en êtes pas encore capable. Dans le cas contraire, vous auriez su qu'un appel d'air attiserait le feu ! Et vous sauriez aussi ce qui se passe lorsque l'on se tient bêtement sur une flaque d'essence.

— Mais je ne l'avais pas vue à cause de la fumée, plaida l'apprenti pompier.

— Eh bien, il va vous falloir apprendre à voir à travers la fumée si vous voulez survivre ! Et la prochaine fois que vous voyez un mur, laissez-le arrêter l'incendie au lieu de le détruire bêtement ! Vous avez vraiment de la chance d'être encore en vie et l'équipe qui a eu le malheur de travailler avec vous aussi.

— Je sais, monsieur.

— Vous ne savez rien. C'est la seule chose que vous devez retenir lorsque vous êtes face à un sinistre : vous ne savez rien du tout. Maintenant, fichez-moi le camp.

— Vous êtes un véritable diplomate, commenta Nathalie lorsque Ryan réintégra la pièce. Ce gosse devait avoir à peine vingt ans…

— Justement, je fais en sorte qu'il puisse mourir un peu plus vieux.

Gagnant la fenêtre, Ryan ferma les stores vénitiens, plongeant le bureau dans la pénombre.

— Etant donné vos méthodes, j'aurais peut-être dû venir avec mon avocat, remarqua la jeune femme.

— Détendez-vous. De toute façon, je n'ai pas le droit de vous arrêter. Juste celui de vous interroger.

— Voilà qui me rassure… Combien de temps pensez-vous que cela va prendre ? Cela fait déjà vingt minutes que je vous attends.

— J'ai été retenu, éluda Ryan en posant un sac en papier Kraft sur son bureau. Vous avez mangé ?

— Non, répondit-elle en le regardant déballer un appétissant sandwich. Etes-vous en train de me dire que vous êtes en retard parce que vous êtes allé acheter votre déjeuner ?

— Je l'ai pris sur le chemin. Vous en voulez un bout ?

Nathalie secoua la tête.

— J'ai aussi pris deux cafés, ajouta-t-il en désignant le sachet.

La jeune femme prit l'une des tasses en carton et but avec reconnaissance.

— Cela vous dérange-t-il que j'enregistre notre conversation ? demanda Ryan.

— Au contraire.

Tout en continuant de manger, il sortit un magnétophone qu'il installa sur le bureau.

— Dites-moi, vous devez avoir une armoire entière de ce genre de tailleur ? demanda-t-il en désignant celui que portait la jeune femme. Vous arrive-t-il de mettre autre chose ?

— Est-ce que cela fait partie de votre interrogatoire ? demanda-t-elle froidement.

— Non, concéda-t-il.

— Dans ce cas, j'aimerais que nous commencions. Je n'ai pas beaucoup de temps.

— Très bien, soupira Ryan en allumant le magnétophone. Cet interrogatoire est mené par l'inspecteur Ryan Piasecki. La personne interrogée est Nathalie Fletcher dans le cadre de l'enquête sur l'incendie volontaire survenu le 12 février à l'entrepôt des Industries Fletcher situé au 21 Harbor Avenue. Mademoiselle Fletcher, vous êtes bien le propriétaire du bâtiment ?

— Le bâtiment et son contenu étaient la propriété des Industries Fletcher dont je suis actionnaire et pour lesquelles je travaille.

— Depuis combien de temps le bâtiment appartient-il à votre compagnie ?

— Cela fait huit ans. Il était utilisé auparavant comme entrepôt de Fletcher Expéditions.

— Et maintenant ?

— Fletcher Expéditions a été relocalisé, répondit Nathalie en se détendant légèrement. L'entrepôt a été aménagé pour servir d'usine à Lady's Choice, une filière de Fletcher Industries spécialisée dans la lingerie fine.

— Quels étaient les horaires de travail dans cette usine ?

— De 8 heures à 18 heures, du lundi au vendredi. Au cours des derniers mois, nous avions ajouté le samedi matin de 8 heures à midi afin de préparer le prochain lancement de notre gamme.

L'entretien se poursuivit durant quelques minutes, portant sur la nature de l'activité, le personnel et les mesures de sécurité.

— Vous avez un nombre important de sous-traitants, remarqua Ryan en consultant ses notes.

— Oui. Nous travaillons avec plusieurs entreprises locales.

— Pas de firmes étrangères ?

— Non. La politique de Fletcher Industries est de dynamiser prioritairement le tissu industriel environnant.

— Un précepte aussi louable que coûteux, non ?

— Nous pensons que le surcoût est compensé par un accroissement de la qualité et un meilleur fonctionnement de la chaîne globale. A terme, cela permet d'améliorer nos ventes.

— J'ai cru comprendre que vous-même vous étiez beaucoup investie dans la création de Lady's Choice. Vous avez même placé une partie de votre argent personnel dans cette entreprise.

— C'est exact.

— Que se passerait-il si vous ne réalisiez pas les bénéfices que vous espérez ?

— Cela n'arrivera pas.

Ryan se carra dans son fauteuil et sirota le fond de son café sans quitter Nathalie des yeux.

— Et sinon ?

— Alors j'aurai perdu du temps et de l'argent, répondit la jeune femme en haussant les épaules.

— Quand vous êtes-vous rendue à l'usine pour la dernière fois ?

— Je suis passée faire une visite de routine trois jours avant l'incendie, répondit Nathalie sans se laisser déstabiliser par ce brusque changement de sujet. C'était le 9 février.

— Avez-vous remarqué quoi que ce soit d'étrange concernant le stock ?

— Non.

— Des équipements endommagés ?

— Non.

— Des défauts dans le système de sécurité ?

— Si tel avait été le cas, j'aurais veillé à régler ces problèmes sur-le-champ. Mais tout allait bien. Nous étions dans les temps et le stock était impeccable.

— Vous avez tout regardé ? demanda Ryan.

— Bien sûr que non. J'ai passé en revue quelques articles types. Je ne pouvais tout de même pas inspecter le moindre déshabillé moi-même.

— Le bâtiment a été inspecté par nos services au mois de novembre. Apparemment, vous étiez parfaitement en règle.

— C'est exact.

— Dans ce cas, comment expliquez-vous que les alarmes et les extincteurs automatiques ne se soient pas déclenchés, la nuit de l'incendie ?

— Je n'en ai aucune idée.

— Eh bien, je vais vous le dire : ils ont été sabotés.

— Je l'ignorais.

Ryan prit une cigarette qu'il alluma avant d'inspirer une profonde bouffée.

— Avez-vous des ennemis, mademoiselle Fletcher ?

— Des ennemis ? répéta-t-elle, incertaine.

— Oui, quelqu'un qui vous voudrait du mal sur le plan personnel ou professionnel…

— Non, je ne vois pas, dit-elle en passant nerveusement une main dans ses cheveux.

Cette idée avait quelque chose d'angoissant.

— J'ai des concurrents, évidemment…

— L'un d'eux vous a-t-il causé des problèmes particuliers ? Menaces ? Insinuations ?

— Non.

— Vous n'auriez pas licencié des employés, ces derniers temps ?

— Pas chez Lady's Choice. Bien sûr, Fletcher Industries a de nombreuses branches autonomes et il a pu y avoir des licenciements. Mais je n'ai pas entendu parler de problèmes particuliers…

Ryan continua à l'interroger pendant quelques minutes puis enregistra l'heure et éteignit le magnétophone.

— J'ai parlé à votre agent d'assurances, ce matin, précisa-t-il. J'ai également interrogé votre gardien de nuit et je dois rencontrer quelques-uns de vos employés.

— Très bien. Et que pensez-vous de cette affaire ? Me croyez-vous toujours responsable ?

— Ce que je crois n'a pas grande importance, mademoiselle Fletcher. Ce qui compte, ce sont les faits.

— Cessez de m'appeler Mlle Fletcher, c'est agaçant. Et dites-moi ce que vous pensez.

Ryan resta quelques instants silencieux, contemplant la jeune femme. Elle paraissait terriblement déplacée dans ce bureau miteux envahi par les odeurs de la nourriture que préparaient les pompiers au rez-de-chaussée.

— Je ne sais pas, Nathalie, soupira-t-il enfin. Peut-être suis-je influencé par votre joli minois… Mais, honnêtement, je ne vous crois pas coupable.

— Bien. Dans ce cas, j'imagine que je n'ai plus qu'à prendre mon mal en patience et à attendre que vous ayez découvert le fin mot de cette histoire. De toute façon, malgré le peu de sympathie que vous m'inspirez, je suis certaine que vous êtes le mieux placé pour mener cette enquête.

— Ce compliment me touche, ironisa Ryan.

— Avec un peu de chance, ce sera le premier et le dernier, répliqua Nathalie en se levant pour prendre congé.

Avant même qu'elle ait pu récupérer son attaché-case, Ryan avait contourné le bureau pour la rejoindre.

— Vous savez, vous devriez souffler, de temps à autre, lui dit-il posément.

— Que voulez-vous dire ?

— Vous en faites trop et, si vous ne vous détendez pas, vous risquez de craquer.

— Il se trouve que j'ai du travail, inspecteur.

— Je croyais que nous avions décidé de nous appeler par nos prénoms ? Venez, je vais vous montrer quelque chose.

— Mais je n'ai pas le temps, protesta Nathalie, furieuse et désarçonnée à la fois. J'ai un rendez-vous.

— C'est le cas chaque fois que nous nous rencontrons, remarqua Ryan en souriant. Et je suppose que vous n'êtes pas le genre de femme à arriver en retard ?

— Non, en effet.

— Mon Dieu, vous frôlez la perfection : belle, intelligente et ponctuelle. C'est tout ce dont un homme peut rêver, remarqua-t-il en la précédant dans les escaliers qui menaient au rez-de-chaussée.

En bas, ils furent assaillis par une odeur de chili con carne. Deux hommes vérifiaient l'un des camions tandis qu'un autre remplissait sa citerne. Ryan fut accueilli par des salutations et des regards ironiques tandis que Nathalie était dévisagée avec admiration. Quelques sifflements admiratifs se firent entendre.

— Ne faites pas attention à eux. Ils n'ont pas l'habitude de voir de si jolies jambes, ici. Venez, ajouta-t-il en l'entraînant jusqu'à l'un des énormes véhicules. Laissez-moi vous aider…

Avant même qu'elle ait pu protester, il saisit la jeune femme par la taille et l'installa sur la banquette avant du camion. Aussitôt, il sauta à bord et s'assit à côté d'elle, lui laissant tout juste le temps de s'écarter.

— Pourquoi m'avez-vous fait entrer là-dedans ? interrogea-t-elle, se demandant s'il n'était pas devenu fou.

— Ne me dites pas que vous n'avez jamais rêvé de vous retrouver dans un camion de pompiers ? s'exclama Ryan. Tout le monde en a envie. Alors, qu'en pensez-vous ?

Nathalie parcourut des yeux le tableau de bord couvert de boutons et de jauges mystérieuses sur lequel était agrafé un poster de Miss Janvier.

— C'est intéressant, répondit-elle prudemment.

— C'est tout ?

— D'accord, avoua-t-elle, c'est plutôt amusant…

Elle se pencha pour apercevoir l'extérieur à travers le gigantesque pare-brise.

— Nous sommes vraiment très haut, remarqua-t-elle, impressionnée. Et ça ? demanda-t-elle en désignant un cordon qui pendait à sa droite. C'est la sirène ?

— Oui. Mais je vous déconseille d'y toucher. A l'intérieur, elle fait un bruit démoniaque et vous seriez à moitié sourde durant votre rendez-vous.

— Dommage… Mais dites-moi, vous me montrez tout cela pour m'aider à me détendre ou juste pour m'impressionner ?

— Les deux… Est-ce que ça marche ?

— Eh bien, vous n'êtes peut-être pas aussi désagréable que vous vous efforcez de le paraître.

— Si vous continuez à être aussi gentille avec moi, je vais finir par tomber amoureux, la prévint Ryan en souriant.

Nathalie éclata de rire. Ryan avait au moins raison sur un point : elle se sentait à présent vraiment détendue.

— Ne vous en faites pas, je doute que cela arrive jamais.

Elle se tut et observa une fois de plus la cabine.

— Qu'est-ce qui a bien pu vous pousser à passer dix ans chez les pompiers ? demanda-t-elle brusquement.

— Je vois que vous êtes très bien informée, nota Ryan. Je suis issu d'une famille de pompiers : mon grand-père et mon père exerçaient déjà le même métier et j'ai suivi leurs traces. Je suppose que j'avais cela dans le sang…

— Pourtant, vous avez laissé tomber.

— Pas vraiment. J'ai juste pris du galon en essayant de rester proche du terrain.

Nathalie le regarda attentivement, persuadée qu'il lui cachait quelque chose.

— Pourquoi gardez-vous cette tête de poupée ? demanda-t-elle sans le quitter des yeux.

— Je vous l'ai dit, c'est un souvenir. De mon dernier feu. J'ai sorti cette gamine de sa chambre. Son père l'y avait enfermée avec sa mère en les menaçant d'un revolver qui n'était même pas chargé…

— C'est affreux, murmura Nathalie en songeant qu'elle-même aurait préféré risquer de se faire tirer dessus que d'attendre de mourir brûlée. Comment a-t-il pu faire cela à sa propre famille ?

— Certaines personnes ne digèrent pas très bien leur divorce, répondit Ryan. En tout cas, elles sont restées enfermées dans la chambre. C'était une de ces vieilles bicoques de bois et elle a littéralement flambé. La mère de la fillette, pour la protéger, s'était allongée sur elle dans un coin de la pièce. Lorsque je suis arrivé sur les lieux, elle était morte mais sa fille était encore vivante. Je suis ressorti avec elle au moment où le plancher s'effondrait.

— Vous lui avez sauvé la vie, dit Nathalie d'un ton qui se voulait réconfortant.

— Non. C'est sa mère qui l'a sauvée. Quant au salaud qui avait allumé le feu, il avait sauté du deuxième étage. Il s'était cassé la jambe et avait été sévèrement brûlé mais il s'en est sorti.

Nathalie réalisa brusquement que, par-delà l'indifférence qu'il affectait, Ryan prenait réellement à cœur le destin des victimes. Brusquement, l'antipathie qu'il lui avait jusqu'alors inspirée se mua en une forme de respect devant un homme capable de surmonter de si grandes douleurs et la certitude même de sa propre impuissance.

— Est-ce pour cela que vous avez décidé de changer de métier ? demanda-t-elle. Pour lutter contre ceux qui allumaient les feux plutôt que contre les incendies eux-mêmes ?

— Plus ou moins, reconnut Ryan.

Brusquement, une sirène assourdissante résonna dans la caserne. Aussitôt, les hommes qui déjeunaient quelques instants auparavant se ruèrent sur leurs casiers pour enfiler leurs tenues de protection.

— Venez, fit Ryan en sautant du camion avant de l'aider à descendre. Il ne faut pas que nous les gênions…

Déjà équipés, les pompiers se précipitèrent dans le véhicule qu'ils venaient de quitter.

— C'est une usine de produits chimiques, dit l'un d'eux à Ryan.

Quelques secondes plus tard, le camion démarrait en trombe, sirènes hurlantes.

— Ils sont si rapides, murmura Nathalie, impressionnée.

— Oui, fit Ryan d'une voix rêveuse en suivant du regard le fourgon qui disparaissait au coin de la rue.

— Cela ne vous manque pas ? demanda la jeune femme.

— De temps en temps, avoua-t-il en se tournant vers elle.

Dans ses yeux, elle vit une lueur étrange qui fit courir un brusque frisson le long de son dos. Elle réalisa alors que, sans même qu'elle s'en rende compte, Ryan l'avait prise dans ses bras dans un réflexe protecteur. Brusquement, elle se sentit terriblement mal à l'aise.

— Je devrais peut-être y aller, murmura-t-elle, le cœur battant.

Il hocha la tête mais ne fit pas mine de relâcher son étreinte. Une étrange excitation monta en Nathalie, sans qu'elle sût si c'était l'effet de l'adrénaline ou du contact du corps de Ryan contre le sien.

— C'est de la folie, murmura-t-elle, devinant ses intentions avant même qu'il n'amorce le moindre mouvement.

— Et alors ? souffla Ryan en se penchant vers elle.

Elle n'essaya pas même de le repousser, incapable de contrôler le soudain accès de désir qui était monté en elle comme une vague impétueuse, réduisant à néant toute lucidité. S'abandonnant à cette étreinte, elle se sentit fondre au contact des lèvres de Ryan, comme s'il avait éveillé en elle une flamme incoercible. D'instinct, il paraissait deviner ce qu'elle attendait, satisfaisant la moindre de ses envies avant même qu'elle ne l'ait formulée pour elle-même.

Au contact de ses mains qui couraient sur son corps, elle se sentait terriblement féminine, comme s'il révélait en elle une aptitude au plaisir qu'elle avait longtemps refusé de satisfaire. Sans même s'en rendre compte, elle lâcha brusquement son attaché-case et noua ses bras autour de la taille de Ryan.

Ce dernier luttait contre la passion qui l'emportait. Il avait joué d'audace, voulant savoir ce qu'il éprouverait en embrassant la jeune femme. Mais rien ne l'avait préparé à cela ! Il y avait en elle un mélange terriblement exaltant de force et de douceur qui le prit de court. Ses lèvres brûlantes qui se pressaient avec ferveur contre les siennes effaçaient toute trace de raison. Jamais encore il n'avait ressenti une fusion aussi immédiate, aussi inexplicable. Tout autour de lui paraissait s'être résorbé dans le néant pour laisser place au mélange d'excitation et de stupeur qui l'habitait.

Pendant ce qui leur parut une éternité, ils restèrent enlacés, se pressant l'un contre l'autre comme pour mieux se faire sentir l'intensité de leur désir. Le temps semblait s'être arrêté et tous deux n'étaient plus que sensations. Lorsqu'ils se séparèrent enfin, à bout de souffle, ils se sentaient épuisés, vidés de toute énergie.

— Je suis désolé, murmura Ryan en reculant d'un pas.

— Désolé ? répéta-t-elle d'une voix tremblante.

Inspirant profondément, elle tenta de remettre de l'ordre dans ses pensées.

— Vous êtes désolé ? répéta-t-elle.

— Oui, reprit-il. C'était totalement hors de propos…

Mortifiée, Nathalie passa une main dans ses cheveux, sentant un brusque accès de colère s'emparer d'elle. En quelques instants, il venait de faire voler en éclats toute décence et voilà qu'il s'excusait platement comme si tout cela n'avait été qu'une insignifiante erreur. Furieuse, elle le fusilla du regard.

— Puis-je savoir si vous traitez tous vos suspects de cette façon, inspecteur ? demanda-t-elle d'un ton glacial.

— Non, vous êtes la première, reconnut Ryan, penaud.

— Quelle chance ! s'exclama-t-elle en récupérant son attaché-case. Bien, je crois que je ferais mieux de partir avant de vous gifler. Vous seriez capable de m'arrêter pour atteinte à un agent de la force publique, je suppose…

— Attendez, plaida Ryan en lui emboîtant le pas tandis qu'elle se dirigeait vivement vers la sortie.

Il l'attrapa par le bras, la forçant à se retourner.

— Ne rendez pas les choses plus difficiles qu'elles ne le sont déjà, dit-elle.

— Je vous ai dit que j'étais désolé.

— Que voulez-vous que cela me fasse ?

— Ecoutez, mademoiselle Fletcher, reprit Ryan avec une pointe d'humeur. On ne peut pas dire que vous vous soyez précisément défendue…

— Et c'était une erreur, répliqua-t-elle en s'arrachant à son emprise. Une erreur que je me garderai bien de répéter.

— Je ne voulais pas faire cela.

— Vraiment ? Dois-je comprendre que c'était encore l'une de vos techniques pour me déstabiliser ?

— Pas du tout ! C'est votre faute… A voir la façon dont vous me regardiez, j'ai pensé…

— Espèce de sale brute arrogante ! s'écria Nathalie, hors d'elle. Vous avez un sacré culot ! Bientôt, vous allez me dire que c'est moi qui me suis jetée sur vous.

— Cela ne risque pas, rétorqua Ryan qui commençait à son tour à perdre son sang-froid. Vous êtes bien trop coincée pour ça !

— Cette fois, je vais vous gifler !

— Mais je n'y peux rien, poursuivit Ryan sans prêter attention à ses menaces. Je vous désire, même si je me déteste pour ça.

Nathalie se figea, faisant tout son possible pour garder la tête froide. Comment Ryan parvenait-il à se montrer à la fois absurde, énervant, insultant et flatteur ?

— C'est probablement la première fois que nous sommes d'accord, inspecteur. Moi aussi, je déteste ça.

— Quoi ? Le fait que je vous désire ou que vous me désiriez ?

— Les deux.

Ils restèrent silencieux, réalisant les implications de ce qu'ils venaient de s'avouer.

— Nous ferions mieux d'en discuter…, suggéra enfin Ryan.

— C'est hors de question.

— Vous tenez vraiment à compliquer les choses, n'est-ce pas ?

— Oh, mais la situation est très simple, inspecteur : notre relation n'a aucun avenir. Alors je ne vois aucune raison d'en parler plus avant.

— Pourquoi dites-vous cela ?

Nathalie le dévisagea de la tête aux pieds, affectant un mépris qu'elle ne ressentait pas.

— N'est-ce pas évident ? demanda-t-elle.

— La seule chose qui le soit, c'est que vous me faites beaucoup d'effet et que je ne vous suis pas indifférent. Alors je ne vois pas pourquoi je ne vous inviterais pas à dîner ce soir…

— Je crois que je me suis mal fait comprendre, répondit la jeune femme posément. Il est hors de question que vous m'invitiez quand que ce soit. Ce qui s'est passé à l'instant est…

— Terriblement excitant ? suggéra Ryan.

— Une aberration, reprit-elle.

— En êtes-vous aussi sûre ? Seriez-vous prête à recommencer, juste pour me prouver qu'il ne s'est rien passé de spécial ? demanda Ryan, en riant. Non ? Je vois… Apparemment, vous avez peur de ce qui pourrait arriver, peur de perdre une fois de plus le contrôle de vous-même. Qui sait si vous n'avez pas peur de moi ?

— Vos provocations sont ridicules et ne me touchent pas le moins du monde.

— Vraiment ?

— Vraiment, déclara Nathalie, bien décidée à lui prouver qu'il se trompait. D'ailleurs, si vous y tenez tant que cela, vous n'avez qu'à me retrouver ce soir Chez Robert à 8 heures. C'est sur la Troisième Avenue…

— D'accord, répondit Ryan en s'efforçant de dissimuler son triomphe.

— A ce propos, Piasecki, ce n'est pas le genre d'endroit où l'on mange avec les mains.

— Je veillerai à m'en souvenir, répondit-il en partant d'un nouvel éclat de rire.

Lorsque Nathalie rentra dans son appartement, le soir même, il était déjà 7 h 15. Elle avait passé la journée à travailler d'arrache-pied et se sentait vidée. Mais à peine avait-elle poussé la porte qu'elle entendit le téléphone sonner. Elle fut tentée de laisser le répondeur s'en charger mais, au bout de quatre sonneries, elle ne put résister et décrocha le combiné.

— Nathalie ? C'est Boyd, fit la voix joviale de son frère.

— Oh, salut, capitaine Fletcher ! Alors ? Comment se passe le combat contre le crime et la corruption ?

— Ça dépend des jours… Je suis justement coincé au commissariat pour une affaire. Mais Cilla et les enfants t'embrassent.

— Tu les salueras de ma part.

— Je t'appelais au sujet de cet incendie, à l'entrepôt.

— Comment es-tu au courant ? Je viens à peine d'apprendre que c'était un acte criminel…

— C'est la magie de la communication interne, plaisanta

Boyd. En fait, je viens de m'entretenir avec l'inspecteur chargé de l'affaire.

— Piasecki ? Tu lui as parlé ?

— Il y a dix minutes. Apparemment, tu es entre de bonnes mains, Nat.

— Apparemment, il est très doué. Mais ses manières sont un peu abruptes.

—C'est parce qu'il travaille à un poste dangereux. Discute un jour avec des démineurs et tu comprendras que Piasecki est un vivant exemple de diplomatie. En attendant, je me fais du souci pour toi, sœurette…

— Il n'y a aucune raison, Boyd. C'est toi le policier. Moi je ne suis qu'un P.-D.G. bien à l'abri dans sa tour d'ivoire.

— Te connaissant, j'en doute. Alors je veux que tu me tiennes au courant de toutes les évolutions de l'enquête, d'accord ?

— Pas de problème. Et si tu parles aux parents, dis-leur que je suis en train de régler ce problème. Ils n'ont aucun souci à se faire pour l'avenir de l'entreprise. Je t'épargne les détails…

— C'est gentil à toi.

Nathalie sourit : son frère avait toujours détesté l'entendre parler affaires avec leur père. Pour lui, il n'y avait rien de plus ennuyeux au monde que les chiffres et les graphiques.

— En tout cas, reprit-elle, je suis sur le point d'ajouter un nouveau fleuron à la firme.

— En vendant des sous-vêtements ? ironisa Boyd.

— De la lingerie fine, frérot.

— A ce propos, Cilla et moi avons beaucoup apprécié les articles que tu nous as fait parvenir en avant-première. Je suis très fan du déshabillé rouge…

— Je m'en doutais. Tu n'auras qu'à lui offrir la robe de chambre assortie pour la Saint-Valentin.

— Mets-en une de côté pour moi. Et prends bien soin de toi, Nat.

— Ne t'en fais pas. Nous nous verrons peut-être le mois prochain. Je dois partir en repérage pour ouvrir une nouvelle filiale.

— Ta chambre est prête. Nous serons tous ravis de te voir.

Nathalie raccrocha et jeta un coup d'œil à sa montre. Il lui restait très peu de temps pour se préparer. Elle choisit l'une de ses robes les plus sensuelles, bien décidée à prouver à Ryan qu'elle n'avait rien de coincé. Alors qu'elle était en train de se coiffer, le téléphone retentit une fois encore.

— Boyd ? dit-elle, en décrochant.

Personne ne répondit. Mais elle pouvait entendre une respiration à l'autre bout du fil.

— Allô ? dit-elle, vaguement mal à l'aise. Qui est à l'appareil ?

— Minuit, répondit une voix assourdie.

— Pardon ? Qui êtes-vous ?

— Minuit. L'heure des sorcières. Vous verrez.

L'homme éclata de rire puis raccrocha. Nathalie reposa le combiné en secouant la tête. Ce devait être l'un de ces détraqués qui passaient leur temps à appeler les gens au hasard pour leur faire peur. Mais elle n'était pas du genre à se laisser impressionner aussi aisément. Jetant un nouveau coup d'œil à sa montre, la jeune femme s'aperçut qu'il était 7 h 45. Il lui fallait absolument partir si elle voulait être à l'heure. Et elle était bien décidée à ne pas avoir une seule minute de retard.

4.

A 8 heures précises, Nathalie arriva Chez Robert. C'était un restaurant français très en vogue que la jeune femme affectionnait particulièrement. Elle aimait son côté ancien, ses murs tapissés de rouge, ses bougies qui donnaient à la salle chaleur et intimité, ses nappes immaculées sur lesquelles brillait l'argenterie marquée aux armes du lieu. La jeune femme fut accueillie par un maître d'hôtel obséquieux qui la débarrassa de son manteau.

— Mademoiselle Fletcher, c'est toujours un plaisir de vous accueillir ici, dit-il en s'inclinant respectueusement. Je ne savais pas que vous aviez réservé ce soir.

— J'ai rendez-vous avec un ami. M. Piasecki.

Le maître d'hôtel consulta son registre et hocha la tête :

— Effectivement, nous avons bien une table pour deux au nom de M. Piasecki. Je suppose que ce doit être lui. La réservation est pour 8 heures mais je crois que votre ami n'est pas encore arrivé, mademoiselle. Si vous voulez bien me suivre, je vous accompagne.

Nathalie le suivit jusqu'à sa table favorite qui était située un peu à l'écart et d'où l'on pouvait voir l'ensemble de la pièce. Le maître d'hôtel l'aida galamment à s'asseoir.

— Désirez-vous boire quelque chose en attendant, mademoiselle ? suggéra le maître d'hôtel.

— Une coupe de champagne, s'il vous plaît.

— Je vous l'apporte tout de suite. Et si je puis me permettre un conseil, nous avons ce soir un délicieux homard frais.

— Merci du conseil.

Le maître d'hôtel s'éclipsa et Nathalie sortit son agenda. Elle passa en revue les rendez-vous qu'elle avait pris pour le lendemain. Lorsque Ryan la rejoignit enfin, elle avait déjà vidé sa coupe de champagne.

— Heureusement que je ne suis pas un incendie, remarqua-t-elle sans lever les yeux de son planning surchargé.

— Je ne suis jamais en retard lorsqu'il s'agit de mon travail, répondit-il en s'installant en face d'elle.

Nathalie releva enfin la tête et eut la surprise de voir que Ryan avait revêtu un costume. La veste noire, très stricte, accentuait l'apparence athlétique de sa silhouette.

— Je le mets généralement pour les enterrements, déclara Ryan, lisant la surprise dans les yeux de la jeune femme.

— Eh bien, voilà qui promet pour cette soirée…

— C'est vous qui avez choisi cet endroit, lui rappela Piasecki en souriant. J'essaie juste de ne pas vous faire honte. Que vaut la cuisine ici ?

— Elle est excellente.

— Mademoiselle Fletcher, dit alors Robert, le maître des lieux en prenant la main de la jeune femme pour la porter à ses lèvres. Soyez la bienvenue dans notre établissement.

Ryan sourit et s'adossa à son fauteuil. Tandis que Nathalie et Robert discutaient en français, il alluma une cigarette. Jusque-là, tout se déroulait exactement comme il l'avait imaginé.

— Je vous apporte une coupe de champagne, conclut

Robert avant de se tourner vers lui. Que prendrez-vous, monsieur ?

— Une bière, s'il vous plaît.

— Bien sûr, acquiesça Robert sans dissimuler sa désapprobation.

— Je suppose que vous avez terminé votre petite démonstration ? demanda Ryan à Nathalie lorsqu'il eut disparu en direction des cuisines.

— Que voulez-vous dire ?

— Vous vous demandiez sans doute si je serais mal à l'aise dans un grand restaurant dont le patron vient personnellement vous faire le baisemain et s'enquérir de la santé de votre famille.

— Je ne vois absolument pas de quoi vous voulez parler, commença Nathalie. Attendez une minute, comment savez-vous qu'il parlait de ma famille ?

— Ma grand-mère était canadienne francophone et je parle le français aussi bien que vous. Sans ce petit accent pincé que vous employez, évidemment.

Ryan souffla un nuage de fumée qui dériva paresseusement au-dessus des bougies.

— C'est curieux, ajouta-t-il. Je ne vous croyais pas aussi snob…

— Je ne suis pas snob ! protesta vivement Nathalie en se raidissant sur sa chaise.

Il s'abstint de répondre, se contentant de sourire d'un air moqueur et elle se sentit rougir jusqu'à la racine des cheveux.

— D'accord, concéda-t-elle, j'avoue que je voulais vous mettre mal à l'aise. Mais c'est uniquement parce que vous avez le don de m'agacer.

— Pas seulement, répliqua Ryan en la regardant droit dans les yeux.

Il laissa ensuite glisser son regard le long des épaules de la jeune femme, admirant la coupe superbe de sa robe noire qui contrastait délicieusement avec la couleur de sa peau. Il remarqua quelques taches de rousseur qui constellaient le haut de sa poitrine et sentit monter en lui une brusque bouffée de désir.

— Y a-t-il un problème ? finit-elle par demander, visiblement gênée par son petit manège.

— Non, pas du tout. Je me demandais si vous aviez également choisi votre robe pour me mettre mal à l'aise.

— Je l'avoue, reconnut-elle sans faux-fuyant.

— Eh bien, cela fonctionne parfaitement. Que vaut l'entrecôte, ici ?

Nathalie inspira profondément, comprenant que son propre jeu se retournait contre elle. Ryan avait visiblement décidé de la rendre folle.

— Je pense que vous ne trouverez pas mieux dans toute la ville, répondit-elle. Mais l'endroit est surtout réputé pour ses poissons et ses fruits de mer.

Ouvrant la carte, elle prétendit s'abîmer dans l'étude du menu. La soirée ne se déroulait absolument pas comme elle l'avait prévu. Ryan avait vu clairement le piège qu'elle lui tendait et l'avait habilement retourné contre elle, la faisant passer pour une imbécile. Il était grand temps de mettre un terme à la débâcle.

— Je propose une trêve pour la soirée, déclara-t-elle enfin.

— Pourquoi ? Je ne savais pas que nous étions en train de nous disputer…

— Disons que nous pourrions essayer de passer une soirée

agréable, suggéra la jeune femme en portant sa coupe de champagne à ses lèvres. Commencez par me parler de vous. Vous avez un nom étrange : mi-irlandais, mi-polonais. Ce n'est pas commun…

— Ma mère était d'origine irlandaise et mon père, polonaise.

— Et vous avez une grand-mère québécoise ?

— Du côté maternel. L'autre est d'origine écossaise.

— Ce qui fait de vous… ?

— Un Américain typique, je suppose.

A cet instant, le garçon leur apporta un assortiment de hors-d'œuvre que Robert avait pris la liberté de leur envoyer des cuisines pour les mettre en bouche. Il prit leur commande et se retira aussi discrètement qu'il était venu.

— Vous disiez que vous aviez toujours voulu être pompier ? reprit Nathalie, soucieuse de maintenir la conversation à un niveau aussi anodin que possible.

— Oui. J'ai quasiment grandi dans la caserne numéro dix-neuf où travaillait mon père.

— C'est lui qui vous a poussé à prendre sa suite.

— Non. Et vous ?

— Moi ?

— Votre compagnie est une entreprise familiale. Avez-vous toujours voulu y travailler ou bien vos parents vous y ont-ils encouragée ?

— Il y a un peu des deux, concéda Nathalie. Mais je dois avouer que je ne me suis pas fait prier. En fait, c'est mon frère Boyd qui devait reprendre les rênes de l'empire. Mais il ne rêvait que d'être policier et n'avait aucune envie de passer sa vie dans un bureau. Alors j'ai fait pression sur mon père jusqu'à ce qu'il accepte que je prenne la place de Boyd.

— Il était si réticent que cela ?

— Disons qu'il a attendu que je fasse mes preuves. Il ne voulait pas prendre le risque de voir sa précieuse entreprise disparaître. Lorsqu'il a été convaincu de mes capacités, il m'a laissée faire.

— Et cela vous plaît ?

— Oui. J'adore ce métier. L'intérêt est sans cesse renouvelé, chaque investissement est un pari, chaque négociation un bras de fer… Et cette nouvelle compagnie représente beaucoup pour moi.

— En tout cas, votre catalogue a un énorme succès à la caserne.

— Vraiment ? dit Nathalie, amusée.

— Oui… Et comme beaucoup de ces hommes ont une femme ou une petite amie, on peut dire que je contribue à améliorer vos parts de marché.

— C'est très généreux à vous. Mais vous-même, comptez-vous passer commande ?

— Je n'ai ni femme ni petite amie, répondit Ryan en la regardant dans les yeux. Pour le moment, du moins.

— Mais vous avez été marié, n'est-ce pas ?

— Brièvement…

— Je suis désolée. Ma question était indiscrète…

— Pas du tout. D'ailleurs, c'est de l'histoire ancienne. C'était il y a plus de dix ans. Pour résumer cette tragique méprise, je dirais que mon ex-femme est tombée amoureuse de mon uniforme avant de réaliser que je passais trop d'heures dedans à son goût.

— Vous avez eu des enfants ?

— Non, soupira Ryan. C'est d'ailleurs mon seul regret. Mais nous ne sommes restés ensemble que trois ans. Ensuite, elle s'est remariée avec un plombier et elle a emménagé en banlieue.

Se penchant en avant, Ryan écarta une mèche de cheveux qui retombait dans les yeux de Nathalie. Au passage, il caressa délicatement son cou, la faisant frissonner malgré elle.

— Je commence à aimer vos épaules autant que vos jambes, commenta-t-il. A vrai dire, peut-être que c'est l'ensemble qui me séduit…

— Voilà un compliment étrangement tourné, murmura Nathalie qui sentit sa gorge se dessécher.

Jamais encore un homme ne lui avait fait un tel effet et elle avait de plus en plus de mal à le lui dissimuler.

— Vous ne pensez pas qu'étant donné les circonstances, vous devriez garder vos distances ? demanda-t-elle après avoir bu une longue gorgée d'eau. Il est important que vous restiez objectif si vous voulez poursuivre cette enquête.

— Ne vous inquiétez pas. Je ne pense pas un seul instant que vous ayez quoi que ce soit à voir avec l'incendie. Cette question étant résolue, une autre se pose à moi avec plus d'acuité encore. Depuis que je vous ai rencontrée, je n'arrête pas de me demander ce que je ressentirais en faisant l'amour avec vous.

Nathalie sentit son cœur s'emballer et elle bénit le serveur qui choisit cet instant précis pour refaire son apparition avec leurs plats. Le temps qu'il débarrasse, elle avait retrouvé un semblant de calme.

— Parlons plutôt de l'incendie, reprit-elle d'un ton qui se voulait posé. Qu'avez-vous découvert, exactement ?

— Eh bien, sans entrer dans les détails, j'ai relevé tous les signes d'une destruction volontaire et calculée. Reste à élucider le motif : vengeance, vandalisme, destruction gratuite ou pathologie.

— Justement, comment faites-vous généralement pour

retrouver un pyromane ? Je suppose que ces individus sont imprévisibles…

— La première chose à savoir, c'est qu'il y a très peu de pyromanes. La plupart du temps, les incendiaires ont une raison concrète de passer à l'acte. Même dans les cas pathologiques, la cible est rarement gratuite : ils choisissent des biens appartenant à des personnes qu'ils considèrent comme leurs ennemis pour une raison ou une autre.

— On entend pourtant parler de pyromanes qui brûlent des bâtiments ou des forêts au hasard pour leur plaisir.

— C'est surtout parce que la presse raffole de ce genre d'histoires. La plupart du temps, les crimes dont les journalistes veulent nous faire croire qu'ils sont l'œuvre de pyromanes se révèlent être des événements isolés sans lien les uns avec les autres. Je peux goûter votre homard ?

— Bien sûr, fit la jeune femme en poussant son assiette dans sa direction. Vous n'avez pas l'air d'aimer beaucoup les journalistes.

— Ce ne sont pas les pires ! Si vous voyiez la façon dont les psychiatres réduisent nos efforts à néant chaque fois que l'on parle de pyromanes… En général, ils arrivent lorsque nous avons mis les incendiaires sous les verrous, s'entretiennent une demi-heure avec eux avant de décréter à la barre que l'accusé a commis un acte désespéré parce qu'il en voulait à sa mère ou à je ne sais qui d'autre. Et une fois sur deux, le type est relâché après un court séjour en hôpital psychiatrique !

— Mais vous ne pensez pas qu'il faille les soigner ?

— Je pense que nous sommes tous égaux devant la loi : si quelqu'un commet un crime, il doit en payer le prix. Cela n'empêche pas qu'il consulte des spécialistes durant sa détention mais je n'accepte pas la tendance qu'ont trop de gens à blâmer les autres pour des fautes qu'ils ont eux-mêmes commises.

— Je croirais entendre mon frère, remarqua Nathalie.

— Cela signifie probablement que la plupart des policiers pensent la même chose. Il est très frustrant de voir des criminels que l'on a poursuivis pendant des mois sortir de prison après quelques semaines… Vous voulez goûter un peu de mon steak ?

— Non, merci, répondit Nathalie, bien décidée à en apprendre plus. Dites-moi juste une chose : vous vous méfiez des psychiatres mais vous-même devez bien avoir étudié ce qu'ils écrivent au sujet des pyromanes.

— Ce sujet vous intéresse-t-il donc tant que cela ? demanda Ryan, surpris par la curiosité insatiable de la jeune femme.

— Bien sûr. Et particulièrement en ce moment…

— D'accord, je vais essayer de vous résumer brièvement ce que disent les experts. D'après eux, il y a plusieurs groupes distincts de pathologies mentales : les états dépressifs, les états délirants, les pathologies d'origine organique, les états névrotiques et les troubles du comportement. C'est dans ce dernier groupe que l'on trouve la kleptomanie et la pyromanie notamment.

— Et il s'agit d'une affection courante ?

— Très. Mais chez la plupart des gens, il n'y a pas de passage à l'acte. Ce qui fait que le pyromane vraiment actif est assez rare. De plus, comme il obéit à une impulsion irrépressible, il laisse souvent des indices, ce qui le rend assez facilement repérable. Certains médecins pensent même que cette négligence est inconsciente, qu'au fond ils espèrent être pris.

Une fois de plus, Ryan se pencha en avant et ramena l'une des mèches de Nathalie derrière son oreille. Il laissa ses doigts s'attarder dans ses cheveux quelques instants avant de s'enfoncer de nouveau dans son siège.

— J'aime vous regarder, dit-il enfin. Et en ce moment même, j'ai une envie terrible de vous embrasser...

Dans ses yeux, Nathalie lut une lueur de désir qui éveilla aussitôt une irrépressible sensation de chaleur au creux de son ventre.

— Je ne crois pas que ce soit une bonne idée, inspecteur, articula-t-elle avec difficulté.

— Pourquoi ne viendriez-vous pas chez moi, ce soir ? suggéra-t-il sans se démonter le moins du monde.

— On peut dire que vous n'y allez pas par quatre chemins, s'exclama Nathalie, aussi sidérée que troublée par la brutalité de sa proposition.

— Pourquoi le ferais-je ? Vous me désirez autant que je vous désire et je ne vois pas l'utilité de nous mentir à ce propos. Cela ne ferait que nous frustrer inutilement.

— Vous êtes incroyable ! s'exclama Nathalie en secouant la tête. Jamais je n'ai rencontré pareil goujat.

— Peut-être. Mais vous n'avez pas répondu à ma question.

— Très bien. Puisqu'il vous faut une réponse, c'est non. J'admets qu'il existe entre nous une attirance que je ne m'explique pas mais je suis toujours convaincue qu'il serait vain d'y céder. Vous et moi sommes trop différents : nous n'avons ni les mêmes idées, ni les mêmes goûts, ni les mêmes modes de vie. La seule chose qui nous rapproche, en fait, c'est que notre vie professionnelle prime sur le reste. Tout cela ne présage rien de bon pour une éventuelle liaison. Alors je ne vois pas l'intérêt de prendre ce risque.

Ryan observa attentivement la jeune femme durant quelques instants avant de hocher la tête :

— Cela se tient, conclut-il.

— Je suis heureuse que nous soyons d'accord, déclara Nathalie en se détendant quelque peu.

— Je n'ai pas dit que j'étais d'accord, protesta Ryan. J'ai juste dit que votre raisonnement se tenait.

Sortant son paquet de cigarettes de sa poche, il en alluma une et tira une profonde bouffée.

— J'ai beaucoup pensé à vous, Nathalie, reprit-il. Et je vous avoue franchement que je n'aime pas trop ce que vous me faites ressentir… C'est une source de distraction dont je n'ai aucun besoin.

— Voilà donc qui règle la question, conclut froidement la jeune femme.

— Dieu sait que je déteste la façon dont vous me parlez parfois. En fait, je ne sais même pas si je vous apprécie beaucoup à titre personnel… Mais je n'ai jamais désiré quelqu'un aussi ardemment que vous. Et c'est un sérieux problème.

— Un problème qui ne regarde que vous, compléta Nathalie d'un ton sec.

— J'ai bien peur que ce ne soit notre problème à tous les deux, au contraire.

— Je vous ai dit que, de mon côté, la question était définitivement tranchée : il ne se passera rien entre nous.

— Peut-être, mais cela ne m'empêchera pas de penser sans cesse à vous comme je le fais depuis que je vous ai vue sur les lieux de l'incendie, répliqua Ryan. J'ai pensé qu'en vous embrassant, je chasserais cette curieuse obsession mais en réalité, cela a eu l'effet inverse.

Se penchant brusquement en avant, il prit le visage de la jeune femme entre ses mains et l'embrassa. Nathalie tenta de s'écarter de lui mais il la retint, la forçant à lui rendre son baiser. Malgré elle, elle sentit une chaleur intense rayonner au creux de son ventre tandis qu'un désir aussi brutal qu'incoercible s'emparait d'elle.

— Vous voyez ? fit Ryan en se dégageant enfin. Il ne s'agit pas uniquement de mon problème. Et ne me dites pas que vous ne ressentez pas la même chose que moi.

— Vous avez raison, concéda Nathalie d'une voix tremblante.

Une fois de plus, elle venait de réaliser à quel point elle était réceptive au contact de Ryan. Son corps tout entier réagissait, balayant toute résistance. Et c'était une expérience terrifiante pour elle qui était habituée à exercer un contrôle presque absolu sur elle-même en toutes circonstances.

— Mais cela ne change rien, reprit-elle en s'efforçant de calmer ses sens en émoi. Je ne vais pas sortir avec quelqu'un simplement à cause d'une sorte de pulsion animale. Je dois peser les conséquences d'une telle décision…

— Il ne s'agit pas d'une transaction commerciale, protesta Ryan avec une pointe d'agacement.

— Cela ne change rien. Je n'ai jamais agi sans tenter au préalable de déterminer les conséquences de mes actes.

— Mais on ne peut pas gérer sa vie de façon comptable ! s'exclama Ryan, stupéfait.

— Toute décision comporte un mélange de risque et d'opportunité, objecta la jeune femme. D'ailleurs, je ne vois pas pourquoi je gérerais mon existence autrement : cette méthode a fait ses preuves dans ma vie professionnelle. Et il n'y a rien d'absurde à peser le pour et le contre avant de se lancer dans une relation amoureuse. Tout le monde fait cela…

— Très bien. Dans ce cas, je pourrais peut-être écrire un prospectus publicitaire vantant mes mérites…

— Soyez assuré que j'y porterai une attention soutenue, répondit Nathalie, amusée. Je crois que je peux même vous aider à le rédiger, ajouta-t-elle en laissant glisser sur lui un regard malicieux. On pourrait commencer par dire que vous êtes attirant. D'une beauté brute, authentique…

— Merci, fit Ryan en tirant sur sa cigarette pour se donner bonne contenance.

— Il n'y a pas de quoi, vraiment…, répondit-elle en devinant son embarras. Un menton légèrement fendu, des pommettes hautes et marquées, un beau visage ovale et des yeux noirs plutôt sexy. C'est plus qu'il n'en faut pour faire craquer la majorité des femmes, je suppose. Et vous avez aussi des cheveux superbes. Un peu longs, peut-être, et décoiffés la plupart du temps, mais superbes… Votre corps est plutôt athlétique et vous êtes apparemment assez musclé, ce qui vous permet généralement d'adopter une attitude de dur à cuire.

— Où voulez-vous en venir, exactement ? l'interrompit Ryan en écrasant nerveusement sa cigarette.

— Eh bien, je vous renvoie l'ascenseur. Vous m'avez dit que j'avais de belles jambes et le corps qu'il fallait pour aller avec. Alors je m'en voudrais de ne pas vous retourner la pareille. Et j'avoue que ce n'est pas difficile : vous êtes effectivement très séduisant. Comme un animal sauvage, comme… Némésis.

— N'en jetez plus, soupira Ryan.

— C'est vrai, poursuivit Nathalie en fronçant les sourcils. Il y a beaucoup de points communs entre vous deux. L'un comme l'autre, vous combattez le crime et l'injustice d'une façon un peu particulière, en marge des forces de police traditionnelles. En fait, je pourrais presque croire que vous êtes Némésis. Sauf que c'est un personnage assez romantique ce que, visiblement, vous n'êtes pas…

Ryan ne répondit pas, se contentant de la fixer en silence et Nathalie éclata de rire.

— On dirait que cela vous laisse sans voix. Je n'aurais jamais cru qu'il pouvait être si facile de vous réduire au silence !

Finalement, Ryan se pencha en avant et prit délicatement le menton de la jeune femme entre ses doigts, la fixant droit dans les yeux. Elle avait peut-être gagné une bataille mais il n'était visiblement pas décidé à lui laisser gagner la guerre.

— Je crois que je ne suis pas contre le fait que vous me considériez uniquement comme un objet de plaisir, dit-il d'une voix égale. A condition que vous me gardiez jusqu'au petit déjeuner.

— C'est hors de question.

— Vous êtes impitoyable, mademoiselle Fletcher.

— Je le sais. A ce propos, je pense que nous devrions y aller.

Ryan héla un garçon qui leur apporta l'addition avec l'air désolé qui convenait à ce genre de circonstances. Nathalie tendit la main pour s'en emparer mais Ryan fut plus rapide.

— Il est hors de question que je vous laisse payer, protesta-t-elle en le voyant sortir sa carte bleue.

Elle connaissait les prix pratiqués Chez Robert et imaginait aisément ce qu'ils pouvaient représenter pour un fonctionnaire municipal comme Ryan.

— C'est moi qui ai eu l'idée de venir ici et nous savons tous deux que c'était uniquement pour vous impressionner…

— Ne vous en faites pas, il me restera encore de quoi payer mon loyer, répondit Ryan en souriant.

— Laissez-moi au moins régler la moitié. Sinon je me sentirai terriblement coupable…

— Cela vous apprendra à jouer de mauvais tours, répliqua Ryan en signant le reçu que lui tendit le garçon.

Une fois qu'ils eurent récupéré leurs manteaux au vestiaire, Robert et son maître d'hôtel vinrent les saluer et leur souhaiter une bonne nuit.

— Vous voulez que je vous raccompagne ? suggéra Ryan.

— Non, merci, j'ai ma voiture.

— Très bien ! Je n'ai justement pas pris la mienne. C'est vous qui me raccompagnerez…

Nathalie lui jeta un regard où la méfiance le disputait à l'amusement :

— Si c'est encore un de vos tours, autant vous prévenir tout de suite que c'est sans espoir.

— Très bien ! s'exclama-t-il, feignant d'être mortellement vexé. Puisque vous avez si peu confiance en moi, je peux prendre un taxi…

— Venez, soupira la jeune femme. Ma voiture est juste au coin de la rue. Où voulez-vous que je vous dépose ?

— Sur la Vingt-Deuxième Rue.

C'était à l'autre bout de la ville, réalisa Nathalie avec résignation. Mais venant de Ryan, il ne fallait sans doute pas s'attendre à ce qu'il en fût autrement…

— Il faut d'abord que je passe au magasin, déclara-t-elle.

— Quel magasin ?

— Celui de Lady's Choice. Les décorateurs ont fini leur travail aujourd'hui et je n'ai pas eu le temps d'y passer avant le dîner. Mais c'est sur le chemin.

— Je ne savais pas que les cadres d'entreprises vérifiaient personnellement la décoration de leurs boutiques à minuit, remarqua Ryan.

— Eh bien, moi si. Maintenant, si cela ne vous plaît pas, je peux vous déposer à la première station de bus…

— Non, je vous accompagne. Après tout, je serais stupide de rater la visite d'un magasin de sous-vêtements féminins… Les articles sont-ils déjà sur place ?

— Une partie. Nous avons transféré environ vingt pour cent de notre stock. Vous pourrez y jeter un coup d'œil.

Tout en devisant, ils étaient arrivés devant le coupé sport de la jeune femme. Ryan laissa échapper un sifflement admiratif et prit place sur le siège passager tandis qu'elle s'installait au volant. Elle démarra et Ryan eut tout le loisir d'admirer sa conduite souple et sportive tandis qu'ils traversaient la ville.

— Cela fait longtemps que vous habitez à Denver ? demanda-t-elle soudain.

— Je suis né ici, répondit-il. Et vous ?

— J'ai habité longtemps à Colorado Springs. C'est là que se trouvait le siège de Fletcher Industries avant que nous ne décidions de le transférer ici. J'avoue que j'aime beaucoup cette ville.

— C'est surprenant, commenta Ryan. La plupart des gens ici se plaignent de la surpopulation et de la criminalité.

— Fletcher Industries était un empire immobilier, à l'origine, lui rappela la jeune femme. Plus il y a de monde, plus nous avons des chances de faire du profit. Quant à la criminalité… Eh bien, nous avons une très bonne police et un super-héros, Némésis.

— Apparemment, il vous intéresse beaucoup.

— Bien sûr, c'est un personnage fascinant. Je suis partagée entre l'admiration et l'agacement à son sujet…

— L'agacement ? répéta Ryan.

— Mon frère est policier, lui rappela Nathalie. Et je trouve que ce n'est pas aux citoyens de faire régner la justice. Il y a trop de dérives possibles si on laisse faire de telles choses, vous ne croyez pas ?

— Eh bien, ce mystérieux justicier a au moins le mérite d'être efficace. Franchement, je serais ravi de l'avoir à mes côtés dans certaines affaires…

Ils continuèrent à deviser de choses et d'autres jusqu'à parvenir enfin en face du magasin de Nathalie. Celle-ci se gara juste devant la vitrine sur laquelle était inscrit Lady's Choice en lettres d'or. Le bâtiment lui-même était aussi gracieux que raffiné, tout de marbre et de verre. La poignée de la porte était faite de métal finement ouvragé et représentait une superbe couronne de roses.

— Qu'en pensez-vous ? demanda la jeune femme.

— C'est plutôt réussi, commenta Ryan.

— Ce sera notre magasin principal, expliqua la jeune femme. Je voulais qu'il soit à la fois classique, impressionnant et sensuel.

Se dirigeant vers l'entrée, elle composa un numéro d'identification sur le digicode de l'alarme avant d'ouvrir la porte. Allumant le plafonnier, elle s'effaça pour laisser Ryan découvrir une vaste salle couverte de moquette mauve. Les murs étaient ornés de lourdes tentures qui conféraient au lieu une certaine noblesse. Une confortable banquette ornait le fond de la pièce, près de laquelle étaient disposées de petites tables basses. Les rayonnages étaient encore vides.

— Les marchandises devraient être placées en rayon la semaine prochaine, expliqua Nathalie en suivant le regard de Ryan. Ensuite, nous installerons la vitrine.

Ryan se dirigea vers un mannequin qui portait un superbe corsage et une paire de bas assortis.

— Je me demande combien peut coûter un tel ensemble.

— Cent cinquante dollars, environ, répondit Nathalie.

— Cent cinquante dollars ? répéta Ryan, stupéfait. Pour un morceau de tissu qui se déchirerait à la première occasion ?

— Notre marchandise est de très bonne qualité, protesta la jeune femme.

— Ce doit être à peu près votre taille, remarqua Ryan d'un air faussement innocent.

— Ne rêvez pas, répliqua-t-elle. Bon, je vais aller vérifier quelques papiers pendant que je suis là. Je n'en ai que pour quelques minutes.

— Je viens avec vous, déclara-t-il en la suivant dans les escaliers.

— C'est à cet endroit que se trouve le bureau du gérant, expliqua-t-elle comme ils atteignaient le palier. Une partie du stock se trouve également là ainsi que des cabines d'essayage. Nous comptons aussi installer un rayon spécial pour les sous-vêtements de mariée…

— Taisez-vous ! s'exclama brusquement Ryan.

— Qu'y a-t-il ?

A cet instant, il leva la main et elle vit dans ses yeux une vive lueur d'inquiétude qu'il lui communiqua aussitôt.

— Vous avez un extincteur ? demanda-t-il brusquement.

— Bien sûr, dans la réserve, juste à droite…

Ryan se précipita dans cette direction et s'empara précipitamment de l'extincteur qui se trouvait dans un coin, bien en vue.

— Mais qu'est-ce que vous faites ? demanda Nathalie, sidérée.

— Descendez tout de suite, ordonna-t-il. Il y a le feu.

— Mais c'est impossible, protesta-t-elle.

— Il y a une odeur d'essence et de fumée, expliqua sèchement Ryan en se dirigeant vers la porte du bureau. Maintenant, allez-vous-en !

La jeune femme vit alors des volutes de fumée monter par l'interstice situé sous la porte. Terrifiée, elle recula tandis que Ryan ouvrait le battant. Une langue de flammes s'échappa brusquement de la pièce et il l'évita de justesse en se plaquant contre le mur avant de se ruer à l'intérieur, l'extincteur en avant.

5.

Nathalie avait l'impression de vivre un cauchemar éveillé. Figée sur place, elle vit Ryan pousser la porte qui s'ouvrit sur un mur de fumée d'où émergeaient des langues de feu. Une odeur âcre la saisit à la gorge tandis qu'elle le regardait disparaître dans la pièce, comme happé par une brume épaisse. Un brutal accès de panique s'empara d'elle à l'idée qu'il puisse être blessé et, sans réfléchir, elle se précipita à sa suite, le cœur battant la chamade.

Ryan avait arraché l'un des rideaux et paraissait combattre au corps à corps contre les flammes qui zigzaguaient sur le plancher, faisant fondre la moquette qui dégageait une atroce odeur de plastique brûlé. Immédiatement, Nathalie se mit à tousser, suffoquée par l'épaisse fumée noire qui lui irritait les poumons. Brusquement, elle vit un tas de dossiers s'enflammer d'un seul coup, juste devant Ryan. En hurlant, elle se précipita sur lui pour éteindre les flammes qui s'accrochaient à sa veste.

— Fichez le camp ! s'exclama-t-il en se retournant vers elle.

— Ryan ! Pour l'amour de Dieu, laissez tomber ! Vous allez vous faire tuer…

— Reculez ! s'exclama-t-il en frappant à coups redoublés sur le bureau recouvert de papiers.

Il savait que, s'il parvenait à éviter que l'incendie ne se communique à cette zone éminemment inflammable, il pourrait ensuite aisément venir à bout des autres foyers. Il se mit donc à lutter de plus belle, repoussant lentement les flammèches qui couraient comme des feux follets le long des plinthes. Enfin, il parvint à maîtriser la source principale du brasier. Soulagé, il lança l'extincteur à la jeune femme.

— Aspergez ce que vous pouvez ! ordonna-t-il en réalisant à quel point elle était terrifiée.

Pourtant, lui-même savait que le plus gros du travail était fait. Il ne lui restait plus qu'à s'attaquer aux foyers secondaires. Arrachant les rideaux embrasés, au prix d'une cuisante douleur, il les jeta à terre et les piétina un par un. Plus tard, il souffrirait le martyre mais, pour le moment, il n'avait pas le temps de s'attarder à ces considérations. Arrachant l'extincteur des mains de Nathalie, il aspergea copieusement l'armoire que léchaient quelques flammes à présent isolées et réalisa avec satisfaction que tout était éteint.

D'un geste, il se débarrassa de sa veste fumante et secoua la tête :

— Encore un incendie criminel, dit-il. Jamais un tel feu n'aurait pu prendre ici sans intervention extérieure. Il n'y a pas assez de combustible… Nous ferions mieux de redescendre.

Nathalie était incapable de bouger. Ses jambes étaient cotonneuses et elle sentait ses bronches oppressées par la fumée. Brusquement, elle se mit à tousser convulsivement. L'accès était si violent qu'elle fut prise d'un vertige et dut s'appuyer contre un mur, le temps de reprendre ses esprits. En quelques enjambées, Ryan la rejoignit et la souleva dans ses bras pour la porter à l'extérieur et jusqu'au bas des marches.

— Je vous avais dit de sortir, lui rappela-t-il en la déposant précautionneusement sur le sol. Vous auriez dû m'écouter !

Nathalie essaya de répondre mais ne put que tousser piteusement. Sa tête continuait à tourner et elle avait l'impression que la voix de Ryan était étouffée, comme si elle lui parvenait de très loin. Finalement, il la força à s'asseoir et poussa sa tête pour qu'elle soit au niveau de ses genoux.

— Ne vous évanouissez pas maintenant ! s'exclama-t-il en appuyant sur sa nuque. Respirez lentement et de plus en plus profondément. Là, c'est bien…

Tandis que la jeune femme luttait pour conserver sa lucidité, il alla ouvrir la porte du magasin et elle sentit une vague d'air frais pénétrer dans la pièce. Elle frissonna mais Ryan était déjà de retour et commençait à lui masser le dos.

— C'était vraiment stupide de votre part ! s'écria-t-il, sentant la peur qu'il avait éprouvée pour elle se muer naturellement en colère. Vous avez eu de la chance de vous en sortir avec une simple nausée ! Vous auriez pu être gravement brûlée. Je vous avais dit de sortir.

— Mais vous êtes entré, articula-t-elle d'une voix rauque, sentant ses forces lui revenir lentement.

— Je suis un pompier entraîné, ce qui n'est pas votre cas ! déclara-t-il en aidant la jeune femme à se redresser sur son siège.

Il considéra gravement son beau visage qui était à présent d'une pâleur cadavérique.

— Vous avez la nausée ?

— Non, dit-elle. Plus maintenant…

— La tête qui tourne ?

— Non, ça va mieux.

Sa voix était aussi rauque que si l'on avait passé sa gorge au papier de verre.

— Je vais aller vous chercher un verre d'eau…

— Ce n'est pas la peine, dit-elle en se laissant aller contre le dossier de son fauteuil. Tout est allé si vite… Vous êtes sûr que l'incendie est vraiment éteint ?

— C'est mon métier de savoir ces choses-là, la rassura Ryan. Je ferais mieux de vous emmener à l'hôpital.

— C'est inutile, protesta-t-elle en se redressant. Je vous assure que je vais bien, à présent.

A cet instant, elle avisa les mains de Ryan qui étaient sévèrement brûlées par endroits, laissant des cloques se former sur la chair à vif.

— Mon Dieu ! s'exclama-t-elle, horrifiée.

— Ce n'est rien, la rassura-t-il. J'ai vu bien pire…

Mais de grosses larmes commençaient déjà à rouler le long des joues de la jeune femme à mesure qu'elle prenait toute la mesure de ce qui venait de se produire.

— Nathalie, je t'en supplie, non ! s'écria Ryan, incapable de voir une femme pleurer.

Ne sachant comment réagir, il étreignit Nathalie et l'embrassa. Il sentit alors les bras de la jeune femme se nouer autour de lui avec une force qui le surprit. Et elle lui rendit son baiser avec une passion et une ferveur qui n'avaient d'égale que la peur qu'elle venait d'éprouver. Le plus naturellement du monde, il la tutoya en lui demandant avec douceur :

— Tu te sens mieux ?

Avec la même douceur, Nathalie répondit :

— Je vais bien. Mais il faut que je soigne tes mains. Il doit y avoir une trousse de premiers secours dans l'entrepôt.

— Je peux m'en occuper.

— Bon sang, Ryan, tu ne comprends pas ? Il faut que je

fasse quelque chose. Je ne supporte pas de me sentir aussi impuissante.

Ryan la regarda se diriger d'un pas chancelant vers la porte de la réserve. Il aurait dû se lever pour aller aérer la pièce du haut avant de se mettre en quête des indices que l'incendiaire avait peut-être laissés derrière lui. Mais il n'en fit rien : avant tout, il fallait qu'il veille à ce que la jeune femme rentre chez elle. Celle-ci ne tarda pas à revenir avec la trousse de secours qu'elle ouvrit. Il la laissa appliquer un baume apaisant sur ses brûlures, comprenant que cela l'aiderait à reprendre ses esprits.

— Tu es fou d'être entré dans cette pièce comme cela, murmura-t-elle en bandant ses mains.

— Il n'y a pas de quoi, vraiment, répondit-il, ironique.

— Ne te moque pas de moi, protesta-t-elle en levant vers lui son petit visage blême. Je te suis réellement reconnaissante. Mais cela ne valait pas le coup de risquer ta vie pour sauver ce bureau, Ryan.

— Si j'avais pensé que je courais un tel risque, je n'y serais pas allé, tenta-t-il de la rassurer.

— En tout cas, murmura-t-elle d'une voix mal assurée, je te dois une nouvelle veste.

— Je déteste les vestes, répondit-il. Et si tu veux vraiment me témoigner ta reconnaissance, arrête de pleurer.

— D'accord, dit-elle en s'essuyant les yeux. Mais j'ai eu si peur…

— C'est fini, maintenant. Attends-moi une minute, je vais aller ouvrir la fenêtre pour que la fumée puisse s'échapper.

— Je viens avec toi.

— Pas question, dit-il d'un ton qui n'admettait pas de réplique. Reste assise tranquillement ici. S'il te plaît…

Tandis qu'il s'activait à l'étage, Nathalie profita de ces

instants de répit pour se rendre dans les toilettes du magasin. Là, elle se passa le visage sous l'eau et fit disparaître les traces de suie qui maculaient ses joues. Se sentant un peu rassérénée, elle regagna la pièce principale au moment même où Ryan descendait.

— C'est le même incendiaire qu'à l'usine, n'est-ce pas ? fit-elle, le prenant au dépourvu. Il ne peut pas s'agir d'une coïncidence.

— Il s'agit très probablement du même homme, reconnut Ryan. Mais nous en reparlerons demain. Je te raccompagne chez toi…

— Mais je…

— Si tu me répètes une seule fois que tu vas très bien et que tu es capable de te débrouiller seule, je t'assomme, l'interrompit Ryan. Tu es malade, effrayée et victime d'une intoxication à la fumée. Normalement, je devrais t'emmener à l'hôpital. Je ne pense pas que ce soit utile mais voici ce que nous allons faire : je vais te raccompagner chez toi et j'en profiterai pour faire mon rapport au commissariat. Puis tu passeras une bonne nuit de sommeil et, demain matin, tu iras voir un médecin. Ensuite seulement, nous commencerons à discuter de l'incendiaire et de ce qu'il convient de faire à son sujet.

— Ce n'est pas la peine de t'énerver, protesta Nathalie.

— Je ne m'énerverais pas si tu acceptais de m'écouter de temps en temps ! répliqua vertement Ryan. Maintenant, mets ton manteau.

— Ce magasin est à moi, objecta la jeune femme. Si je veux rester, c'est mon droit le plus strict…

— Nathalie, soupira-t-il, je suis fatigué. J'ai beaucoup de travail si je veux trouver cet incendiaire et je ne pourrai pas le faire tant que tu seras dans mes pattes. Alors pour une fois, montre-toi coopérative, je t'en prie.

— D'accord, dit-elle enfin, lui tendant les clés de la voiture et du magasin. Faisons les choses à ta façon. Mais j'espère simplement que tu trouveras des indices qui nous mèneront à ce salaud !

Pour Ryan, la nuit avait été longue. Après avoir raccompagné Nathalie, il était repassé à la caserne et avait récupéré ses outils. Ensuite, il était retourné au magasin et avait travaillé d'arrache-pied pour déterminer ce qui s'était passé précisément, la veille au soir. Lorsque la jeune femme arriva le lendemain matin, il finissait de récupérer les derniers indices.

— Bonjour, déesse aux longues jambes ! s'exclama Ryan qui était assis en tailleur sur le tapis carbonisé.

Nathalie regarda la pièce d'un air désespéré et soupira. Les murs étaient noircis de fumée, la moquette brûlée par endroits et les rideaux réduits à l'état de torchons calcinés. C'était l'élégant bureau qui trônait dans un coin qui avait le plus souffert et était probablement irrécupérable. Malgré la fenêtre ouverte, une odeur âcre de fumée persistait.

— Pourquoi est-ce que les choses ont toujours l'air pires le lendemain ? demanda la jeune femme.

— Ce n'est pas si grave que cela, objecta Ryan. Il suffira de quelques réparations et d'un peu de peinture et il n'y paraîtra plus rien.

Nathalie caressa doucement le papier peint qu'elle avait choisi elle-même. Une plaque se détacha du mur et lui resta dans la main.

— Le ciel t'entende…

Ryan la regarda attentivement, admirant la courbe de son

menton décidé et la douceur veloutée de son cou que révélait la coiffure qu'elle avait adoptée ce jour-là. Elle portait l'un de ses sempiternels tailleurs qui lui donnaient un air trop sérieux.

— Tu as réussi à dormir ? demanda-t-il gentiment.

— Oui. Plutôt bien, étant donné les circonstances, répondit-elle sans mentionner l'horrible cauchemar qui l'avait éveillée en sursaut au beau milieu de la nuit. Et toi ?

— Je n'ai pas eu le temps… As-tu contacté ton assureur ?

— Je le ferai dès qu'il sera à son bureau. Est-ce que tu vas devoir m'interroger de nouveau ?

— Je ne pense pas que cela soit nécessaire. Dis-lui que je lui enverrai un double de mon rapport dès demain.

A cet instant, ils furent interrompus par Gage qui entra dans le bureau et serra la jeune femme dans ses bras.

— J'ai appris ce qui s'était passé, dit-il en jetant un coup d'œil à la pièce dévastée. Je suis venu voir s'il y avait quoi que ce soit que je puisse faire pour toi…

— Merci, dit-elle, touchée par sa gentillesse. Ryan, ajouta-t-elle en se tournant vers ce dernier qui était toujours assis par terre, je te présente Gage Guthrie. Gage, voici l'inspecteur Ryan Piasecki.

— J'ai entendu dire beaucoup de bien de votre travail, déclara Gage en tendant la main à Ryan qui se leva pour la serrer.

— Moi aussi, j'ai entendu parler de vous, reconnut-il avant de se tourner vers Nathalie. Je ne savais pas que vous étiez amis.

— Nous sommes même un peu plus que cela, précisa la jeune femme. Gage est marié à la sœur de la femme de mon frère.

— Est-ce que le feu a été provoqué par la même personne ? demanda alors Gage, curieux.

— Je ne peux pas divulguer cette information, s'excusa Ryan.

— Officieusement, précisa Nathalie sans tenir compte de son avertissement silencieux, c'est ce qu'il pense. Lorsque nous sommes arrivés hier soir...

— Parce que tu étais là ? s'exclama Gage, stupéfait.

— Oui, il fallait que je vérifie quelques petites choses. Heureusement, ajouta-t-elle, j'étais accompagnée par un pompier expérimenté...

Gage hocha la tête, pestant intérieurement de ne pas avoir pu l'aider. Mais au même moment, il se trouvait en patrouille à l'autre bout de la ville.

— Si tu as besoin de quoi que ce soit, dit-il, je peux mettre à ta disposition une partie des ressources de Guthrie International.

— Merci de tout cœur, Gage. Je le ferai si cela se révèle nécessaire. Mais pour le moment, je pense que nous pouvons encore nous en sortir seuls. Par contre, j'aimerais que tu convainques Deborah de ne pas parler à sa sœur de ce qui vient de se passer. Sinon, Boyd risque de débarquer avec armes et bagages pour assurer personnellement ma protection...

— Trop tard, répondit Gage. En plus, Deb a également appelé Althea, l'ex-partenaire de Boyd.

— Elle n'aurait pas dû ! Althea est enceinte. Je ne veux pas que Colt et elle se fassent du souci inutilement alors qu'ils ne devraient penser qu'à leur bébé.

— Que veux-tu ? Tu es entourée de gens qui t'aiment, répondit Gage en souriant. Alors fais bien attention à toi. Au revoir, inspecteur, ajouta-t-il en se tournant vers Ryan. J'ai été ravi de faire votre connaissance.

— Moi de même.

— Embrasse Deborah et Adrianna de ma part, dit Nathalie. Et arrête de t'inquiéter pour moi.

Lorsqu'il eut quitté la pièce, la jeune femme se tourna vers Ryan, une lueur presque suppliante dans le regard :

— Il faut vraiment que nous retrouvions le coupable, dit-elle. Trop de gens s'angoissent au sujet de cette histoire.

— Malheureusement, ce n'est pas cela qui fera avancer l'enquête, répondit Ryan en allumant une cigarette. La seule chose que tu puisses faire pour les rassurer, c'est redoubler de prudence.

— Je ne veux pas de conseil ! s'emporta Nathalie. Je veux des réponses. Quelqu'un s'est introduit ici hier soir et a tenté de faire brûler la boutique. Je veux savoir comment et pourquoi.

— Je peux déjà te dire comment. En examinant les débris, j'ai découvert que le feu avait été déclenché à environ soixante centimètres de la porte du bureau grâce à des chiffons imbibés d'essence et à des papiers probablement trouvés dans la pièce. La porte d'en bas ne présentant aucun signe d'effraction, j'en déduis que l'homme devait connaître le moyen d'entrer.

Ryan s'était exprimé d'une voix glaciale, comme s'il présentait un rapport officiel.

— J'ai l'impression que tu es en colère, remarqua Nathalie.

— C'est exact, je le suis. Je trouve que tu pousses le bouchon un peu loin ! Tu voudrais que je résolve cette enquête parce que beaucoup de gens s'inquiètent et parce que tu veux pouvoir vendre tes sous-vêtements à temps. Mais tu oublies l'essentiel : ce qui est en jeu, ici, c'est ta sécurité et celle d'autres personnes qui pourraient avoir à souffrir de ces incendies à répétition.

— Je ne l'oublie pas, protesta la jeune femme. J'essaie juste de ne pas y penser parce que cela m'effraie. D'après ce que tu dis, il est évident que quelqu'un me veut du mal et qu'il s'agit d'une personne suffisamment proche pour ne pas avoir à forcer la porte de la boutique.

— Eh bien, tu commets une grave erreur en t'efforçant de ne pas avoir peur : la peur est la meilleure alliée de la prudence. Maintenant, j'aimerais que tu me dises qui sont tes ennemis.

— Je n'en sais rien. Franchement, si j'en avais la moindre idée, je te le dirais tout de suite… Mais je ne vois pas qui peut être l'homme qui s'acharne de cette façon contre mon entreprise.

— Quoi qu'il en soit, je pense que le commanditaire et l'incendiaire sont deux personnes distinctes. L'homme qui a mis le feu au bureau a une grande expérience des feux et savait pertinemment comment répartir les matières inflammables pour augmenter les dégâts. Une chose est certaine, en tout cas : après son échec d'hier, il recommencera probablement.

— Voilà qui est rassurant…

— Justement ! Je ne veux pas te rassurer. Je veux te faire prendre conscience des risques que tu cours. Combien de personnes travaillent pour Lady's Choice ?

— Environ six cents à Urbana, répondit Nathalie d'une voix nettement moins assurée.

— Pourrais-tu me faire parvenir une liste du personnel ? Je vais la faire entrer dans l'ordinateur central. Ensuite, je vérifierai quels sont les incendiaires connus dans la région qui utilisent la même technique que notre homme…

— Tu me tiendras au courant ? Je serai au bureau la majeure partie de la journée. Et mon assistante saura où me joindre si je sors.

— Pourquoi ne prendrais-tu pas une journée de congé ? suggéra Ryan d'un ton radouci. Tu pourrais faire un peu de shopping ou bien aller au cinéma…

— Tu plaisantes ?

— Ecoute, Nathalie, moi aussi je me fais du souci pour toi, avoua-t-il.

— Je sais… Mais je ne peux vraiment pas m'absenter pour le moment, Ryan. J'ai beaucoup trop de choses à faire pour préparer notre lancement. A commencer par envoyer une équipe de nettoyage et des décorateurs pour refaire cette pièce.

— Pas tant que je ne t'aurai pas donné le feu vert, objecta aussitôt Ryan.

— Bizarrement, je me doutais que tu dirais cela. En attendant, est-ce que je peux emporter quelques dossiers ? Je les avais transférés du bureau central il y a quelques jours pour travailler ici mais maintenant…

— Vas-y, il n'y a pas de problème.

La jeune femme traversa la salle pour gagner le placard dans lequel étaient rangées les archives. Ryan la suivit des yeux, admirant une fois de plus ses jambes magnifiques que soulignaient les hauts talons qu'elle portait.

— Comment vont tes mains ? demanda-t-elle, le tirant de sa contemplation.

— Pas trop mal, merci. Tu es allée voir un médecin ?

— Je n'en ai pas besoin. D'ailleurs, je déteste les docteurs…

— Trouillarde !

— Peut-être… En tout cas, je vais très bien : ma gorge me fait un peu mal mais cela passera. Et si tu veux me faire la leçon, commence par arrêter de fumer.

Ryan rangea la cigarette qu'il s'apprêtait à sortir de son paquet.

— Un point pour toi, dit-il.

Jetant un coup d'œil autour de lui, il hocha la tête :

— Je crois que j'en ai fini avec cette salle. Je vais aller porter mes indices au laboratoire. Tu as ce qu'il te fallait ?

— Oui. Heureusement, d'ailleurs… Deirdre a déjà suffisamment de mal à réaliser l'audit dont j'ai besoin avant de partir pour Washington.

— Tu comptes aller dans l'Est ? s'exclama Ryan.

— Oui, je veux y installer une filiale de Lady's Choice, expliqua-t-elle en rangeant ses dossiers dans son attaché-case. Mais ce n'est pas pour tout de suite. Il me reste beaucoup à faire ici avant de partir…

— Ecoute, déclara Ryan, terriblement gêné, j'aimerais beaucoup que nous nous voyions en dehors de cette affaire avant que tu ne partes…

Il la vit se raidir tandis qu'une brusque lueur de nervosité passait dans ses beaux yeux verts.

— Nous sommes tous les deux très pris, pour le moment, objecta-t-elle. Il vaudrait mieux que nous mettions de côté nos affaires personnelles pour nous concentrer sur la masse de travail qui nous attend.

— Ce serait effectivement la chose la plus sage à faire, reconnut Ryan. Mais je ne peux pas m'empêcher d'avoir envie de te voir, de te toucher, de faire l'amour avec toi…

Nathalie sentit un brusque accès de chaleur l'envahir. Une fois de plus, Ryan l'avait prise complètement au dépourvu, éveillant en elle une réponse aussi passionnelle qu'instinctive. Jamais encore elle ne s'était sentie aussi exposée, aussi vulnérable.

— Je sais très bien ce que tu veux, souffla-t-elle. Mais

je ne suis pas certaine de ce que moi, je veux. Je suis une personne rationnelle et sensée et je n'aime pas me conduire de façon irréfléchie. Et chaque fois que je suis avec toi, c'est exactement ce qui se produit.

— Pourrions-nous au moins dîner ensemble ce soir ?

— Je ne peux pas. Je vais devoir travailler tard, répondit-elle en luttant contre une envie irrésistible de dire oui.

— Je peux t'attendre.

— Mais je ne finirai certainement pas avant minuit…

— Dans ce cas, dit-il en s'approchant lentement d'elle, nous nous verrons à minuit.

Il l'attira doucement contre lui et elle se laissa aller, comprenant qu'il était inutile de résister au désir qui la rongeait de l'intérieur. Mais alors qu'il posait ses lèvres sur les siennes, elle recula brusquement.

— Minuit ! s'exclama-t-elle, la gorge serrée.

— Qu'y a-t-il ? demanda Ryan en fronçant les sourcils.

— J'avais complètement oublié, s'exclama-t-elle. Quelle heure était-il lorsque nous sommes arrivés ici, hier soir ?

— Je ne sais pas… Un peu plus de minuit.

— Bon sang ! Pendant que je me préparais, j'ai reçu un coup de téléphone anonyme. Une voix d'homme qui m'a juste dit quelque chose comme « minuit, l'heure des sorcières ». Sur le coup, je n'y ai pas prêté attention…

— Mais pourquoi ne m'en as-tu rien dit ? s'exclama Ryan, sidéré.

— Parce que je pensais qu'il s'agissait juste d'un de ces plaisantins qui passent des coups de téléphone à des gens pris au hasard dans l'annuaire… Comment aurais-je pu deviner qu'il s'agissait d'une menace ?

— A quelle heure as-tu reçu cet appel ? demanda Ryan qui avait sorti son carnet pour prendre des notes.

— Il devait être près de 7 h 30. Je me souviens que j'étais pressée parce que je ne voulais pas arriver en retard…

— As-tu entendu des bruits en arrière-plan ?

Nathalie ferma les yeux, cherchant vainement à se souvenir :

— Non, dit-elle enfin. Je ne crois pas… La seule chose que je peux te dire, c'est qu'il s'agissait d'un homme. Mais il avait une voix un peu féminine. Après m'avoir parlé, il a eu une sorte de gloussement…

— La voix te semblait-elle réelle ou trafiquée ?

— Authentique, je dirais. Elle n'avait rien de métallique, en tout cas.

— Es-tu sur liste rouge ?

— Non, répondit Nathalie en réalisant brusquement les implications de ce qu'elle disait.

— Tâche d'établir une liste des personnes ayant ton numéro de téléphone personnel, fit Ryan.

— D'accord. Je peux te donner le nom de tous ceux à qui je l'ai donné mais pas de tous ceux qui ont pu l'obtenir… Dis-moi, Ryan, demanda la jeune femme au comble de l'inquiétude, est-ce que les incendiaires professionnels téléphonent souvent à leurs victimes avant de mettre le feu à l'un de leurs bâtiments ?

Ryan hésita longuement avant de répondre :

— Non, avoua-t-il enfin. Il y a fort à parier pour qu'il s'agisse de quelqu'un de détraqué. Viens, je vais te conduire à ton bureau.

— Ce n'est pas la peine…

Ryan inspira profondément, se forçant à conserver son sang-froid.

— Ecoute-moi bien attentivement, dit-il d'une voix glacée. Tu es en danger, Nathalie. Alors, à partir de maintenant, je veux que tu suives scrupuleusement les conseils que je te donne. A commencer par me laisser t'accompagner à ton bureau, d'accord ?

Cette fois, Nathalie dut sentir combien il était sérieux et elle hocha la tête.

— D'accord. Mais j'aurai probablement besoin de ma voiture dans la journée. Alors il te faudra trouver un autre moyen de revenir ici…

— Deuxième règle, reprit Ryan en secouant la tête, tu ne te déplaces plus jamais sans être accompagnée.

— C'est ridicule, protesta la jeune femme. J'ai une entreprise à gérer…

— Il est hors de question que tu te promènes toute seule, insista Ryan. Sinon, j'appelle directement le commissariat central et je leur demande de te mettre une voiture de patrouille aux fesses. Et si tu persistes à ne pas collaborer, je fais boucler ce magasin sous prétexte que j'ai besoin d'approfondir mes recherches d'indices.

— C'est une menace ? demanda-t-elle d'un ton glacial.

— Exactement. Alors trouve-toi un chauffeur en qui tu puisses avoir confiance et fais en sorte qu'il t'accompagne dans tous tes déplacements. Sinon, je ferme la boutique pendant deux semaines et tu peux dire adieu à ton lancement !

Nathalie comprit qu'il était sérieux et jugea préférable de s'incliner.

— Très bien, soupira-t-elle, je prendrai un chauffeur. Mais je tiens à te rappeler que l'incendiaire s'en est pris aux bâtiments, pas à moi personnellement.

— Il t'a appelée chez toi. Cela devrait te suffire…

*
* *

Même si cette simple idée la mettait hors d'elle, Nathalie devait bien s'avouer que Ryan avait réussi à lui faire peur. Heureusement, des années d'apprentissage du contrôle de soi l'aidaient à le cacher aux yeux de ses collaborateurs et elle s'était lancée à corps perdu dans le travail. A midi, elle avait trouvé une équipe de nettoyage, convoqué un décorateur et fait face à la colère des directeurs de ses filiales de Chicago et d'Atlanta qui se plaignaient de la réquisition de leurs stocks. Elle avait même eu le temps d'appeler sa famille et ses amis pour les rassurer.

— Maureen, appela-t-elle à l'Interphone. Où sont les comptes d'exploitation que je vous avais demandés ?

— J'ai appelé la comptabilité mais ils ont un problème informatique…

— Dites-leur que c'est une priorité, dit Nathalie en s'efforçant de dompter la colère qui montait en elle. Merci, Maureen.

Se renversant en arrière, la jeune femme inspira profondément et ferma les yeux. Elle devait absolument se reprendre si elle voulait pouvoir faire face à la réunion qui l'attendait cet après-midi. Mais à cet instant, quelqu'un frappa à la porte et elle vit Melvin passer la tête par l'embrasure.

— Tout va bien ? dit-il.

— Oui, entre.

— Je suis venu les mains pleines, déclara-t-il en entrant.

Il portait un plateau sur lequel étaient disposés deux tasses fumantes et un grand saladier.

— Du café ? s'exclama Nathalie, avec reconnaissance. Melvin, tu es un ange !

— Et il y a mieux, ajouta-t-il. J'ai envoyé ma secrétaire nous chercher une salade de poulet. Il faut que tu manges, Nathalie. Sinon, tu vas t'effondrer avant la fin de la journée…

— C'est vraiment gentil de penser à moi…

— Pas du tout, plaisanta Melvin, c'est complètement intéressé de ma part. Tant que tu manges, je sais que tu ne travailles pas et, surtout, que tu ne fais pas travailler tes collaborateurs.

— Je suis désolée de vous mettre sous pression de cette façon, s'excusa la jeune femme.

— Il n'y a pas de quoi. Etant donné les circonstances, nous comprenons tous qu'il faut redoubler d'efforts. A ce propos, est-ce que tu as vu le magasin ?

— Oui. Ce n'est pas aussi grave que cela aurait pu l'être, le rassura Nathalie, tandis que tous deux attaquaient leur repas avec appétit. Seul le bureau du gérant est touché et il ne s'agit pas de dégâts structurels. Et surtout, le stock est intact.

— Tant mieux ! Je ne sais pas si mon charme légendaire aurait pu convaincre les autres managers de me céder une nouvelle partie du leur.

— Nous avons eu de la chance, cette fois, reconnut Nathalie. Mais je crois que ces attaques sont personnelles. Quelqu'un veut faire échouer le lancement de Lady's Choice.

Melvin haussa les sourcils, passablement stupéfait :

— Tu penses qu'il pourrait s'agir d'un coup de la concurrence ? Tu crois que les gens d'Unforgettable Woman seraient capables d'une telle chose ?

— Non… Ils sont sur le marché depuis plus de cinquante ans et leur respectabilité est sans tache. En fait, j'ai peur que l'attaque ne vienne de l'intérieur.

— C'est impossible…

— Improbable, oui. Mais pas impossible, corrigea Nathalie. Je crois que je vais réunir tous les chefs de personnel et de départements pour leur demander leur avis sur la question.

— La plupart de nos salariés sont là depuis des années, dit Melvin.

— J'en suis consciente, soupira-t-elle en reposant sa tasse de café. Mais je ne vois pas quelle organisation aurait intérêt à ce que le lancement de Lady's Choice soit repoussé. Il peut par contre s'agir d'un grief plus personnel…

— Dans ce cas, nous sommes tous suspects, conclut Melvin avec un soupir. Quelle est la prochaine étape ?

— Je dois d'abord rencontrer notre assureur à la boutique à une heure. Bon sang, ajouta-t-elle en jetant un coup d'œil à sa montre, je ferais mieux d'y aller…

— Laisse-moi m'en occuper, suggéra son collaborateur. Commander, c'est savoir déléguer. D'autant que tu as encore beaucoup de choses à régler ici. Je te ferai un rapport complet dès mon retour.

— Merci beaucoup, Melvin. Tu me sauves la vie. Pendant que tu seras là-bas, rappelle à l'inspecteur chargé de l'enquête qu'il doit m'appeler dès qu'il aura du nouveau.

— D'accord. Au fait, il y a une livraison qui devait arriver au magasin cet après-midi. Je la mets en attente ?

— Non. Nous devons continuer à travailler comme d'habitude. De toute façon, il y aura un garde sur les lieux vingt-quatre heures sur vingt-quatre et je doute que l'incendiaire s'y risque une nouvelle fois.

— Très bien. Dans ce cas, nous devrions être dans les temps, conclut Melvin.

— Il le faut, répondit Nathalie, sentant brusquement son courage lui revenir.

6.

Ryan avait toujours préféré se fier au raisonnement humain plutôt que de recourir aux ordinateurs. Mais il avait appris que, dans certains cas, les machines pouvaient lui faire gagner un temps précieux. Le système de reconnaissance des incendies volontaires était l'un des programmes les plus efficaces de la police et il avait appris à exploiter la moindre de ses fonctionnalités. A partir de quelques informations et d'une base de données très complète et sans cesse actualisée, il parvenait à tracer un profil psychologique des incendiaires ct à comparer les sinistres avec ceux du même type.

Après s'être connecté au réseau de la police, Ryan tapa la description des deux incendies auxquels il avait eu affaire. Ils s'ajouteraient désormais aux références des futurs enquêteurs. Il précisa les lieux, les modes opératoires et les caractéristiques des feux et ajouta une note sur le coup de téléphone anonyme qu'avait reçu Nathalie, mentionnant les signes distinctifs de la voix tels qu'elle les lui avait décrits.

Lorsqu'il eut entré ces données, il attendit que le central ait calculé les occurrences concluantes. Finalement, une fiche signalétique s'afficha à l'écran :

Clarence Robert Jacoby, dit Jacoby, dit Clarence Roberts.

Dernière adresse connue : 23 South Street, Denver.

Sexe : Masculin.

Race : blanche.

Date de naissance : 25/06/52.

Suivait la liste d'une douzaine d'arrestations pour incendie volontaire, toujours en milieu urbain. L'une d'elles lui avait valu une peine de prison de cinq ans. La dernière arrestation avait eu lieu deux ans auparavant et il avait dû payer une caution pour éviter une nouvelle peine.

Les méthodes de ce Jacoby correspondaient parfaitement à celles qu'avait constatées Ryan sur le terrain. C'était apparemment une sorte de semi-professionnel de l'incendie volontaire qui paraissait agir plus par passion que par appât du gain. Il utilisait généralement de l'essence comme accélérateur, ainsi que des tas de tissu et des allumettes. Il lui arrivait effectivement d'appeler ses victimes et les psychiatres avaient diagnostiqué une pyromanie doublée de tendances sociopathes.

— Le monde est petit, murmura Ryan en se déconnectant.

Etouffant un bâillement, il réalisa soudain à quel point il était fatigué. Il avait réussi à dormir deux heures au cours de la journée mais la fatigue commençait à se faire sentir. Allumant une cigarette, Ryan jeta un coup d'œil à sa montre : il était presque minuit. Le sommeil en retard attendrait, décida-t-il : il était grand temps de partir rejoindre Nathalie…

Nathalie avait essayé de contacter Ryan durant tout l'après-midi mais en vain. Chaque fois, on lui répétait poliment que l'inspecteur Piasecki était occupé, qu'il était en mission, qu'il était indisponible… Et il n'avait pas appelé une seule fois. Elle était furieuse. Comment pouvait-il exiger qu'elle soit joignable à tout moment alors que lui-même était un véritable fantôme ? Dès le lendemain, avait-elle décidé, elle se rendrait à la caserne et exigerait un rapport détaillé sur l'avancement de son enquête.

Bien sûr, cela ne contribuerait guère à alléger son emploi du temps déjà surchargé. A mesure que la date fatidique du lancement de Lady's Choice se rapprochait, les choses se précipitaient : les réunions opérationnelles se succédaient à un rythme insensé tandis que les premières commandes leur parvenaient déjà, leur donnant un aperçu de ce que serait la tendance à venir en matière de ventes. Le département marketing était débordé, tout comme l'était celui de la production.

Mais Nathalie était bien décidée à tenir coûte que coûte les délais qu'elle s'était fixés, quel que fût le prix à payer en heures supplémentaires. Un quelconque retard entamerait d'entrée de jeu l'image de l'entreprise et c'était bien la dernière chose dont ils avaient besoin. Et elle ne laisserait pas un incendiaire se mettre en travers de son chemin !

Dans cinq ans, se répéta-t-elle en se versant un verre de vin pour se détendre, elle aurait doublé le nombre de magasins de Lady's Choice. La firme deviendrait un nouveau joyau ajouté à la resplendissante couronne des Industries Fletcher. De plus, elle garantirait une saine diversification à une époque où la mono-activité était synonyme de fragilité. Son père serait fier d'elle tout comme elle le serait elle-même.

Mais dans ce cas, se demanda-t-elle tristement, pourquoi se sentait-elle aussi abattue ? La réponse n'était pas difficile à trouver : en quelques jours, Ryan avait réussi à bouleverser l'équilibre qu'elle avait passé des années à bâtir. En quelques phrases, en quelques baisers, il avait mis en doute ses priorités au moment même où elle aurait dû concentrer tous ses efforts dans une même direction.

Jusqu'à présent, elle était pourtant parvenue à gérer sa vie sentimentale aussi habilement que sa vie professionnelle. Elle ne s'était jamais investie assez pour que les hommes avec lesquels elle sortait puissent remettre en question ses choix existentiels. Chaque fois, elle avait su se préserver et rester maître d'elle-même. Mais visiblement, il n'en irait pas de même avec Ryan…

Pourtant, il n'était pas du tout son genre : elle le trouvait trop viril, trop confiant, trop sûr de lui. Et elle avait toujours préféré les intellectuels. Mais c'était plus fort qu'elle : quelque chose chez lui éveillait en elle un trouble qui dépassait de loin le simple désir physique. Poussant un profond soupir, la jeune femme se sermonna : ce dont elle avait besoin, pour le moment, c'était d'une bonne nuit de sommeil et non d'une autoanalyse. Mais, comme elle s'apprêtait à mettre ce précepte en action, le téléphone retentit.

— Mademoiselle Fletcher ? C'est Mark, le portier.

— Bonsoir, Mark. Que se passe-t-il ?

— Il y a ici un inspecteur de police qui demande à vous voir. Monsieur Piasecki.

— Vraiment ? fit la jeune femme, le cœur battant.

Elle fut tentée de le renvoyer chez lui mais réalisa que ce serait aussi lâche qu'inutile. Ryan était trop têtu pour se laisser détourner aussi facilement de son objectif.

— Demandez-lui s'il est ici à titre officiel, dit-elle finalement.

Elle entendit Mark reformuler la question et Ryan lui demander s'il tenait vraiment à ce qu'une équipe de pompiers vienne sur place vérifier soigneusement les éventuels manquements au code de sécurité des bâtiments collectifs. Le portier balbutia quelques mots et Nathalie eut pitié de lui.

— Laissez-le monter, Mark, dit-elle.

— Merci, mademoiselle Fletcher.

Dès qu'elle eut raccroché, Nathalie fut incapable de résister à la tentation et alla passer un coup de brosse dans ses cheveux. Quelques instants plus tard, la sonnette retentissait.

— Tu ne trouves pas injuste de faire pression sur les gens en jouant de ton statut officiel ? demanda la jeune femme à Ryan sans même prendre la peine de le saluer.

— Pas lorsque cela fonctionne, répondit-il en souriant.

D'un regard, il embrassa le peignoir de soie de la jeune femme qui soulignait plus qu'il ne masquait sa silhouette longiligne et le doux renflement de sa poitrine.

— Il aurait été dommage que personne ne te contemple dans cette tenue, déclara-t-il, appréciatif. Veux-tu que nous discutions dans le couloir ?

— Non, soupira-t-elle en s'effaçant pour le laisser entrer. Je suppose qu'il est inutile de te faire remarquer l'heure tardive…

— Nous avions rendez-vous, lui rappela-t-il. Il est un peu plus de minuit…

Dépassant la jeune femme, il gagna le salon qu'il engloba d'un regard. Les couleurs étaient douces et chaudes, soulignant l'originalité des tableaux modernes que Nathalie paraissait affectionner. La cheminée, le profond canapé et le bouquet de fleurs qui ornait la table basse donnaient à l'endroit une touche accueillante et confortable. Mais ce qui frappait le plus, c'était l'immense baie vitrée qui offrait une vue imprenable sur la ville.

— C'est un bel appartement, commenta Ryan.

— Oui, je l'aime beaucoup.

— Cela ne m'étonne pas : j'ai remarqué que tu aimais les hauteurs. Tu as de la bière ?

— Non, répondit-elle. Je peux t'offrir un verre de vin, si tu y tiens.

Ryan hocha la tête : il n'était pas très amateur de vin mais, s'il avalait un café de plus, il risquait une crise cardiaque.

— Tu as quelque chose à grignoter ? demanda-t-il tandis que Nathalie se dirigeait vers la cuisine.

Elle faillit répliquer que son appartement n'était pas un restaurant ouvert vingt-quatre heures sur vingt-quatre mais la fatigue qu'elle lut sur le visage de Ryan l'en dissuada. Jamais elle ne l'avait vu aussi éprouvé qu'en cet instant et elle se rappela brusquement qu'il avait passé la nuit à travailler pour elle.

— Je dois avoir ce qu'il faut dans la cuisine, dit-elle. Assieds-toi, je t'apporte ça.

— Merci.

Quelques minutes plus tard, elle revint avec un plateau et le trouva à demi étendu sur le canapé, les yeux mi-clos.

— Pourquoi n'es-tu pas au lit ? demanda-t-elle.

— Parce que j'avais beaucoup de choses à faire, répondit-il en haussant les épaules.

Se redressant, il lui prit la main et la fit asseoir à côté de lui avant de s'attaquer avec appétit à l'en-cas qu'elle lui avait préparé.

— C'est un véritable délice, commenta-t-il. Je n'ai pas mangé depuis hier soir…

— Je peux te commander quelque chose, si tu veux.

— Non, merci. En fait, je venais juste te faire un compte rendu de mes découvertes.

— N'étais-tu pas censé le faire il y a plusieurs heures ?

— Si, mais j'étais à la cour durant la majeure partie de la

journée. Je devais témoigner dans le cadre d'un procès pour homicide. Mais j'ai eu tes messages, ajouta-t-il en souriant. Apparemment, je t'ai manqué.

— Fais plutôt ton rapport, au lieu de proférer de telles aberrations.

— D'accord… Tout d'abord, j'ai fait mettre votre nouvelle usine sous étroite surveillance.

— Tu penses que c'est la prochaine cible ?

— Il y a de fortes chances, en effet. D'autre part, je voudrais savoir si tu as déjà remarqué un homme de type caucasien d'un mètre soixante-cinq, environ soixante-cinq kilos, cheveux blond filasse. Il doit avoir la quarantaine mais fait beaucoup moins parce qu'il a un visage rond comme celui d'un bébé. Il a des yeux bleu délavé et des dents mal plantées.

— Ça ne me dit rien du tout. Pourquoi ?

— C'est un incendiaire, un type à moitié fou et plutôt vicieux, expliqua Ryan en buvant une longue gorgée de vin que, pour une fois, il trouva délicieux. Il aime faire brûler des choses mais ne crache pas sur un peu d'argent pour arrondir ses fins de mois.

— Et tu penses que c'est lui le coupable ?

— C'est possible. La méthode utilisée dans les deux cas correspond à la sienne. Le plus étrange, c'est que je le connais. Je l'ai rencontré, il y a dix ans. Il s'était un peu trop attardé sur les lieux de son méfait et c'est moi qui l'ai tiré du brasier. Je me souviens que nous étions tous deux en feu lorsque nous sommes sortis. Il s'en est fallu de peu pour que nous y restions, cette fois-là.

— Pourquoi ne me l'as-tu pas dit dès que tu l'as appris ? s'exclama Nathalie.

— Qu'est-ce que cela aurait changé ? demanda Ryan en lisant la peur qu'elle tentait vainement de faire passer pour de la colère. D'ailleurs, je ne l'ai découvert qu'il y a une heure…

— Très bien, soupira la jeune femme, as-tu découvert autre chose ?

— Ce Jacoby vivait à Denver mais il s'est semble-t-il beaucoup déplacé pour éviter de se faire repérer. Apparemment, il est de retour au pays. Et si c'est le cas, je le retrouverai. As-tu un cendrier ?

Nathalie alla en chercher un et Ryan alluma une cigarette dont il tira une profonde bouffée.

— Tu as travaillé plus de vingt-quatre heures d'affilée, lui dit gentiment la jeune femme. Il serait temps de te reposer…

— Cela fait partie du métier, répondit-il en haussant les épaules.

— Vraiment ?

— Bon, j'avoue que je me suis un peu plus impliqué parce qu'il s'agissait de toi, reconnut-il en la regardant droit dans les yeux.

— Tu rends les choses très difficiles, Ryan.

— C'est exactement mon objectif, reconnut-il en laissant courir l'un de ses doigts le long de la hanche de Nathalie, lui arrachant un petit frisson de plaisir.

L'odeur subtile de la jeune femme éveillait en lui un désir sourd qui lui étreignait la gorge.

— Veux-tu que nous discutions, tous les deux ? suggéra-t-il.

— De quoi ? demanda-t-elle d'une voix légèrement étranglée.

— Je ne sais pas, moi… De la pluie et du beau temps, de politique, de sport…

— Non…

— Dans ce cas, je ferais peut-être mieux d'y aller, soupira

Ryan en écrasant sa cigarette à demi consumée avant de se lever.

— Cela vaudrait mieux, approuva le jeune femme qui n'avait pourtant aucune envie de le voir partir mais se leva néanmoins pour le raccompagner.

Car s'il restait, elle n'était plus très sûre de pouvoir se tenir aux bonnes résolutions qu'elle avait prises à son sujet.

— Mais je ne le ferai pas tant que tu ne me l'auras pas expressément demandé, reprit Ryan en l'observant fixement, comme s'il lisait le débat muet qui la déchirait.

Malgré elle, elle frissonna, incapable de trouver la force de lui répondre. Un sourire aux lèvres, Ryan s'avança vers elle, jusqu'à ce que leurs corps se frôlent. Et dans les yeux de la jeune femme, il lut la réponse que ses lèvres n'osaient formuler.

— Où se trouve la chambre ? demanda-t-il d'une voix que l'impatience rendait rauque.

— Par là-bas, répondit-elle en indiquant un couloir qui s'ouvrait derrière lui.

Avec une facilité déconcertante, il la souleva de terre et l'entraîna dans la direction qu'elle venait de lui indiquer.

— Nous commettons une erreur, balbutia-t-elle tandis qu'il lui couvrait le visage de baisers qui la transportaient. Je sais que c'est une erreur…

— Nous en commettons tous de temps à autre, dit Ryan.

— Pas moi, protesta-t-elle. J'agis toujours de façon rationnelle et…

Ryan la fit taire d'un baiser et elle sentit son corps s'embraser tout entier.

— J'aurais dû le savoir, dit alors Ryan en souriant.

— Quoi ?

— Que tu avais un lit de première classe, dit-il en la déposant précautionneusement sur la couverture.

Mais elle n'avait plus aucune envie de plaisanter. Incapable de contrôler l'urgence qui s'était emparée d'elle, elle commença à déboutonner la chemise de Ryan.

— Dépêche-toi ! s'exclama-t-elle, agacée par son immobilité. J'ai envie de toi depuis trop longtemps. Et si nous devons commettre cette folie, autant le faire tout de suite !

Ryan ouvrit la bouche pour lui répondre mais cette fois, ce fut elle qui le musela de ses lèvres, tout en continuant à le déshabiller presque frénétiquement. Incapable de résister, il lui vint en aide et se retrouva torse nu devant elle. L'espace de quelques instants, Nathalie s'immobilisa, contemplant avec admiration son torse athlétique. Elle n'avait jamais été fascinée par le corps des hommes, les jugeant avant tout sur leurs qualités morales. Mais il émanait de celui de Ryan une grâce réelle, une beauté aussi incontestable que fascinante.

Doucement, il la repoussa, la forçant à s'allonger sur le dos. Dans son impatience, il arracha une bretelle de sa chemise de nuit, révélant son corps nu dans toute sa perfection. Pendant quelques instants, il resta immobile, bouleversé. Puis, très lentement, il posa ses lèvres sur l'un des seins de Nathalie qui gémit de plaisir à ce simple contact.

Elle sentit ses mains se mouvoir doucement sur son corps tandis que sa bouche agaçait l'un de ses tétons avant de descendre presque furtivement le long de son ventre. Lorsqu'elle la sentit se poser au creux de ses cuisses, elle s'arqua pour mieux s'offrir à lui, parcourue de frémissements d'extase. Jamais elle n'avait éprouvé pareille sensation et elle avait l'impression de s'élever toujours plus haut sans que rien ne vienne entraver le maelström de sensations qui l'enveloppait tout entière.

Finalement, elle le repoussa pour pouvoir le toucher à son tour. Ses caresses gagnèrent très vite en audace, à mesure qu'elle sentait toute la joie qu'elle était capable de donner à Ryan. Pendant ce qui leur parut une éternité, ils luttèrent tous deux sur le lit défait, découvrant leurs corps avec une avidité et une voracité dont ils ne se seraient jamais crus capables.

Ryan dévoilait à Nathalie des impressions dont elle n'avait jusqu'alors connu que le pâle reflet, l'ombre incertaine. Il paraissait jouer sur sa peau une symphonie de délices insoutenables, lui arrachant des cris sauvages. Lorsqu'ils n'en purent plus, il entra doucement en elle, sans cesser de la couvrir de petits baisers qui enflammaient sa chair à vif.

Tandis qu'il commençait à bouger en elle, elle vint à sa rencontre, trouvant les gestes qui décuplaient leur désir, les jetant l'un contre l'autre avec une violence croissante qui abolissait toute pudeur, toute retenue. Sans même s'en rendre compte, elle cria son nom alors que tous deux s'envolaient ensemble vers les cimes de la jouissance, incapables de maîtriser la joie brute et frénétique qui les emportait loin du monde.

Pendant ce qui lui parut une éternité, Ryan resta immobile, incapable de formuler la moindre pensée cohérente. La tête de Nathalie reposait sur sa poitrine et, du coin de l'œil, il apercevait son corps magnifique étendu contre le sien sur le grand lit aux draps défaits. Il attendit que les battements de son cœur retrouvent un rythme moins échevelé.

Il aurait dû exulter mais il se sentait juste stupéfait, passablement dépassé par la situation. Il avait voulu la conquérir, la faire sienne. Il s'était promis de la faire frémir sous lui, de lui faire perdre la raison en l'entraînant dans une étreinte qui balayerait sa belle assurance et son petit sourire satisfait. Et il avait réussi au-delà de ses espérances.

Mais il ne s'était pas attendu à la vague de passion brûlante qui avait déferlé sur lui, le jetant dans les bras de la jeune femme avec une impatience aussi grande que la sienne. Ils avaient fait l'amour avec une sorte de rage, de passion insatiable, comme deux animaux incapables de se rassasier l'un de l'autre. Cette étreinte sauvage l'avait entraîné au-delà de tout ce qu'il avait jamais connu avec une femme. Il avait perdu tout contrôle sans pour autant se défaire du désir qu'elle lui inspirait.

— Cela aurait dû suffire, murmura-t-il.

— Quoi ? demanda Nathalie sans bouger d'un pouce.

— Ce que nous venons de faire. Cela aurait dû me vacciner contre toi…

— Oh…, dit-elle simplement.

Miraculeusement, elle trouva l'énergie de rouvrir les yeux et son esprit se remit très lentement en marche. Aussitôt, un kaléidoscope de souvenirs lui revint. Leurs baisers, leurs gestes empressés, la façon dont elle l'avait déshabillé… Une étrange chaleur recommença à monter en elle.

— Tu as raison, approuva-t-elle, la gorge serrée par ce nouvel accès de désir. Qu'est-ce qui ne va pas, chez nous ?

— Je ne sais pas, avoua Ryan en se redressant avec difficulté. Tu te sens bien ?

— Je ne sais pas… Tout ceci est un peu irréel, non ?

— Oui, approuva Ryan gravement. Je crois que j'ai encore envie de toi…

— Moi aussi, fit-elle en frissonnant.

*
* *

Lorsque le réveil retentit, Nathalie roula de côté pour l'éteindre et heurta Ryan. Celui-ci grommela et sa main se détendit, envoyant l'objet voler à travers la pièce. Il atterrit sur le plancher avec un bip d'agonie.

— Qu'est-ce que c'était que ce bruit ? demanda-t-il d'une voix pâteuse.

— Mon réveil, dit-elle en riant.

Il ouvrit un œil et la dévisagea, fasciné de voir qu'elle était aussi attirante le matin qu'au beau milieu de la journée.

— Un réveil ? répéta-t-il en fronçant les sourcils.

— Oui. Le programme habituel est le suivant : il sonne, je me lève, je me traîne jusqu'à la salle de bains, je me douche, je m'habille, j'ingère trois litres de café et je pars pour le bureau…

— Est-ce que quelqu'un t'a signalé que nous étions samedi, aujourd'hui ? demanda Ryan.

— Je ne vois pas ce que cela change. J'ai beaucoup de travail…

— Non, non, non. Tu penses que ça ne change rien mais c'est juste une vue de l'esprit. Tu pourrais aussi bien penser que ça change quelque chose et rester bien tranquillement allongée à côté de moi.

— Ce n'est pas avec des raisonnements de ce genre que tu vas me faire changer d'avis.

— Je me doutais que tu allais dire ça, répondit-il en caressant doucement sa cuisse.

Elle sentit ses doigts remonter lentement vers son sexe qui s'ouvrait déjà pour l'accueillir.

— Ryan, protesta-t-elle pourtant, il faut absolument que je passe au bureau. J'ai des tonnes de paperasses à remplir et des coups de téléphone…

La fin de sa phrase se perdit dans un gémissement. La

bouche de Ryan avait rejoint ses doigts et il explorait son corps avec une audace grandissante.

— Il ne sera pas dit que tu m'auras réveillé à l'aube pour rien, dit-il en riant.

Puis tous deux basculèrent une fois de plus dans un ouragan de passion torride.

Lorsque Nathalie sortit enfin de sa douche, elle avait plus de trois heures de retard. Se regardant attentivement dans la glace, elle constata avec surprise que son visage ne trahissait en rien la fatigue qui commençait à s'accumuler en elle. En fait, elle paraissait même franchement épanouie. Mais comment s'en étonner ? Jamais encore aucun homme ne lui avait fait ressentir ce qu'elle avait éprouvé avec Ryan. Lorsque leurs corps se touchaient, une étrange alchimie de désir paraissait se mettre en marche, comme s'ils avaient enfin trouvé une véritable complémentarité. Le partenaire sexuel idéal…

Qu'y avait-il d'anormal, dès lors, à ce qu'elle se sente d'une humeur aussi joyeuse ? A ce qu'elle sourie comme une imbécile heureuse en se coiffant ? A ce qu'elle ait une irrésistible envie de chanter et de danser ? Et qu'importe si elle avait raté une matinée de travail pour le simple plaisir de s'ébattre avec cet homme qui la faisait frissonner chaque fois qu'il posait les mains sur elle.

Regagnant la chambre, elle constata que Ryan avait disparu. Une délicieuse odeur lui indiqua qu'il devait s'activer dans la cuisine. Sur le sol, elle avisa sa chemise de nuit déchirée : apparemment, il avait eu raison de penser que la lingerie fine de Lady's Choice ne résisterait guère à ses assauts. Peut-être devrait-elle demander à ses créateurs de travailler sur une gamme spéciale pour les étreintes torrides, songea-t-elle en souriant.

Gagnant la cuisine, elle trouva Ryan en train de faire cuire une omelette. Il avait déjà préparé un pot de café dont elle se servit une tasse avec reconnaissance avant de s'asseoir à la table pour le contempler tout à son aise. Il portait son jean et sa chemise blanche de la veille et dégageait quelque chose de terriblement sexy. Malgré elle, elle sentit son désir renaître.

— Tu n'avais pas grand-chose dans ton réfrigérateur, dit-il en souriant. Je n'ai trouvé que des œufs, un peu de cheddar et des brocolis…

— C'est parce que je mange très souvent dehors. Je ne me serais jamais doutée que tu savais faire la cuisine…

— Tout pompier est un peu cuisinier, expliqua Ryan. A la caserne, nous préparons les repas chacun à notre tour.

— Tu veux que je te donne un coup de main ?

— Oui, si tu es capable de préparer des toasts.

— Je devrais pouvoir m'en sortir, répondit-elle en joignant le geste à la parole.

Pendant un moment, ils restèrent tous deux silencieux, goûtant le plaisir simple de leur compagnie.

— J'ai remarqué que tu avais le dos couvert de cicatrices, dit enfin la jeune femme. C'est un souvenir professionnel ?

— Oui. Tu les trouves repoussantes ?

— Pas du tout, le rassura-t-elle. Je me demandais juste comment cela t'était arrivé…

— C'est un souvenir de notre ami Jacoby, lui dit-il en remplissant leurs assiettes. Le plafond s'est effondré pendant que je le sortais du bâtiment où il avait mis le feu. J'ai cru que ma dernière heure était arrivée. Jacoby hurlait et riait en même temps, apparemment en pleine extase. Quant à moi, je ne sais pas comment j'ai réussi à sortir. Je me suis effondré sur la pelouse et je n'ai rouvert les yeux qu'à l'hôpital.

— C'est terrible…

— Franchement, cela aurait pu être bien pire. Ma tenue de protection a encaissé une bonne partie des dégâts. En fait, je crois que j'ai eu de la chance. Mon père est mort dans des circonstances similaires. Ses camarades avaient effectué une percée dans un mur pour laisser une brèche par laquelle le feu pourrait s'échapper. Mais le mur n'a pas tenu le coup et s'est effondré sur les hommes qui étaient à l'intérieur.

Ryan s'interrompit brusquement, se demandant pourquoi diable il était en train de parler d'une telle chose. La mort de son père n'était pas un sujet de conversation très approprié après une première nuit d'amour…

— Tu devrais beurrer les toasts pendant qu'ils sont encore chauds, dit-il pour faire diversion.

Mais Nathalie s'approcha de lui et le serra tendrement dans ses bras.

— Je ne savais pas que tu avais perdu ton père, dit-elle gentiment.

— C'était il y a douze ans, précisa-t-il. Dans un lycée… Un gosse qui en voulait à son prof de chimie avait mis le feu au laboratoire et le bâtiment tout entier a flambé. Mais mon père connaissait les risques. Nous les connaissons tous, je suppose, ajouta-t-il avec une pointe de dureté dans la voix, se sentant brusquement mal à l'aise devant la sollicitude dont Nathalie faisait preuve à son égard.

— Je ne voulais pas rouvrir d'anciennes blessures, s'excusa-t-elle.

— Ça ne fait rien. Mon père était un pompier extraordinaire. A ses propres yeux, je suis sûr qu'il est mort pour une grande cause…

Nathalie resta quelques instants pressée contre lui, sidérée de découvrir le besoin instinctif qu'elle avait de protéger Ryan, de le réconforter. Ce n'était pourtant pas le genre de relation qu'ils avaient décidé d'avoir, se rappela-t-elle soudain. S'écartant, elle se força à la prudence : si elle s'engageait trop, elle risquait de souffrir énormément. Après tout, elle ne savait même pas si leur liaison survivrait à cette journée...

— Comment comptes-tu retrouver Jacoby ? demanda-t-elle.

— Eh bien, je vais essayer de faire jouer mes contacts. Si j'ai de la chance, ils me mèneront directement à lui... Ou bien nous le coincerons la prochaine fois qu'il tentera de faire des siennes.

— S'il vise bien mon usine...

— Ce sera probablement le cas, lui assura Ryan. Mais ne t'en fais pas : tu as le meilleur policier de la ville pour défendre tes précieux sous-vêtements !

A cet instant, la sonnerie retentit.

— Attends une minute, s'exclama Ryan, la voyant se diriger vers la porte d'entrée. Est-ce que le portier n'est pas censé t'avertir, en cas de visites ?

— Pas s'il s'agit de l'un de mes voisins...

— Sers-toi du judas. Il vaut mieux être prudent, en ce moment.

— Oui, papa, dit-elle en riant.

A sa grande stupeur, cependant, ce n'est pas l'un de ses voisins qu'elle aperçut à travers le guichet.

— Boyd ! s'exclama-t-elle en ouvrant la porte en grand. Cilla ! Ça alors... Je suis si heureuse.

— C'est une idée de ton frère, précisa Cilla. Il était soucieux de la sécurité de sa petite sœur préférée...

— Je voulais juste m'assurer que tu allais bien, précisa Boyd, gêné.

— Bryant, fit alors Cilla à l'intention de son fils qui venait d'entrer, ne touche à rien sous peine de mort ! Dès l'instant où Deborah nous a appelés pour nous faire part du second incendie, nous avons décidé de venir, ajouta-t-elle, se tournant de nouveau vers Nathalie. Allison ! Ce n'est pas un terrain de basket mais un appartement. Alors pose ce ballon tout de suite, d'accord ?

— Oui, maman, soupira la petite fille.

— Entrez, fit Nathalie en s'écartant pour laisser la petite troupe pénétrer dans le salon. Boyd, je n'arrive pas à croire que tu aies entraîné toute ta famille avec toi jusqu'ici pour cette stupide histoire d'incendie.

— De toute façon, les enfants n'avaient pas école lundi, précisa son frère. Alors nous avons pris le week-end…

— Ne t'en fais pas, précisa Cilla, nous sommes hébergés par Deborah et Gage.

— Et nous avons apporté à manger, précisa Boyd en désignant le sac qu'il tenait et qui était rempli de provisions. Hamburger-frites, précisa-t-il. Qu'en penses-tu ?

Nathalie se demanda comment elle allait pouvoir leur expliquer la présence de Ryan. Mais elle n'eut pas le temps de trouver une réponse : Keenan, le plus jeune de ses neveux, avait déjà filé vers la cuisine et s'était retrouvé nez à nez avec lui.

— Salut, dit-il en le dévisageant avec curiosité.

— Salut, répondit Ryan en ébouriffant la tête du garçonnet.

Il remarqua alors que tous les autres le contemplaient par la porte ouverte et sourit.

— Bonjour, fit-il, s'efforçant de paraître parfaitement à son aise.

Nathalie avisa aussitôt le regard amusé de Cilla et celui, plus spéculatif, de Boyd.

— Boyd et Cilla Fletcher, Ryan Piasecki, les présenta la jeune femme, gênée. Et voici, Allison, Bryant et Keenan.

— Piasecki, répéta Boyd. Vous êtes le policier chargé de l'affaire ?

— C'est exact, acquiesça Ryan en observant Boyd avec attention, songeant qu'apparemment toute la famille de Nathalie était dotée d'un physique de rêve. Donnez-moi ces hamburgers, reprit-il. Nathalie n'a que des œufs dans son réfrigérateur. Vos vivres seront vraiment les bienvenues.

— Où en est votre enquête ? demanda Boyd en lui tendant son sac à provisions.

— Pas de discussion professionnelle avant le repas ! s'exclama Cilla. Je vais vous aider à faire la cuisine, ajouta-t-elle en se tournant vers Ryan. Ensuite, nous passerons à table. Je suis affamée…

A cet instant, Bryant tenta de subtiliser à sa sœur son ballon de basket. Mais celle-ci l'évita habilement et se précipita dans la cuisine.

— Toi, tu es une vraie joueuse de basket, déclara Ryan auquel sa technique de démarquage n'avait pas échappé.

— Oui… J'ai été prise dans l'équipe de l'école.

— Eh bien, il se trouve justement que moi aussi, je joue dans une équipe. J'ai un match dans quelques heures. Si cela te dit, tu pourrais venir m'encourager.

— Vraiment ? s'exclama Allison, les yeux brillants. Je peux, dis, maman ?

— D'accord, acquiesça Cilla en souriant. Ce sera sans doute très instructif…

7.

Jamais Nathalie ne se serait attendue à passer son samedi après-midi dans un gymnase, à regarder le traditionnel match annuel qui opposait l'équipe de basket-ball des pompiers de la ville à celle des policiers municipaux. Pendant une bonne partie de la première mi-temps, elle ne prêta pas la moindre attention au jeu, trop occupée à bouder.

Apparemment, cette partie était quelque chose d'important pour Ryan. Et il ne lui en avait même pas parlé ! D'ailleurs, songea-t-elle, ils n'avaient parlé de rien. Elle ignorait presque tout de lui, ne savait rien de ses passe-temps, de ses ambitions, de ses centres d'intérêt. En fait, elle ne devait sa présence ici qu'à l'arrivée impromptue de sa nièce.

Bien sûr, rien ne forçait Ryan à partager quoi que ce soit avec elle. Après tout, ils ne sortaient pas ensemble, au sens traditionnel du terme. Ils avaient passé une nuit tous les deux sans même se soucier de ce qu'il adviendrait ensuite. Mais elle commençait à trouver ce contrat plutôt frustrant. Il y avait tant de choses qu'elle aurait aimé savoir sur cet homme mystérieux…

A ses côtés, Allison était aux anges. Elle encourageait avec passion l'équipe des pompiers qui s'était surnommée par autodérision les mangeurs de fumée. Les yeux brillants, la petite fille suivait avec un intérêt croissant l'évolution des joueurs qui se démenaient comme de beaux diables sur le terrain.

— Regarder une bande de beaux garçons musclés torse nu courir après un ballon, voilà une bonne façon de passer un après-midi, commenta Cilla. A ce propos, ton petit ami est plutôt mignon.

— Je t'ai déjà dit que ce n'était pas mon petit ami, protesta Nathalie. Nous sommes juste…

— Oui, je sais, lui dit Cilla en riant. Tâche de profiter de cet après-midi de congé. Tu pourrais être avec Boyd et Deborah en train de subir un interrogatoire serré…

— C'est vrai, reconnut la jeune femme en souriant.

Malgré elle, elle commençait à suivre le déroulement du match. Apparemment, les policiers avaient décidé de placer deux joueurs pour marquer Ryan. Ce n'était pas une mauvaise idée, considérant qu'il avait déjà donné sept points à son équipe au cours de la première période. Il paraissait infatigable, ce qui était d'autant plus admirable aux yeux de Nathalie qu'elle savait combien sa nuit avait été courte.

— Il ne m'avait même pas parlé de ce match, dit-elle à Cilla.

— Vraiment ? fit celle-ci en lui jetant un regard malicieux. C'est qu'il devait avoir autre chose en tête… Hé ! s'exclama-t-elle en avisant un policier qui décochait un coup de coude vicieux à Ryan. Au vestiaire ! crie-t-elle à l'intention du joueur.

— Ne t'en fais pas, marmonna Nathalie, Ryan a des abdominaux d'acier.

De fait, évitant son agresseur, il dribbla sur plusieurs mètres, feintant sur la droite pour partir en flèche sur le côté gauche. Là, il tira et marqua un nouveau panier sans que personne n'ait réussi à bloquer son avance. Malgré elle, Nathalie se sentit envahie de fierté.

— Ryan est le meilleur, déclara Allison, une lueur d'admiration dans les yeux. Tu as vu comment il remonte le terrain ? Et la façon dont il saute ? Il a déjà bloqué trois tirs juste devant le panier !

Effectivement, songea Nathalie, Ryan était un joueur hors pair, visiblement le meilleur de son équipe. Il se dégageait de lui une impression de puissance et de maîtrise. Son corps athlétique se mouvait avec grâce, paraissant voler sur le terrain à une vitesse fascinante. Et dans ses yeux se lisait une concentration totale, une rage de vaincre qui lui donnait la force de repousser la fatigue.

Lorsqu'il marqua un nouveau panier qui permit aux mangeurs de fumée de revenir à la marque, Nathalie se leva pour l'encourager, incapable de bouder son plaisir.

— Tu as vu ça ? demanda-t-elle à Cilla.

— Oui. Il bouge sacrément bien…

— Ça, tu peux le dire, approuva Nathalie avec un sourire malicieux.

Elle ne quittait plus le ballon des yeux. Les policiers tentèrent un tir qui fut bloqué par l'un des pompiers. Mais, au cours de cette action, les deux hommes s'étaient violemment percutés et une dispute s'ensuivit. Bientôt, la controverse se propagea et tous les joueurs faillirent en venir aux mains. L'arbitre siffla et sépara les deux joueurs.

Durant les minutes suivantes, il dut intervenir à plusieurs reprises : le match commençait à ressembler plus à du rugby qu'à du basket-ball à mesure que les esprits s'échauffaient. Les deux équipes avaient visiblement décidé d'en découdre et les provocations fusaient en tous sens, donnant lieu à des pugilats qui menaçaient de tourner à la bagarre.

Nathalie comprit brusquement le choix de l'arbitre : il mesurait près de deux mètres et devait peser quatre-vingt-dix kilos, ce qui lui assurait une autorité suffisante pour s'interposer chaque fois que les choses menaçaient de tourner au vinaigre.

— Ah, les hommes, raillait Cilla. Ils prennent toujours tout trop au sérieux…

— Mais c'est sérieux, protesta Nathalie. A mon avis, ils profitent de ce match pour régler les différends qui les ont opposés durant toute l'année…

Elle piocha une poignée de cacahuètes qu'elle grignota nerveusement, jugeant que cela valait mieux que de se ronger les ongles. Lorsque les joueurs se calmèrent et reprirent le jeu de façon plus académique, le score était de 108 à 105 en faveur des policiers. L'entraîneur des mangeurs de fumée les réunit et leur donna des instructions. La plupart de ses hommes étaient épuisés et en profitèrent pour chercher leur second souffle avant la dernière période.

Ryan leva les yeux vers Nathalie et lui décocha un regard brûlant qui n'échappa pas à Cilla.

— Eh bien, s'exclama-t-elle, amusée, si ce n'est pas de la passion…

Sa belle-sœur hocha la tête, sentant sa libido se réveiller brutalement. Pour chasser ce trouble, elle encouragea son équipe avec un enthousiasme accru. Le match reprit à une cadence accélérée. Les mangeurs de fumée dominèrent un moment avant de se faire supprimer le ballon par les policiers. Le match restait serré et le public était debout, saluant chaque action d'une vigoureuse clameur. Alors qu'il ne restait plus que quelques secondes, Ryan, profitant d'une poussée de ses adversaires, réussit brièvement à se démarquer.

Un mangeur de fumée récupéra le ballon in extremis et,

avisant la situation, lui fit une passe magistrale. Avant même que les policiers aient eu le temps de comprendre ce qui se passait, Ryan filait en direction de leur panier. Dribblant avec maestria, il parvint à dépasser le premier défenseur, mais fut immédiatement contré par le second. Il pivota sur lui-même, effectuant un mouvement le long de la ligne.

Mais le reste des policiers avait eu le temps de remonter et il comprit qu'il ne lui restait plus que quelques secondes pour agir. Feintant le joueur qui le marquait toujours, il bondit comme un félin, tournant sur lui-même à près de trois mètres du panier. Le ballon s'envola en une cloche parfaite et retomba au milieu du cerceau. La foule hurla son admiration tandis que l'arbitre sifflait la fin du match.

Immédiatement, les spectateurs se précipitèrent en masse sur le terrain, soulevant plusieurs joueurs pour les porter en triomphe. Nathalie retomba sur son banc, brisée mais emplie d'une joie et d'une fierté immenses. Son cœur battait la chamade et elle se sentait aussi épuisée que si elle avait joué.

— Quel match ! s'exclama Allison. Il était formidable ! Tu as vu, maman ? Il a marqué trente-trois points à lui tout seul. C'est génial !

— Tu peux le dire…

— On peut aller le voir, dis ?

— D'accord, acquiesça Cilla. Tu viens, Nathalie ?

— Non, allez-y. Si vous réussissez à le voir, dites-lui que je l'attends.

— D'accord. On se retrouve chez Deborah, ce soir ? Tu n'as qu'à inviter Ryan.

— Je lui en parlerai, répondit prudemment Nathalie.

*
* *

Lentement, le gymnase se vida. Nathalie resta assise à sa place, se détendant lentement. C'était son premier jour de congé depuis plus de six mois et, pour une fois, elle ne regrettait pas de s'être accordé un peu de temps libre. Sa colère à l'égard de Ryan était retombée. Après tout, il n'avait aucune obligation envers elle et le fait qu'il n'ait pas mentionné ce match n'avait rien d'anormal. Ils se connaissaient depuis très peu de temps et n'avaient jamais parlé de partager leurs vies.

Leur liaison était axée sur la satisfaction du désir qu'ils éprouvaient mutuellement. Ni l'un ni l'autre ne cherchaient à s'attacher, à nouer une relation qui aurait perturbé leur vie professionnelle déjà très remplie. Bien sûr, cela n'empêchait pas qu'ils éprouvent une certaine affection l'un pour l'autre. Qui sait ? Ils deviendraient peut-être amis. Mais il y avait peu de chances pour que leur idylle survive à l'inévitable usure du temps.

Tandis qu'elle formulait ces sages considérations, Ryan sortit des vestiaires. Aussitôt, leurs regards se croisèrent, comme attirés par un magnétisme animal. Malgré le détachement qu'elle se prêtait, la jeune femme sentit son cœur s'emballer.

— Beau match, commenta-t-elle en s'efforçant de paraître détendue.

Se levant, elle descendit les tribunes pour le rejoindre.

— Oui, il y a eu de belles actions. Tu sais que c'est la première fois que je te vois vêtue d'autre chose que de tes traditionnels tailleurs ?

Pour dissimuler sa nervosité, la jeune femme ramassa l'un des ballons du match abandonnés là.

— Je ne me vois pas arriver au bureau en jean et en pull-over, répondit-elle en haussant les épaules.

— Tu as tort, cela te va bien.

— Merci, dit-elle en se plongeant dans la contemplation de son ballon. Apparemment, Allison était aux anges, ajouta-t-elle pour faire diversion. C'était vraiment très gentil de ta part de l'inviter…

— C'est une gamine adorable, répondit Ryan. Elle te ressemble beaucoup, d'ailleurs. A mon avis, elle deviendra une véritable briseuse de cœurs !

— Pour le moment, elle s'intéresse plus au basket-ball qu'aux garçons, remarqua Nathalie en se détendant légèrement. Sauf lorsqu'ils marquent autant de paniers que toi… Apparemment, c'est la guerre entre les policiers et vous.

— Oui. Nous organisons ce match chaque année. Le prix des places va aux associations de veuves de policiers et de pompiers. Mais, en réalité, la plupart des joueurs viennent pour donner une bonne correction à leurs adversaires.

— Pourquoi ne m'en avais-tu pas parlé ? demanda la jeune femme en faisant rebondir le ballon.

— Eh bien… Je ne pensais pas que c'était le genre de choses qui pouvait t'intéresser, expliqua-t-il en haussant les épaules.

— Vraiment ?

— Je me suis dit que tu devais préférer les pièces de théâtre, les opéras, ou les bons restaurants…

— Est-ce que tu serais par hasard en train de me traiter de snob ? demanda Nathalie, menaçante.

Ryan parut brusquement comprendre qu'il avait gaffé.

— Non, ce n'est pas ce que je voulais dire, protesta-t-il. Mais je n'imaginais pas que quelqu'un comme toi puisse aimer le basket-ball…

— Quelqu'un comme moi ? répéta-t-elle.

Blessée, elle pivota sur elle-même et lança le ballon qui atterrit directement dans le panier avant de rebondir mollement sur le terrain. Elle alla le récupérer et lorsqu'elle fit de nouveau face à Ryan, la stupeur qu'elle lut dans ses yeux lui réchauffa le cœur.

— Qu'est-ce que tu voulais dire, exactement, par « quelqu'un comme moi » ? demanda-t-elle, cassante, en lui jetant le ballon en pleine poitrine.

Il le bloqua et le lui renvoya. Sans difficulté, elle l'attrapa au vol.

— Tu pourrais refaire ça ? demanda-t-il en désignant le panier.

Nathalie se plaça juste derrière la ligne des trois points et marqua de nouveau avec une facilité déconcertante.

— Eh bien ! s'exclama Ryan en récupérant le ballon. Je suis très impressionné. Que dirais-tu d'un petit un contre un ?

— Quand tu veux, dit-elle en commençant à tourner autour de lui tandis qu'il dribblait.

Soudain, rapide comme l'éclair, elle fonça sur lui et lui arracha le ballon. Sautant avec agilité, elle marqua de nouveau.

— Un point pour moi, dit-elle en lui renvoyant le ballon.

— Tu es douée.

— Mieux que cela, protesta-t-elle en le bloquant tandis qu'il remontait vers le panier. J'étais capitaine de mon équipe à l'université. Qui a appris à jouer à Allison, d'après toi ?

— D'accord, tante Nathalie. Jouons…

Il pivota et feinta sur la droite. Mais elle ne se laissa pas berner, le marquant avec autant d'acharnement qu'une mouche. Elle bougeait vite, remarqua-t-il, et avait une véritable intuition du jeu. Et elle parvenait à le gêner considérablement. Bien sûr, il n'osait pas passer en force, craignant de lui faire du mal. Elle le savait pertinemment et en jouait sans états d'âme.

Soudain, elle lui fonça dessus, le percutant en pleine poitrine pour lui voler le ballon, manquant le renverser. Il la rattrapa de justesse alors qu'elle s'élançait déjà en direction du panier et fit écran devant elle.

— C'était une faute ! s'exclama-t-il.

— Et alors ? répliqua-t-elle en souriant. Je ne vois pas d'arbitre.

Ryan s'avança, bien décidé à récupérer son ballon. Mais il était nettement désavantagé. Il avait déjà un match entier derrière lui et Nathalie avait eu tout loisir d'étudier sa technique. Et surtout, songea-t-il, elle était nettement meilleure que la plupart des policiers contre lesquels il venait de jouer. Et elle le savait…

Son jeu était adroit et rapide. Elle utilisait au mieux sa légèreté pour éviter et feinter avant de partir en accélérations époustouflantes. Et elle n'avait aucun remords à utiliser les pires fourberies pour gagner. Finalement, il parvint tout de même à la tromper et lui prit le ballon, avant de partir à toute vitesse vers le panier. Il tira, mais elle l'avait déjà rejoint et sauta, parvenant in extremis à dévier la trajectoire du ballon que Ryan récupéra.

Lui jetant un coup d'œil admiratif, il fut frappé par la beauté qui se dégageait d'elle en cet instant. Les cheveux en bataille, le regard concentré sur leur lutte, elle ressemblait à une déesse guerrière des temps anciens. Incapable de résister à la tentation, il dribbla dans sa direction et, comme elle s'apprêtait à lui arracher le ballon, la souleva de terre pour la jeter sur son épaule. De sa main libre, il marqua un panier.

— Faute ! cria-t-elle en riant.

— Je ne vois pas d'arbitre, protesta-t-il d'un air innocent en la laissant glisser jusqu'au sol.

Lorsqu'elle fut debout devant lui, il plongea les mains dans ses épais cheveux blonds et l'attira contre lui pour l'embrasser avec ferveur. Elle s'abandonna avec une passion sans retenue, posant ses paumes contre ses joues, comme pour l'empêcher de partir. Mais il n'en avait aucunement l'intention et leur baiser se prolongea pendant une éternité, les laissant tous deux essoufflés et terriblement excités.

— Il y a un vestiaire qui ferme dans ce gymnase, lui dit Ryan d'une voix hachée.

— Alors pourquoi sommes-nous encore ici ? demanda-t-elle.

— Bonne question, fit-il en l'entraînant vers le fond de la salle.

Quelques minutes plus tard, ils ressortirent du vestiaire, main dans la main, en riant.

— Je n'avais jamais fait ça comme cela, avant, dit Nathalie en pouffant.

— Nous sommes pires que des gamins, soupira Ryan en secouant la tête.

— C'était merveilleux, pourtant, murmura-t-elle en se penchant vers lui pour l'embrasser fugitivement dans le cou.

— C'est toi qui es merveilleuse, répondit-il en lui caressant tendrement la joue.

— Il faut que je rentre chez moi pour me changer. Nous sommes invités chez les Guthrie, ce soir.

— Nous ? fit Ryan en haussant un sourcil surpris.

— Cilla m'a expressément demandé de te dire que tu étais invité.

— Cela ne te dérange pas ? demanda-t-il, plein de prévenance.

— Non, au contraire, répondit-elle avant même d'avoir réfléchi. D'ailleurs, comme cela, tu auras l'occasion de discuter des incendies avec Boyd.

— D'accord, fit Ryan.

Ce simple mot réchauffa le cœur de la jeune femme.

Ryan savait que Gage Guthrie était riche. Très riche, même. Mais rien ne l'avait préparé au manoir néo-gothique dans lequel il vivait. L'architecte audacieux l'avait muni d'un toit crénelé, de tourelles et de terrasses que rehaussaient par endroits de fantomatiques statues. L'ensemble faisait penser à une sorte d'hallucination médiévale dressée en plein XXe siècle, à une demeure tout droit sortie de Gotham City.

A l'intérieur, la décoration, quoique splendide, était très sobre, véhiculant une impression de confort et de joie de vivre. Les couloirs, par contre, lui firent penser à un véritable labyrinthe qui montait, descendait, ondulait et se perdait dans d'inattendus recoins. Quant à la salle à manger où était réunie la famille, elle était immense, avec une table gigantesque et une cheminée assez large pour y faire rôtir un bœuf. Un énorme chandelier en fer forgé pendait au plafond.

Dès qu'il rencontra Deborah, Ryan sut qu'il s'entendrait parfaitement avec elle. Il connaissait sa réputation de procureur tenace et compétent, mais découvrit qu'elle était aussi une femme d'une grande gentillesse qui paraissait plus douce et plus vulnérable que sa sœur. Son mari l'adorait visiblement. Cela se lisait dans les regards qu'ils échangeaient parfois et qui dénotaient une infinie complicité.

Boyd et Cilla semblaient très proches, eux aussi. Pourtant, cela faisait plus de dix ans qu'ils vivaient ensemble. Mais, au lieu de s'étioler, leur amour semblait s'être renforcé à l'épreuve du quotidien. Leurs enfants étaient aussi turbulents qu'adorables. Allison avait visiblement un petit faible pour lui et il se montra à son égard d'une grande prévenance.

Le dîner se déroula donc dans une atmosphère des plus conviviales. Le menu était succulent et arrosé d'un excellent vin français.

— Est-ce que tu conduis un camion de pompiers ? demanda Keenan à Ryan auprès duquel il était assis.

— Plus maintenant.

— Pourquoi tu as arrêté ?

— Je te l'ai dit, répondit Bryant avec dédain. Il fait comme papa, maintenant : il poursuit les sales types. Mais seulement ceux qui brûlent des choses. Pas vrai, Ryan ?

— Exact.

— Moi je préférerais conduire un camion de pompiers, commenta Keenan.

— Tu en as déjà visité un ? s'enquit Ryan en souriant.

— Non. Mais j'aimerais bien…

— Eh bien, si ton papa et ta maman sont d'accord, tu pourrais venir à la caserne demain.

— Super ! s'écria Bryant. On peut y aller, dis, papa ?

— Pourquoi pas ? acquiesça Boyd.

— Votre sœur sait où cela se trouve, reprit Ryan tandis que les deux garçons sautaient de joie. Vous pourriez passer vers 10 heures.

— En attendant, intervint Cilla, il va être temps d'aller au lit, les enfants.

Ceux-ci n'émirent qu'une protestation de principe, trop fatigués par leur journée pour lutter contre la décision maternelle. Boyd prit Keenan sur ses épaules et emboîta le pas à sa petite famille, suivi de Nathalie. Ryan les regarda en souriant tandis que la petite troupe quittait la pièce.

— Ils sont vraiment adorables, commenta-t-il, rêveur.

— Oui, approuva Deborah. En tout cas, vous avez conquis les enfants en leur proposant de visiter la caserne.

— Oh, mes collègues seront aussi contents qu'eux : ils adorent les enfants. Le repas était vraiment délicieux, ajouta-t-il en contemplant les restes du succulent gâteau qui trônaient au centre de la table.

— Frank, notre cuisinier, est un véritable cordon-bleu. C'est un ancien pickpocket qui s'est reconverti avec brio. Que diriez-vous de passer dans le salon pour prendre le café ?

Tandis que Deborah se dirigeait vers la cuisine pour le préparer, Ryan suivit Gage jusqu'à une petite pièce qu'occupaient une immense bibliothèque et de confortables fauteuils en cuir.

— Vous avez une maison magnifique, dit-il au maître des lieux. Il ne vous arrive jamais de vous y perdre ?

— J'ai un bon sens de l'orientation, répondit Gage en riant.

— Vous étiez policier, avant, n'est-ce pas ?

— C'est exact. Mais mon partenaire et moi nous sommes retrouvés dans une sale situation. Il est mort et je ne valais guère mieux. Quand je suis enfin sorti de l'hôpital, j'ai rendu mon badge. C'était devenu trop difficile de continuer comme si de rien n'était…

— Je suis désolé, fit Ryan.

Il se souvenait effectivement avoir lu quelque part que Gage était resté durant des mois dans le coma avant de revenir à la vie.

— C'est comme cela que vous avez repris la tradition familiale ?

— En quelque sorte… Mais d'après ce que j'ai cru comprendre, c'est aussi votre cas.

— Je vois que vous êtes bien renseigné.

— Je vous avoue que j'ai fait quelques recherches sur votre compte lorsque Nathalie m'a dit que vous seriez chargé de l'enquête. Elle compte beaucoup pour Deborah et moi, vous savez. Tiens, ajouta-t-il en voyant Boyd pénétrer dans la pièce. Tu as été rapide…

— J'ai sauté sur la première occasion pour prendre la fuite, avoua Boyd en souriant.

Traversant le salon, il s'assit en face de Ryan et le regarda attentivement.

— Dites-moi, Piasecki, demanda-t-il enfin, que se passe-t-il exactement entre ma sœur et vous ?

Décidant qu'il avait assez attendu, Ryan sortit une cigarette qu'il alluma avant de tirer une longue bouffée.

— Je pense qu'un enquêteur aussi doué que vous n'aura aucun mal à le deviner, répondit-il posément.

Gage toussa pour dissimuler un rire amusé tandis que Boyd plissait les yeux, légèrement menaçant.

— Nathalie n'est pas une fille facile, dit-il.

— Je le sais parfaitement. Et si vous comptez en savoir plus sur nous deux, je vous suggère de lui poser vos questions directement.

— Très bien. Dans ce cas, vous pouvez peut-être me renseigner sur un autre sujet : où en est votre enquête ?

Ryan hocha la tête et entreprit de relater aux deux hommes le détail des événements récents et les différents indices qu'il avait réussi à réunir jusque-là. Boyd l'écoutait avec une attention soutenue, l'interrompant parfois pour lui poser une question à laquelle Ryan répondait avec exactitude et concision.

— Je suis à peu près certain que Jacoby est coupable, conclut-il. Je connais ses méthodes et la façon dont il fonctionne. Et je le coincerai, je vous le promets.

— Entre-temps, il faut que vous fassiez protéger Nathalie.

— C'est ce que je fais.

— Je parlais de sa sécurité personnelle, pas de celle de son entreprise, précisa Boyd.

— Moi aussi. Et je vous jure que rien ne lui arrivera.

— Elle a la tête dure, vous savez. Je ne suis pas certain qu'elle se plie à vos consignes…

— Je ne compte pas lui laisser le choix en la matière, répondit posément Ryan en écrasant sa cigarette.

— Très bien. Je crois que je m'étais trompé sur votre compte, inspecteur. Vous commencez à m'être sympathique.

— Le café est servi, annonça alors Deborah qui les avait rejoints, poussant une table roulante sur laquelle était posé un superbe service en porcelaine. De quoi parliez-vous ?

— D'un certain Clarence Jacoby, répondit Boyd. Cela te dit quelque chose ?

— Jacoby ? Bien sûr, répondit-elle en remplissant les tasses qu'elle leur tendit. Je crois qu'il a été libéré sous caution il y a quelques années après une accusation d'incendie volontaire.

— Voilà une femme selon mon cœur, commenta Ryan en souriant. Apparemment, ce Jacoby a décidé de refaire surface.

— Vous pensez que c'est lui le coupable ? demanda Deborah en fronçant les sourcils.

— Exactement.

— Nous devons avoir un dossier sur lui, dit-elle en jetant un coup d'œil à Gage.

L'ordinateur qui était caché dans l'une des pièces secrètes de sa maison était capable de se connecter directement sur les archives du FBI et des différents tribunaux. Ils pourraient aisément obtenir tous les renseignements nécessaires en quelques clics.

— Si vous voulez, reprit Deborah, je peux vous envoyer dès lundi ce que nous avons.

— Ce serait très utile, acquiesça Ryan, reconnaissant.

— Comment diable a-t-il pu s'en tirer en payant seulement une caution ? s'exclama Boyd, incrédule. Ce n'est pas comme s'il s'agissait d'un simple vol à l'étalage…

— C'est vrai, reconnut Ryan. Mais cet homme est rusé. Il s'est spécialisé dans la destruction de bâtiments vides, d'appartements ou d'entrepôts inoccupés. Parfois, il travaille pour le propriétaire, parfois, juste pour son plaisir personnel. Pourtant, il n'a été jugé que deux fois et n'a écopé que d'une seule condamnation. En général, il s'en sort parce qu'il ne s'agit que d'immobilier et qu'il n'y a aucune victime…

— Et il est toujours libre, soupira Boyd, dégoûté.

— Pour l'instant. Mais nous n'allons pas tarder à le coincer et, cette fois, je veillerai à ce qu'il ne s'en tire pas à si bon compte.

Ryan s'interrompit, entendant les voix de Cilla et de Nathalie dans le couloir. Mieux valait que la jeune femme ne sache pas qu'ils parlaient de ses problèmes derrière son dos. Lorsqu'elles entrèrent, Cilla se dirigea vers Boyd, un sourire malicieux aux lèvres.

— Nathalie est bonne pâte, dit-elle. Les enfants lui font faire tout ce qu'ils veulent.

— Ce n'est pas vrai, protesta Nathalie. C'est juste qu'en tant que tante, j'ai le droit de les gâter les rares fois où je les vois. Alors, ajouta-t-elle en s'asseyant auprès de Ryan, vous avez eu le temps de discuter de mes affaires ?

— Qu'est-ce qui peut te faire croire une chose pareille ? s'exclama Ryan d'un air parfaitement innocent.

*
* *

Quelques heures plus tard, tandis qu'ils revenaient de chez les Guthrie, la jeune femme observa attentivement Ryan.

— Est-ce que Boyd s'est montré insupportable avec toi ? demanda-t-elle.

— Non, pas vraiment. Il est juste inquiet pour sa petite sœur. Mais je sais ce que c'est…

— Je ne savais pas que tu avais une sœur, remarqua Nathalie, surprise.

— Avec un père polonais et une mère irlandaise, tu m'imaginais fils unique ? s'exclama Ryan, moqueur. J'ai deux sœurs aînées dont l'une vit à Columbus et l'autre à Baltimore et un frère cadet qui vit à Phénix.

— Cela fait une grande famille…

— Surtout si tu comptes mes neveux et mes nièces. J'en ai huit en tout et un neuvième est sur le point de naître.

Voilà qui expliquait qu'il se sente tellement à l'aise avec les enfants, songea Nathalie.

— Tu es donc le seul qui soit resté à Denver.

— Oui, ils pensaient tous que l'herbe était plus verte ailleurs, acquiesça Ryan. Dis-moi, Nathalie, est-ce que je suis invité chez toi, cette nuit ?

Elle l'observa attentivement, se demandant comment elle pouvait désirer à ce point un homme qu'elle connaissait si peu.

— Oui, murmura-t-elle enfin. J'aimerais beaucoup…

8.

— Est-ce que je peux utiliser la rampe, monsieur Piaski ? supplia Keenan en désignant la barre chromée qui reliait le premier étage au rez-de-chaussée.

— Appelle-moi Ryan. Et accroche-toi bien, dit-il en soulevant le petit garçon pour l'aider à atteindre la rampe. Mets tes jambes autour de la barre, là… Tu n'as pas de fermeture Eclair ?

— Non.

— Alors c'est parti, s'exclama Ryan en laissant l'enfant glisser le long de la barre.

— Super ! s'exclama Keenan, ravi, en levant la tête vers lui, un sourire rayonnant aux lèvres. Je peux recommencer ?

— D'accord. Mais laisse ton frère essayer, d'abord.

Bryant parut hésiter puis se laissa glisser à son tour.

— Il ferait un père parfait, commenta Cilla à voix basse.

— Tais-toi ! s'exclama Nathalie en plongeant les mains dans ses poches.

Elle aussi avait terriblement envie d'essayer la rampe mais elle n'osait pas le demander à Ryan, craignant qu'il ne se moque d'elle.

— Eh, je ne sous-entendais rien, s'écria Cilla en riant. Il

est vrai qu'il sait y faire avec les enfants. Cela fait longtemps que je ne les avais pas vus aussi heureux.

— En effet, approuva Nathalie. Je ne connaissais pas cette facette de son caractère.

— On peut dire qu'il ne manque pas de qualités cachées. Et il est visiblement fou de toi…

— Tu te trompes, protesta Nathalie, surprise que sa belle-sœur ait pu imaginer une telle chose. Nous sommes amants, rien de plus.

— Bien sûr, railla Cilla qui de toute évidence ne la croyait pas.

— Regarde, maman ! s'écria alors Keenan qui les avait rejoints, un casque de pompier trop large pour lui sur la tête. C'est un vrai ! Et Ryan dit qu'on peut aller visiter le camion, maintenant.

Entraînant son frère et sa sœur dans son sillage, il dévala l'escalier. Deux pompiers les accompagnèrent vers l'un des monstrueux engins qui étaient garés dans le hangar. Cherchant Ryan des yeux, Nathalie le vit en pleine discussion avec Boyd. Les deux hommes montaient vers son bureau sans leur prêter la moindre attention.

— Je crois que Boyd voulait discuter de ton affaire avec Ryan, expliqua Cilla.

— Il ne devrait pas se faire autant de souci pour moi. Après tout, il ne peut rien faire…

— Tous les grands frères sont comme cela, lui rappela Cilla en souriant. Et il est d'autant plus inquiet justement qu'il se sent impuissant. Mais, si cela peut te rassurer, ses craintes se sont nettement atténuées depuis qu'il a rencontré Ryan.

— Tant mieux… A propos, tu as des nouvelles d'Althea ? La dernière fois que je lui ai parlé, elle se sentait déprimée par son travail de bureau et la taille de son ventre.

— Elle exagère ! Je n'ai jamais vu femme enceinte plus sexy qu'elle. Boyd et Colt se sont entendus pour faire pression sur elle et la forcer à prendre un congé maternité. Je suis allée la voir, il y a deux semaines, et je l'ai trouvée en train de tricoter !

— Althea ? C'est impossible ! s'exclama Nathalie en riant.

— Pourtant, c'est vrai. Les voies du mariage et de la maternité sont parfois impénétrables…

— Sans doute, admit Nathalie avec une pointe d'amertume inattendue.

Toutes les femmes qui l'entouraient avaient à présent un ou plusieurs enfants et elle se demandait si elle-même n'était pas anormale.

A l'étage, Boyd avait écouté très attentivement le rapport de Ryan.

— Ce que je ne comprends pas, conclut-il en secouant la tête, c'est pourquoi l'incendiaire a mis le feu à l'étage. Il aurait fait plus de dégâts dans la boutique elle-même…

— Oui, mais le sinistre aurait pu être repéré beaucoup plus vite à cause de la vitrine. Par contre, il aurait pu allumer le feu dans la réserve où se trouvaient la majorité des produits combustibles. Il y avait là de nombreuses boîtes, de la lingerie et du papier d'emballage. De quoi faire brûler le bâtiment tout entier beaucoup plus vite. Mais je suppose que notre homme avait reçu des instructions…

— Je me demande bien de qui ?

— C'est là toute la question ! reconnut Ryan en posant nonchalamment les pieds sur son bureau. J'ai deux incendies volontaires probablement perpétrés par la même personne et contre la même compagnie. Alors, il est quasiment certain que quelqu'un est derrière. Quelqu'un qui aurait intérêt à faire échouer le lancement de Lady's Choice.

— Pourrait-il s'agir d'un concurrent ?

— J'ai demandé aux services de police de vérifier mais c'est peu probable.

— D'autant que le coupable connaissait le moyen de faire rentrer Jacoby dans la boutique sans forcer la porte ni déclencher l'alarme.

— Tout juste. Ce qui nous mène inévitablement à la conclusion qu'il s'agit de quelqu'un qui ferait partie de l'entreprise Fletcher.

— Hélas, je ne peux pas vous être d'une grande aide en ce domaine. Je me suis toujours efforcé de rester à l'écart des affaires familiales. Mais je peux essayer d'obtenir des informations par l'intermédiaire de mes parents.

— Ce serait une bonne chose, approuva Ryan. En tout cas, le fait que Jacoby ait raté son coup au magasin le poussera certainement à tenter une nouvelle expédition. S'il suit toujours le même schéma, il devrait frapper au cours des jours à venir. Mais cette fois, nous l'attendrons.

Boyd hocha la tête. Il commençait à se faire une idée assez précise de ce que valait Ryan : c'était un homme intelligent et décidé. Mais il était bien placé pour savoir que son travail risquait d'être perturbé par une trop grande implication personnelle.

— En attendant, dit-il, faites en sorte que Nathalie ne soit pas mêlée à cette histoire.

— C'est bien mon intention.

— J'espère simplement que vous saurez faire la part des choses entre votre… investissement affectif et l'affaire que vous essayez de résoudre.

Ryan acquiesça, sachant que ce serait pour lui le véritable défi. A plusieurs reprises, il y avait réfléchi sans trouver la moindre solution à ce dilemme. Il n'était pas plus enclin à renoncer à cette enquête qu'à sa liaison avec Nathalie.

— Je sais parfaitement ce que j'ai à faire, capitaine, déclara-t-il avec plus d'assurance qu'il n'en éprouvait réellement.

— Je vous fais confiance, Piasecki. Mais sachez une chose : s'il arrive quelque chose à ma sœur, pour quelque raison que ce soit, je veillerai personnellement à vous le faire payer. Nous nous comprenons bien ?

— Parfaitement bien.

Une heure plus tard, Boyd, Cilla et leurs enfants quittèrent la caserne après avoir pris congé de Ryan et de Nathalie.

— Tu as fait forte impression, remarqua la jeune femme lorsqu'ils se retrouvèrent seuls.

— Oh, ce n'était pas difficile : les casernes impressionnent toujours les gens. Ce doit être le prestige de l'uniforme.

— Merci, en tout cas.

— Pour quoi ?

— Pour avoir été aussi gentil avec ma famille.

— C'était un plaisir. Les enfants de ton frère sont adorables...

— Apparemment, tu as même réussi à tranquilliser Boyd. Et ça, c'est un véritable exploit !

— Je crois que tu te montres un peu trop optimiste, objecta Ryan en riant. Il m'a clairement fait comprendre qu'il reviendrait me casser la figure s'il t'arrivait quoi que ce soit.

— Dans ce cas, tu devrais t'inquiéter. Je ne sais pas si tu as remarqué mais il est assez baraqué.

— Raison de plus pour ne pas te quitter d'une semelle.

Viens, j'ai encore quelques petites choses à faire avant de partir.

Comme ils rentraient dans la caserne, la sirène retentit brusquement et tous les hommes présents se ruèrent vers les camions, enfilant leurs tenues de protection. En quelques secondes, ils eurent disparu, laissant la station déserte.

— Encore un feu, soupira Ryan. Parfois, j'ai l'impression que ça ne s'arrête jamais…

— Dis-moi, demanda la jeune femme tandis qu'ils remontaient dans son bureau, est-ce que les pompiers ne sont pas aussi censés s'occuper de choses moins tragiques ? Comme sauver les chats dans les arbres, par exemple…

— Oui, nous faisons cela aussi, reconnut Ryan en rassemblant les dossiers qu'il voulait emporter. Une fois, j'ai même récupéré un iguane qui s'était glissé dans une conduite d'égout.

— Tu plaisantes ?

— Jamais lorsqu'il s'agit de sauver des vies, répondit-il en souriant.

Nathalie éclata de rire et il la regarda avec admiration. Sa tenue décontractée et ses cheveux défaits lui conféraient un charme nouveau, plus enfantin, et jamais elle ne lui avait paru aussi belle qu'en cet instant, insouciante et joyeuse. Il se dégageait d'elle une aura de séduction qui paraissait ne jamais faiblir.

— Qu'y a-t-il ? demanda-t-elle, troublée par son regard insistant.

— Rien. Tu veux que nous sortions ?

— Pour aller où ? demanda-t-elle, surprise.

— Je ne sais pas. Au cinéma ou au théâtre…

— Avec plaisir, répondit Nathalie, prise de court, se demandant si cela ne risquait pas de bouleverser leur relation.

Après tout, si elle sortait avec Ryan et que tous deux

couchaient ensemble, cela ne faisait-il pas de lui son petit ami officiel ? C'était une réalité qu'elle avait encore du mal à affronter.

— Alors ? Cinéma ou théâtre ?

— Comme tu veux…

— Nous ferions bien de regarder ce qu'il y a d'intéressant à voir en ce moment. Ils doivent avoir un journal, en bas.

Tandis que Ryan s'apprêtait à descendre par l'escalier, Nathalie l'interpella :

— Dis, est-ce que je peux essayer la rampe, moi aussi ?

Il la regarda avec une stupeur presque comique et elle haussa les épaules :

— J'en meurs d'envie depuis tout à l'heure, avoua-t-elle.

— D'accord, fit Ryan. Je passe devant…

Il sauta et agrippa la barre, se laissant glisser avec aisance jusqu'en bas. Nathalie se lança à son tour et atterrit droit dans les bras de Ryan qui l'attendait.

— Quel talent ! s'exclama-t-il en riant. On dirait que tu as fait ça toute ta vie.

— Je pourrais recommencer ? demanda-t-elle en nouant les bras autour de son cou.

— Que penserais-tu de le faire en porte-jarretelles ? Je pourrais prendre une photo qui ferait sensation à la caserne…

— Je crois que je vais me contenter de vous acheter un calendrier à la fin de l'année.

— Inspecteur ? appela alors l'un des pompiers. Il y a un feu suspect sur la Douzième. Ils ont demandé à ce que vous veniez…

— Dites-leur que je suis en chemin. Désolé, ajouta-t-il en reposant délicatement sa compagne à terre.

— Ce n'est pas grave, je sais ce que c'est…, dit-elle en

essayant de masquer sa déception. J'en profiterai pour rattraper mon travail en retard.

— Tu seras chez toi toute la soirée ?

— Oui. J'avais rapporté des dossiers, de toute façon.

— Dans ce cas, je t'appellerai dès que j'aurai fini.

— D'accord, soupira-t-elle.

Avisant la déception qui se lisait dans ses yeux, Ryan l'embrassa tendrement.

— Inutile que j'appelle, je viendrai directement, dit-il.

— Voilà qui me plaît déjà beaucoup plus ! s'exclama-t-elle, radieuse.

Pour la première fois de sa vie, Nathalie était en retard sur son programme de travail. Cela faisait un peu moins d'une semaine qu'elle voyait Ryan tous les soirs et les dossiers qu'elle rapportait chez elle restaient invariablement dans son attaché-case. Ils passaient des heures à faire l'amour, commandant leurs repas par téléphone et discutant de tout et de rien.

Chaque fois qu'il était auprès d'elle, elle oubliait instantanément ses préoccupations professionnelles pour ne plus penser qu'à lui. Elle était folle de lui, fascinée par cet homme dans les bras duquel elle vivait des instants d'une intensité inégalée.

Bien sûr, c'était complètement insensé : leur liaison ne pourrait se prolonger sur cette base durant très longtemps. Mais elle ne voulait pas y penser, préférant se noyer dans le bonheur de chaque minute sans se soucier de ce qu'il adviendrait d'eux.

D'ailleurs, pourquoi se serait-elle comportée autrement ? La création de Lady's Choice n'en souffrait pas le moins du monde et elle était parfaitement dans les temps pour réussir le lancement de la marque. Le magasin avait été entièrement nettoyé, le bureau refait, les stocks progressivement renfloués, la décoration des vitrines terminée. En fait, il ne restait plus qu'à ouvrir officiellement les magasins et les centres d'appel.

S'il n'y avait aucun incident nouveau, bien sûr.

Ensuite, elle devrait faire le tour de toutes les filiales pour faire le point avec les managers régionaux. Cette pensée ne l'enthousiasmait guère puisque cela signifiait qu'elle devrait se séparer de Ryan. Et la simple pensée de se retrouver seule durant cette tournée d'inspection avait le don de la déprimer.

Bien sûr, elle pourrait toujours déléguer cette tâche à Melvin ou à Donald. Après tout, c'était parfaitement de leur ressort. Mais elle avait envie d'apprécier par elle-même les progrès réalisés. Qui sait ? Ryan pourrait peut-être prendre quelques jours de congé pour l'accompagner. Cela transformerait un voyage d'affaires en une expérience des plus érotiques.

La sonnerie de l'Interphone rappela brusquement Nathalie à la réalité.

— Oui, Maureen ?

— Mlle Marks demande à vous voir, mademoiselle Fletcher.

— Très bien, faites-la entrer, fit la jeune femme en repoussant à plus tard ses projets personnels pour se concentrer sur son travail.

Deirdre pénétra dans son bureau et s'assit en face d'elle, un épais dossier à la main.

— Je suis désolée du retard que j'ai pris, dit-elle en écartant une mèche de cheveux qui lui tombait dans les yeux. Chaque fois que j'ai le dos tourné, le personnel de la comptabilité plante le système informatique.

— Tu en as parlé à l'ingénieur réseau ?

— Je passe la moitié de mon temps à en discuter avec lui. Chaque fois qu'il répare un bug, un autre surgit. Cela devient vraiment agaçant.

— Nous avons encore un peu de temps devant nous. Je vais appeler nos informaticiens cet après-midi même. Si notre serveur pose des problèmes, nous le remplacerons.

— Je te souhaite bonne chance ! s'exclama Deirdre, ironique. En attendant, la bonne nouvelle, c'est que j'ai les chiffres des premières commandes par catalogue. Je crois qu'ils vont te réchauffer le cœur !

Nathalie parcourut le dossier que Deirdre lui tendait et hocha la tête.

— En effet, c'est plutôt encourageant… Heureusement que le feu n'a pas détruit les dossiers du magasin principal, ajouta-t-elle. Sinon, cela aurait été un véritable cauchemar pour la comptabilité.

— Ça, on peut le dire. Surtout qu'avec les problèmes informatiques que nous avons, j'ai dû me fier principalement aux versions papier.

— De toute façon, la rassura Nathalie, maintenant j'ai des copies des comptes et des disques de sauvegarde des fichiers informatiques. Cela nous servira pour l'audit. A ce propos, je pense que nous n'aurons pas le temps de nous en occuper d'ici le mois de mars. J'ai donc décidé que nous nous y attaquerions dès que les comptes de fin d'exercice seront bouclés.

— En voilà une bonne nouvelle ! s'exclama Deirdre, reconnaissante. Maintenant, passons aux budgets prévisionnels pour l'année à venir…

*
* *

Quelques heures plus tard, dans un hôtel sordide de la ville, Clarence Jacoby était assis sur son lit défait, grattant des allumettes. Chaque fois, il regardait la flamme consumer le petit bout de bois jusqu'à atteindre l'extrémité de ses doigts, lui infligeant une délicieuse sensation de brûlure. Alors, seulement à cet instant, il soufflait l'allumette et en tirait une autre de l'épaisse boîte qu'il venait d'acheter. Le cendrier qui se trouvait auprès de lui débordait de petites brindilles noircies. Il aurait pu continuer ainsi durant des heures.

Chaque nuit, il était tenté de faire brûler tout l'hôtel, juste pour le plaisir. Cela aurait été si facile. Quelques litres d'essence, une allumette et tout partirait en flammes. Il serait si excitant de regarder l'incendie grandir devant ses yeux jusqu'à ce qu'il ait rongé ce sordide bâtiment jusqu'à ses fondations.

Mais Clarence n'était pas seul à fréquenter cet endroit et cela suffisait à l'empêcher de mettre son projet à exécution. Non qu'il craignît de blesser quelqu'un : de cela, il se moquait complètement. Mais il préférait être seul pour célébrer sa communion avec le dragon. Depuis longtemps, il avait appris à ne pas rester auprès des foyers qu'il allumait. Les cicatrices qui couvraient sa nuque et sa poitrine lui rappelaient sans cesse que le feu pouvait se retourner contre ceux qui l'aimaient.

Six mois plus tôt, à Detroit, il avait appris un nouveau précepte. Alors qu'il venait de mettre le feu à un vieux bâtiment dont le propriétaire ne voulait plus mais qu'il ne pouvait démolir, il était resté pour regarder les flammes s'élever majestueusement vers le ciel. Mais les policiers qui étaient arrivés en même temps que les pompiers avaient bien failli l'attraper.

Clarence avait réalisé alors qu'avec son visage réjoui et rêveur au milieu des mimiques horrifiées, il était la cible idéale pour eux. Depuis lors, il s'était juré de ne plus jamais s'attarder sur les lieux de ses méfaits. Dès qu'il avait allumé le foyer principal, il prenait la fuite, se contentant d'imaginer les dégâts qu'il avait causés. En fait, il avait tellement de souvenirs de feux qu'il lui suffisait de fermer les yeux pour les évoquer, les sentir.

Alors qu'il se préparait à gratter une nouvelle allumette, la sonnerie du téléphone retentit. Un sourire béat apparut sur le visage rond de Clarence. Une seule personne connaissait ce numéro et elle n'avait qu'une raison pour l'appeler. Il était temps de réveiller le dragon une fois de plus.

Assis à son bureau, Ryan consultait les comptes rendus du laboratoire. Il était presque 7 heures et la nuit était déjà tombée mais il travaillait depuis des heures, buvant du café, tasse sur tasse, sans se soucier de l'effet qu'il pouvait avoir sur son organisme saturé. Il sentait son corps et son esprit le trahir, son attention se relâcher et aurait probablement dû rentrer chez lui pour s'accorder une longue nuit de sommeil.

Mais ces temps-ci, il avait commencé à prendre de nouvelles habitudes, se rendant chaque soir chez Nathalie pour la retrouver. Elle lui avait même donné un double de ses clés, sans cérémonie, certes, mais c'était un symbole qui ne trompait pas. Chaque soir, ils dînaient tous les deux, discutaient de choses et d'autres ou regardaient un film à la télévision.

Ils s'étaient découvert un amour commun pour les vieux films des années 50. Une chose parmi tant d'autres qui les avait lentement rapprochés. En observant Nathalie, Ryan avait découvert une multitude d'autres petits détails qui la lui rendaient plus attachante.

Il savait qu'elle aimait prendre d'interminables bains moussants en buvant un verre de vin blanc frais. Elle aimait ôter ses chaussures à talons, le soir, et c'était comme un petit cérémonial qui la réjouissait. Elle aimait que les choses soient à leur place et ne supportait pas qu'il dérange son appartement. Elle aimait les draps de soie et les couettes sous lesquelles elle pouvait se nicher comme dans un nid.

Elle aimait la glace à la fraise, mais seulement s'il y avait de la crème Chantilly pour l'accompagner tout en affirmant que ce n'était pas la crème qu'elle préférait. Elle aimait les vieux airs de jazz, surtout ceux de La Nouvelle-Orléans qui parlaient de la vie révolue dans les bayous. Elle aimait les hauteurs et les oiseaux.

Pour tout cela et pour mille autres choses encore, Ryan l'aimait, elle.

Car à quoi bon se le cacher ? Sans même s'en rendre compte, il était tombé pleinement, éperdument amoureux d'elle.

Cette découverte qui aurait dû le remplir de joie le plongeait dans un profond désarroi. Sans même qu'il fût besoin de le formuler, tous deux avaient décidé que leur liaison ne s'accompagnerait d'aucun attachement sentimental, d'aucune obligation l'un envers l'autre. Ils étaient tous deux bien trop indépendants pour accepter qu'il en fût autrement.

D'ailleurs, ils n'avaient rien en commun : ni leur mode de vie, ni leurs ambitions, ni leurs revenus… Ils avaient juste ce formidable capital de passion qui semblait ne jamais s'épuiser mais qui finirait bien un jour par s'étioler. Leur relation n'avait donc aucun avenir et l'amour ne pourrait apporter à Ryan que souffrance et regrets.

Alors, il ferait ce qu'il estimait être le mieux pour eux

deux. Il mènerait à bien cette enquête. Il la protégerait. Et ensuite, il se résignerait à la quitter. Et, pour se faciliter les choses, il valait mieux qu'il commence dès maintenant à prendre de la distance.

Ce soir, il n'irait pas chez elle. Ils ne mangeraient pas ensemble. Ils ne regarderaient aucun film, nichés l'un contre l'autre. Et ils ne feraient pas l'amour. Cette décision lui coûtait beaucoup mais il se répéta une fois de plus qu'il n'y avait pas d'autre solution.

Jetant un coup d'œil au téléphone, il se demanda s'il devait appeler Nathalie pour lui donner une raison quelconque. Mais il n'en eut pas le courage. D'ailleurs, il n'avait aucune responsabilité vis-à-vis d'elle. Il n'était pas et ne serait, hélas, jamais son mari.

Sur le chemin du retour, Ryan décida brusquement d'aller jeter un coup d'œil à l'usine de Nathalie. De toute façon, quelque chose lui disait qu'il aurait du mal à trouver le sommeil sans la présence rassurante de la jeune femme à ses côtés. Il était presque 9 heures et la nuit était calme et paisible. Il n'y avait même pas un croissant de lune pour éclairer le grand bâtiment sur lequel avait été récemment accroché un panneau aux armes de Lady's Choice.

Immobile, Ryan le contempla songeusement, ne pouvant s'empêcher de penser une fois de plus à Nathalie. Elle devait être en train de se demander où il avait bien pu passer. Peut-être l'attendait-elle. Peut-être essaierait-elle de le joindre à la caserne. Cette idée suffisait à faire monter en lui un sentiment de culpabilité agaçant. Peut-être valait-il mieux qu'il l'appelle, en fin de compte. Juste pour la rassurer…

Tendant la main, il décrocha le téléphone de la voiture.

Il lui dirait qu'il était occupé, qu'il avait du travail. Cela ne l'engageait à rien mais, s'il renouvelait régulièrement cette manœuvre, elle finirait par comprendre que leur liaison touchait à sa fin. Il serait libre alors de panser ses blessures en attendant le jour improbable où il rencontrerait une femme qui lui ressemblait.

Mais, tandis qu'il composait le numéro, il entendit un bruit métallique provenant de l'usine. Raccrochant immédiatement, il tendit l'oreille, se demandant si ce n'était pas un effet de son imagination. Il jeta un coup d'œil à sa montre et réalisa que l'équipe qu'il avait chargée de surveiller le site ne passerait pas avant une dizaine de minutes. En attendant, mieux valait aller vérifier qu'il s'était bien trompé.

S'emparant de sa lampe torche, il descendit de voiture et s'avança en silence en direction de l'usine. De la nationale proche lui parvenait le murmure sourd du trafic. Sans allumer sa lampe, il contourna le bâtiment pour gagner la sortie de secours qu'il avait remarquée au cours de sa précédente visite. Au passage, il vérifia soigneusement les verrous et les fenêtres du rez-de-chaussée.

Soudain, il entendit un nouveau bruit, plus distinct, celui-là. Des pas sur le gravier… Se rapprochant du mur, Ryan avança vers l'angle, agrippant fermement sa torche. Un nouveau bruit de gravier. Un ricanement. Le bruit d'une porte en métal qui s'ouvrait. Pressant le pas, Ryan dépassa le coin de l'usine, alluma sa lampe et se trouva face à face avec Clarence Jacoby debout devant l'issue de secours.

— Quel plaisir de te revoir ! s'exclama-t-il tandis que l'autre tentait vainement de s'abriter du rayon qui l'aveuglait. Je t'attendais, tu sais…

— Qui êtes-vous ? demanda Jacoby de sa voix nasillarde.

— Je suis vexé, dit Ryan en baissant sa lampe. Tu ne reconnais même pas un vieil ami ?

Plissant les yeux, Clarence dut enfin discerner son visage et un large sourire éclata sur son visage lunaire.

— Piasecki ? Ryan Piasecki… Comment allez-vous ? Vous êtes inspecteur, maintenant, n'est-ce pas ? Félicitations…

— Merci. Dis-moi, Clarence, ça tombe bien que tu sois là. Je te cherchais, justement.

— Vraiment ? demanda Jacoby en feignant la surprise. Pourquoi donc ?

— C'est moi qui ai éteint le petit feu de camp que tu avais allumé au magasin, l'autre jour. Apparemment, tu es en train de perdre la main, mon pauvre Clarence.

— Vous vous trompez, protesta Jacoby en ouvrant de grands yeux. Je n'étais même pas au courant pour cet incendie. J'ai arrêté ces bêtises depuis cette nuit où nous avons failli y rester, vous et moi. Vous vous rappelez ? C'était une sacrée nuit, pas vrai ? Le dragon soufflait fort… Il a presque failli nous avaler.

— Oui, je m'en souviens, acquiesça Ryan.

— Vous avez eu une de ces frousses. J'ai entendu dire que vous aviez fait des cauchemars pendant des semaines, à l'hôpital.

— C'est exact.

— Et depuis, vous n'êtes plus pompier, n'est-ce pas ? Vous avez renoncé à terrasser le dragon.

— Je préfère m'en prendre aux cafards dans ton genre, répondit Ryan en désignant de sa lampe les jerricans d'essence posés aux pieds de Jacoby. Tu as toujours été snob, tu sais. Utiliser du Super pour mettre le feu, quel gâchis…

— Je n'ai rien fait, protesta Clarence.

Au même instant, il se détourna brusquement pour prendre

la fuite. Ryan lui sauta dessus mais l'autre l'évita avec une agilité diabolique. Il n'alla pas bien loin cependant : deux bras sortis de l'ombre l'attrapèrent au passage, mettant fin à sa tentative de fuite. Une ombre parut se matérialiser tandis que Némésis s'avançait vers Ryan, tenant toujours fermement son prisonnier.

— Je ne crois pas que l'inspecteur en ait fini avec toi, Clarence. N'est-ce pas, inspecteur ?

— Euh, non…, balbutia Ryan, sidéré. Et merci.

— Il n'y a vraiment pas de quoi.

— C'est un fantôme ! hurla Clarence. Un fantôme m'a attrapé…

Apparemment incapable de supporter cette idée, il s'évanouit.

— Je suis certain que vous vous en seriez très bien tiré tout seul, reprit Némésis en déposant son corps inerte sur le sol. Mais j'étais là… Je me doutais que le pyromane reviendrait…

— J'apprécie beaucoup votre aide et…

Avant même qu'il ait terminé sa phrase, Némésis avait disparu, comme s'il venait de se volatiliser dans l'air.

— Pas mal, murmura Ryan, incrédule. Pas mal du tout…

La sonnerie du téléphone éveilla Nathalie en sursaut. Elle s'était endormie sur le canapé en attendant Ryan et n'avait aucune idée de l'heure qu'il pouvait être.

— C'est Ryan.

— Ryan ? Mais il est plus d'une heure, dit-elle en regardant sa montre.

— Je suis désolé de te réveiller…

— Ce n'est pas grave.

— Nous l'avons.

— Qui ?

— Clarence Jacoby, répondit Ryan, la tirant complètement de son assoupissement. Je viens de le coincer. J'ai pensé que tu voudrais être la première avertie.

— Oui, bien sûr ! C'est génial…

— Je dois rester ici un certain temps. Je te rappellerai dès que je le pourrai, d'accord ?

— O.K., mais…

Elle n'eut pas le temps de terminer sa phrase : Ryan avait déjà raccroché.

— Félicitations, inspecteur, murmura-t-elle, prise de court par son attitude distante.

Elle s'était terriblement inquiétée à son sujet. Evidemment, Ryan n'était pas forcé de venir chez elle chaque soir, même si c'était ce qu'il avait fait depuis une semaine. Mais il aurait au moins pu l'appeler pour lui faire part de ses intentions au lieu de la laisser attendre des heures durant auprès du téléphone jusqu'à ce que la fatigue l'emporte sur le sentiment d'angoisse et d'humiliation qui l'étouffait.

L'important, se dit-elle en essayant de se convaincre, c'était que Clarence Jacoby soit sous les verrous. Au moins, elle n'aurait plus à redouter de nouveaux incendies. Le lendemain matin, elle irait voir Ryan à son bureau pour lui demander ce qui s'était passé exactement.

Forte de ses bonnes résolutions, elle se déshabilla et alla se coucher. Mais il lui fallut plusieurs heures avant de trouver le sommeil dans ce grand lit qui lui paraissait désespérément vide.

9.

La veille au soir, Ryan avait accompagné Clarence au commissariat pour le remettre à la police. Lorsqu'il en était sorti, il était près d'une heure du matin et il avait jugé inutile de rentrer chez lui, préférant dormir sur le canapé de son bureau. Il fut réveillé en sursaut par la sirène qui annonçait un incendie et, par réflexe, il bondit sur ses pieds avant de réaliser qu'il n'était pas concerné.

Il aurait pu se rendormir mais il jugea préférable de se préparer un gigantesque pot de café. Tandis qu'il attendait patiemment que le percolateur fasse son office, il alluma une cigarette. Ce qu'il lui fallait avant tout, c'était une bonne douche froide et un brin de rasage. Mais il était dit qu'un tel luxe ne lui serait pas si aisément accordé. Après avoir frappé à sa porte, Nathalie entra dans son bureau, tirée à quatre épingles comme à son habitude.

— Ta secrétaire n'est pas arrivée, dit-elle, l'air étonné.

— Il est encore trop tôt…, grommela-t-il en se massant les tempes. Qu'est-ce que tu fais là ? Je ne suis même pas encore complètement réveillé.

Nathalie se força à ne pas réagir à son agressivité : visiblement, il avait peu dormi et était d'une humeur exécrable. Elle allait donc devoir faire preuve de patience.

— Je suis venue parce que je voudrais comprendre ce qui s'est passé exactement hier soir, dit-elle calmement.

— Je te l'ai déjà dit, répondit Ryan en haussant les épaules sans quitter des yeux sa machine à café.

— Tu ne m'as rien dit du tout, observa-t-elle tandis qu'il se servait.

— J'ai attrapé Jacoby et il est sous les verrous. Il ne risque pas d'allumer le moindre feu avant longtemps. C'est tout.

— Comment l'as-tu retrouvé ? insista Nathalie.

— Ecoute, dit-il en la regardant droit dans les yeux, luttant contre l'envie qu'il avait de la serrer contre lui. Pourquoi ne vas-tu pas travailler ? Laisse-moi le temps de faire le point et ensuite, je te ferai mon rapport.

— Quelque chose ne va pas ? demanda-t-elle brusquement, en fronçant les sourcils.

— Rien ne va ! Je suis crevé. Je ne peux même pas avoir une tasse de café décent. J'ai besoin d'une douche. Et tu viens me casser les pieds.

Nathalie le regarda avec de grands yeux, aussi stupéfaite que blessée et Ryan sentit son cœur se serrer malgré lui.

— Je suis désolée, dit-elle. J'étais juste inquiète au sujet de ce qui t'était arrivé hier soir. Je voulais être sûre que tu allais bien. Apparemment, c'est le cas, alors je vais te laisser.

— Nathalie, attends, la rappela Ryan alors qu'elle allait quitter la pièce. Assieds-toi. Je suis désolé. Je suis un peu à cran, ce matin, et tu es la première personne que je vois, alors…

— J'étais vraiment inquiète pour toi, répéta la jeune femme sans faire mine de s'asseoir.

— Je vais bien. Tu veux du café ?

— Non. Je n'aurais pas dû venir avant que tu m'appelles. Je suis désolée.

— Il n'y a pas de quoi. En fait, ajouta Ryan avec un demi-sourire, si tu n'étais pas venue, je crois que c'est moi qui me serais fait du souci… Assieds-toi, je vais tout te raconter, ajouta-t-il, jugeant qu'il aurait été mesquin de la laisser partir alors qu'elle paraissait sincèrement soucieuse.

Nathalie prit place dans l'un des sièges tandis que Ryan s'asseyait derrière son bureau.

— J'ai décidé d'aller faire un tour à l'usine, hier soir, expliqua-t-il en tirant sur sa cigarette. Et je suis tombé sur notre ami Clarence. Il avait déjà déconnecté l'alarme et avait un jeu de clés pour passer par la porte de derrière.

— Encore des clés, murmura Nathalie.

— Oui. Un beau double tout neuf. Une fois de plus, nous n'aurions pas trouvé de signe d'effraction. Il avait aussi son attirail habituel : des jerricans d'essence et des boîtes d'allumettes. Nous avons donc commencé à discuter mais, visiblement, Clarence n'a pas apprécié et il a essayé de s'enfuir…

Ryan s'interrompit et secoua la tête, toujours aussi incrédule.

— A ce moment-là, il s'est passé quelque chose de surréaliste. Je n'avais jamais rien vu de tel…

— Qu'est-ce que tu as vu ? demanda Nathalie, suspendue à ses lèvres.

— Ton ami est apparu.

— Quel ami ?

— Némésis, le héros dont tu n'arrêtais pas de me parler. Il s'est comme matérialisé, comme s'il avait surgi de l'ombre. C'était incroyable. Il a attrapé Clarence, m'a dit quelques mots et a disparu. Comme ça…

— Ryan, je crois vraiment que tu as besoin de sommeil.

— Ça, c'est certain, soupira Ryan en se massant la nuque.

Mais je n'ai pas rêvé : c'est exactement comme cela que les choses se sont passées. Némésis a émergé de la nuit pour s'évaporer presque aussitôt. Je n'ai pas été le seul à le voir : Clarence était si terrifié qu'il s'est évanoui. Je crois que j'ai dû rester cinq minutes à tenter vainement de comprendre comment une telle chose avait pu se passer.

— Tu dis qu'un homme a disparu devant tes yeux, répéta lentement Nathalie, comme si elle parlait à un enfant. Ryan, c'est impossible…

— Incroyable mais vrai. J'étais là et je l'ai vu. Clarence aussi et il n'arrêtait pas de parler de fantôme. Il était mort de peur et il a même voulu sauter de la voiture. J'ai dû l'assommer pour qu'il se tienne tranquille.

— Tu l'as assommé ? s'exclama Nathalie, stupéfaite.

— Crois-moi, si je ne l'avais pas fait, il se serait jeté du véhicule. Ensuite, je l'ai emmené au commissariat et j'ai fait ma déposition. Je dois aller lui rendre visite dans quelques heures pour l'interroger mais, pour le moment, il refuse de dire un mot.

Nathalie resta longuement immobile, réfléchissant aux informations que Ryan venait de lui communiquer. Cette histoire d'apparition était facile à expliquer : Ryan était épuisé, cela se voyait et il faisait nuit noire. Il avait très bien pu ne voir Némésis qu'au dernier moment. Quant à la crise d'hystérie de Jacoby, elle était encore plus simple à comprendre : l'homme était complètement fou.

— Jacoby ne t'a pas dit pour qui il travaillait ?

— Pour le moment, il prétend qu'il était juste en train de se promener.

— Avec plusieurs litres d'essence ?

— Il dit que c'est moi qui ai apporté les jerricans pour le

coincer parce que je lui en veux d'avoir failli brûler à cause de lui.

— Personne ne croira cette version des faits, objecta Nathalie.

— C'est sûr. Cette fois, nous l'avons attrapé la main dans le sac et la police ne mettra pas longtemps à établir de façon formelle le lien entre lui et les incendies précédents. Une fois que Clarence l'aura compris, il se montrera peut-être un peu plus coopératif. Il tentera probablement de négocier une réduction de peine en échange du nom de son commanditaire.

— Contacte-moi dès qu'il aura donné son nom. Il y a de fortes chances pour qu'il s'agisse de quelqu'un proche de moi.

— Ne t'en fais pas. Dès que nous saurons qui est à l'initiative de ces incendies, les policiers prendront le relais. Et le coupable risque de regretter amèrement ce qu'il a fait.

— Je suis vraiment contente que tu aies réussi à le coincer, Ryan, dit Nathalie en souriant.

— Il faut bien que l'argent des contribuables serve à quelque chose, plaisanta-t-il.

— Tu m'as manqué, hier, poursuivit-elle. J'espère que nous pourrons nous voir ce soir pour boire à la santé de mes impôts…

— D'accord, acquiesça Ryan, incapable de décliner tout en sachant déjà qu'il le regretterait.

— Je vais te laisser aller prendre ta douche, conclut-elle, radieuse. Appelle-moi lorsque tu auras parlé à Clarence, d'accord ?

— Compte sur moi, dit-il en la regardant quitter son bureau.

Dès qu'elle fut sortie, il se maudit pour sa faiblesse. Mais comment aurait-il pu résister à ce charme auquel il avait irrémédiablement succombé ?

Dès son arrivée au bureau, Nathalie réunit tous les chefs de département de l'entreprise pour leur annoncer l'excellente nouvelle.

— Je suis heureuse de pouvoir vous dire que l'ouverture de Lady's Choice reste plus que jamais d'actualité, commença-t-elle avec enthousiasme. Le lancement aura lieu samedi prochain comme prévu.

Une salve d'applaudissements salua cette déclaration.

— Je voulais aussi profiter de cette réunion pour vous remercier tous de votre dévouement et de votre travail. Lancer une compagnie de cette envergure requiert un travail d'équipe, une motivation sans faille et de très nombreuses heures supplémentaires.

Quelques rires fusèrent parmi l'assistance.

— Vous avez tous donné ce que vous aviez de meilleur et je vous en suis reconnaissante, étant donné notamment les incidents malheureux auxquels nous avons récemment dû faire face. Je sais que notre budget a été mis à rude épreuve et que la perte des stocks vous a causé de nombreuses difficultés. Pour compenser ce surcroît de travail, une prime vous sera versée à tous le mois prochain.

Cette annonce fut accueillie avec enthousiasme par tout le monde, sauf Deirdre qui leva les yeux au ciel, jugeant sans doute cette générosité déplacée au regard des dépenses déjà engagées.

— Nous avons encore beaucoup de travail devant nous, reprit Nathalie. Mais j'ai une deuxième bonne nouvelle à vous annoncer, ajouta-t-elle en balayant l'assistance du regard. La nuit dernière, l'incendiaire de l'entrepôt et du magasin a été arrêté. Il est en ce moment même interrogé par la police.

Un concert d'applaudissements suivit cette déclaration, suivi d'une nuée de questions. Mais, si elle avait espéré voir l'un des cadres présents se trahir, Nathalie fut déçue. Tous les visages ne reflétaient que soulagement et curiosité.

— Je n'ai pas encore les détails de l'arrestation, poursuivit-elle. L'inspecteur Piasecki qui est chargé de l'enquête a interpellé le coupable devant notre nouvelle usine, hier soir. Il doit me faire un rapport détaillé de la situation sous quarante-huit heures. Entre-temps, je propose que nous reprenions tous le travail dans la sérénité retrouvée.

— Est-ce que l'usine a été endommagée ? demanda Donald.

— Non. L'incendiaire a été appréhendé avant qu'il ait pu pénétrer à l'intérieur.

— Sont-ils sûrs que c'est le même homme qui a perpétré les trois tentatives d'incendie ? intervint Melvin.

— Mon frère est policier, répondit Nathalie, et je peux vous dire d'expérience que les autorités ne nous le diront pas avant d'en avoir les preuves formelles. Mais tout laisse à penser que c'est bien le cas.

— Qui est-ce ? demanda Donald. Et pourquoi a-t-il fait une chose pareille ?

— Je vous l'ai dit : je ne connais pas les détails de l'affaire. Ce que je sais, c'est qu'il s'agit d'un incendiaire professionnel. Mais je suis certaine que nous connaîtrons ses motivations très bientôt.

Ryan aurait aimé en être aussi sûr que la jeune femme. Cela faisait plus d'une heure qu'il s'entretenait avec Jacoby, répétant sans cesse les mêmes questions. Clarence et lui étaient installés dans la salle d'interrogatoire, une pièce lugubre aux murs et au sol beiges. Au fond de la pièce était installé un miroir sans tain derrière lequel se trouvait un policier assermenté. Mais Jacoby ne semblait pas impressionné le moins du monde, se contentant de jouer avec ses mains tandis que Ryan fumait cigarette sur cigarette.

— Tu sais qu'ils vont t'enfermer pour de bon, Clarence, répéta-t-il pour la centième fois. Lorsque tu sortiras, tu seras si vieux que tu ne pourras même pas gratter une allumette sans qu'on t'aide.

— Je n'ai jamais fait de mal à qui que ce soit, répondit Clarence en haussant les épaules. Alors que certaines personnes aiment faire brûler des gens.

— C'est vrai.

— Moi, pas. La seule personne que j'ai fait brûler, c'était vous. Et c'était un accident. Vous avez encore des cicatrices ?

— Oui.

— Moi aussi, déclara Clarence, apparemment ravi qu'ils se soient trouvé un point commun. Vous voulez les voir ?

— Peut-être plus tard. Je me souviens très bien que tu t'es brûlé toi aussi ce jour-là.

— Oui. C'était comme si le dragon nous avait embrassés.

— Je me souviens que le propriétaire t'avait payé pour réveiller le dragon.

— C'est vrai. C'était un vieux bâtiment où personne n'habitait. J'aime ces endroits. Le dragon aussi. Il joue avec les murs, se cache dans les greniers et parfois, il parle. Vous l'avez déjà entendu parler, inspecteur ?

— Oui, répondit Ryan. Qui t'a payé, cette fois, Clarence ?

— Pourquoi on m'aurait payé ? Je n'ai rien fait, je vous l'ai dit. Vous avez apporté l'essence parce que vous m'en voulez. A cause des cicatrices… Et des cauchemars. Vous avez rêvé du dragon à l'hôpital et maintenant, vous avez peur de le combattre.

Ryan sortit une nouvelle cigarette de son paquet. Ce n'était pas la première fois que Clarence mentionnait ces cauchemars… En fait, ils paraissaient le fasciner. Il n'avait pas cessé de lui demander des détails à ce sujet. Mais Ryan était incapable de les lui donner : ses souvenirs de cette époque étaient vagues. Des visions de flammes et de fumée. De toits qui s'effondraient. Du visage de son père, aussi…

— J'ai eu des cauchemars durant quelque temps, dit-il. Ensuite, ils ont disparu. Et aujourd'hui, je ne t'en veux plus, Clarence. Après tout, nous faisions tous les deux notre métier, n'est-ce pas ?

Tandis qu'il allumait sa cigarette, Ryan aperçut la lueur d'envie qui passait dans les yeux de Clarence. Au lieu de l'éteindre, il la tint entre eux.

— Une toute petite flamme, dit-il. Mais si puissante… Toi et moi savons ce qu'elle peut faire si elle rencontre un peu de bois ou de papier. Et plus elle se nourrit, plus elle devient forte.

Il avala une profonde bouffée avant de mouiller le bout de ses doigts pour éteindre l'allumette.

— Il suffit qu'elle manque d'air, reprit-il, ou qu'on la recouvre d'un peu d'eau pour qu'elle meure. Et c'est exactement cela que nous savons faire, toi et moi. Contrôler le dragon.

— Oui, approuva Clarence en regardant avec insistance le paquet qui était posé sur la table.

— Alors je me fais payer pour éteindre les feux et toi pour les allumer. Qui t'a payé, cette fois, Clarence ?

— Ils vont m'enfermer de toute façon…

— Justement. Alors qu'as-tu à perdre ?

— Rien. Même si j'avais allumé le moindre feu, je ne pourrais pas vous dire qui me l'a demandé.

— Pourquoi ?

— Parce qu'on ne voit jamais les personnes qui commandent ce genre de chose.

— Mais il est peut-être possible de leur parler ? demanda Ryan, jouant le jeu.

Clarence recommença à jouer avec ses doigts et Ryan dut se retenir pour ne pas l'étrangler.

— Admettons que j'ai parlé à quelqu'un… Il aurait pu utiliser une machine pour ne pas que je reconnaisse sa voix.

— Et cela aurait été un homme ou une femme ?

— Comme une machine… Et peut-être que le commanditaire m'aurait envoyé de l'argent en liquide par la poste avant et après.

— Comment t'aurait-il trouvé ?

— Les gens savent. Lorsqu'ils veulent me trouver, ils savent, répondit Clarence. Je n'ai pas besoin de faire de la publicité.

— Pourquoi l'entrepôt ? demanda Ryan.

— Je n'ai jamais parlé d'entrepôt, protesta Clarence.

— Pourquoi, éventuellement, un entrepôt ?

Clarence sourit et s'adossa à sa chaise :

— Peut-être pour l'assurance. Peut-être parce que la personne n'aimait pas le propriétaire. Peut-être pour le plaisir. Ma mère m'a toujours dit de ne pas poser de questions inutiles.

— Et le magasin ? C'était le même propriétaire…

— Il y avait plein de jolies choses dans le magasin. Des choses de filles, dit Clarence avec un sourire malicieux. Et ça sentait bon. Surtout après que j'ai eu versé l'essence.

— Qui t'a demandé de le faire ?

— Je n'ai pas dit que je l'avais fait.

— Si, tu viens de le dire.

— Ce n'est pas vrai, protesta Clarence en se renfrognant. J'ai dit peut-être.

Ryan s'abstint de le contredire, sachant que l'enregistrement lui donnerait raison.

— Tu aimais ces choses de filles, dans le magasin ? demanda-t-il.

— Quel magasin ? répliqua Clarence.

Ryan retint un juron et secoua la tête. Il ne lui restait plus qu'une carte à jouer.

— Peut-être que je ferais bien d'appeler mon ami et de lui demander de venir te parler.

— Quel ami ?

— Allons, ne me dis pas que tu ne te souviens pas de lui. Nous l'avons vu hier.

Clarence devint brusquement très pâle.

— C'était un fantôme, dit-il. Il n'existe pas vraiment.

— Pourtant, tu l'as vu. Tu l'as senti…

— C'était un fantôme, répéta Clarence en secouant la tête. Je ne l'aime pas du tout.

— Eh bien, tu ferais mieux de me parler avant que je ne décide de l'appeler.

— Il n'est pas là ? demanda Jacoby, brusquement inquiet.

— Comment savoir avec les fantômes ? Peut-être que oui, peut-être que non… Qui t'a payé, Clarence ?

— Je ne sais pas, avoua Jacoby, blême. C'était juste une voix… Elle m'a dit de prendre l'argent et de brûler. J'aime l'argent et j'aime brûler, alors j'ai obéi. J'ai mis le feu au bureau du magasin comme la voix l'avait demandé. Cela aurait été plus efficace dans la réserve mais la voix avait demandé à ce que ce soit dans le bureau.

— Et les enveloppes dans lesquelles l'argent a été envoyé ?

— Je les ai brûlées. J'aime brûler des choses, vous savez…

Nathalie avait failli mettre le feu à sa cuisine. Non qu'elle ne sache pas cuisiner, mais elle n'avait que trop rarement l'occasion de mettre en œuvre ses talents culinaires. A grand renfort de jurons et de trépignements, elle sortit le poulet du four et commença à préparer la sauce selon les recommandations que Frank lui avait données.

Au fond, ce n'était pas beaucoup plus difficile que de lire un contrat : il suffisait de tenir compte de toutes les recommandations et de les appliquer scrupuleusement. Coupant le poulet en fines lanières, elle le laissa mijoter dans la casserole à feu doux avant de jeter un coup d'œil désespéré autour d'elle. La cuisine était un véritable champ de bataille.

En fait, il lui fallut presque autant de temps pour la ranger qu'il lui en avait fallu pour préparer son plat. Lorsqu'elle eut enfin terminé, elle alla mettre la table, choisissant ses plus beaux couverts et disposant des bougies pour créer une ambiance romantique. Enfin, harassée, elle se laissa tomber dans son canapé et s'autorisa enfin à considérer la pièce. Tout était parfait.

La seule question était à présent de savoir où diable était passé Ryan.

Sur le palier de la jeune femme, celui-ci considérait le bouquet de jonquilles qu'il tenait à la main. Leurs larges pétales jaunes lui paraissaient soudain moins charmants que sur l'étal du marchand ambulant auquel il les avait achetées. Il aurait sans doute mieux fait de choisir quelque chose de plus raffiné. Des roses ou des orchidées, par exemple… Nathalie devait être habituée à recevoir de magnifiques bouquets habilement composés par les plus grands fleuristes.

Il pensa un instant à les déposer sur le paillasson des voisins mais jugea que c'était une idée encore plus ridicule. En fait, la véritable question était de savoir pourquoi il se sentait soudain aussi empoté qu'un adolescent à son premier rendez-vous amoureux. Après tout, il connaissait Nathalie. Ils avaient passé presque une semaine ensemble…

Mais c'était plus fort que lui. Sous la légèreté avec laquelle Nathalie l'avait invité ce soir-là, il avait senti qu'il s'agissait pour elle de quelque chose d'important. Comme une réconciliation, un nouveau départ… Et c'était précisément ce qui lui faisait peur, maintenant qu'il avait mis les mots sur les sentiments qu'il éprouvait à son égard. Car il savait que tous deux n'aborderaient plus leur liaison sur le même plan.

Finalement, dissimulant les fleurs derrière son dos, il se résigna à affronter la jeune femme et ouvrit la porte. Immédiatement, Nathalie se leva pour venir à sa rencontre, un sourire accueillant aux lèvres. Elle avait revêtu une magnifique robe de soie qui coulait le long de son corps, révélant ses courbes gracieuses qu'elle paraissait effleurer. Elle était fendue sur le côté droit, laissant deviner sa jambe au galbe parfait.

— Tu as eu une longue journée, lui dit-elle avant de poser sur ses lèvres le plus léger des baisers.

— Oui, murmura-t-il. Et toi ?

— C'était plutôt agréable. La bonne nouvelle que je leur ai annoncée a redonné du courage à toute l'équipe et nous avançons bien. J'ai mis de la bière et du vin au réfrigérateur. Tu en veux ?

— Un verre de vin me fera le plus grand bien, acquiesça Ryan qui, au contact de Nathalie, commençait à apprécier les crus qu'elle lui avait fait découvrir. La décoration est splendide, ajouta-t-il en détaillant la pièce dans laquelle il se trouvait.

— Eh bien, j'ai pensé qu'il fallait fêter l'arrestation de Jacoby, dit-elle en remplissant leurs verres. Je voulais que nous célébrions l'ouverture des magasins mais, étant donné les circonstances, il m'a paru plus justifié de le faire maintenant. Je te dois beaucoup, tu sais.

— Je n'ai fait que mon métier, protesta Ryan, gêné, en haussant les épaules, permettant à Nathalie d'apercevoir le bouquet qu'il avait apporté.

— Des fleurs ? s'exclama-t-elle, aussi surprise qu'enchantée par ce geste.

— J'ai croisé un type qui en vendait, dit Ryan, tentant de se justifier.

— J'adore les jonquilles, dit-elle en souriant.

— Vraiment ? fit Ryan en les lui tendant maladroitement.

Nathalie huma le bouquet pour dissimuler l'inexplicable émotion qui l'étranglait. Elle avait presque envie de pleurer.

— Elles sentent bon. Merci beaucoup.

— Oh, ce n'est pas grand-chose…, commença-t-il, brusquement soulagé.

Mais elle ne lui laissa pas le temps de finir : en quelques pas, elle l'avait rejoint et elle l'embrassa avec passion, lui coupant la parole. Immédiatement, il se sentit terrassé par un accès de désir insurmontable et la serra dans ses bras. Le corps de la jeune femme se pressa doucement contre le sien et il dut lutter pour ne pas la renverser et lui faire l'amour à même le sol.

— Tu parais tendu, remarqua-t-elle en s'écartant légèrement. Est-ce que ton entrevue avec Clarence a été si difficile que cela ?

— Non. Je suppose que c'est juste à cause de l'accumulation de fatigue. Dis-moi, quelle est cette odeur délicieuse ?

— Une fricassée de poulet. C'est une recette de Frank.

— Tu as demandé au cuisinier des Guthrie de nous préparer un dîner ? s'exclama Ryan, sidéré.

— Non. Je lui ai juste emprunté la recette.

— Bien sûr, railla Ryan. Et je suis censé croire que le traiteur du coin n'y est pour rien…

— Je te jure solennellement que c'est moi qui l'ai préparée, déclara Nathalie, partagée entre amusement et indignation. Si surprenant que cela paraisse, je sais quand même me servir d'un four.

Dubitatif, Ryan gagna la cuisine et souleva le couvercle de la casserole, découvrant une sauce délicieusement odorante dans laquelle baignaient de beaux morceaux de poulet grillé.

— C'est donc vrai, s'exclama-t-il, admiratif. C'est toi qui l'as cuisiné.

— Ce n'est pas sorcier : il suffit de suivre les instructions, répondit-elle, un peu vexée.

— Mais en quel honneur ? demanda Ryan.

— Je ne sais pas… Disons que j'en ai eu envie.

— Je regrette de ne pas avoir été là pour voir ça, commenta Ryan en riant.

— Je reconnais que cela m'a pris un certain temps. Alors, quoi que tu penses, tu dois t'en tenir aux compliments.

Sortant un vase de l'un des placards, la jeune femme le

remplit d'eau et y plaça le bouquet de jonquilles. Ryan ne la quittait pas des yeux, frappé de la différence subtile qu'il discernait en elle ce soir-là. Elle paraissait plus douce, plus féminine. Comme si elle avait décidé momentanément de se défaire de l'armure qu'elle portait et qui la protégeait des revers de l'existence.

Incapable de résister à la tentation, il s'approcha d'elle et lui caressa doucement les cheveux. Surprise, elle se retourna vers lui avec dans le regard une tendresse qui lui noua la gorge.

— J'aime te toucher, murmura-t-il d'une voix très grave.

— Je sais, dit-elle en se nichant dans ses bras. Tu sais que le poulet doit encore mijoter une heure, ajouta-t-elle. Cela nous laisse du temps…

— Allons nous asseoir dans le salon, fit Ryan en luttant contre la tentation qu'il avait de la déshabiller et de lui faire l'amour dans la cuisine.

Sentant sa retenue, la jeune femme prit son verre de vin et lui emboîta le pas. Tous deux s'assirent dans le canapé et elle posa la tête sur son épaule, attendant qu'il lui dise ce qu'il avait sur le cœur. Elle percevait son trouble, son hésitation mais ne voulait pas le brusquer. D'ailleurs, elle se sentait bien auprès de lui, tandis qu'un bon feu brûlait dans la cheminée et que Cole Porter paraissait jouer pour eux seuls.

Elle avait l'impression de se retrouver là où elle avait toujours désiré être sans le savoir. En sécurité, en confiance, comme si le temps n'existait plus. C'était sans doute ce que l'on ressentait auprès de la personne que l'on aimait, songeait-elle.

Elle réalisa brusquement ce qu'elle aurait dû comprendre depuis si longtemps : elle était tombée amoureuse de Ryan.

— Quelque chose ne va pas ? lui demanda-t-il, la sentant bouger contre lui.

— Non, répondit-elle d'une voix blanche, effrayée par sa découverte inattendue. Tout va bien.

Comment avait-elle pu être aussi aveugle ? Elle ne pouvait plus dormir sans lui, décidait soudain de faire la cuisine, ce qu'elle n'avait pas fait depuis de nombreuses années, était incapable de le regarder sans se sentir fondre de l'intérieur, envisageait même de l'emmener en voyage d'affaires avec elle… Ces symptômes auraient tout de même dû lui faire saisir la nature des sentiments qu'elle éprouvait à l'égard de Ryan !

Fermant les yeux, elle se força à se détendre, luttant contre la terreur qui montait en elle. Elle devait garder la tête froide et se conduire en adulte responsable. La liaison qu'elle avait avec Ryan n'avait jamais reposé sur l'amour. Ils n'avaient même jamais envisagé qu'il pût en être autrement. Par respect pour lui, elle devait donc garder pour elle ce qu'elle venait de comprendre.

— Je ferais mieux d'aller vérifier le poulet, lui dit-elle pour gagner du temps.

— Cela ne fait pas une heure, protesta-t-il, peu désireux de la laisser partir.

Il aimait bien la sentir contre lui. Et qu'importait, après tout, que leur relation n'aille nulle part, qu'il se retrouve en fin de compte seul à panser ses blessures ? Chaque seconde auprès d'elle constituait un moment de bonheur qui se suffisait à lui-même. Et quand le temps viendrait de la quitter, il serait déjà bien assez tôt…

— Je pensais préparer une salade, reprit Nathalie d'une voix mal assurée.

— Plus tard, dit-il en lui prenant doucement le menton pour la forcer à le regarder.

Bizarrement, alors que sa propre tension paraissait s'être résorbée, elle-même semblait mal à l'aise. Penchant son visage vers celui de la jeune femme, il effleura ses lèvres et constata qu'elles tremblaient légèrement. Intrigué, il l'embrassa et la sentit frémir des pieds à la tête.

— Tu veux encore un peu de vin ? demanda-t-elle en se dégageant doucement.

— Non, merci, répondit-il en lui caressant doucement les cheveux. Tu sais ce que je pense, Nathalie ?

— Non, répondit-elle en s'efforçant de conserver son calme.

— Je pense que nous allons toujours trop vite, toi et moi. Nous avons manqué une étape capitale dans notre relation…

— Laquelle ?

— La séduction, répondit-il gravement.

10.

La séduction ? Cela n'avait aucun sens, songeait Nathalie. Avant même qu'elle réalise qu'elle était amoureuse de lui, elle le désirait. Il existait entre eux une alchimie puissante et la moindre étincelle suffisait à attiser leur passion. En sentant les lèvres de Ryan se poser doucement sur sa tempe, elle la sentait renaître, intacte.

Elle aurait voulu le repousser pour pouvoir penser clairement et faire le point sur ce qu'elle ressentait pour lui. Mais ses doigts se posèrent sur son dos et elle n'eut pas la force d'écarter sa main, frissonnant au gré des caresses légères qu'il lui prodiguait. Sa bouche dériva lentement vers celle de la jeune femme et, très lentement, il agaça ses lèvres du bout de la langue avant de l'embrasser.

C'était un baiser très doux, plein de retenue, qui ne ressemblait pas à ceux qu'ils échangeaient d'habitude. Il était empli d'une immense tendresse, d'une nonchalance terriblement excitante. C'était comme s'ils avaient soudain tout le temps du monde pour s'aimer, comme si l'urgence qui perçait déjà au creux de leurs reins n'avait pas vraiment d'importance.

Terrassée, la jeune femme s'abîma dans cette étreinte, sentant tout son corps se détendre ; comme si ses défenses avaient fondu telle la cire des bougies qui brûlaient autour d'eux. Sous la paume de Ryan, elle sentit son cœur s'emballer tandis que la pointe de ses seins se dressait. Une sorte de ronronnement sourd s'échappait de sa propre gorge sans même qu'elle s'en aperçût.

Sans accélérer ses mouvements, Ryan continuait à l'embrasser, lui laissant à peine le temps de respirer. Il paraissait boire son souffle, l'ingérer tout entière. Tremblante, elle s'attendit à ce qu'il la déshabille. Elle sentait son désir et avait envie de lui. Mais il ne paraissait pas décidé à les satisfaire, ralentissant au contraire le rythme comme pour prendre la pleine mesure de la faim qu'ils avaient l'un de l'autre.

Elle tendit la main pour le déshabiller mais il la repoussa doucement en secouant la tête. Se redressant, il la contempla longuement, comme s'il était incapable de se rassasier de cette vision. Un mélange explosif de besoin et de frustration envahit la jeune femme mais il ne se souciait visiblement pas de la confusion qui l'habitait.

— Je te veux, Ryan, articula-t-elle d'une voix rauque. Maintenant…

Sans un mot, il la souleva et la posa sur l'épais tapis qui se trouvait devant la cheminée. La lumière des flammes jouait dans ses cheveux et accrochait la lumière secrète qui brillait au fond de ses yeux noirs. Et il ne la quittait pas du regard, admirant ses longs cheveux blonds que le feu teintait de rouge, sa gorge aussi douce que la plus précieuse des soies.

Pour un soir, au moins, elle était pleinement sienne et il entendait communier avec elle avec une intensité telle qu'il graverait dans sa chair même le souvenir de cette nuit.

— Je n'ai pas besoin d'être séduite, dit-elle. Je le suis déjà…

Il secoua la tête et l'embrassa de nouveau, encore plus tendrement que la première fois. Nathalie noua ses mains aux siennes, presque convulsivement. Depuis qu'ils s'étaient rencontrés, ils avaient fait l'amour des dizaines de fois. Mais celle-ci était différente. On eût dit que Ryan voulait lui faire l'amour avec son esprit plus qu'avec son corps.

Précautionneusement, il fit descendre la robe de la jeune femme jusqu'à sa taille, révélant son soutien-gorge que sa poitrine gonflait de désir. Sa bouche se posa alors au creux de son épaule avant de descendre très lentement, décrivant de mystérieuses arabesques sur sa peau comme s'il avait cherché à y écrire quelque chose. Nathalie hoqueta tandis qu'il s'attardait à la lisière du tissu qui dissimulait encore ses seins.

Du bout de la langue, il commença à agacer l'un de ses tétons à travers la fine couche de soie et elle se cambra pour mieux s'offrir à lui. Bientôt, elle fut parcourue de spasmes mais, sans pitié, Ryan passa à l'autre sein.

— Arrête, supplia-t-elle, terrifiée par la façon dont il lui faisait perdre tout contrôle. Embrasse-moi…

Il ne se fit pas prier mais, au lieu d'atténuer le brasier qui brûlait en elle, son baiser ne fit que le décupler. Elle avait l'impression de flotter, parcourue de vagues langoureuses qui venaient se briser à l'extrémité de ses membres en frissons de bien-être. Renonçant à maîtriser les sensations qui saturaient tout son être, elle se laissa aller, s'abandonnant plus avant aux caresses de Ryan dont les doigts couraient comme des flammes, embrasant tout sur leur passage.

Il reprit alors son exploration, laissant sa bouche descendre plus bas, jusqu'à son ventre qu'il couvrit de petits baisers avant de le mordiller délicatement, provoquant un mélange insoutenable de douleur et de plaisir. Centimètre par centimètre, il parcourut sa peau. Il voulait connaître le moindre pouce de son corps, la goûter tout entière, se repaître encore et encore de cette chair tiède et frémissante.

Il voulait lui donner une joie qu'elle n'avait jamais connue, pas même imaginée. Et ce faisant, il découvrait le pouvoir infini de la douceur. Guidé par ses soupirs, il comprenait qu'il pouvait y avoir plus de plaisir à donner qu'à prendre. En temps normal, il se serait déjà déshabillé, lui aurait déjà fait l'amour pour soulager cette raideur douloureuse qui le torturait.

Mais il prenait un plaisir masochiste à attendre. Il découvrait une facette de sa sexualité qu'il n'avait jamais imaginée ; quelque chose de féminin, peut-être. Une patience infinie qui nourrissait son envie, la démultipliait à l'infini. Il existait un plaisir dans le désir lui-même. Un plaisir peut-être plus grand que celui qu'il connaîtrait au moment de sa délivrance…

Il défit les boutons qui retenaient la robe de Nathalie, se concentrant uniquement sur le contact délicat de la soie qui glissait entre ses doigts. Tout, soudain, participait de sa ferveur : le tissu, l'odeur des bougies, les crépitements du feu, le contact un peu rêche du tapis… Leur acte d'amour devenait une cérémonie presque mystique, une communion avec le reste de l'univers.

Luttant contre sa propre exaltation, il s'abstint d'ôter à la jeune femme les sous-vêtements qu'elle portait. C'était une étape supplémentaire sur l'étrange cheminement initiatique que constituait leur étreinte. Se penchant sur elle, il posa ses lèvres sur le morceau d'étoffe qui masquait le cœur palpitant de sa féminité. Il comprit alors combien elle l'attendait et, lorsque ses lèvres se posèrent sur la soie, les hanches de Nathalie se mirent à bouger au gré de ses caresses.

Nathalie avait l'impression de glisser dans une délicieuse folie. Nouant ses jambes autour du cou de Ryan, elle gémit, se renversant en arrière, la gorge tendue, la tête tournée vers le ciel. Elle ne comprenait pas ce qui était en train de lui arriver. Toute raison l'avait depuis longtemps désertée pour laisser place à une joie sauvage qui animait son corps de violents soubresauts.

Combien de fois se sentit-elle exploser ? Elle aurait été bien incapable de le dire. L'univers tout entier avait basculé et elle dérivait quelque part au milieu du néant, seule avec cet homme qu'elle aimait plus que tout au monde et qui savait lui donner tant de bonheur. Elle n'était plus que sensations, libérée des chaînes de ses propres angoisses. Depuis longtemps, elle avait abdiqué le contrôle de son être, le remettant entre les mains de Ryan.

Jamais elle n'avait éprouvé une confiance si parfaite et plus elle se laissait aller, plus son plaisir augmentait. Quelque part, dans un autre monde, elle sentit Ryan lui retirer ses sous-vêtements avant de reprendre son exploration. Lorsqu'elle sentit sa bouche se poser sur la chair à vif de son sexe, une extase nouvelle l'absorba et elle explosa une fois encore, se cabrant violemment.

Elle aurait voulu crier grâce, le supplier d'arrêter, mais sa bouche était incapable de former les mots qu'elle cherchait en vain. Alors, il remonta le long de son corps, lui laissant le temps de refaire surface. Mais comme elle était sur le point de recouvrer ses esprits, il entra en elle, très lentement. Et l'impossible se produisit : alors qu'elle avait cru atteindre les frontières ultimes de ce que son corps pouvait supporter, elle découvrit qu'il existait un nouveau monde au-delà.

— Je te veux, murmura Ryan en freinant volontairement l'ampleur de ses mouvements.

A ces mots, elle frissonna tout entière. Il accéléra alors, nouant ses mains à celles de la jeune femme qui s'ouvrit encore pour l'accueillir tout au fond d'elle. Pendant ce qui leur sembla être des heures, ils dérivèrent ainsi jusqu'à ce que la vague immense de leur plaisir les emporte tous deux en un maelström chaotique de chair et de cris, les faisant fusionner en un instant d'éternité.

Et tandis qu'ils sombraient, Ryan cria son nom.

Par deux fois, Nathalie se surprit à chantonner dans l'ascenseur qui la conduisait à l'étage où se trouvait son bureau. A chaque occasion, elle feignit d'être prise d'une violente quinte de toux pour masquer ce signe d'allégresse, tentant d'ignorer les regards amusés des autres utilisateurs. Après tout, qu'y avait-il de mal à chanter ? se demanda-t-elle. Elle était jeune et désirable et terriblement amoureuse.

Tout le monde avait le droit de tomber amoureux, se disait-elle tandis que les portes s'ouvraient sur le trente et unième étage où était installé Fletcher Industries. Ce sentiment lui paraissait transfigurer le monde entier autour d'elle. Jamais le soleil n'avait semblé briller si vivement. Jamais elle n'avait remarqué à quel point les gens qui l'entouraient étaient intéressants.

Elle se sentait légère et vibrante, pleinement vivante. Comment se faisait-il qu'elle n'ait jamais éprouvé une telle sensation, auparavant ? Etait-ce tout simplement parce qu'elle avait attendu Ryan sans même le savoir ? Disposait-il d'un pouvoir particulier qui la transformait de cette façon ?

Et dire qu'elle avait eu peur de ses propres sentiments... Il n'y avait pourtant rien de mal à se sentir plus vulnérable si l'on pouvait avoir confiance en l'autre. Et elle savait que Ryan ne la blesserait jamais, qu'il ne tenterait jamais de lui faire mal ou de contrôler sa vie. Ce respect qu'ils avaient l'un pour l'autre leur permettait justement de s'ouvrir, de prendre des risques.

Mais c'était la première fois qu'elle le réalisait. Jusqu'alors, elle avait été beaucoup trop soucieuse de sa sacro-sainte intégrité pour accepter ce bonheur simple et profond qui l'envahissait aujourd'hui. En chantonnant, elle passa devant Maureen qui jeta un discret coup d'œil à sa montre, apparemment stupéfaite que sa patronne puisse être en retard. C'était un phénomène sans précédent.

— Bonjour, Maureen, fit Nathalie. Vous avez vu ce temps magnifique ?

— Euh, oui, répondit évasivement Maureen en se demandant si la jeune femme n'avait pas perdu la raison. Vous avez une réunion téléphonique avec Chicago à 10 heures, ajouta-t-elle.

— Oui, je sais.

— Et Mlle Marks aimerait vous voir dès que vous aurez un moment.

— Dites-lui de passer vers 10 h 15.

— Souvenez-vous que vous avez un rendez-vous à 10 h 30 avec M. Hawthorne…

— Pas de problème.

— Et un déjeuner avec…

— Je sais, s'exclama Nathalie en riant.

Sous le regard médusé de Maureen, elle s'éloigna, sans même s'arrêter à la machine à café, ce qui constituait également un fait sans précédent dans toute sa carrière. Mais elle n'avait pas besoin de caféine pour se réveiller : la passion lui fournissait déjà suffisamment d'énergie. Une fois dans son bureau, elle jeta son manteau sur une chaise et posa son attaché-case avant de se diriger vers le coffre-fort que dissimulait son tableau préféré. Elle en sortit deux disques compacts et alla s'asseoir pour préparer un mémo destiné à Deirdre.

Une heure plus tard, elle était plongée dans une conférence téléphonique avec trois de ses directeurs régionaux qui paraissaient décidés à la rendre folle. Pourtant, elle gardait un calme imperturbable tandis que Donald qui se trouvait à ses côtés songeait que lui-même aurait déjà raccroché trois fois.

— Je vous enverrai un fax avec toutes les données, promit-elle à son directeur d'Atlanta. Donald, ajouta-t-elle en se tournant vers lui, essaie de te libérer pour passer au magasin avec moi vers 11 h 15. Nous discuterons en chemin.

— J'ai un rendez-vous à 11 h 30 avec la branche marketing, répondit-il en se dirigeant vers la porte. Mais je vais essayer de le repousser.

— Parfait ! Chicago, reprit-elle en reprenant le combiné, j'aimerais que vous me transmettiez les copies des publicités que vous avez fait passer dans les journaux locaux. Je dois recevoir celles de Dallas et de Los Angeles dans l'après-midi. Dès demain, je vous rappellerai pour vous faire part des suggestions du marketing. En attendant, messieurs, synchronisez vos montres et motivez vos troupes. Le grand lancement est pour samedi à 10 heures, heure locale.

Une fois qu'elle eut raccroché, elle appela Maureen :

— Dites à Deirdre que je suis libre pour une vingtaine de minutes. Et appelez-moi Melvin, s'il vous plaît.

— Il est à l'usine.

— Zut, c'est vrai... J'essaierai de m'arranger pour le croiser en y allant cet après-midi. Laissez un message sur sa boîte vocale lui indiquant que j'y serai vers 15 heures.

— Bien, mademoiselle.

— Et appelez aussi le chef du département logistique.

— Tout de suite.

Le temps que Deirdre la rejoigne, Nathalie était déjà au téléphone avec le responsable des expéditions, un œil sur l'écran de son ordinateur et l'autre sur sa montre.

— Oui, je vois bien qu'il n'est pas arrivé. Demandez au transporteur de se dépêcher : le chargement doit arriver à Atlanta avant 9 heures demain. Peu importe comment vous vous y prenez, c'est crucial… Et appelez-moi dès que vous aurez du nouveau. Merci.

Elle raccrocha et se tourna vers Deirdre.

— Un problème ? demanda celle-ci, inquiète.

— Rien de grave. Ils ont juste du retard dans une livraison. Mais même sans elle, Atlanta a assez de stock pour faire face aux premiers jours de vente. Tu veux un café ?

— Non, merci. Ton histoire de primes m'a déjà créé un ulcère.

— Ah, les primes… Justement, j'ai calculé les pourcentages que je compte offrir et je voulais que tu y jettes un coup d'œil pour me donner ton avis. Je me suis dit que tu me détesterais moins si je préparais un peu le terrain.

— Faux. C'est de la folie, Nathalie.

— Deirdre, sais-tu pourquoi je t'apprécie autant ?

— Non.

— Parce que ton cerveau fonctionne comme un super-calculateur. Mais franchement, je pense que parfois il faut savoir se montrer déraisonnable. Notre personnel a mérité une prime après le travail de fou que nous avons dû accomplir au cours de ces dernières semaines. De toute façon, nous savions que nous devrions éponger quelques pertes lors de notre lancement et cela n'y changera pas grand-chose. En terme de motivation, par contre, ce sera un atout non négligeable pour l'avenir.

— Tout ceci est bien joli en théorie mais, en pratique, nous risquons de devoir trouver une nouvelle source de financement.

— Je ne pense pas. D'après mes calculs, il suffira de redistribuer nos ressources. J'ai rédigé un mémo pour ton assistant. Il pourra s'en occuper tout seul. Quant à toi, j'aimerais que tu te concentres sur l'audit. Une grande partie de son contenu recoupera le bilan de notre exercice comptable qui sera réalisé pour les services fiscaux. Alors tu devrais travailler avec la comptabilité pour suivre leur travail.

— Tu sais pourquoi moi je t'apprécie autant, Nathalie ? demanda Deirdre.

Et sans attendre de réponse, elle enchaîna :

— Parce que tu es complètement imperturbable et que tu arrives à donner des instructions totalement déraisonnables comme s'il s'agissait de la chose la plus naturelle au monde.

— C'est un don, répondit Nathalie en lui tendant les CD-Rom. Tu en auras besoin. Ce sont les copies des comptes.

— Merci beaucoup. J'avais justement peur de m'ennuyer durant les jours à venir.

Comme Deirdre se levait pour partir, Donald passa la tête par l'embrasure de la porte.

— C'est bon, dit-il à Nathalie. Je me suis libéré jusqu'à midi et demi.

— Parfait. Dans ce cas, allons-y. Au sujet de ces comptes, Deirdre, j'aimerais que tu me donnes une estimation des profits au cours du prochain trimestre et les chiffres par départements.

— Pour quand ?

— Disons, la fin de la semaine prochaine.

— C'est raisonnablement impossible, soupira Deirdre, accablée.

Ramassant les CD-Rom, elle se dirigea vers la porte.

— A ton tour, dit-elle à Donald. Et bon courage !

— Ne te laisse pas impressionner par ce que te dira Deirdre, s'exclama Nathalie en riant. Elle exagère toujours les choses...

— Eh bien, murmura Donald, au moins elle a l'air de bonne humeur...

— Elle est même complètement planante, acquiesça Deirdre. Alors tâche que cela continue jusqu'au lancement...

Tandis que Donald et elle revenaient de leur inspection au magasin, Nathalie se sentait toujours aussi euphorique.

— Ils ont fait un travail splendide, commenta-t-elle. On n'imaginerait pas qu'il y a eu le feu voici seulement quelques jours !

— Et la vitrine est superbe, renchérit Donald. Nous risquons d'être dévalisés samedi.

— J'y compte bien. Et c'est en grande partie grâce à toi, Donald. Sans toi, nous n'aurions jamais réussi à nous relever aussi vite après l'incendie de l'usine.

— Ce n'était pas grand-chose, éluda Donald en haussant modestement les épaules. Dans six mois, tout cela sera oublié et nous ferons tellement de profits que Deirdre n'aura pas le temps de les comptabiliser.

— Tu la sous-estimes, protesta Nathalie en riant.

— Déposez-moi au prochain croisement, demanda Donald au chauffeur. Le restaurant est à deux pas.

— Merci beaucoup de m'avoir accompagnée, lui dit Nathalie.

— Il n'y a pas de quoi. En voyant le magasin, j'ai vraiment touché du doigt ce pour quoi nous nous étions donné tant de mal. Je suis désolé par contre que le bureau ait brûlé. C'était un meuble magnifique. Mais les brûlures étaient superficielles, n'est-ce pas ? N'y avait-il pas moyen de le sauver ?

— Non. J'ai demandé à un menuisier mais il m'a dit qu'il n'y avait rien à faire.

— De toute façon, le nouveau est presque aussi beau.

— Je l'ai fait venir du Colorado, expliqua-t-elle.

— Excellent choix, commenta-t-il en descendant de voiture.

Le chauffeur redémarra et le véhicule se perdit dans la circulation. Nathalie resta longuement silencieuse. Quelque chose la perturbait sans qu'elle puisse mettre le doigt dessus, ce qui avait généralement le don de l'agacer. Finalement, elle abandonna, certaine que cela finirait par lui revenir. En attendant, elle profita des embouteillages pour appeler Ryan.

— Bureau de Ryan Piasecki, j'écoute.

— Salut ! s'exclama Nathalie, recouvrant immédiatement son allégresse. Tu joues les secrétaires, maintenant ?

— Non, mais la mienne est partie déjeuner.

— Et je suppose que tu manges au bureau, comme d'habitude.

— En fait, je n'ai pas encore eu le temps… Où es-tu ?

— En voiture, au croisement de la Douzième et de Hyatt.

— Bien… Ecoute, à propos de ce soir…

— Justement, c'est pour cela que je t'appelais. Je me disais que nous pourrions peut-être nous retrouver au Goose Neck pub. J'ai une journée surchargée et je crois que j'aurai bien besoin d'un remontant.

— Je pensais que tu pourrais peut-être venir chez moi…

— Chez toi ? répéta la jeune femme, surprise.

Elle n'y était encore jamais allée et une brusque curiosité s'empara d'elle.

— Oui. Vers 7 h 30, ça te va ?

— Parfait. Tu veux que j'apporte quelque chose à manger ?

— Non, je m'en occuperai. A plus tard…

Nathalie raccrocha, passablement fébrile. Elle allait enfin découvrir l'antre de Ryan !

Il était presque 7 heures lorsque Ryan rentra chez lui. Il avait acheté en route quelques plats chinois, se laissant le temps d'inspecter son appartement avant l'arrivée de Nathalie. Son immeuble était beaucoup moins cossu que celui de la jeune femme mais il ne manquait pas de caractère, situé dans l'une des plus anciennes parties de la ville. Pourtant, ce soir, il lui paraissait brusquement terriblement déprimant. Les murs étaient mal insonorisés, le couloir sentait l'ail, les marches étaient usées, la peinture légèrement défraîchie.

L'appartement lui-même était un beau deux pièces qui, pour une fois, était parfaitement rangé. Une couche de poussière s'était pourtant accumulée au cours de ces dernières semaines où il avait passé quelques nuits seulement chez lui, sans prendre le temps de faire le ménage. Il remarqua aussi que le tissu du canapé-lit était délavé. C'était quelque chose qui ne l'aurait pas dérangé le moins du monde en temps normal mais, aujourd'hui, ça l'agaçait. Les murs auraient eu besoin d'une nouvelle couche de peinture et le sol d'un tapis moins usé.

Gagnant la cuisine, il prit une cannette de bière dans le réfrigérateur et avala une longue gorgée. Comment s'étonner qu'il vive dans un tel endroit ? C'était ce dont il avait besoin, ni plus ni moins. Un appartement pas trop petit en centre-ville, assez proche de la caserne. Pendant dix ans, il en avait été parfaitement satisfait. Mais ce n'était absolument pas le genre de lieu qui conviendrait à Nathalie Fletcher.

Elle n'avait pas sa place ici et c'était pour le lui démontrer qu'il lui avait demandé de venir, ce soir. La nuit précédente avait été une révélation pour lui. Nathalie lui avait fait découvrir quelque chose qui transcendait de très loin l'amour physique : un sentiment de plénitude tel qu'il en oubliait que le monde existait, qu'ils n'étaient pas les seuls êtres dans l'univers. Il savait à présent que plus il resterait avec elle et plus ce sentiment grandirait.

Et lorsqu'elle déciderait de mettre un terme à leur liaison, il n'y survivrait pas. Jamais encore il n'avait aimé à ce point. Lorsque sa femme était partie, des années auparavant, il n'en avait conçu qu'une légère déception, une certaine tristesse parce que ses rêves n'avaient été que des chimères. Mais Nathalie était différente : elle constituait à présent la substance même de ces rêves. En quelques semaines, elle était devenue son alpha et son oméga, son commencement et sa fin. L'idée même de la perdre lui arrachait le cœur.

Bien sûr, il aurait pu la garder. Par la simple force du désir qu'ils éprouvaient l'un pour l'autre, il aurait pu l'attacher à lui. Et l'habitude aidant, ils auraient peut-être fini leur vie ensemble. Mais il voulait plus que cela car tout ceci n'aurait été que mensonge et faux-semblant. Ce qu'il voulait, en réalité, c'était qu'elle l'aime comme lui l'aimait. Et il n'était pas naïf au point de croire que c'était une chose qu'il pouvait commander.

Le sexe n'était qu'une part infime du faisceau sans cesse grandissant d'émotions qui le reliait à la jeune femme. Il se prenait à imaginer les enfants qu'ils auraient pu avoir, la maison dans laquelle ils auraient pu vivre, autant de choses qui rimaient avec éternité. Mais ce n'était pas ce dont ils étaient convenus. Nathalie avait accepté de sortir avec lui uniquement parce qu'elle savait qu'elle ne lui devrait rien.

Comment lui en vouloir ? N'était-ce pas lui qui avait posé ces conditions ? N'était-ce pas lui qui l'avait outrageusement séduite dans le seul but de passer une nuit avec elle ? Elle n'était pas responsable de sa folie. Alors il valait mieux en finir dès à présent, mettre fin à cette liaison qui commençait à le faire horriblement souffrir. Et il le ferait ici même, parce que c'était là que leurs différences apparaîtraient à la jeune femme avec le plus d'évidence.

Comme il formulait ces pensées déprimantes, elle frappa à la porte. Il alla ouvrir et la contempla tristement. Elle paraissait aussi déplacée ici qu'un poisson exotique dans une mare d'eau saumâtre.

— Bonjour, s'exclama-t-elle joyeusement en l'embrassant.

— Entre…, fit-il en s'écartant pour la laisser passer. Tu n'as pas eu de mal à trouver ?

— J'ai pris un taxi.

— Bonne idée. Si tu avais laissé ta belle voiture dans la rue, tu n'aurais retrouvé que les poignées des portières. Tu veux une bière ?

— Non, merci, déclina Nathalie en gagnant la fenêtre qui donnait sur l'immeuble d'en face.

— La vue n'est pas terrible, commenta Ryan.

— Non… C'est fou ce qu'il pleut, dit-elle avant de se diriger vers sa collection de trophées. Impressionnant, commenta-t-elle. On ne dirait pas que tu te fais battre à plate couture par ta petite amie.

— Je n'ai pas de vin, dit-il sans relever la provocation.

— Cela ne fait rien, répondit-elle en ouvrant le carton de plats chinois. Miam ! J'ai une de ces faims. Je n'ai mangé qu'une salade, aujourd'hui. J'ai passé mon temps à courir dans tous les sens pour m'assurer que tout serait prêt pour samedi.

Traversant la pièce, elle entra dans la cuisine et ouvrit les placards à la recherche d'assiettes et de couverts.

— Je vais devoir rendre visite aux managers régionaux, la semaine prochaine, et je me demandais…

Elle s'interrompit brusquement, avisant son air sombre.

— Qu'y a-t-il ? demanda-t-elle, emplie de sollicitude.

— Rien, marmonna-t-il en lui prenant les assiettes des mains.

Il ne comprenait pas comment elle pouvait se laisser aller à bavarder avec autant d'insouciance. Elle aurait dû comprendre dès son arrivée chez lui à quel point cet appartement était différent du sien, à quel point leurs vies étaient différentes.

— Bon sang ! s'exclama-t-il, incapable de le supporter plus longtemps. Tu as vu où tu te trouves ?

— Euh… Dans la cuisine ?

— Regarde autour de toi, s'écria-t-il en lui prenant le bras pour l'entraîner dans la pièce principale. Voilà où je vis ! Voilà qui je suis !

— Euh, oui…, murmura-t-elle en se dégageant doucement.

Elle regarda attentivement autour d'elle, cherchant ce qu'il pouvait bien vouloir lui dire. Mais elle ne vit qu'une pièce peu spacieuse, meublée de façon spartiate, l'appartement typique d'un célibataire endurci. Dans un coin, elle remarqua des photographies qu'elle fut tentée d'aller regarder. Mais ce n'était visiblement pas le moment…

— Cela manque un peu de couleurs, commenta-t-elle enfin.

— Je ne te demande pas un avis de décoratrice ! grommela-t-il.

Cette fois, Nathalie perçut une note de colère froide dans sa voix qui lui fit peur. Que lui arrivait-il donc ? Pour la première fois, il lui faisait l'honneur de l'inviter chez lui et voilà qu'il se comportait comme s'il lui en voulait…

— Ryan, articula-t-elle d'une voix très douce. Qu'est-ce que tu veux exactement ?

Il hésita un instant : si elle continuait à le regarder avec cette tendresse blessée, il n'aurait jamais le courage d'aller jusqu'au bout. Tant pis, songea-t-il. Puisqu'elle continuait à nier l'évidence, il allait devoir se montrer cruel pour son propre bien. Mieux valait en finir une bonne fois pour toutes…

— Soyons réalistes, Nathalie, déclara-t-il. Nous sommes sortis ensemble uniquement parce que nous éprouvions du désir l'un pour l'autre.

La jeune femme sentit son cœur se briser, devinant ce qui allait suivre. Pourtant, elle se força à rester impassible, attendant qu'il continue.

— Je voulais t'aider à résoudre ton problème mais, comme tu es une très belle femme, j'ai tout de suite eu envie de toi. Et puis les choses se sont précipitées. Le sexe, l'enquête… Tout s'est mélangé… Maintenant, j'ai résolu l'enquête. Une partie, en tout cas. Les policiers ne tarderont pas à retrouver le commanditaire.

— Et sur le plan personnel ?

— Je pense qu'il est temps de prendre un peu de distance, de faire la part des choses.

Nathalie sentit ses jambes se dérober sous elle et dut rassembler toute son énergie pour ne pas défaillir.

— Est-ce que tu es en train de me quitter ? demanda-t-elle d'une voix tremblante.

— Je dis juste que nous ne pouvons pas nous contenter d'une liaison fondée uniquement sur le sexe. Nous devons prendre en compte ce que tu es et ce que je ne suis pas.

— Je vois, murmura-t-elle.

Elle ne voulait pas supplier, ne voulait pas pleurer. Pas devant lui, pas alors qu'il la regardait aussi froidement, pas alors qu'il lui brisait le cœur sur le ton de la conversation. Soudain, elle se demanda s'il ne s'était pas montré aussi tendre, aussi prévenant la veille parce qu'il savait déjà que c'était la dernière fois qu'ils faisaient l'amour.

— Les choses sont très claires, dit-elle alors que de grosses larmes commençaient à couler sur ses joues malgré ses bonnes résolutions.

— Je t'en prie…, souffla Ryan en se levant, la gorge serrée par le désespoir.

Il ne pouvait pas supporter de la voir pleurer et fut tenté de lui dire qu'il l'aimait, qu'il ne croyait pas un mot de ce qu'il venait de lui dire.

— J'apprécie que tu n'aies pas choisi un endroit public pour me l'annoncer, reprit-elle d'un ton brisé.

D'un pas chancelant, elle se dirigea vers la porte qu'elle ouvrit.

— Nathalie…

— Je vais bien, dit-elle en se tournant vers lui, très droite. Je ne suis plus une enfant et ce n'est pas ma première rupture. C'était simplement la première fois que j'étais amoureuse,

Ryan. Et je tenais à ce que tu le saches. Jamais je n'avais aimé quelqu'un comme je t'ai aimé et maintenant, je te déteste pour cela.

Sur ces mots, elle se précipita dehors sans même songer à récupérer son manteau.

11.

Pendant dix interminables minutes, Ryan arpenta la pièce, tentant vainement de se convaincre qu'il avait agi pour leur bien à tous les deux. Bien sûr, elle souffrirait un peu. Bien sûr, sa fierté serait froissée. Après tout, il ne s'était pas montré très diplomate à son égard…

Pendant les dix minutes qui suivirent, il essaya de se persuader qu'elle n'avait pas vraiment cru à ce qu'elle lui avait dit. Il lui avait fait du mal et elle avait répliqué en espérant le blesser mais elle ne l'aimait pas. Peut-être le croyait-elle mais c'était impossible. Parce que si c'était le cas, cela faisait de lui l'un des plus grands imbéciles que la terre ait jamais porté.

Et brusquement, il comprit que c'était probablement ce qu'il était.

Le cœur battant à tout rompre, il prit le manteau de la jeune femme et, oubliant le sien, descendit les escaliers quatre à quatre et se retrouva sur le trottoir sous la pluie battante. Il réalisa alors qu'il avait laissé sa voiture à la caserne. Accélérant le pas, il se dirigea donc dans cette direction tout en cherchant des yeux un taxi. Mais son impatience lui coûta plus de temps qu'il n'en aurait perdu en remontant chez lui pour en appeler un.

Lorsqu'il dénicha finalement un véhicule, il avait parcouru plus de douze pâtés de maisons et était trempé de la tête aux pieds. Il tendit au chauffeur une poignée de billets froissés et lui donna l'adresse de Nathalie, lui demandant de rouler aussi vite que possible. Mais la chance était contre lui. La circulation était dense, encore compliquée par un accident sur la rue principale.

Ce ne fut donc qu'une heure plus tard qu'il arriva enfin chez la jeune femme, mort d'angoisse. Sans même prendre la peine de frapper, il utilisa sa propre clé pour s'introduire dans l'appartement. Et il comprit aussitôt qu'elle n'était pas chez elle. Les pièces vides avaient quelque chose de glacé sans la présence de Nathalie.

Pourtant, il décida de l'attendre, songeant qu'elle finirait bien par revenir tôt ou tard. Et il serait là pour l'accueillir, pour lui dire qu'il avait eu tort, qu'il avait été aveugle et stupide… Mais au bout de cinq minutes, il tournait en rond, songeant qu'il allait devenir fou.

Peut-être était-elle allée à son bureau. Dans ce cas, il ferait mieux d'appeler là-bas. Se dirigeant vers le téléphone, il aperçut alors un bout de papier froissé sur lequel étaient griffonnés quelques mots : « Atlanta, national, 8 h 25. » Elle était à l'aéroport ! Quittant l'appartement, il menaça le portier des pires châtiments s'il ne réussissait pas à lui trouver un taxi dans les trois minutes. Le pauvre homme s'exécuta mais lorsque Ryan atteignit enfin l'aéroport, l'avion avait déjà décollé depuis cinq minutes.

Le lendemain, dès 9 heures, il était au bureau de Nathalie, tentant de convaincre son assistante de lui donner l'adresse de la jeune femme.

— Non, inspecteur, je ne sais pas quand Mlle Fletcher doit revenir, lui dit Maureen avec un sourire désolé.

L'inspecteur avait vraiment piteuse allure : il paraissait avoir passé la nuit dans ses vêtements qui étaient complètement froissés, ses cheveux étaient en bataille, son visage blafard souligné par des cernes qui donnaient à ses traits un aspect presque inquiétant.

— Où est-elle ? répéta-t-il durement.

La veille, il avait failli prendre le premier avion pour Atlanta avant de réaliser qu'il ignorait où Nathalie était descendue et il était bien décidé à le découvrir, dût-il remuer ciel et terre pour cela.

— Je suis navrée, mais je ne suis pas habilitée à vous transmettre cette information, insista Maureen. Par contre, je peux prendre un message et le transmettre à Mlle Fletcher dès qu'elle prendra contact avec moi…

— Je veux savoir où elle se trouve.

— La politique de la compagnie ne me permet pas…

Sortant sa carte de police, Ryan la lui plaça sous le nez :

— Vous voyez ceci ? Je suis chargé de l'enquête sur les incendies criminels ayant eu lieu à l'usine et au magasin. Et j'ai des informations que je dois communiquer à Mlle Fletcher au plus vite. Alors si vous ne me dites pas où elle est, je vais devoir vous arrêter pour entrave à la justice.

C'était un coup de bluff audacieux qui aurait sans doute pu lui coûter son insigne. Mais, pour le moment, il n'en avait cure.

Maureen se mordit la lèvre : Mlle Fletcher lui avait expressément demandé de ne donner l'adresse de son hôtel à personne mais elle n'était pas certaine que cela s'applique aussi à un policier. Et si ce qu'il avait à lui dire était si urgent, elle ferait peut-être mieux de passer outre ces instructions…

— Elle est au Ritz-Carlton, à Atlanta, avoua-t-elle enfin.

Avant même qu'elle n'ait fini sa phrase, Ryan s'était précipité vers la porte. Quinze minutes plus tard, il déboula dans son bureau et s'empara du téléphone pour composer le numéro du Ritz.

— Hôtel Ritz-Carlton, j'écoute.

— Passez-moi Nathalie Fletcher, s'il vous plaît.

— Bien, monsieur.

La sonnerie retentit trois fois avant que la jeune femme ne décroche.

— Nathalie, s'exclama-t-il, le cœur battant à tout rompre. Qu'est-ce que tu fais à Atlanta ? Il faut que…

Mais elle avait déjà raccroché. Tentant désespérément de garder son calme, Ryan fit appel à des années d'entraînement : s'il parvenait à rester stoïque au beau milieu des flammes, il devait en être capable pour passer un simple coup de téléphone !

Pourtant, lorsqu'il fut de nouveau connecté à la chambre de la jeune femme, elle ne décrocha pas et il se prit à l'imaginer, seule dans sa chambre, les yeux fixés sur le poste qui sonnait sans s'arrêter. Et cette vision intérieure le plongea dans un profond désespoir. Raccrochant, il gagna le bureau de sa secrétaire.

— Appelez l'aéroport et trouvez-moi le premier billet disponible pour Atlanta sur mon compte personnel.

Quelques heures plus tard, il faisait irruption au Ritz-Carlton pour découvrir qu'elle avait déjà rendu ses clés. Refusant de se décourager, il se rendit au siège local de Lady's Choice où on lui apprit que la jeune femme venait de partir pour l'aéroport. Lorsqu'il y parvint, elle avait déjà disparu. Se résignant à contrecœur, il reprit donc un vol pour Denver où il arriva, précisément dix heures après son départ.

Chaque fois, il l'avait manquée de quelques minutes, comme si elle avait su qu'il était juste derrière elle et qu'elle avait tout fait pour l'éviter. Epuisé, brisé, il décida de rentrer chez lui pour s'accorder quelques heures de sommeil. Il ne lui restait plus désormais qu'à attendre…

— Je suis si heureuse de te voir ! s'exclama Althea Nightshade en serrant maladroitement Nathalie contre son ventre proéminent.

— Moi aussi, répondit la jeune femme en souriant. Comment te sens-tu ?

— Eh bien, comme un croisement improbable entre le bibendum Michelin et Moby Dick.

— Je te rassure, aucun des deux n'a l'air aussi rayonnant que toi !

Et c'était la plus stricte vérité : la grossesse d'Althea semblait souligner sa grande beauté, donnant à sa peau un lustre nouveau et à ses yeux une luminescence qui trahissait le bonheur immense qu'elle éprouvait.

— Je suis énorme, protesta Althea en riant. Mais en parfaite santé… Colt veille à ce que je mange sainement, à ce que je fasse de l'exercice et dorme suffisamment. Il m'a même tapé un programme quotidien, ce qui ne lui ressemble pas. Mais Monsieur « on va le jouer à l'instinct » devient apparemment un parangon de raison lorsqu'il s'agit de sa progéniture…

— En tout cas, la chambre d'enfants est splendide, commenta Nathalie en contemplant la pièce arrangée avec amour au milieu de laquelle trônait un superbe berceau.

— Je serai vraiment heureuse lorsque le locataire sera

arrivé, répondit Althea en souriant. J'ai l'impression d'être enceinte depuis des années et il serait temps que je voie enfin à quoi ressemble le petit monstre que j'ai dans le ventre.

Elle s'interrompit avant d'éclater de rire une fois de plus.

— Non, mais je t'assure… Qui aurait pu croire que je serais un jour impatiente de changer les couches d'un bébé…

— Tu ne voulais pas être maman ? s'étonna Nathalie en regardant son amie qui se balançait doucement sur sa chaise à bascule, les mains croisées sur son abdomen.

— Je pensais que cela ne cadrait pas avec mon métier, avec mes choix de vie… Mais Colt est arrivé et il a tout bouleversé. Et même si je n'avais aucune prédisposition pour la maternité, j'ai apprécié chaque minute de cette grossesse, contrairement à ce que j'essaie de faire croire. Et maintenant, je suis curieuse de découvrir ce que cela fait de nourrir son propre enfant. Tu m'imagines, assise ici, en train de le bercer ?

— Sans problème, s'exclama Nathalie en lui prenant doucement les mains. Et je t'envie beaucoup de pouvoir vivre avec la personne que tu aimes. C'est la chose la plus belle au monde, ajouta-t-elle alors que ses yeux se remplissaient de larmes.

— Que se passe-t-il, ma chérie ? demanda Althea, pleine de sollicitude. C'est à cause d'un homme, n'est-ce pas ?

— Un beau salaud.

— Est-ce que ce beau salaud ne serait pas un séduisant inspecteur ? demanda Althea avec un sourire malicieux. Oui, je sais… Les nouvelles vont vite. D'ailleurs, j'ai attendu que tu m'appelles pour tout me raconter… Il faut qu'il s'agisse de quelque chose de très grave pour que tu aies quitté le siège en plein milieu du lancement de Lady's Choice. A propos, il paraît que c'est un véritable triomphe.

— C'est vrai, reconnut Nathalie. Les chiffres de la première semaine sont très encourageants.

— Alors pourquoi n'es-tu pas restée pour fêter cela avec tes collaborateurs ? C'est à cause de Ryan ?

— Oui, avoua la jeune femme. Il m'a plaquée…

Incapable de garder pour elle le secret qui la hantait, la jeune femme lui raconta toute l'histoire.

— Mais Cilla m'a dit qu'il était complètement dingue de toi, remarqua Althea en fronçant les sourcils.

— Nous étions de parfaits partenaires sexuels, corrigea Nathalie. Mais j'ai commis l'erreur de tomber amoureuse de lui. Une première pour moi. Et il m'a brisé le cœur.

— Je suis désolée, murmura Althea en la serrant tendrement contre elle.

— Je m'en remettrai, reprit Nathalie avec un pâle sourire. Mais je n'avais jamais ressenti une chose pareille pour qui que ce soit. Je ne pensais même pas que c'était possible. Moi qui ai passé ma vie à surmonter toutes mes douleurs, j'ai brusquement l'impression d'être brisée en mille morceaux… Et je n'arrive toujours pas à les recoller.

— Il n'en vaut pas la peine, protesta Althea.

— Si seulement c'était vrai… Ce serait tellement plus facile. Mais la vérité, c'est qu'il s'agit d'un homme merveilleux. Il est tendre, doux, passionné… Je suis sûre qu'il ne voulait pas me faire du mal. Il m'a même appelée plusieurs fois depuis que je suis partie.

— Il veut peut-être que vous vous réconciliez, suggéra Althea.

— Crois-tu que nous ayons la moindre chance de le faire ? demanda Nathalie. Moi, non. Je refuse de prendre ses appels et il n'arrête pas de m'envoyer des fleurs chaque fois que j'arrive dans l'une de mes filiales. Comme si cela changeait quoi que ce soit…

— Il t'envoie des fleurs à travers tout le pays ? s'exclama son amie, sidérée.

— Des jonquilles… Chaque fois que j'arrive dans l'un de mes bureaux, une assistante me remet un bouquet qui est arrivé juste avant moi ! Est-ce qu'il croit vraiment que cela change quoi que ce soit à ce qui s'est passé ?

— Probablement…

— Eh bien, ce n'est pas le cas. J'ai eu le cœur brisé une fois et je ne compte pas recommencer.

— Peut-être que tu devrais rentrer, le laisser te supplier et l'envoyer paître.

Althea s'interrompit brusquement : elle venait de sentir une brusque contraction. La troisième en moins d'une demi-heure.

— Que se passe-t-il ? demanda Nathalie, inquiète. Tu te sens bien ?

— Oui, répondit Althea, sentant la contraction se prolonger. Tu sais, je crois que je ne vais pas tarder à accoucher…

— Quoi ? s'exclama Nathalie, très pâle. Ne bouge pas, je vais chercher Colt…

— Oui, je crois que ce serait mieux, approuva Althea en grimaçant. On dirait que le bébé est subitement pressé de sortir…

Deirdre avait décidé de rentrer travailler chez elle. Elle avait attrapé un mauvais rhume à cause de la pluie et ne se sentait pas très bien. En grimaçant, elle regarda le bouillon qu'elle s'était confectionné et décida finalement d'opter pour un grog. Rien ne valait une bonne dose de whisky dans une tasse de thé pour se remettre d'aplomb.

Regagnant son bureau, elle remit ses lunettes de lecture et se replongea dans les comptes que lui avait confiés Nathalie. Quelque chose la tracassait et elle commençait à se demander s'il n'y avait pas une erreur d'écriture quelque part. Mieux valait tout reprendre de zéro, décida-t-elle en soupirant avant de glisser l'un des CD-Rom dans son ordinateur.

Pendant quelques minutes, elle passa en revue toutes les lignes, réalisant avec angoisse ce qui s'était passé. Mais c'était impossible, bien sûr… Une telle erreur ne pouvait pas leur avoir échappé. A moins qu'il ne s'agisse pas d'une erreur… Et c'est ce que lui souffla la part de son esprit qui n'était que logique. La bouche sèche, elle recalcula pour la cinquantième fois, retombant sur le même résultat.

Un quart de million de dollars avaient disparu quelque part. Et la personne qui les avait détournés avait pris grand soin de maquiller les comptes pour que personne ne puisse s'en apercevoir. Personne sauf Deirdre pour qui la comptabilité était un art dans lequel elle était passée maîtresse depuis de longues années…

Décrochant le téléphone, elle appela aussitôt le bureau.

— Maureen ? C'est Deirdre.

— Mademoiselle Marks ? Que se passe-t-il ?

— Il faut impérativement que je parle à Nathalie et tout de suite.

— Beaucoup de gens cherchent à la joindre.

— C'est très urgent, Maureen. Elle est chez son frère, n'est-ce pas ? Donnez-moi son numéro.

— Je n'ai pas le droit de le faire, mademoiselle… Et de toute façon, elle n'est plus là-bas. Son avion a décollé il y a une heure. Elle ne devrait pas tarder à rentrer à Denver.

*
* *

Tandis que Nathalie se trouvait dans l'avion la ramenant chez elle, elle repensait à l'accouchement d'Althea. Il avait duré plus de douze heures mais elle avait finalement mis au monde un magnifique petit garçon qui était en parfaite santé, pour le plus grand bonheur de ses parents. Assister à l'enfantement avait été pour la jeune femme l'une des expériences les plus fortes et les plus belles de son existence.

Avec Colt, elle avait encouragé Althea, lui prodiguant des paroles de réconfort tandis qu'elle souffrait. Mais, de bout en bout, son amie avait gardé dans les yeux une lueur de bonheur sauvage. Et lorsque Colt et elle avaient enfin tenu ce petit bonhomme miniature dans leurs bras, Nathalie avait été incapable de maîtriser la crise de larmes qui l'avait terrassée.

Et, pour une fois, Boyd s'était abstenu de se moquer d'elle, se souvenant probablement de ce que lui-même avait ressenti en voyant naître ses propres enfants. Ils avaient quitté l'hôpital pour se rendre directement à l'aéroport, sans même se parler, encore envoûtés par le miracle sans cesse répété de la vie.

Ce voyage avait été magique, tant sur le plan personnel que professionnel. Dans chacune de ses filiales, elle avait été accueillie en triomphe. Tous les résultats dépassaient leurs attentes et elle avait trouvé le site idéal pour implanter une nouvelle boutique à Washington. Elle pourrait y retourner très bientôt pour veiller personnellement à son ouverture. Ce serait fantastique de se retrouver de nouveau auprès de Boyd, d'Althea et de leurs enfants…

Bien sûr, elle devrait attendre que cette histoire d'incendies soit définitivement résolue et que les policiers aient retrouvé l'homme qui les avait commandités. S'il s'agissait bien de l'un de ses collaborateurs, elle devrait veiller à restaurer la confiance et à aider le personnel à franchir un cap douloureux. Ensuite, elle laisserait Donald s'occuper du bureau de Denver et pourrait rapatrier le siège à Washington.

Donald était un cadre brillant et ambitieux et il avait bien mérité un bureau de direction après les efforts qu'il avait déployés récemment. Fronçant les sourcils, la jeune femme fut de nouveau saisie par l'impression de malaise qui s'était emparée d'elle en revenant de la boutique de Denver. Donald lui avait alors parlé du bureau du gérant, regrettant sa disparition.

Comment avait-il su à quoi il ressemblait exactement ? Il n'avait aucune raison de se rendre au magasin dans le cadre de ses fonctions… La jeune femme rassembla ses souvenirs, tentant de se rappeler ce qui s'était passé entre le moment où elle avait acheté le bureau et le moment où la boutique avait brûlé. Pas une seule fois Donald n'avait parlé de se rendre au magasin. A sa connaissance, la première fois qu'il y avait mis les pieds, c'était au cours de leur inspection.

Secouant la tête, Nathalie se réprimanda : elle commençait à devenir paranoïaque. Après tout, Donald avait pu visiter les lieux à titre purement informatif sans lui en faire part. Cela expliquait qu'il ait pu voir le bureau…

Mais, dans ce cas, comment avait-il su que les dégâts étaient purement superficiels ? Ryan avait interdit l'accès aux lieux du sinistre et elle avait ensuite fait évacuer le meuble par l'équipe chargée de refaire la décoration. L'avait-il lu dans un quelconque rapport ? C'était improbable, Ryan ayant veillé à ce qu'elle seule soit informée des précisons de l'enquête.

En avait-elle parlé à Donald ? C'était peu probable : en apprenant que le coupable était sûrement l'un de ses collaborateurs, elle avait jugé préférable de leur en dire le moins possible dans l'espoir que l'un d'eux se couperait peut-être. Etait-ce justement ce qui s'était produit, lorsque Donald avait mentionné le bureau ? Elle sentait son inquiétude grandir.

Mais pourquoi aurait-il fait une chose pareille ? Quel motif aurait-il eu de détruire leur stock et leur équipement, à l'usine ? A moins qu'il n'ait visé quelque chose d'autre. Comme les comptes qui se trouvaient à l'entrepôt et dans le bureau du gérant. Ce qui expliquerait le point d'origine que Jacoby avait choisi tout en sachant que les dégâts ne seraient pas aussi importants…

Heureusement, elle avait conservé des copies de ces documents dans son coffre. Et Deirdre en avait un autre jeu pour effectuer l'audit. Il serait donc facile de vérifier ce qu'ils contenaient et s'ils donnaient une raison suffisante à Donald de recourir à des mesures aussi extrêmes. Nathalie pria pour que tel ne fût pas le cas.

L'avion était en retard et, dans le hall de l'aéroport, Ryan commençait à perdre patience. Nathalie était toujours d'une ponctualité extrême et voilà qu'elle était en retard au moment où il se sentait prêt à exploser. Jamais il ne s'était senti aussi tendu de sa vie : son cœur battait à cent à l'heure et une sueur glacée recouvrait son corps tandis qu'il gardait les yeux fixés sur l'horloge murale qui semblait avancer au ralenti.

Si Maureen n'avait pas fini par avoir pitié de lui, il n'aurait même pas su que la jeune femme revenait le soir même. C'était elle qui l'avait appelé pour le lui dire sous le sceau du plus grand secret. Tout le monde paraissait savoir qu'il était éperdument amoureux d'elle : Maureen, les hommes à la caserne, sa propre secrétaire… Tous se montraient emplis de sollicitude à son égard et il se faisait parfois l'impression d'être un enfant que les adultes cherchaient vainement à consoler.

Mais peu lui importait tant que Nathalie se trouvait dans cet avion et qu'il avait une chance de lui parler enfin. Ensuite, tout serait oublié : les regards apitoyés, les plaisanteries étouffées, les allusions douteuses, et cette impression de manque qui l'étouffait chaque jour, à chaque instant.

Bon sang, il avait juste commis une erreur ! Une toute petite erreur qu'elle paraissait bien décidée à lui faire rembourser au centuple. Mais si c'était le prix à payer, il était prêt à le faire. Serrant son bouquet de jonquilles, il commençait à faire les cent pas lorsque la voix mécanique d'une hôtesse annonça enfin dans les haut-parleurs l'atterrissage du vol en provenance de Washington.

Dès qu'il la vit passer la porte des arrivées, son angoisse redoubla. Elle aussi le vit et tourna brusquement pour s'éloigner, se dirigeant à grands pas vers la sortie. Il ne lui laissa pas le temps de fuir et la rattrapa en quelques foulées.

— Bienvenue au pays, Nathalie, lui dit-il d'une voix étranglée par l'émotion.

— Va te faire voir, répliqua-t-elle sans ménagement.

— C'est ce que j'ai fait au cours de ces derniers jours, répondit-il sans se laisser démonter. J'ai vécu un véritable enfer. Tiens, ajouta-t-il en lui tendant son bouquet.

— Tu veux vraiment que je te dise ce que tu devrais faire de ces maudites fleurs ? articula-t-elle, rageuse.

— Pourquoi as-tu refusé de me parler lorsque je t'ai appelée ?

— Parce que je n'avais aucune envie de le faire, déclara-t-elle en accélérant l'allure.

— Comment s'est passé ton voyage ?

Cette fois, elle ne répondit même pas.

— Ecoute, plaida Ryan. J'essaie de te présenter mes excuses…

— Eh bien, tu peux te les garder.

— J'ai tout gâché, je suis désolé… C'est ce que je voulais te dire au téléphone. Mais tu ne prenais jamais mes appels.

— Tout être doué d'un semblant d'intelligence aurait compris ce que cela voulait dire, déclara Nathalie tandis qu'ils sortaient de l'aéroport.

Aussitôt, elle se dirigea vers la borne des voitures de location.

— Je suis venu te chercher pour que nous puissions discuter de tout cela…

— C'était inutile, j'ai commandé une voiture.

— J'ai annulé la réservation, lui dit Ryan, se gardant bien de préciser qu'en réalité c'était Maureen qui l'avait fait.

Il ne servait à rien d'entraîner cette âme charitable dans sa chute.

— Dans ce cas, je vais prendre un taxi.

— Ne sois pas aussi butée. Je pourrais t'arrêter ici même et te forcer à venir avec moi.

— Tu perdrais ton emploi pour abus de pouvoir.

— Je m'en contrefiche tant que je peux te parler.

Nathalie s'arrêta brusquement. Elle ne lui en voulait pas au point de ruiner une carrière qui lui tenait tant à cœur. Pourtant, elle le connaissait assez pour savoir qu'il était prêt à mettre ses menaces à exécution.

— Très bien, soupira-t-elle. Dans ce cas, conduis-moi au bureau.

— Il est à peine 8 heures, il n'est pas encore ouvert.

— Eh bien, je l'ouvrirai moi-même.

— D'accord, s'inclina Ryan. Je peux prendre ta valise ?

La jeune femme la lui tendit et il fut surpris de la trouver aussi lourde.

— Il doit y avoir assez de vêtements pour une troupe entière, remarqua-t-il en souriant.

— Et alors ?

Ryan soupira, réalisant que la partie était loin d'être gagnée.

— J'ai lu que l'ouverture de Lady's Choice avait été couronnée de succès, dit-il pour faire diversion. Il y avait même des articles dans *Newsday* et *Business Week*.

— La campagne a bien marché, reconnut Nathalie tandis qu'il ouvrait le coffre de sa voiture pour y déposer sa valise.

— C'est extraordinaire. Je suis vraiment heureux pour toi… Bon sang, ajouta-t-il en se tournant vers elle, si tu savais à quel point tu m'as manqué.

Elle recula tandis qu'il essayait de la prendre dans ses bras, bien décidée à ne pas lui donner une nouvelle occasion de lui faire du mal.

— Comme tu veux, se résigna-t-il en laissant retomber ses bras le long de son corps. Je ne chercherai pas à éviter les coups, tu sais. Je suppose que je les ai amplement mérités.

— Je n'ai aucune envie de me battre contre toi, répondit-elle sèchement. J'ai fait un voyage éprouvant et je suis fatiguée.

— Laisse-moi te ramener chez toi. Tu as besoin de te reposer.

— Je t'ai dit que je voulais aller au bureau, lui rappela-t-elle tandis qu'il lui ouvrait galamment la portière.

Elle prit place sur le siège passager tandis qu'il contournait la voiture pour s'installer au volant. Il déposa le bouquet de jonquilles sur ses genoux.

— Ils n'ont toujours rien pu tirer de Clarence, dit-il en démarrant.

— Je sais. Je suis restée en contact avec le chef de la police pendant mon voyage.

— Tu sais que je t'ai suivie jusqu'à Atlanta ?

— Quoi ?

— Lorsque tu es partie de chez moi, tu as dû trouver un taxi tout de suite. Il m'a fallu vingt minutes pour en dénicher un et lorsque je suis arrivé à ton appartement, tu étais déjà repartie. J'ai trouvé les références de ton vol sur la table de nuit et j'ai aussitôt foncé à l'aéroport mais ton avion venait de décoller.

— Et tu m'as suivie ? demanda-t-elle, un peu ébranlée de découvrir le mal qu'il s'était donné.

— Oui… J'ai pris le premier vol, le lendemain matin, et je suis allé à ton hôtel pour que nous réglions ce malentendu.

— Nous l'avions déjà réglé, lui rappela-t-elle.

— Lorsque je suis arrivé, tu étais déjà repartie pour tes bureaux. Je t'aurais étranglée… Au magasin, ils m'ont dit que tu venais de repartir pour l'aéroport. Et une fois de plus, j'ai raté ton avion de quelques minutes.

Ebahie, Nathalie le contemplait : pas un seul instant, elle ne s'était doutée qu'il la filait de cette façon. Et le fait de le découvrir lui procurait un étrange mélange de plaisir et de frustration.

— Ne t'attends pas à ce que je m'excuse, lui dit-elle pourtant.

— Mais c'est moi qui essaie de m'excuser, protesta-t-il.

— Il n'y a pas de quoi. J'ai eu tout le temps de réfléchir à ce que tu m'avais dit et je pense qu'en définitive c'est toi qui avais raison. Il existait entre nous une forme de désir instinctif mais ce n'était pas suffisant pour bâtir une relation durable.

— Nous avions beaucoup plus que cela, Nathalie…

— Nous sommes arrivés, l'interrompit-elle en désignant le building qui abritait ses bureaux.

Ryan ralentit, cherchant une place des yeux. Sans attendre, la jeune femme descendit de voiture et, le laissant récupérer ses bagages, traversa la rue pour gagner la porte d'entrée. Sans prendre la peine de chercher un parking, Ryan laissa sa voiture sur la première place de livraison venue et se précipita à sa poursuite.

— Bon sang, Nathalie, lui cria-t-il en la voyant entrer dans l'ascenseur. Arrête-toi une minute…

— C'est inutile, Ryan. Nous n'avons plus rien à nous dire, répondit-elle en pressant le bouton de son étage.

Sous l'œil médusé du portier, ils se rua dans la cabine, juste au moment où les portes se refermaient.

— Tu as dit que tu m'aimais, dit-il, essoufflé.

— Je m'en suis remise.

— Tu mens.

— Vraiment ? Tu es sûr que ce n'est pas ton ego qui parle ? Tu es en train de me faire une scène parce que je ne suis pas revenue lorsque tu m'as rappelée, parce que je n'ai plus envie de toi.

— Cela n'a rien à voir, s'insurgea-t-il. J'avais tort… Je t'ai fait venir chez moi ce soir-là pour te démontrer à quel point il était évident que nous n'avions aucune chance, toi et moi. Nous ne sommes pas du même monde et tu aurais dû le réaliser en voyant mon appartement.

— Es-tu en train de me dire que tu m'as plaquée juste à cause de cela ?

— Oui. Je ne pourrai jamais mener la vie que tu mènes.

Nous vivons dans des sphères complètement différentes. Je n'ai pas assez d'argent pour payer les restaurants que tu fréquentes. Mes amis ne vivent pas dans des manoirs gothiques. Je ne pourrai jamais t'offrir des bijoux comme ceux que tu portes en ce moment même.

— Alors c'était juste une question d'argent ? articula-t-elle, partagée entre stupeur et colère. Tu m'as brisé le cœur pour une question d'argent !

— Nathalie, ce n'est pas ce que tu crois, plaida-t-il en s'avançant pour l'embrasser.

— Ne me touche pas ! dit-elle en se précipitant hors de la cabine au moment où l'ascenseur atteignait son étage. Tu m'as plaquée parce que tu croyais que j'attendais de toi des repas au restaurant, des manoirs et des diamants ? C'est ridicule, Ryan ! Je savais très bien que tu ne pouvais pas me les offrir. Mais c'est toi que je voulais. Juste toi…

— Nathalie, lui dit-il en la prenant par les épaules, la forçant à le regarder en face. Je t'en prie…

— Et en plus, le coupa-t-elle, tu as l'audace de me traiter de snob ?

— C'était stupide de ma part. Que veux-tu que je te dise de plus ? Je ne savais pas.

— Eh bien, sache que tu m'as fait mal, Ryan. Plus mal que n'importe qui avant toi…

— Je le sais, murmura-t-il, paniqué à l'idée de la perdre une fois de plus. Je suis désolé… Je ne savais pas, répéta-t-il, suppliant. Je croyais que tu finirais par me quitter, de toute façon.

— Alors tu as décidé de partir le premier ?

— Oui.

— Tu es un lâche, Ryan. Maintenant, va-t'en. Laisse-moi

réfléchir à tout ça. Je ne sais même plus ce que je ressens pour toi…

— Tu m'aimes encore. Et je ne partirai pas d'ici tant que tu ne me l'auras pas dit.

— Dans ce cas, tu risques d'attendre encore longtemps…

Un téléphone sonna quelque part et Nathalie se demanda qui pouvait appeler à une heure pareille.

— Je suis à bout, reprit-elle tandis que la sonnerie se prolongeait. J'ai découvert que je t'aimais et, l'instant d'après, tu me rejetais. Je ne sais plus où j'en suis, aujourd'hui je veux pouvoir faire le point sur mes sentiments.

— Moi, je sais parfaitement ce que je ressens, répondit Ryan. Je t'aime, Nathalie.

Dans l'intensité du silence qui suivit cette déclaration, la sonnerie du téléphone paraissait presque surréaliste.

— Ce n'est pas juste ! s'exclama enfin la jeune femme.

— Peu importe ce qui est juste, murmura Ryan en caressant doucement les cheveux de Nathalie. Je t'aime.

Sa main se figea brusquement tandis qu'il repérait une odeur terriblement familière. Comment ne l'avait-il pas remarquée avant ?

— Le feu ! cria-t-il. Prends les escaliers de secours. Appelle les pompiers, vite !

Sans attendre, il se rua au fond du couloir, se maudissant de n'avoir pas été plus rapide à déceler l'incendie. Lorsqu'il arriva devant la porte de verre du bureau de Nathalie, il devina à travers la surface dépolie les flammes qui dansaient derrière.

— Mon Dieu, Ryan, murmura la jeune femme qui l'avait suivi sans tenir compte de ses instructions.

Réalisant ce qui était sur le point de se produire, Ryan se retourna vers elle et la plaqua sur le sol, la recouvrant de son corps. A cet instant, la porte explosa en une multitude d'éclats de verre tandis qu'une langue de feu émergeait du bureau dévasté.

12.

Une vague de flamme, de douleur et d'angoisse submergea Nathalie tandis que sa tête percutait violemment le sol. Pendant ce qui lui parut être une éternité, elle resta immobile, sonnée, tentant vainement de comprendre ce qui venait de lui arriver. Lorsque la mémoire lui revint, elle crut brusquement que Ryan était mort. Son corps continuait de peser sur le sien, apparemment inerte.

Mais avant même qu'elle ait eu le temps de crier son nom, il bondit sur ses pieds et l'aida à se redresser, la plaquant contre le mur.

— Ça va ? demanda-t-il aussitôt.

Elle hocha la tête, assaillie par le nuage de fumée noire qui avait envahi le couloir. Elle le sentait déjà s'introduire dans sa gorge et ses poumons. Ryan, quant à lui, était couvert de sang. Son blouson en cuir l'avait protégé de la plus grande partie des éclats de verre mais plusieurs s'étaient fichés dans son cuir chevelu, le faisant saigner abondamment de la tête.

Il ne s'attarda pourtant pas à ces considérations, sachant qu'il était crucial d'agir très vite. Le feu s'était déjà communiqué au couloir, leur bloquant l'accès à l'ascenseur. Leur seule chance était d'atteindre les escaliers de secours. Mais pour cela, il leur faudrait battre de vitesse l'incendie qui se répandait dans les bureaux. Entraînant la jeune femme, il gagna la porte suivante au moment où elle explosait à son tour.

Une nouvelle langue de flamme leur barra la route, se communiquant au tapis qui se mit à brûler comme une rivière de feu liquide. Nathalie hurla, comprenant qu'ils étaient cernés. Une peur panique s'était emparée d'elle, la rendant incapable de réagir. Luttant contre l'hystérie qui menaçait de la submerger à chaque instant, elle sentit Ryan qui la tirait par la manche. Elle s'accroupit auprès de lui et tenta de se contrôler.

— Reste aussi près du sol que tu le peux, lui ordonna-t-il.

Stupéfaite, elle remarqua que sa voix était calme, parfaitement maîtrisée. Se raccrochant à cet ultime îlot de raison, elle s'exécuta.

— Je n'arrive pas à respirer, dit-elle.

La fumée la faisait tousser, et elle recracha le peu d'air qui restait dans ses poumons.

— L'air est retenu près du sol, penche-toi en avant. Là, comme ça…

Ryan regarda autour de lui et, froidement, conclut que s'ils restaient sur place, ils mourraient asphyxiés. Ils n'avaient aucune chance de tenir suffisamment longtemps pour que les secours arrivent. Et il n'avait rien pour combattre les flammes.

— Retire ton manteau, ordonna-t-il à la jeune femme.

Celle-ci essaya de lui obéir mais ses membres étaient déjà gourds.

— On va s'en sortir, lui promit Ryan en lui venant en aide.

Une nouvelle explosion retentit derrière eux et la température augmenta sensiblement, les faisant abondamment transpirer. Nathalie sentait la fumée envahir ses poumons, ralentissant le cours de ses pensées et rendant chaque geste plus difficile. Elle aurait voulu s'allonger et dormir et seule la présence de Ryan la dissuadait de commettre cette folie.

— Nous allons mourir, gémit-elle. Je ne veux pas finir comme ça…

— Nous n'allons pas mourir, déclara Ryan en recouvrant la tête de la jeune femme de son manteau.

La forçant à se relever, il la hissa sur ses épaules. Durant quelques secondes, il resta immobile, équilibrant son poids. Il contempla les deux murs de feu qui les entouraient et jugea qu'il courrait moins de risques en traversant celui qui menait aux escaliers. Il ne lui restait plus que quelques secondes avant que les flammes n'opèrent leur jonction et qu'ils ne finissent carbonisés au milieu du brasier et, s'il voulait tenter sa chance, il devait le faire maintenant.

Prenant une dernière goulée d'air vicié, il s'élança au cœur de l'incendie. Immédiatement, il fut cerné de flammes qui s'attaquèrent à leurs vêtements, lui causant une douleur atroce. Nathalie ne bougeait pas et il pria pour qu'elle se soit évanouie. Durant quelques secondes, il crut qu'il allait s'effondrer mais l'idée que la jeune femme puisse mourir lui était insupportable et d'un bond, il quitta brusquement les flammes pour se retrouver dans une nouvelle poche de fumée.

Aussitôt, il éteignit ses vêtements en feu et ceux de la jeune femme, luttant pour supporter la souffrance intolérable. Puis, à force de volonté, il hissa de nouveau Nathalie, inconsciente, sur ses épaules et tituba jusqu'à la sortie de secours. Après avoir vérifié que la porte n'était pas brûlante, il l'ouvrit et sortit sur le palier de l'escalier, inhalant une profonde bouffée d'air frais.

Il comprit que le feu ne tarderait pas à se propager à tous les étages, et ils ne pouvaient se contenter de rester sur place. D'autant qu'il ignorait dans quel état se trouvait la jeune femme. Rassemblant toutes les forces dont il disposait encore, il entreprit donc de descendre.

— Ne m'abandonne pas, dit-il à Nathalie en luttant contre l'épuisement. Ne t'avise pas de me laisser tomber. Il faut que tu t'accroches…

Pendant une éternité, il descendit ainsi, marmonnant des encouragements qui s'adressaient autant à elle qu'à lui-même. Il transpirait abondamment, ne sentant plus ses jambes, devant lutter pour trouver son souffle au milieu de la fumée qui avait envahi la cage d'escalier. Le poids mort de la jeune femme sur ses épaules accentuait encore ce supplice, lui enfonçant dans le dos et la nuque les bouts de verre de la porte.

Dix étages plus bas, il s'arrêta, titubant. Sa vue se brouillait sous l'effet des larmes et de la sueur et il était pris de violentes quintes de toux qui lui râpaient les poumons. Pourtant, il n'avait pas le droit d'abandonner. Il ne pouvait prendre le risque de laisser l'état de Nathalie se détériorer. Reprenant sa marche, il tenta de faire le vide dans son esprit et d'oublier la douleur qui l'habitait.

Se forçant à compter les étages, il resta concentré. Vingtième, dix-neuvième, dix-huitième… Vers le dixième étage, la fumée était beaucoup moins dense et il put respirer plus aisément. Cela lui redonna un peu de courage. En contrebas, il entendait le hurlement familier des sirènes. Huitième, septième, sixième… Au cinquième, il s'arrêta de nouveau, incapable de faire un pas de plus. S'adossant contre un mur, il s'abstint pourtant de déposer le corps de Nathalie, sachant que, s'il le faisait, il n'aurait jamais la force de la soulever de nouveau.

— Tu aurais dû m'écouter, murmura-t-il. Nous serions tranquillement chez toi en train de faire l'amour…

Brusquement, une vision lui apparut : le visage de Nathalie lorsqu'ils faisaient l'amour. L'expression qui se lisait dans ses yeux lorsqu'il l'embrassait. Il ne pouvait pas renoncer à cela. Il ne pouvait pas vivre sans cela. S'armant de courage, il reprit donc sa progression, évoquant pour distraire son esprit brisé toutes les images qu'il avait conservées au cours de ces dernières semaines.

Il fut presque surpris d'atteindre enfin la porte du rez-de-chaussée. La poussant du pied, il se retrouva dans le hall, nez à nez avec deux pompiers.

— Bon Dieu ! s'exclama l'un d'eux. C'est vous, inspecteur ?

— Elle a besoin d'oxygène, parvint-il à articuler en poursuivant son chemin sans lâcher le corps de Nathalie.

Une fois dehors, il se dirigea vers l'ambulance la plus proche.

— De l'oxygène, vite ! répéta-t-il en la déposant enfin sur une civière.

Son visage était recouvert de suie et ses cheveux roussis par les flammes. Ryan ne savait pas si elle respirait encore. Autour de lui, des gens couraient et criaient mais il ne voyait rien d'autre que Nathalie. Quelqu'un plaça un masque sur la bouche de la jeune femme et lui prit le pouls.

— Est-ce qu'elle va s'en sortir ? demanda Ryan, au comble de l'angoisse.

— Elle respire, répondit l'infirmier. C'est tout ce que je peux vous dire…

— Elle respire, répéta Ryan comme dans un rêve. Elle respire.

Puis le monde entier se mit à tourner autour de lui et tout devint noir.

Lorsqu'il reprit connaissance, Ryan se trouvait à l'hôpital. Alors qu'il tentait de se redresser péniblement, il sentit une main le repousser avec fermeté.

— Restez tranquille, lui dit la petite femme aux cheveux gris qui était en train de recoudre l'une de ses nombreuses coupures. J'aime que mes points de suture restent propres et vous avez déjà perdu assez de sang comme cela.

— Nathalie… ?

— Nous nous occupons de Mlle Fletcher. Laissez-nous faire notre travail… Et cessez de bouger. Si vous essayez de vous lever encore une fois, je vous fais injecter un sédatif.

— Combien de temps suis-je resté inconscient ? demanda-t-il.

— Assez longtemps pour que je puisse vous recoudre en quinze endroits. Des lésions superficielles mais votre bras risque de vous faire souffrir pendant quelques jours.

— Je veux voir Nathalie, insista-t-il d'une voix caverneuse. Je veux la voir maintenant.

— Vous ne pouvez pas, répondit l'infirmière sans se laisser impressionner. Vous allez rester bien sagement ici le temps que j'en aie fini avec vous. Ensuite, si vous êtes sage, j'enverrai quelqu'un prendre de ses nouvelles.

— Faites-le tout de suite ! s'exclama Ryan d'un ton qui n'admettait pas de réplique.

L'infirmière hésita puis décida qu'il valait mieux accéder

à sa demande. Sinon, il risquait d'aller voir lui-même ce que devenait Mlle Fletcher.

— Restez là, dit-elle avant de passer le rideau qui séparait la chambre en deux.

Elle appela une autre infirmière et lui demanda d'aller s'enquérir de l'état de santé de Nathalie avant de revenir auprès de Ryan.

— Elle respirait, lui dit celui-ci, se raccrochant à son dernier souvenir.

— Oui. Mais elle a absorbé beaucoup de fumée. Et vous aussi d'ailleurs. Je vais donc devoir vous administrer un traitement et vous allez vous montrer coopératif. Plus vite nous aurons fini et plus vite vous pourrez aller voir Mlle Fletcher.

L'autre infirmière revint et murmura quelques mots à l'oreille de celle de Ryan.

— Apparemment, elle est en état de choc. Elle souffre de quelques brûlures et de coupures légères. Je pense que nous devrons la garder ici durant un jour ou deux.

Ryan se laissa retomber sur son oreiller, submergé par une vague de soulagement.

Quelques heures plus tard, s'étant plié à un décrassage pulmonaire en règle, Ryan se leva malgré les protestations de son infirmière et sortit pour gagner la chambre de Nathalie. Devant la porte, Deirdre attendait patiemment d'avoir le droit de rendre visite à la jeune femme.

— Comment va-t-elle ? lui demanda aussitôt Ryan.

— Ils m'ont dit qu'elle irait bientôt beaucoup mieux. Ils sont encore en train de lui faire passer divers examens.

— Dieu soit loué !

— J'ai appelé le frère de Nathalie, ajouta Deirdre. Il est

en route. Je lui ai dit que sa sœur avait été blessée mais que ce n'était pas très grave.

Ryan hocha la tête, s'appuyant sur l'une des chaises de la salle d'attente pour éviter de vaciller.

— Je lui ai aussi fait part de ce que j'avais découvert… Je n'étais pas au bureau ces derniers jours parce que j'étais grippée. Mais j'ai emporté la comptabilité de la société pour m'avancer dans mon travail. Et comme je vérifiais les comptes, j'ai constaté plusieurs irrégularités portant sur des sommes conséquentes.

— Qui est responsable ? demanda aussitôt Ryan.

— Je n'ai pas encore de certitudes…

— Qui ? répéta-t-il, menaçant.

— Je vous l'ai dit : je n'ai pas de preuves. Il faut d'abord que je parle à Nathalie de tout cela… Et il est hors de question que je vous donne le nom de mon suspect : vous seriez capable d'aller lui régler son compte sans autre forme de procès, ajouta Deirdre en avisant la lueur meurtrière qui passait dans les yeux de Ryan.

Il paraissait très éprouvé mais elle était bien trop intelligente pour se laisser abuser par les apparences : un homme qui avait eu la volonté de descendre près de trente étages alors qu'il était gravement brûlé avec une femme évanouie sur les épaules était capable de tout.

— Dès que j'ai acquis la certitude qu'il y avait eu un détournement de fonds, reprit-elle, j'ai essayé de contacter Nathalie. Mais elle avait déjà quitté le Colorado. Je savais qu'elle viendrait directement au bureau avant de retourner chez elle et j'ai décidé de m'y rendre. Mais lorsque je suis arrivée, les bureaux étaient déjà en feu. J'ai tout de suite appelé les secours et je suis allée prévenir le portier. C'est là que nous avons entendu cette explosion…

Deirdre secoua la tête, encore sous le choc de ce qui s'était produit.

— Je savais qu'elle était là-haut et je ne pouvais rien faire…

— En appelant les secours, vous lui avez probablement sauvé la vie, la rassura gentiment Ryan. C'était la seule chose à faire.

— Inspecteur ? fit alors l'infirmière qui les avait rejoints. J'ai obtenu un droit de visite spécial pour vous.

— Comment va-t-elle ?

— Son état s'est stabilisé et nous l'avons mise sous sédatif. Mais vous pouvez aller la voir puisque vous en avez tellement envie.

— Vous me direz comment elle est ? demanda Deirdre.

— D'accord, acquiesça Ryan avant de pénétrer dans la petite chambre dans laquelle Nathalie avait été installée.

Elle reposait sur son lit, très pâle et parfaitement immobile. Mais sa main, lorsqu'il la prit, était tiède.

— Vous pouvez passer la nuit ici, si vous voulez, lui proposa l'infirmière. La chaise n'est pas très confortable mais enfin…

— Ne vous en faites pas, je suis pompier. Je suis habitué à dormir dans des conditions bien pires, la rassura Ryan avec un sourire plein de reconnaissance.

— Eh bien, monsieur le pompier, faites comme chez vous. Je vais prévenir votre amie dehors que tout va bien et qu'elle peut rentrer chez elle.

— Merci, lui dit Ryan avant qu'elle ne quitte la pièce.

Il s'assit alors sur la chaise, tenant toujours la main de la jeune femme dans la sienne. Pendant les heures qui suivirent, il s'endormit une fois ou deux. Plusieurs fois, une infirmière vint lui demander de sortir pendant qu'elle administrait un traitement à Nathalie. Alors qu'il sortait ainsi pour la quatrième fois, il se retrouva nez à nez avec Boyd.

— Piasecki…

— Tout va bien, capitaine, le rassura-t-il aussitôt. Elle dort.

Sans un mot, Boyd poussa la porte et entra dans la chambre. Pendant ce temps, Ryan alla se servir un café à la machine qui se trouvait dans le couloir. Il était incapable de penser clairement, ne voulait pas même essayer. Sinon, il le savait, tout lui reviendrait d'un coup : la terreur sur le visage de Nathalie, les flammes, le rugissement sourd du dragon…

Une sensation de brûlure le fit sursauter et il constata qu'il venait d'écraser son gobelet, répandant le café sur son bras.

— Vous en voulez un autre ? fit la voix de Boyd, derrière lui.

— Non, merci, déclina Ryan en s'essuyant la main sur son jean. Vous voulez qu'on sorte pour que vous puissiez me donner la correction que je mérite ?

— Est-ce que vous vous êtes regardé dans une glace, Piasecki ? demanda Boyd en riant.

— Pourquoi ?

— Parce que vous êtes une véritable ruine, mon vieux, expliqua l'autre en commandant un café. Franchement, je ne serais pas capable de frapper un homme dans cet état.

— Je vous avais promis de veiller sur elle et j'ai bien failli la tuer.

— Ce n'est pas vous qui avez mis le feu au bureau, que je sache…

— Non. Mais je savais que Clarence n'était qu'un instrument. Je savais qu'il y avait un commanditaire. Mais j'étais si distrait par mes sentiments pour votre sœur que je n'ai même pas pensé qu'il pouvait engager un autre incendiaire pour finir le travail. J'ai pourtant entendu ce maudit téléphone sonner. Cela aurait dû me paraître étrange, à une heure pareille.

— Quel rapport avec le téléphone ?

— Eh bien, c'est sans doute au téléphone qu'était relié le dispositif incendiaire, expliqua Ryan. C'est la façon la plus sûre et la plus fiable de déclencher un feu à distance. Il suffit de connaître le numéro…

— C'est malin. Mais franchement, je ne vois pas comment vous auriez pu y penser à moins d'être complètement paranoïaque.

— C'est mon métier d'être paranoïaque lorsqu'il s'agit d'une enquête, lui rappela Ryan. J'aurais pu le deviner.

— Pas sans une boule de cristal, à mon avis.

— J'étais censé la protéger, protesta Ryan.

— Ecoutez, j'ai passé quelques coups de téléphone dans l'avion. Et j'ai longuement discuté avec le chef des pompiers. Il m'a dit que vous aviez porté Nathalie sur plus de trente étages alors que vous-même étiez gravement blessé. Il m'a aussi décrit l'état dans lequel vous étiez en arrivant en bas. Quant au médecin qui a traité Nathalie, elle m'a affirmé que si elle avait passé ne serait-ce que dix minutes de plus dans la fumée, elle serait sans doute morte à l'heure qu'il est. Alors si vous voulez mon opinion, Piasecki, je dirais que ce dont vous êtes avant tout responsable, c'est d'avoir sauvé la vie de ma sœur. Je ne pourrai jamais vous rembourser cette dette.

— Vous ne me devez rien, protesta Ryan.

— Vous vous trompez une fois de plus. Je tiens à elle tout autant que vous. Et à ce propos, je serais curieux de savoir ce que vous avez bien pu lui faire pour la rendre aussi malheureuse.

— Nous avons eu un léger malentendu, expliqua Ryan avec un pâle sourire. Mais nous essayons de passer le cap…

— J'espère que vous y parviendrez, déclara Boyd en lui tendant la main.

— Merci, dit Ryan en la serrant.

— Je suppose que vous ne bougerez pas de là, ajouta Boyd. Prenez bien soin d'elle en attendant mon retour. J'ai un petit travail à effectuer.

— Deirdre vous a dit qui était responsable ? demanda Ryan en plissant les yeux.

— Oui. Et j'ai aussitôt prévenu mes collègues. Ils s'occupent de tout. Et ne vous avisez pas de vous en mêler, Ryan. Je ne veux pas avoir à vous faire arrêter pour coups et blessures ou pour meurtre. Par contre, je compte sur vous pour trouver toutes les preuves susceptibles de relier notre homme aux incendies.

— Qui est-ce ?

— Donald Hawthorne. Il faisait partie de ma liste de suspects. Je l'avais réduite à quatre en faisant quelques recherches. Apparemment, il avait effectué plusieurs retraits conséquents en liquide sur son compte courant. Quant à l'argent de la société, il doit être quelque part du côté de Genève et nous sommes sur sa piste.

— Pourquoi ne m'avez-vous pas transmis ces informations plus tôt ?

— Parce que je voulais être certain de l'identité du commanditaire. Maintenant, je n'ai plus de doutes.

— Je le lui ferai payer, déclara Ryan, une lueur assassine dans les yeux.

— Soyez raisonnable, Piasecki. Si vous le tuez, vous serez le premier suspect et je serai obligé de vous arrêter.

Or je n'ai aucune envie de passer les menottes à mon propre beau-frère.

— Je ne suis pas votre beau-frère, objecta Ryan.

— Pas encore. Mais je compte bien que vous le deveniez. Alors retournez auprès d'elle et tâchez de dormir un peu.

— D'accord… Mais faites en sorte d'enfermer Donald Hawthorne dans un endroit où je ne pourrai pas l'atteindre.

— Telle est bien mon intention.

Tandis que le soleil se levait dans la petite chambre d'hôpital, Ryan sentit la main de Nathalie bouger légèrement.

— Tout va bien, Nathalie, murmura-t-il en se penchant vers elle. Tu as juste avalé un peu trop de fumée. Tu as dormi et maintenant, tu vas te rétablir très vite. Mais il ne faut pas que tu parles, ta gorge doit être dans un piteux état…

— Toi, tu parles, objecta-t-elle.

— Oui, répondit-il. Et je suis bien placé pour te le déconseiller. J'ai l'impression d'avoir avalé une râpe à fromage.

— On n'est pas morts, alors ? demanda-t-elle pourtant.

— Si c'est le cas, c'est que les médecins m'ont menti, plaisanta-t-il en luttant contre les larmes de soulagement qui lui montaient aux yeux. Tiens, ajouta-t-il en lui tendant un verre d'eau. Avale quelques gorgées.

Elle s'exécuta et se mit à tousser.

— Est-ce que nous sommes gravement brûlés ? croassa-t-elle lorsque la quinte s'arrêta.

— Presque pas.

— Je ne sens rien à part mon front.

— Désolé, c'est à cause de moi. Tu t'es cogné la tête lorsque je t'ai projetée à terre, expliqua Ryan en souriant.

Elle ouvrit enfin les yeux et regarda la chambre autour d'elle.

— Nous sommes à l'hôpital, murmura-t-elle pour elle-même.

Se tournant vers Ryan, elle sentit les battements de son cœur s'accélérer : il portait un bandage autour de la tête et avait plusieurs coupures sur les joues et le cou. Son bras était retenu par une écharpe et il avait vraiment mauvaise mine.

— Tu es blessé ?

— Quelques coupures sans gravité, la rassura-t-il. Maintenant, tais-toi et tâche de te reposer un peu.

— Qu'est-il arrivé, exactement ?

— Disons qu'il va falloir te trouver de nouveaux bureaux…

Elle ouvrit la bouche pour parler mais il leva la main, lui intimant le silence :

— Si tu continues à parler, je ne te dis rien. D'accord ?

Elle hocha la tête et, pour une fois, se plia à ses instructions. Il lui raconta en détail ce qui s'était passé au cours de ces derniers jours. Lorsqu'il lui apprit que c'était Donald qui avait commandité les incendies, elle ouvrit la bouche, apparemment furieuse. Mais Ryan plaça doucement une main sur ses lèvres pour l'empêcher de parler.

— Il n'y a rien que tu puisses faire tant que tu ne seras pas rétablie, lui dit-il gentiment. De toute façon, la police s'en occupe et moi aussi. Alors tâche de te rétablir très vite pour pouvoir réparer les dégâts au sein de ton entreprise. D'accord ?

Elle fit mine de protester mais fut interrompue par une nouvelle quinte de toux. Le temps qu'elle reprenne possession de ses moyens, une infirmière était déjà arrivée et avait jeté

Ryan dehors. Elle ne le revit plus durant les vingt-quatre heures qui suivirent.

— Tu ne crois pas que tu pourrais rester un jour de plus ? demanda Boyd en regardant Nathalie boucler la petite valise qu'il lui avait apportée la veille.

— Je déteste les hôpitaux, déclara-t-elle.

— Oui, je sais. En attendant, tu dois me promettre que tu t'accorderas une semaine de repos complet chez toi. Sinon, je demande à Cilla de venir avec papa et maman.

— Ça ne sert à rien, protesta Nathalie.

— Ça ne dépend que de toi, sœurette…

— Trois jours.

— Une semaine entière, répliqua Boyd. Si tu crois être la seule à savoir négocier, tu te trompes. Nous avons ça dans le sang.

— D'accord, d'accord, une semaine… De toute façon, cela ne fait pas grande différence : la moitié de l'immeuble est détruite et je n'ai plus de bureau…

— Je te fais confiance pour t'en occuper la semaine d'après. D'ici là, nous aurons la déposition de Hawthorne. Apparemment, il ignorait que Ryan et toi vous trouviez dans l'immeuble mais ce n'est pas cela qui changera les choses : il risque plusieurs années de prison.

— Tout ça pour de l'argent, murmura Nathalie en secouant la tête.

Elle faisait les cent pas dans sa chambre, incapable de maîtriser la colère qui l'envahissait.

— Comment a-t-il pu en arriver là ? Il était l'un des cadres les mieux payés de la boîte.

— Apparemment, il avait fait quelques spéculations

malheureuses. Il a commencé par ponctionner un peu d'argent sans se faire remarquer avant de devenir de plus en plus gourmand.

— Il a dû se sentir terriblement frustré lorsque je lui ai annoncé que j'avais toujours des copies des comptes, après l'incendie de l'usine.

— Oui. Et comme il ne savait pas où tu les conservais, il s'est attaqué au magasin. Voyant qu'ils n'étaient pas là, il s'est rabattu sur le dernier endroit qui restait : ton bureau. En attendant, le chaos créé par les incendies détournait l'attention des gens de l'audit qui finirait inévitablement par le démasquer.

— Mais j'avais confié une copie à Deirdre.

— Il ne te connaissait pas aussi bien que moi : j'aurais su que tu te débrouillais toujours pour finir ton travail à temps. Et j'aurais su également que tu foncerais à ton bureau dès ton arrivée à Denver. Lorsque nous le lui avons appris, il a craqué, craignant d'être mis en cause pour tentative de meurtre.

— Et dire que je lui faisais entièrement confiance… Comment ai-je pu me tromper à ce point sur l'un de mes plus proches collaborateurs ?

A cet instant, la porte s'ouvrit et Ryan les rejoignit.

— Ravi de vous revoir, dit Boyd en se levant pour lui serrer la main.

— Pourquoi n'es-tu pas dans ton lit ? demanda Ryan.

— J'ai signé un formulaire de sortie.

— Tu n'es pas encore en état de quitter l'hôpital, protesta-t-il.

— Euh, excusez-moi, fit Boyd en s'éclipsant. Je crois que j'ai une brusque envie de café chaud…

Ni Ryan ni Nathalie ne prêtèrent attention à sa retraite prudente.

— Depuis quand es-tu titulaire d'un diplôme de médecine ? demanda la jeune femme.

— Je sais très bien dans quel état tu étais en arrivant ici, crois-moi.

— Eh bien, si tu t'étais seulement soucié de venir me voir de temps à autre, tu saurais que je me suis rétablie, répliqua-t-elle.

— J'avais beaucoup de choses à régler. Et tu avais besoin de repos…

— J'aurais préféré te voir.

— Je suis ici, maintenant, dit-il en lui tendant le bouquet de jonquilles qu'il cachait derrière son dos.

Nathalie hésita : elle avait bien le droit de lui en vouloir encore. Après tout, il l'avait plaquée pour les raisons les plus stupides du monde…

— Pourquoi n'offres-tu pas ces fleurs à quelqu'un qui les veut ? demanda-t-elle.

— Si tu continues, je vais parler à ton médecin…

— C'est hors de question ! Est-ce que j'ai parlé au tien lorsque tu as quitté l'hôpital ? J'avais besoin de toi, Ryan. J'étais folle d'inquiétude à ton sujet.

— Vraiment ? fit-il en caressant doucement sa joue.

— Je voulais te voir. Des dizaines de gens m'ont rendu visite mais, apparemment, tu n'en voyais pas l'intérêt…

— J'avais du travail, répondit-il posément. Je voulais réunir toutes les preuves contre ce salaud aussi vite que possible. C'était la seule chose que je pouvais faire. Je l'aurais tué si je l'avais pu…

— Ne dis pas ça, protesta Nathalie, troublée par ce qu'elle lisait dans ses yeux. Je ne veux pas t'entendre parler de cette façon…

— Je ne savais même pas si tu étais vivante, murmura

Ryan. Tu ne bougeais plus et j'ignorais même pas si tu respirais encore…

Brusquement, il l'attira contre lui et plongea son visage dans ses longs cheveux blonds.

— Mon Dieu, Nathalie… J'ai eu tellement peur.

— Tout va bien, à présent, le rassura-t-elle. N'y pense plus…

— Je n'y ai plus pensé jusqu'à ce que tu ouvres les yeux, hier. Je n'aurais pas pu le supporter… Je suis désolé.

— Désolé ? répéta-t-elle, stupéfaite. Pourquoi ? Parce que tu m'as sauvé la vie ? Parce que tu t'es jeté sur moi pour me protéger du souffle de l'explosion ? Parce que tu m'as portée sur trente étages pour me sortir de cet enfer ? Et ne me dis pas que tu ne faisais que ton travail, Ryan. Tu refuses peut-être d'être un héros mais, crois-moi, tu seras toujours le mien.

— Je t'aime, Nathalie, répondit-il simplement.

Le cœur battant, la jeune femme lui sourit tendrement, se demandant soudain pourquoi il avait fallu qu'ils compliquent tout alors que les choses paraissaient si simples, à présent.

— C'est ce que tu m'as dit juste avant que nous soyons interrompus, lui rappela-t-elle.

— Oui. Et je n'ai pas eu le temps de te dire pourquoi je t'avais repoussée. Pourrais-tu au moins me regarder pendant que je rampe à tes pieds ? demanda-t-il en la voyant sentir les jonquilles qu'il venait d'apporter.

Lorsqu'elle releva la tête, il vit que des larmes de joie coulaient le long de ses joues. Pourtant, il se força à continuer :

— Je veux que tu me laisses une seconde chance. Et je veux que tu saches pourquoi j'ai gâché la première. J'avais peur, avoua-t-il. Peur de toi, de moi et de nous deux…

Il sourit :

— J'avais surtout peur de te dire que je t'aimais, reprit-il. Cela paraît stupide, après ce que nous venons de vivre mais c'est pourtant la vérité.

— Dans ce cas, je suis aussi stupide que toi. Moi aussi, j'avais peur de te l'avouer. Parce que je craignais que cela ne brise ce que nous avions.

— Mais la vérité, continua Ryan, c'est que je n'ai jamais ressenti pour personne ce que j'éprouve pour toi.

— Je sais, acquiesça-t-elle.

— Et ça devenait chaque jour plus grand, plus important, plus terrifiant… Alors j'ai reculé. Et j'ai découvert que ma vie sans toi était un enfer. Alors je t'en prie, Nathalie, laisse-moi une deuxième chance.

— Je te dois bien cela, répondit-elle en riant au milieu de ses larmes. Je ne retrouverai pas beaucoup d'hommes qui ramperont à mes pieds après m'avoir sauvé la vie. Alors autant garder celui que j'ai…

— Est-ce que tu veux m'épouser ?

Le bouquet de jonquilles s'écrasa sur le sol tandis que la jeune femme ouvrait de grands yeux, incapable de croire ce qu'elle venait d'entendre.

— Qu'est-ce que tu as dit ? murmura-t-elle, la gorge serrée par l'émotion.

— Eh bien, comme tu avais l'air d'humeur généreuse, j'ai pensé que je pouvais tenter ma chance, avoua Ryan. Mais cela peut attendre…

— Est-ce que tu pourrais répéter ta question ? demanda-t-elle.

Ryan inspira profondément, rassemblant tout son courage : c'était l'un des plus grands risques de son existence mais il ne pouvait laisser passer sa chance une fois de plus.

— Veux-tu m'épouser ? répéta-t-il enfin.

— Oui, répondit-elle en se précipitant dans ses bras. Oui, je le veux.

— Tu es à moi, ma déesse aux jolies jambes. Tu seras à moi pour toujours, murmura Ryan en la couvrant de baisers.

— Mais je voudrais aussi des enfants, dit-elle d'un ton suppliant.

— Moi aussi, répondit-il. D'ailleurs nous pourrions peut-être nous y mettre tout de suite…

— Attendons au moins d'être chez toi, répondit-elle en riant. Mais dans neuf mois, tu seras papa. Ne t'en fais pas, je suis toujours d'une ponctualité redoutable.

DEUXIÈME PARTIE

Un piège dans la ville

1.

Instinctivement, Jonah Blackhawk se méfiait des policiers.

Cela remontait à sa plus tendre enfance, quand il passait une partie de son temps à les fuir, à les éviter ou à se faire malmener par eux, chaque fois qu'il n'était pas assez rapide pour leur échapper.

A douze ans déjà, il avait acquis des talents de voleur plus qu'honorables, étant passé maître dans l'art du pickpocket. Il connaissait les receleurs qui lui permettaient d'écouler les marchandises qu'il avait dérobées. Il avait aussi découvert le jeu et les moyens de forcer la chance pour plumer les pigeons qui croyaient pouvoir rouler aisément un enfant comme lui.

Il n'avait d'ailleurs pas tardé à monter une petite maison de jeux, centralisant les paris sportifs et dégageant ainsi une marge confortable qui lui permettait de placer ses propres mises tout en bénéficiant des meilleurs tuyaux.

Malgré ces prédispositions, il n'avait jamais rejoint l'un des gangs qui pullulaient dans les milieux qu'il fréquentait. C'était en partie parce qu'il se plaisait à se considérer plus comme un entrepreneur que comme un vulgaire criminel. Mais surtout, il n'aimait pas l'idée de travailler en bande, préférant rester son propre maître. Il tenait à endosser seul la responsabilité de ses actes et les bénéfices qu'il tirait de ses activités.

En réalité, Jonah Blackhawk avait toujours eu un problème avec l'autorité, quelle qu'elle fût. Cela lui avait d'ailleurs attiré de graves ennuis : à treize ans déjà, il s'était mis à dos le syndicat du jeu local qui voyait d'un très mauvais œil un simple gamin leur prendre des parts de marché de plus en plus importantes sans jamais rien leur reverser.

Un soir, il avait été victime d'une mise en garde à la façon du milieu : trois hommes de main l'avaient sauvagement tabassé après lui avoir expliqué gentiment qu'il ferait bien de se montrer plus partageur. Ce jour-là, Jonah avait compris les risques inhérents à sa profession. Il avait brusquement décidé de changer d'air et de partir pour un autre Etat. Mais avant même d'avoir pu mettre ce projet à exécution, il s'était fait arrêter par la police.

Il avait d'abord cru s'en tirer avec quelques semaines de maison de redressement et l'habituelle litanie de sermons sur l'honnêteté et la Justice. Mais au lieu de cela, il avait été pris en main par un policier qui, sans expliquer ses motivations, s'était mis en tête de réformer sa conduite.

Ce policier se nommait Boyd Fletcher. Au lieu de l'expédier en prison, il avait envoyé Jonah dans un programme de réhabilitation pour jeunes criminels. Pendant deux ans, il avait dû fréquenter des cours d'éducation civique, discuter avec des assistantes sociales, effectuer des tâches d'intérêt collectif…

Evidemment, il avait commencé par se révolter et ne s'était pas rendu aux convocations dans l'espoir que l'on finirait par le placer dans une maison de redressement dont il sortirait au bout de six mois. Mais Boyd était allé le chercher chaque fois, le forçant à suivre le programme. Jonah avait alors décidé de se résigner en attendant d'être libéré de cette corvée.

Puis, presque malgré lui, il avait commencé à se prendre au jeu, s'investissant de plus en plus dans les activités qui lui étaient proposées. Il était entré dans une équipe sportive, était retourné à l'école, s'était intéressé à la vie de son quartier… Durant toute cette période, Boyd lui avait plus ou moins servi de tuteur, lui dispensant conseils et félicitations, réprimandes et encouragements.

Une étrange relation s'était instaurée entre eux au fil du temps, faite d'un mélange de respect, de camaraderie et d'un sentiment presque filial. Finalement, lorsque Jonah avait émergé du programme de réhabilitation, il avait décidé de poursuivre ses études au lieu de retourner dans la rue. Il avait même fini par décrocher une bourse pour entrer à l'université.

A trente ans, il était devenu un citoyen respectable de sa communauté. Le plus ironique, c'est qu'il exerçait à présent légalement les activités pour lesquelles il avait été condamné des années plus tôt : ses boîtes de nuit et son club de jeu avaient même fait de lui un homme plutôt fortuné.

Mais malgré la parfaite légalité dans laquelle il travaillait, il n'avait jamais réussi à se sentir à l'aise au milieu des policiers. Pour lui, ils représentaient toujours « l'autre camp », celui avec lequel on ne pactisait pas et c'était toujours avec appréhension qu'il mettait les pieds dans un commissariat.

Ce jour-là pourtant, il avait bien été obligé de s'y rendre pour répondre à l'appel de Boyd. Assis bien droit sur une chaise, il se retenait de faire les cent pas, sachant que cela ne ferait que le rendre plus nerveux encore. Pour tromper son anxiété, il se mit à observer la secrétaire de son ami. C'était une jeune femme charmante aux cheveux roux et bouclés qui lui décochait de temps à autre des regards mi-intimidés mi-encourageants.

Pas question pourtant d'engager la conversation : l'idée même de sortir avec un policier lui faisait froid dans le dos. Et, de toute façon, cette fille était beaucoup trop proche de Boyd… Détournant les yeux, il entreprit donc de fixer le mur qui lui faisait face, réfléchissant aux investissements qu'il projetait de réaliser dans son nouveau club.

Déçue, la secrétaire retourna à son travail. Ce n'était pourtant pas tous les jours qu'elle avait l'occasion de croiser un homme aussi séduisant…

Blackhawk était grand et bien bâti et possédait un visage fascinant. Ses cheveux étaient noirs et épais et ses pommettes hautes révélaient le sang indien qui coulait dans ses veines. Ses yeux noirs à l'expression indéchiffrable accentuaient encore son charme. La veste de couturier et les chaussures qu'il portait laissaient supposer un compte en banque bien rempli. C'était plus qu'il n'en fallait pour rendre un homme irrésistible à ses yeux. Pourtant quelque chose lui disait que Jonah n'était pas une personne facile à aborder : depuis qu'il s'était installé là pour attendre que le commissaire le fasse entrer, il n'avait pas bougé un muscle, ne trahissant aucune émotion. On aurait dit une superbe statue posée là par erreur…

Comme elle rassemblait son courage pour lui adresser la parole, le téléphone retentit sur son bureau. Elle sursauta, décrocha et écouta quelques instants avant de reposer le combiné.

— Monsieur Blackhawk, le commissaire Fletcher est prêt à vous recevoir…

D'un geste gracieux, presque félin, Jonah se leva, lui décochant un sourire qui la fit fondre :

— Merci beaucoup, mademoiselle.

Le cœur battant, elle le précéda jusqu'à la porte de Boyd qu'elle lui ouvrit, se sentant soudain aussi gauche qu'une collégienne à son premier rendez-vous amoureux. Lorsqu'il eut disparu à l'intérieur, elle poussa un profond soupir, secoua la tête, et retourna à son travail, songeant qu'elle venait peut-être de laisser échapper l'homme de sa vie.

— Jonah ! s'exclama Boyd en se levant de son fauteuil pour venir à sa rencontre.

Les deux hommes se serrèrent chaleureusement la main et Boyd frappa affectueusement l'épaule de Blackhawk.

— Merci d'être venu.

— Il n'y a pas de quoi. Je ne pouvais pas refuser l'invitation d'un commissaire divisionnaire…

La première fois qu'ils s'étaient rencontrés, Boyd était encore un jeune lieutenant prometteur aux cheveux blonds, travaillant dans un bureau minuscule et encombré. Aujourd'hui, il se tenait dans un magnifique cabinet qui dominait la ville de Denver et ses cheveux avaient pris une couleur argentée.

Pourtant, ses yeux verts avaient toujours le même éclat, trahissant la détermination sans faille et l'intelligence aiguë qui l'habitaient.

— Un café ? suggéra Boyd.

— Avec plaisir.

— Assieds-toi, lui conseilla le commissaire avant d'aller leur préparer deux tasses.

Il avait apporté sa propre machine à café pour ne pas avoir à supporter la boisson atroce qu'on trouvait dans tous les commissariats. Un breuvage qu'il avait dû absorber pendant de longues années et dans lequel il s'était bien juré de ne plus jamais tremper les lèvres jusqu'à la fin de sa vie.

— Je suis désolé de t'avoir fait attendre, s'excusa-t-il. Mais j'avais un appel urgent. Ces politiciens, je crois que je ne pourrai jamais les supporter… Et ne t'avise pas de dire que j'en suis devenu un moi-même, ajouta-t-il en voyant un sourire ironique se peindre sur les lèvres de Jonah.

— Je n'aurais jamais osé dire une telle chose, répondit celui-ci avant d'avaler une longue gorgée de café. En tout cas, pas devant vous…

— Tu as toujours été un malin, déclara Boyd en s'asseyant en face de Jonah.

Il contempla longuement son bureau avant de secouer la tête :

— Je n'avais jamais pensé finir ma carrière de cette façon…

— La rue vous manque ?

— Tous les jours, répondit Boyd. Mais d'un autre côté, j'avais probablement fait le tour de ce qu'il y avait à voir. Et je me plais à croire que je suis plus utile ici désormais. Comment marchent tes affaires ?

— Plutôt bien… Ma nouvelle boîte de nuit attire une clientèle très respectable. Des gens fortunés qui viennent de plus en plus loin pour s'asseoir à nos tables. D'ailleurs, nous avons sérieusement augmenté la qualité de nos prestations et donc nos prix…

— Moi qui pensais y emmener Cilla un de ces jours…

— Ne vous en faites pas, si vous venez, vous serez mes invités…

— Nous verrons cela. En attendant, voici la raison pour

laquelle je t'ai fait venir, Jonah. J'ai un problème que tu pourrais peut-être m'aider à résoudre.

— Je vous écoute.

— Au cours des derniers mois, nous avons constaté une vague de cambriolages. Il s'agit surtout de liquide et de produits faciles à écouler : chaînes hi-fi, postes de télévision, bijoux…

— Est-ce que tous les vols ont eu lieu dans le même quartier ? demanda Jonah ne sachant pas où Boyd voulait en venir.

— Pas du tout. Ils ont lieu aussi bien dans des appartements en centre-ville que dans des maisons en banlieue. Mais le scénario est toujours le même et nous sommes arrivés à la conclusion que les responsables étaient des professionnels rodés à ce genre de pratiques. Ils ont frappé six fois au cours des huit dernières semaines et toujours sans commettre la moindre erreur.

— Je ne vois pas très bien en quoi cela me concerne, dit Jonah. Même du temps où j'ai commis quelques bêtises, je n'ai jamais touché au cambriolage. C'est en tout cas ce qui est écrit sur mon casier judiciaire que vous connaissez par cœur, ajouta-t-il avec un sourire ambigu.

— Exact, reconnut Boyd en souriant à son tour. Nous ne t'avons jamais coincé pour cela. Mais la question n'est pas là : les victimes n'ont qu'une chose en commun. Ils étaient tous dans un bar le soir des cambriolages.

Brusquement, Jonah redevint sérieux et une lueur dangereuse passa dans ses yeux noirs.

— S'agissait-il de l'un des miens ?

— Dans cinq cas sur six.

Jonah porta sa tasse de café à ses lèvres, prenant le temps de réfléchir à ce que Boyd venait de lui confier. Lorsqu'il parla enfin, le ton de sa voix, calme, presque détendu, contrastait avec l'expression glaciale de son regard.

— Est-ce que vous pensez que j'ai quelque chose à voir avec tout ça ?

— Honnêtement, cela ne m'a même pas traversé l'esprit. Je te connais depuis des années et je sais pertinemment que, même si tu as commis des erreurs autrefois, cette période de ta vie est révolue.

Jonah hocha la tête, réconforté par cette déclaration. Il y avait peu de gens dont l'opinion lui importait mais Boyd en faisait partie. Et il se sentait rasséréné par la confiance que le policier avait fini par placer en lui après ses années de lutte pour s'en sortir.

— Vous pensez donc que quelqu'un se sert de mon club pour repérer des victimes potentielles, conclut-il. Cette idée ne me plaît pas du tout.

— C'est le contraire qui m'aurait étonné.

— Et de quel établissement s'agit-il ?

— Du Blackhawk.

— C'est logique : la clientèle est généralement assez riche. Rien à voir avec celle du Fast Break, mon cercle de jeu… Mais cela ne me dit pas ce que vous attendez de moi exactement…

— J'aimerais que tu coopères avec mes services et notamment avec l'inspecteur chargé du dossier.

Jonah poussa un juron et passa nerveusement une main dans ses cheveux.

— Vous voulez que je collabore avec des flics ? Je connais leurs méthodes, Boyd. Si vous les lâchez chez moi, je n'aurai bientôt plus un seul client.

— Ils sont pourtant déjà venus enquêter, objecta Boyd, un sourire amusé aux lèvres.

— Sûrement pas pendant que j'étais là, répliqua Jonah. Je les repère à des kilomètres…

— Ils sont venus de jour, en effet, et tu n'étais pas là, précisa Fletcher. Moi, j'ai toujours préféré les rondes de nuit : généralement, elles sont beaucoup plus instructives. T'ai-je déjà dit que c'était au cours de l'une d'elles que j'ai rencontré ma femme Cilla ?

— Vous me l'avez raconté au moins une centaine de fois, répliqua Jonah, devinant que l'autre essayait de l'amadouer.

— Eh bien, je vois que tu es toujours aussi direct ! Mais c'est quelque chose que j'ai toujours apprécié chez toi.

— Vraiment ? Je me rappelle pourtant qu'une fois vous m'avez menacé de m'agrafer les lèvres…

— Quelle mémoire ! Elle te sera utile lorsqu'il s'agira de repérer nos suspects. Si tu acceptes de travailler avec nous, évidemment…

Jonah soupira : il ne pouvait rien refuser à Boyd. Certainement pas après tout ce que ce dernier avait fait pour lui dans le passé… Pourtant, cette décision lui coûtait plus que tout.

— Je vous aiderai, promit-il. Dans la mesure de mes moyens, en tout cas.

A cet instant, le téléphone qui se trouvait sur le bureau de Boyd sonna.

— Ce doit être l'inspecteur dont je t'ai parlé, expliqua-t-il avant de décrocher. Oui, Paula ? dit-il à l'intention de sa secrétaire. Très bien, faites-la entrer…

Il raccrocha et se tourna de nouveau vers Jonah :

— Malgré sa jeunesse, j'ai une entière confiance en cet inspecteur.

— Ne me dites pas qu'en plus, je vais devoir faire équipe

avec un bleu, soupira Jonah qui commençait déjà à regretter d'avoir accepté la proposition de Boyd.

Ce dernier sourit mais, avant qu'il ait eu le temps de répondre, la porte s'ouvrit sur une ravissante femme blonde. Le visage impassible, luttant pour ne rien laisser deviner de sa surprise, Jonah la regarda entrer. Elle était grande, avec des cheveux mi-longs coiffés à la diable et des yeux dorés qui évoquaient la couleur du whisky. Et, surtout, elle possédait la plus admirable paire de jambes qu'il ait jamais contemplée.

Mais il était suffisamment psychologue pour ne pas se fier à ces considérations esthétiques : dans le regard de la jeune femme, il discerna un mélange étonnant de calme et de volonté farouche. Cette impression contrastait nettement avec la féminité et la sensualité qui se dégageaient d'elle, la rendant plus attirante encore.

Réalisant le tour que prenaient ses pensées, Jonah s'en fit le reproche intérieurement : il devait se souvenir qu'elle était avant tout un policier et qu'à ce titre, elle appartenait à une espèce dont il valait mieux se méfier.

— Commissaire, dit-elle en faisant un signe de tête à l'intention de Boyd.

— Tu es pile à l'heure, constata ce dernier. Jonah, je te présente…

— … Allison Fletcher, compléta ce dernier à la grande surprise des deux autres. Ce n'est pas très difficile à deviner, ajouta-t-il en haussant les épaules. Vous avez le visage de votre père et les yeux de votre mère…

— Vous êtes perspicace, monsieur Blackhawk, remarqua Allison en lui tendant la main.

Elle-même avait immédiatement reconnu l'ami de son père qu'elle avait vu des années plus tôt, lorsqu'il était encore au lycée. Son père l'avait emmenée à un match de base-ball auquel Jonah participait et elle avait été impressionnée par la maestria et l'énergie qu'il déployait sur le terrain.

Mais elle avait également lu son dossier et savait qu'il avait un passé plus que douteux. Bien sûr, les délits pour lesquels il avait été inculpé remontaient à des années mais elle ne croyait pas vraiment en la réhabilitation.

D'expérience, elle avait appris que certaines personnes naissaient honnêtes tandis que d'autres seraient toujours des criminels. Très peu nombreux étaient ceux qui passaient d'un groupe à l'autre. D'ailleurs, il suffisait de considérer la proportion de récidivistes pour s'en rendre compte…

Pourtant, elle se força momentanément à suspendre sa méfiance instinctive, songeant qu'ils auraient besoin de toute la coopération de Jonah pour venir à bout de cette enquête. Et son père semblait persuadé que l'on pouvait se fier à lui pour cela…

— Tu veux un café, Ally ? suggéra Boyd.

— Non merci, répondit-elle en prenant place sur la chaise voisine de celle de Blackhawk.

— Bien… Jonah a accepté de nous venir en aide, expliqua Boyd. Je lui ai parlé des cambriolages mais tu es plus au fait des détails.

— Eh bien, il y a eu six vols au cours de ces huit dernières semaines. La valeur cumulée des marchandises s'élève déjà à huit cent mille dollars. La plupart du temps, il s'agit de petits objets, principalement des bijoux. Dans un cas, pourtant, la Porsche de la victime a été volée. Trois des maisons visitées étaient munies de systèmes d'alarme perfectionnés qui ont été désactivés. Les portes n'ont jamais été forcées et, chaque fois, la résidence était vide au moment des faits.

— Vous avez donc affaire à un professionnel, conclut

Jonah. Quelqu'un qui est capable de crocheter une serrure, de désactiver un système d'alarme, de démarrer une Porsche et surtout qui a les contacts nécessaires pour écouler la marchandise volée…

— Justement… A notre grande surprise, aucun des objets dérobés n'a été retrouvé dans les filières classiques des receleurs que nous connaissons. Il est possible qu'ils les écoulent dans d'autres villes et nous effectuons des recherches dans ce sens. Mais, comme je vous l'ai dit, la plupart des objets sont assez difficiles à repérer et cette piste paraît plus qu'aléatoire. Par contre, nous savons que c'est dans votre club que les victimes ont été repérées… Nous savons d'autre part que certains de vos employés ont un passé douteux.

Jonah lui jeta un regard glacial.

— William Sloane organisait des paris clandestins mais c'était il y a longtemps. Quant à Frannie Cummings, elle faisait le trottoir. Ni l'un ni l'autre ne sont des cambrioleurs. D'ailleurs, ils sont parfaitement en règle avec la loi, à présent. Je crois à la réhabilitation, inspecteur Fletcher.

— Je comprends, concéda la jeune femme. Mais vous devez admettre que nous ne faisons que notre travail : s'ils sont innocents, ils n'auront pas de problèmes mais nous devons nous en assurer. D'autant plus que la seule chose que nous savons au sujet des coupables, pour le moment, c'est qu'ils fréquentent régulièrement votre club.

— Je connais les gens qui travaillent pour moi, protesta Jonah avant de se tourner vers Boyd. Bon sang, tout ceci devient parfaitement ridicule…

— Jonah, comme l'a dit Ally, nous ne faisons que notre travail : nous devons explorer toutes les pistes.

— Peut-être, mais je refuse que vous harceliez mon

personnel parce que certains d'entre eux ont commis quelques erreurs, il y a des années.

— Personne ne les harcèlera, répondit Ally. Si tel était le cas, vous ne seriez pas là : nous n'avons pas besoin de votre autorisation pour questionner des suspects.

— Des suspects ? répéta Jonah, furieux.

— Que vous le vouliez ou non, c'est ce qu'ils sont. Tout comme vous ou toute personne fréquentant le club, par la même occasion. D'ailleurs, si vous êtes tellement convaincu de leur innocence, pourquoi vous inquiéter ?

— Calmez-vous, tous les deux, intervint Boyd qui sentait croître à chaque seconde la tension entre sa fille et son ami. Jonah, je comprends que cette situation soit très déplaisante pour toi et crois bien que j'apprécie ta coopération à sa juste valeur. Mais, quels qu'ils soient, les cambrioleurs se servent de toi et de ton club et nous devons tout faire pour que cela cesse.

— Je suis d'accord mais je ne veux pas que vous fassiez passer un interrogatoire en règle à mes employés. Je connais vos méthodes…

— Pas si bien que cela, apparemment, ironisa Ally en se demandant pourquoi Jonah protégeait autant ses employés.

Etait-ce par simple amitié ? Ou bien avait-il une liaison avec l'ancienne prostituée ? C'était l'une des choses qu'il lui faudrait découvrir.

— Nous ne voulons pas prendre le risque d'alerter les coupables, reprit-elle. S'ils savent que nous interrogeons le personnel, ils changeront de club et nous serons de retour à la case départ. Il nous faut donc avoir un policier en civil sur les lieux pour déterminer qui repère les victimes potentielles…

— Vous ?

— Oui, moi. Vous n'aurez qu'à dire que vous m'avez engagée comme serveuse. Je peux commencer dès ce soir, si vous êtes d'accord…

— Vous voulez que votre fille serve dans mon club ? s'exclama Jonah en se tournant vers Boyd qui souriait maintenant d'un air narquois.

— Le commissaire veut qu'un inspecteur enquête sous couverture et c'est moi qui suis chargée de l'enquête.

— Attendez une minute, l'interrompit Jonah. Je me fiche de vos raisons : j'ai juste promis à votre père de l'aider. C'est vraiment ce que vous voulez que je fasse ?

— Oui, acquiesça Boyd.

— Très bien. Dans ce cas, vous pouvez commencer dès ce soir, conclut Jonah. Soyez à 5 heures au Blackhawk : nous passerons en revue les détails de votre nouvel emploi.

— Je te revaudrai ça, promit Boyd.

— Vous ne me devez rien du tout, répondit son ami en haussant les épaules.

Se levant, il se dirigea vers la porte, s'arrêtant juste un instant pour se tourner vers Ally :

— Au fait, les serveuses du Blackhawk sont toutes habillées en noir. Chemisier ou sweat-shirt noir et jupe noire de rigueur. Courte de préférence, ajouta-t-il avant de quitter la pièce.

Ally poussa un profond soupir et se détendit quelque peu.

— Ton ami ne me plaît pas du tout, papa, déclara-t-elle posément.

— Ne t'en fais pas : il a des manières un peu rudes mais

tu ne tarderas pas à découvrir qu'au fond, c'est un type bien. Je crois même que vous devriez vous entendre, tous les deux…

— J'en doute : j'ai rarement rencontré quelqu'un d'aussi désagréable. Est-ce que tu as vraiment confiance en lui ?

— Autant que j'ai confiance en toi, répondit Boyd avec une ambiguïté qui n'échappa pas à la jeune femme.

— Tout ce que je sais, c'est que l'auteur des cambriolages doit être intelligent, audacieux et avoir un certain nombre de contacts dans le milieu. Et ce Blackhawk présente ces trois caractéristiques. Rien ne dit que tu ne te trompes pas du tout au tout sur son compte.

— Si tu ne me crois pas, fie-toi à l'intuition de ta mère : elle apprécie beaucoup Jonah.

— Mouais, soupira Ally à demi convaincue. Quoi qu'il en soit, je placerai tout de même quelques hommes en civil parmi les consommateurs. Au cas où…

— Fais comme tu l'estimes nécessaire : l'important pour moi est que tu résolves cette affaire. L'une des personnes cambriolées est un ami du maire et ce dernier insiste pour que nous coincions le responsable dans les plus brefs délais.

— Eh bien… Cela fait cinq jours que les cambrioleurs ne sont pas passés à l'action. Si l'on considère le succès de leurs entreprises précédentes, je doute qu'ils s'en tiennent à de si beaux débuts. Ils récidiveront donc probablement bientôt…

Se levant, elle alla se verser une tasse de café.

— Pourtant, reprit-elle, rien ne dit qu'ils choisiront le club de Blackhawk une fois encore. Et nous ne pouvons pas couvrir tous les bars de la ville…

— C'est juste. Et c'est pour cela que tu dois te concentrer sur celui de Jonah. Si cela ne donne rien, nous aviserons.

L'important, c'est d'explorer méthodiquement chaque piste avant de passer à la suivante.

— Je sais. Je l'ai appris à bonne école… En attendant, je vais repasser chez moi pour me trouver une jupe noire.

— Pas trop courte, tout de même, dit Boyd tandis qu'elle se dirigeait à son tour vers la sortie.

Il était 4 h 10 lorsque Ally arriva enfin chez elle. Elle avait dû passer une demi-heure à expliquer leur rôle aux hommes qui seraient chargés de la surveillance du Blackhawk, ce qui l'avait retardée. Pourtant, elle était bien décidée à se trouver au club à 5 heures précises. Quelque chose lui disait que Jonah ne manquerait pas une seule occasion de lui faire des reproches.

Dès le premier regard qu'il lui avait jeté, elle avait compris qu'il appartenait à cette espèce de personnes qui détestaient la police. Il y en avait beaucoup. Il s'agissait généralement de gens qui avaient quelque chose à se reprocher mais tel n'était pas toujours le cas. Certaines étaient simplement allergiques à l'uniforme et à l'autorité. Et Jonah en faisait clairement partie.

Elle devrait donc marcher sur des œufs pour ne pas perdre son soutien: il était une pièce maîtresse de l'enquête et, s'il décidait brusquement de révéler sa véritable identité à son personnel, tout serait à recommencer…

Gagnant sa chambre, Ally se débarrassa de son arme et de ses vêtements et ouvrit son armoire à la recherche d'une tenue appropriée. Elle écarta ses nombreux jeans, les robes que ses parents lui avaient offertes, les T-shirts, les survêtements et constata sans surprise qu'elle n'avait guère le choix. Le seul article correspondant aux exigences de Jonah était une minijupe qu'elle avait achetée des années plus tôt, lorsqu'il lui arrivait encore de sortir en boîte de nuit.

Comme cette époque lui semblait loin à présent… Au cours de ces derniers mois, elle avait travaillé d'arrache-pied, bien décidée à décrocher la plaque d'inspecteur dont elle avait toujours rêvé. Très jeune, elle avait décidé qu'elle serait policier. Et cette vocation, loin de s'amenuiser avec les années, s'était au contraire renforcée. Elle était entrée à l'académie après les études à la faculté que ses parents lui avaient expressément recommandé de terminer.

S'il n'avait tenu qu'à elle, elle serait directement entrée dans les rangs des forces de l'ordre mais elle avait cédé à leurs exigences. Et, à terme, cela s'était révélé plus que payant : grâce à son niveau universitaire, elle avait décroché un poste d'inspecteur avant la plupart de ses camarades de promotion, sans même que son père ait à intervenir en sa faveur.

D'ailleurs, cela n'avait rien de surprenant : elle était un bon flic et le savait parfaitement. Elle avait même réussi à s'imposer comme l'égale de ses collègues masculins dans un milieu qui restait très sexiste, malgré les progrès d'intégration de ces dernières années. Elle ne rechignait jamais à la tâche, ne refusait aucune enquête et n'hésitait pas à prendre des risques lorsque c'était nécessaire.

Bien sûr, cela n'avait guère facilité les choses sur le plan de sa vie personnelle mais elle s'en souciait peu, trop passionnée par son métier pour regretter un temps libre dont elle n'aurait su que faire de toute façon.

Constatant avec satisfaction que sa jupe lui allait encore parfaitement, la jeune femme enfila des collants et un chemisier noir et jeta un coup d'œil critique dans la glace. Sa tenue mettait un peu trop en valeur ses jambes à son goût mais elle conviendrait sans doute pour son nouvel emploi.

Qui sait ? Cela lui permettrait peut-être de déstabiliser Blackhawk ? L'homme était beaucoup trop froid et contrôlé à son goût, ce qui le rendrait certainement très difficile à manipuler. Or elle avait besoin de toute sa coopération pour mener à bien la mission que son père lui avait confiée.

Ce dernier lui avait beaucoup parlé de Jonah : apparemment, dès l'enfance, il avait démontré d'impressionnants talents de pickpocket qui, combinés à une vivacité étonnante, faisaient de lui un voleur redoutable. Mais il avait trop d'ambition pour se cantonner à une telle activité : très vite, il avait investi ses économies pour développer un réseau de paris clandestins. A douze ans, il dirigeait une véritable petite entreprise de jeu illégal…

Apparemment, ses aptitudes de gestionnaire s'étaient développées une fois qu'il avait eu renoncé à ses activités illégales : partant de rien, il avait fondé deux clubs qui prospéraient, attirant une clientèle de plus en plus importante. Elle-même connaissait le Fast Break où elle s'était rendue à plusieurs reprises en compagnie de collègues. Elle appréciait la qualité de son service et de ses Margaritas ainsi que le nombre impressionnant de flippers mis à la disposition des consommateurs.

Elle ne connaissait pourtant pas le Blackhawk dont elle savait qu'il était destiné à une clientèle plus huppée. Mais le club était lui aussi très fréquenté, ce qui tendait à démontrer que Jonah avait su s'adapter aux exigences de ce nouveau milieu.

Il n'avait pourtant pas voulu rompre avec ses racines, engageant des personnes qu'il avait dû rencontrer autrefois. Et il paraissait très attaché à elles, comme l'avait prouvé la vivacité avec laquelle il avait réagi à ses insinuations…

*
* *

Gagnant sa salle de bains, la jeune femme brossa énergiquement ses cheveux, puis elle se maquilla, songeant qu'une serveuse séduisante devait empocher de plus gros pourboires. Et c'était bien ce qu'elle était censée attendre de son nouvel emploi. Elle ajouta à sa tenue quelques bijoux sans grande valeur et se contempla dans la glace, satisfaite de découvrir sa nouvelle apparence.

Seule ombre au tableau : ses vêtements ne lui permettraient pas de dissimuler son pistolet. Elle le glissa donc dans son sac à main avant de revêtir une veste de cuir qui compléterait son déguisement. Jetant un coup d'œil à sa montre, elle réalisa qu'il était déjà 4 h 20. Cela lui laissait juste le temps d'arriver à l'heure au Blackhawk si la circulation n'était pas trop dense.

Mais lorsqu'elle ouvrit sa porte, elle se trouva nez à nez avec Dennis Overton, son ex petit ami, qui s'apprêtait tout juste à sonner, une bouteille de vin blanc à la main.

— Dennis ? Qu'est-ce que tu fais là ? demanda-t-elle en s'efforçant de maîtriser la pointe d'agacement qui perçait dans sa voix.

— Je passais dans le quartier et je me suis dit que nous pourrions prendre un verre, toi et moi…

— J'allais justement sortir.

— Dans ce cas, je t'accompagne, déclara Dennis au désespoir de la jeune femme.

Elle ne tenait pas à le blesser, sachant qu'il avait beaucoup de mal à se remettre de leur rupture survenue deux mois auparavant. Mais il ne cessait de la harceler, l'appelant à toute heure, lui envoyant des lettres ou des bouquets de fleurs, s'arrangeant pour tomber sur elle « par hasard » au détour d'une rue ou d'un rayon de supermarché.

— Nous en avons déjà discuté, objecta-t-elle calmement. Je ne crois pas que ce soit une bonne chose…

— Voyons, Ally, cela n'engage à rien. Tu me manques beaucoup, tu sais…

Il avait de nouveau dans les yeux cette lueur triste qui l'avait si souvent fait céder, autrefois. Mais elle savait à présent que son regard pouvait également trahir une jalousie féroce, une colère, une haine, même, qui le rendaient tout bonnement impossible à vivre. Plus d'une fois, elle lui avait pardonné ses scènes aussi déplacées qu'injustifiées mais il avait fini par lasser sa patience.

Comment aurait-elle pu supporter ses incessantes sautes d'humeur qui frisaient la névrose ? Et quel respect pouvait-elle avoir pour un homme qui ne lui en témoignait aucun, n'hésitant pas à la persécuter des mois après la fin de leur malheureuse liaison ?

— Je suis désolée, Dennis, insista-t-elle en contrôlant sa colère grandissante. Je suis très pressée.

— Mais cela ne prendra que cinq minutes, plaida-t-il en lui barrant la route. Juste un verre en souvenir du bon vieux temps…

— Je n'ai pas cinq minutes à t'accorder, répliqua-t-elle.

Le sourire pitoyable de Dennis disparut instantanément tandis qu'une étincelle de rage passait dans ses yeux.

— C'est bien cela, le problème, déclara-t-il, menaçant. Tu n'as jamais eu cinq minutes à me consacrer ! Nous faisions toujours ce que tu voulais quand tu le voulais. Tu ne tenais aucun compte de mes envies…

— Eh bien, dans ce cas, tu dois être heureux d'être enfin

débarrassé de moi, rétorqua-t-elle sans se laisser impressionner.

— Je suppose que tu vas retrouver un autre homme, n'est-ce pas ? Ce serait bien ton genre…

— Même si c'était le cas, je ne vois pas en quoi cela te concernerait, s'exclama Ally, excédée. Tu n'as pas à savoir ce que je fais, ni avec qui je sors ! Combien de fois devrai-je te le répéter ? J'en ai assez de te voir surgir à l'improviste chaque fois que cela te chante ! Fiche le camp et oublie-moi une bonne fois pour toutes !

— Je veux te parler, insista-t-il en lui prenant le bras.

Elle se dégagea vivement, réalisant que Dennis avait complètement perdu le contrôle de lui-même : il tremblait de rage, prêt à la frapper.

— Ecarte-toi de mon chemin, ordonna-t-elle de cette voix très basse qu'elle utilisait lorsqu'elle avait affaire à des délinquants.

— Ou sinon ? Tu vas me tirer dessus ? Me mettre en état d'arrestation ? Ou appeler ton père pour qu'il me fasse enfermer ?

— Je ne le redirai pas, Dennis : écarte-toi ou tu risques de le regretter.

Une fois de plus, l'attitude de Dennis changea du tout au tout.

— Je suis désolé, Ally, la supplia-t-il, les yeux humides et la bouche tremblante. Je suis juste déprimé de te voir aussi rayonnante alors que je suis au bout du rouleau. Donne-moi une nouvelle chance. Juste une. Cette fois, cela marchera, je te le promets.

— Ecoute, Dennis, déclara la jeune femme sans se laisser impressionner par son désespoir apparent. Cela n'a jamais marché entre nous. Alors rentre chez toi et essaie de te convaincre que tout est bien fini.

Sans attendre sa réponse, Ally s'éloigna à grands pas, pestant intérieurement contre ce fâcheux contretemps.

2.

Il était déjà 5 h 15 lorsque Ally arriva au Blackhawk. Le club ne se trouvait qu'à quelques pâtés de maisons de chez elle et elle avait finalement décidé de venir à pied, pensant qu'elle gagnerait ainsi du temps. Cela s'était révélé être une erreur : la distance était bien plus grande qu'il n'y paraissait et les chaussures à talons qu'elle portait n'avaient pas facilité les choses.

Elle pénétra dans l'établissement, observant attentivement la disposition des lieux. Un bar gigantesque occupait le mur du fond, s'incurvant en demi-cercle pour offrir plus de place aux consommateurs qui étaient installés sur de hautes chaises chromées aux confortables coussins de cuir.

Derrière une impressionnante rangée de bouteilles, on avait placé un grand miroir qui reflétait toute la salle. Celle-ci était décorée avec sobriété et élégance, meublée de profonds fauteuils club qui entouraient de petites tables de bois sombre. Il se dégageait de l'ensemble une impression de confort et de discrétion que paraissaient apprécier les clients nombreux en ce début de soirée.

Il s'agissait pour la plupart de cadres des grandes entreprises voisines. Certains discutaient affaires tandis que d'autres se détendaient après leur journée de travail, se laissant bercer par les airs de jazz qui passaient en sourdine pour ne pas gêner les conversations. Deux serveuses s'activaient autour des tables et Ally remarqua avec une pointe de colère que toutes deux, si elles étaient bien vêtues de noir, portaient des pantalons.

Le barman, un homme assez jeune et plutôt beau garçon, discutait avec un trio de jeunes femmes assises devant lui. Nulle part, cependant, elle ne vit Frannie Cummings. Elle allait devoir questionner Blackhawk sur les horaires de ses employés.

— Vous avez l'air un peu perdue, dit une voix sur sa droite.

Se retournant, Ally se retrouva face à William Sloane. Elle avait vu une photographie de lui dans son dossier mais elle eut du mal à le reconnaître : le voyou mal rasé était devenu un homme élégant et distingué. Il portait un costume trois-pièces gris souris qui lui donnait une apparence de parfaite respectabilité et arborait un sourire affable.

— Je m'appelle Allison, expliqua-t-elle, feignant une pointe de nervosité. Je devais retrouver M. Blackhawk à 5 heures mais j'ai peur d'être un peu en retard…

— Ce n'est pas grave, répondit-il gentiment en lui tendant la main. Je me nomme Will Sloane. Jonah m'a parlé de vous : il m'a demandé de vous conduire dans son bureau. Si vous voulez bien me suivre…

Ally lui emboîta le pas tandis qu'il se dirigeait vers l'escalier menant au premier étage. Tandis qu'ils traversaient la pièce, la jeune femme remarqua qu'au milieu de chaque table étaient incrustés des motifs abstraits ciselés en métal argenté légèrement terni. Des lumières tamisées dispensaient dans la boîte une lumière agréable qui évoquait celle des bougies.

Des fils métalliques couraient sur les murs formant des

arabesques qui scintillaient doucement. Par endroits étaient disposés des sculptures taillées dans le même bois que les tables ainsi que des tableaux abstraits qui jetaient quelques touches colorées sur la surface uniformément noire. L'ensemble formait un étrange mélange d'art déco et contemporain.

— C'est un endroit superbe, dit-elle d'un ton admiratif.

— Jonah voulait que ce soit le plus beau club de la ville, expliqua Will. Il a engagé les architectes et les décorateurs les plus renommés de l'Etat et leur a laissé carte blanche. Ensuite, il a choisi le projet qu'il préférait. Rien n'a été laissé au hasard… Avez-vous déjà travaillé dans une boîte de nuit ?

— Dans aucune qui ressemble à celle-ci en tout cas, répondit-elle évasivement.

Parvenus en haut de l'escalier, ils se trouvèrent face à une porte dépourvue de poignée. Will pianota brièvement sur le digicode qui se trouvait à sa droite et le panneau coulissa, révélant un couloir décoré dans le même esprit que la pièce principale.

— Vous êtes nouvelle venue à Denver ? demanda Will en gagnant une porte qui s'ouvrait sur la droite.

— Non, je suis née ici.

— Moi aussi. Je suis un ami d'enfance de Jonah, précisa Will en souriant. On peut dire que nous avons fait un sacré bout de chemin, lui et moi…

Poussant la porte, il s'effaça pour laisser la jeune femme pénétrer dans le repaire de Blackhawk. C'était une pièce immense et confortablement meublée. Un gigantesque canapé était installé face à un écran qui couvrait le mur du fond. On était en pleine retransmission d'un match de base-ball. Le son était coupé et Ally, machinalement, regarda le score : les Yankees et Toronto étaient toujours à égalité à la fin de la première période.

Détournant les yeux, elle avisa les étagères impressionnantes qui couvraient deux des murs. Surprise, elle se dit que si elle s'était attendue à ce que Jonah soit fanatique de sport, elle n'aurait jamais imaginé cependant qu'il fût un lecteur aussi boulimique.

Dans le coin opposé de la pièce se trouvait le bureau de Blackhawk sur lequel trônait un ordinateur dernier cri. Jonah y était installé dans un confortable fauteuil de cuir, discutant avec l'un de ses fournisseurs.

— Je vous rappellerai, dit-il enfin. Mais je tiens à ce que vous me livriez dès demain… Peu importe comment vous vous y prenez : vous vous y êtes engagé.

Raccrochant, il se tourna vers Allison et lui fit signe de s'asseoir.

— Merci de l'avoir amenée, Will.

— Pas de problème, répondit ce dernier en regagnant la porte. A tout à l'heure, Allison…

— Vous êtes en retard, constata Jonah lorsque son ami fut sorti.

— Je suis désolée, j'ai été retenue.

Elle jeta un coup d'œil à l'écran sur lequel défilaient les images filmées par la caméra située derrière le bar, au rez-de-chaussée. Jonah en profita pour admirer les jambes magnifiques de la jeune femme, impressionné une fois de plus par le mélange de féminité et de force qui se dégageait d'elle.

— Est-ce que vous conservez les bandes de surveillance ? demanda-t-elle.

— Elles sont recyclées tous les trois jours.

— J'aimerais beaucoup visionner celles que vous avez encore. Je remarquerai peut-être quelque chose d'intéressant…

— Il vous faudra un mandat pour cela, répondit posément Jonah.

— Je pensais que vous étiez prêt à coopérer, rétorqua la jeune femme en fronçant les sourcils.

— Jusqu'à un certain point... D'ailleurs, j'aimerais connaître la façon dont vous comptez procéder.

— C'est très simple : je me ferai passer pour une serveuse que vous venez d'engager et j'en profiterai pour interroger discrètement le personnel et pour surveiller les allées et venues d'éventuels suspects. La seule chose que vous aurez à faire, c'est de me laisser travailler tranquillement.

— C'est hors de question. Je tiens à être mis au courant de l'avancement de l'enquête. Ce club m'appartient et je veux être informé de ce qui s'y passe exactement. Avez-vous déjà travaillé comme serveuse ?

— Non. Mais cela ne doit pas être bien difficile... Je prends les commandes, je les transmets et je sers. Il n'y a pas besoin d'avoir fait de longues études pour cela.

— J'imagine en effet que c'est ce que pensent la plupart des gens qui n'ont jamais fait ce métier. Mais la réalité est un peu différente. Je crois que vous allez apprendre plus de choses que vous ne l'imaginez, inspecteur. Beth vous enseignera les rudiments du service. En attendant, vous vous occuperez de servir et de desservir les tables.

Allison serra les dents, réalisant qu'il ferait tout pour lui rendre la vie difficile. Mais, connaissant son antipathie pour la police, elle s'y était préparée. D'ailleurs, peu importait la nature exacte des tâches qu'elle effectuerait : l'important pour elle était de mettre la main sur ces cambrioleurs. Ensuite, elle pourrait dire à Jonah tout ce qu'elle pensait de lui.

— Vous travaillerez de 18 heures à 2 heures du matin. Vous avez droit à une pause de quinze minutes toutes les deux heures. Le personnel n'est pas autorisé à boire pendant le service. Si un consommateur se montre trop entreprenant à votre égard, parlez-en à Will ou à moi directement.

— Je peux très bien m'en charger toute seule, protesta Ally.

— C'est hors de question. Ici, vous n'êtes pas un flic mais un membre du personnel. Et c'est à moi de faire respecter l'ordre dans mon propre club.

— Est-ce que ce genre de chose arrive souvent ? s'enquit la jeune femme.

— Non. Ce n'est pas le style de la clientèle… Pourtant il arrive qu'après quelques verres d'alcool les esprits s'échauffent et qu'un type devienne un peu trop insistant. Mais les habitués savent que je suis intraitable à ce sujet et évitent de dépasser les bornes.

Jetant un regard de côté, Jonah observa le batteur des Yankees qui venait de réussir un coup magnifique.

— En ce qui concerne la fréquentation de l'établissement, reprit-il, le club se remplit vers 8 heures pour le dîner. La piste de danse ouvre à 9 heures. Le coup de feu se situe donc entre 9 et 10 lorsque vous devez à la fois vous occuper des simples consommateurs et des derniers dîneurs.

Il se tut un instant et observa attentivement Allison avant de hocher la tête, apparemment satisfait.

— Votre tenue est parfaite, commenta-t-il. Personne ne penserait que vous êtes un flic… Et j'aime beaucoup votre jupe.

— J'aimerais que vous me donniez les horaires de vos employés, demanda Allison sans tenir compte de ce compliment. A moins qu'il ne vous faille un mandat pour cela aussi ?

— Non, je vais les imprimer et je vous les donnerai avant la fin de la soirée. Mais j'aimerais que vous sachiez une chose : c'est moi qui embauche le personnel du club et je ne le fais qu'après avoir acquis la certitude qu'il s'agit de gens honnêtes. Bien sûr, tous ne viennent pas de familles aussi aisées que la vôtre. La plupart sont originaires de milieux défavorisés.

S'emparant d'une télécommande qui se trouvait sur son bureau, Jonah fit pivoter la caméra du bar et le visage du barman apparut sur l'écran.

— Lui, c'est Pete, expliqua Blackhawk. Il a été élevé par ses grands-parents quand sa mère l'a abandonné. Lorsqu'il avait quinze ans, il a été arrêté pour détention de cannabis. Considérant sa situation familiale, le juge a fait acte de clémence et aucune charge n'a été retenue contre lui. Malgré cela, il a été parfaitement honnête avec moi et m'a avoué les faits lors de son entretien d'embauche.

— Comment savez-vous que tous vos employés sont aussi francs ? demanda Ally.

— Parce que les autres ne tardent pas à se couper et, s'il se révèle qu'ils m'ont menti, ils sont renvoyés sans autre forme de procès. Vous voyez cette petite brune, là ? C'est Beth. Son mari était un véritable salaud qui la battait comme plâtre. Elle a trois enfants de seize, douze et dix ans et travaille pour moi depuis cinq ans. Au début, elle arrivait régulièrement avec un œil au beurre noir ou une lèvre fendue. Dieu merci, il y a deux ans, elle s'est enfin décidée à quitter son mari…

— Et il n'a pas cherché à la récupérer ? s'étonna Ally.

— Je lui ai personnellement expliqué ce qu'il lui en coûterait s'il tentait quoi que ce soit contre elle, répondit Blackhawk avec un sourire entendu.

— Je vois, acquiesça Ally que cela ne surprenait guère. Est-ce qu'il s'en est sorti en un seul morceau ?

— Presque… Bon, vous ferez connaissance directement

avec les autres. Vous pouvez laisser votre sac ici, si vous voulez.

— Non, merci…

— Je suppose que vous avez mis votre arme de service dedans. Faites en sorte qu'elle y reste. Il y a une pièce réservée aux employés derrière le bar : vous pourrez y mettre vos affaires. Beth et Frannie ont la clé. Quant au reste de l'établissement, les serveurs n'y ont pas accès. Seuls Will et moi avons les codes.

— Je vois que vous contrôlez parfaitement votre petit monde, commenta Ally.

— C'est une nécessité. Beaucoup d'argent circule dans un club comme le mien et je ne tiens pas à être victime d'une indélicatesse… Quelle sera votre couverture ?

— C'est simple : je cherchais un emploi et vous m'en avez offert un. Disons que je vous ai rencontré au Fast Break…

— Vous vous y connaissez en sport ? demanda-t-il soudain de but en blanc.

— Assez pour penser que chaque minute passée hors d'un terrain est une minute de perdue, répondit-elle en haussant les épaules.

— Dans ce cas, vous êtes la femme de ma vie. Vous êtes pour les Yankees ou pour Toronto ?

— Eh bien… Les Yankees ont d'excellents batteurs cette saison et ils réussissent de superbes strikes. Mais ils ont plus de mal à rattraper les balles de leurs adversaires. Les Jays de Toronto ont des batteurs beaucoup moins réguliers mais ils peuvent jouer brillamment en contre. J'avoue que je préfère leur technique, plus audacieuse : ils n'hésitent pas à prendre des risques et ne se reposent pas sur leurs qualités. J'aime beaucoup ça…

— Seulement dans le sport ou également dans la vie ?

— Le sport EST la vie, Blackhawk.

— Cette fois, je vous épouse, ironisa-t-il en lui ouvrant la porte.

Ils regagnèrent le rez-de-chaussée qui était à présent noir de monde. Le volume de la musique avait été augmenté pour couvrir le bourdonnement accrû des conversations, et de nombreux consommateurs se pressaient autour du bar où Pete s'activait sans relâche. Le club semblait être un lieu très convivial : les gens s'abordaient assez librement, flirtant ou engageant la conversation avec d'autres clients sans que cela paraisse le moins du monde déplacé.

Visiblement, la méfiance n'était pas de mise et Ally comprit combien il avait dû être aisé pour les cambrioleurs de réunir les informations dont ils avaient besoin pour commettre leurs forfaits. Elle-même avait déjà repéré trois portefeuilles négligemment posés sur le comptoir et un attaché-case abandonné dans un coin. Sans compter le nombre de sacs à main suspendus aux dossiers des fauteuils… En fait, des voleurs avisés auraient probablement pu récupérer papiers d'identité et clés de domicile sans prendre le moindre risque.

— Les gens sont tellement inconscients, soupira-t-elle. Ils refusent de croire que quoi que ce soit puisse leur arriver… Regardez ce type près du bar, avec son sourire de présentateur télé et son brushing.

Jonah repéra l'homme qui avait posé devant lui un portefeuille rempli de grosses coupures et de cartes de crédit.

— Je crois qu'il essaie de séduire la rousse, à sa droite. Ou la blonde qui l'accompagne… A mon avis, peu lui importe laquelle. Je pense qu'il finira avec la blonde.

— Comment le savez-vous ?

— Simple question d'expérience. En travaillant dans un bar, vous vous rendrez vite compte que les gens sont terriblement prévisibles, la plupart du temps. Vous voulez parier avec moi ?

— Trop tard, répondit Ally en voyant la blonde changer de siège pour s'installer près de l'homme. Félicitations…

— Ce n'était pas très difficile à deviner, remarqua Jonah en haussant les épaules. D'ailleurs, si vous voulez mon avis, la fille non plus n'est pas difficile…

Reprenant sa progression, Jonah entraîna Ally jusqu'au pupitre où Beth et Will vérifiaient les réservations des clients.

— Salut, patron, fit Beth en se tournant vers eux. Apparemment, nous allons avoir une grosse soirée : deux services au minimum… Et je viens de recevoir une réservation pour le milieu de la semaine. Il s'agit d'un groupe important.

— Voilà qui tombe bien : je viens d'engager quelqu'un pour vous aider : Allison Fletcher, je vous présente Beth Dickerman. Beth, voici, Allison. Elle a besoin d'une formation.

— Ravie de faire ta connaissance, fit Beth en tendant la main à Ally. Et bienvenue à bord !

— Merci.

— Montre-lui tout ce qu'il y a à savoir. En attendant qu'elle soit au point, elle s'occupera de servir et de desservir.

— D'accord, dit-elle en entraînant Ally en direction du bar. Viens avec moi, je vais te présenter tout le monde… As-tu déjà servi dans un restaurant ?

— Non, jamais.

— Ce n'est pas grave : tu apprendras vite. Voici Frannie : c'est elle qui est responsable du bar. Frannie, je te présente Allison. Jonah vient de l'engager pour nous donner un coup de main.

— Salut, fit Frannie qui agitait un shaker d'une main tout en servant une rangée de verres de whisky de l'autre.

— Ce beau gosse derrière elle, c'est Pete.

Pete adressa à Ally un signe de tête amical.

— Et ne t'avise pas de flirter avec lui, conseilla Beth. Pete est ma propriété exclusive. N'est-ce pas, mon beau ?

— Ne t'en fais pas, ma jolie, tu es celle qu'il me faut…

Eclatant de rire, Beth contourna le bar pour pousser la porte qui menait au bureau réservé au personnel.

— Je plaisante, expliqua-t-elle à Ally. Pete a une femme merveilleuse. Ils vont bientôt avoir un bébé. Mais j'adore le taquiner… Salut, Jan, ajouta-t-elle à l'intention de la jeune femme qui se trouvait dans le bureau.

— Salut, Beth, répondit celle-ci.

Jan était une superbe brune à la silhouette voluptueuse qu'elle savait mettre en valeur : la minijupe qu'elle portait était encore plus courte que celle d'Ally, dévoilant une superbe paire de jambes. Son T-shirt était suffisamment moulant pour révéler de façon plus qu'explicite sa généreuse poitrine. Elle devait avoir une vingtaine d'années et arborait plusieurs piercings provocants.

— Ally est nouvelle.

— Ah ouais ? fit Jan avec un sourire de bienvenue qui contrastait avec son regard inquisiteur.

C'était l'expression caractéristique d'une femme mesurant les charmes d'une éventuelle rivale, et Ally se fendit de son sourire le plus naïf pour désamorcer toute compétition.

— Jan travaille au bar, expliqua Beth, mais elle nous aide aussi en salle lorsque la cadence devient trop infernale.

— Apparemment, ce sera le cas, ce soir, remarqua Jan tandis qu'un concert d'éclats de rire leur parvenait de l'autre côté de la porte. Bon, je ferais mieux d'y aller. Bienvenue parmi nous, Ally. Et bonne chance pour cette première soirée.

— Merci, répondit la jeune femme avant de se retourner vers Beth. Tout le monde a l'air si sympathique, remarqua-t-elle, impressionnée par la cordialité qui semblait régner en ce lieu.

— C'est parce que Jonah veille à ce que nous formions une famille unie. C'est un bon patron : il a toujours un mot gentil pour chacun et sait reconnaître le travail bien fait. En plus, il n'hésite jamais à venir en aide à ses employés dans le besoin.

— Tu travailles pour lui depuis longtemps ?

— Cela doit faire six ans… Avant, je servais au Fast Break, son autre club. Lorsqu'il a ouvert ici, il m'a demandé si je voulais le suivre parce que c'était plus près de chez moi. Tiens, tu n'as qu'à utiliser ce casier : il suffit d'appuyer deux fois sur le zéro pour introduire une nouvelle combinaison. Ici, tes affaires seront en sécurité.

— Génial, commenta Ally en plaçant son sac dans la petite armoire.

Elle enfila ensuite le tablier de rigueur et se tourna vers Beth :

— Je crois que je suis prête.

— Tu ne veux pas aller te rafraîchir un peu avant de plonger dans l'enfer ?

— Non, merci. Je suis un peu nerveuse mais ça ira.

— Ne t'en fais pas : tu seras bientôt si occupée que tu n'auras pas le temps de t'inquiéter de quoi que ce soit.

Beth avait vu juste : en quelques minutes, Ally se trouva plongée dans un véritable tourbillon d'activité dont elle émergea vers 10 heures, pour sa pose réglementaire. Elle avait travaillé sans s'arrêter, installant les couverts, plaçant les gens, aidant au bar et absorbant une multitude d'informations et de conseils sur son nouveau métier.

C'était une tâche épuisante et elle avait les pieds dans un triste état : dès le lendemain, se promit-elle, elle opterait pour des chaussures plus confortables que celles qu'elle avait malencontreusement choisies ce soir-là. Sa tête bourdonnait du bruit des conversations et de la musique. Les disques avaient en effet été remplacés par un groupe qui jouait beaucoup plus fort.

Vers 9 heures, comme le lui avait annoncé Jonah, le rythme s'était encore accéléré : les gens mangeaient, buvaient, discutaient, dansaient et les serveuses paraissaient devoir être dotées d'un pouvoir d'ubiquité pour répondre à toutes les commandes.

Exténuée, Ally décida de profiter du quart d'heure de liberté dont elle disposait pour passer en revue les clients. La plupart appartenaient à un milieu très aisé : les robes de couturiers n'étaient pas rares, pas plus que les montres et les bijoux de prix, les sacs de designers, ou les portables dernier cri. Nombreux étaient ceux qui payaient en liquide et un flot de billets passaient de main en main.

Elle avisa alors un couple d'une trentaine d'années qui était installé à une table non loin de l'endroit où elle se trouvait. L'homme lui fit un signe et elle s'approcha.

— Excusez-moi, ma belle, pourriez-vous nous servir une autre tournée de ce délicieux cocktail ?

Reconnaissant les deux inspecteurs en civil chargés de surveiller les lieux, elle se pencha vers l'homme et lui glissa :

— Pourquoi n'irais-tu pas te le servir toi-même, Hickman !

— Tu sais que tu es charmante en serveuse, Ally ? ironisa la femme.

— C'est ça, moquez-vous de moi ! La prochaine fois, c'est moi qui resterai assise à siroter des verres pendant que vous vous farcirez le sale boulot. Vous avez remarqué quoi que ce soit d'inhabituel ?

— Rien du tout, répondit Hickman en prenant la main de sa partenaire. Mais je crois que Carson et moi sommes en train de tomber amoureux.

— Tu prends tes rêves pour des réalités, répliqua Lydia en le pinçant.

— Vous feriez mieux de garder les yeux ouverts au lieu de faire les idiots, intervint Ally. Et j'espère pour vous que ces cocktails sont sans alcool !

— Quelle peau de vache, entendit-elle Hickman murmurer tandis qu'elle s'éloignait.

— Beth, fit Ally, les gens de la table seize veulent deux nouveaux verres.

— Je m'en occupe. Va prendre ta pause, Ally.

Allison hocha la tête et gagna l'office où plusieurs cuisiniers s'agitaient dans une atmosphère envahie de fumée tandis qu'une multitude d'odeurs aussi délicieuses que diverses saturait l'air surchauffé. Du coin de l'œil, Ally vit Frannie s'éclipser par la porte de derrière et, après avoir attendu quelques minutes, elle lui emboîta le pas.

Dehors, il faisait beaucoup plus frais et la jeune femme inspira profondément, rassérénée par le silence qui régnait sur le parking.

— Tu prends ta pause ? demanda Frannie qui tirait sur une cigarette, adossée contre un mur.

— Oui, répondit Ally en feignant d'être surprise. Je ne savais pas que tu étais là…

— J'avais besoin de ma dose de nicotine. Tu en veux une ?

— Non, merci. Je ne fume pas…

— C'est une bonne chose. Moi, je n'arrive pas à arrêter. Et le bureau des employés est non-fumeur… Alors, je viens ici. Comment se passe cette première soirée ?

— J'ai les pieds en sang !

— Oui, ce sont les risques du métier… Dès que tu auras touché ta première paie, je te suggère d'acheter des sels spéciaux pour les bains de pieds. Il y a un truc à l'eucalyptus qui fait des merveilles.

— Merci du conseil, répondit Ally en observant attentivement Frannie.

C'était une femme attirante, même si les rides qui se dessinaient au coin de ses yeux la faisaient paraître plus vieille que ses vingt-huit ans. Ses épais cheveux roux étaient coupés au carré et son maquillage était léger. Elle ne portait aucun bijou et seuls ses vêtements et ses chaussures trahissaient un certain souci d'élégance.

— Cela fait longtemps que tu travailles ici ? demanda Allison pour relancer la conversation.

— Eh bien… Lorsque j'étais plus jeune, je traînais pas mal dans les bars. Au bout d'un moment, je me suis dit qu'il était temps de me trouver un emploi stable et Jonah m'a proposé une place de serveuse au Fast Break. Ensuite, je l'ai suivi dans ce nouveau club…

— Ça te plaît ?

— Assez, oui. On rencontre parfois des gens intéressants.

— Je n'ai pas eu le temps de discuter avec qui que ce soit tellement j'étais débordée, objecta Ally.

— Ne t'en fais pas, tu t'y feras. D'ailleurs, tu m'as l'air

d'être le genre de fille capable de réussir tout ce qu'elle entreprend.

— Vraiment ?

— Travailler dans un bar finit par développer le sens de l'observation et de la psychologie. Et, en te regardant, je n'ai pas l'impression que tu te contenteras très longtemps de ce travail…

— Peut-être. Mais il faut bien que je paie mon loyer en attendant.

— Ça, c'est certain. D'ailleurs, tu as fait le bon choix : si tu es intelligente et travailleuse, Jonah s'en apercevra et ne tardera pas à te confier de vraies responsabilités. Mais je suppose que tu le sais déjà, ajouta-t-elle en jetant à Ally un regard ambigu. Sois honnête avec lui et il le sera avec toi. Bon… Je ferais mieux de rentrer avant que Pete ne soit complètement débordé.

Ally la suivit des yeux, réalisant qu'elle venait d'être mise en garde : Frannie ne lui pardonnerait certainement pas de se servir de Jonah et ferait tout pour le protéger. Cela confirmait l'hypothèse selon laquelle il existait peut-être une liaison entre eux…

D'autre part, Frannie était également la personne idéale pour aider les cambrioleurs à repérer leurs proies : elle travaillait au bar et devait entendre nombre de conversations intéressantes. De plus, c'était elle qui encaissait les règlements et elle avait donc accès aux cartes bleues et aux pièces d'identité. Ally devrait l'avoir à l'œil.

Jonah, de son côté, avait décidé de faire sa propre enquête. Il connaissait suffisamment les habitudes du milieu pour savoir quel genre de victimes les cambrioleurs rechercheraient. Il avait même déjà repéré trois proies idéales. Il avait également remarqué les deux policiers qui se trouvaient à la table seize et s'approcha d'eux d'un air désinvolte.

— Comment se passe votre soirée ? demanda-t-il cordialement.

— Très bien, répondit la jeune femme blonde en lui adressant un sourire rayonnant. C'est notre première sortie depuis des semaines et nous nous amusons beaucoup. Votre club est superbe !

— Je suis heureux qu'il vous plaise, répondit Jonah en posant la main sur l'épaule de Hickman. Mais la prochaine fois, ajouta-t-il à l'intention de ce dernier, évitez de porter les chaussures réglementaires de la police. Ce n'est pas très discret. Bonne soirée…

Tandis qu'il s'éloignait, il entendit la jeune femme éclater de rire et se moquer de son compagnon.

— Comment vous en sortez-vous ? demanda Jonah qui avait rejoint Ally.

— Disons que je n'ai encore cassé aucune assiette.

— Est-ce une façon de me demander une augmentation ?

— Non, merci. Je crois que je vais m'en tenir à mon travail de jour. Je préfère nettoyer les rues que les tables. C'est beaucoup moins épuisant.

— Ne vous en faites pas, à 11 heures la cuisine ferme et les choses se calment un peu.

— Alléluia !

— Vous avez interrogé Frannie ?

— Comment le savez-vous ?

— Vous êtes sortie et rentrée juste après elle.

— Ne vous en faites pas, je ne lui ai pas braqué une lampe

en plein visage et je ne me suis pas servie de l'annuaire pour la frapper…

— Bien. Au fait, Allison, je suis désolé de vous décevoir mais Toronto a perdu deux à huit.

— Bah, la saison ne fait que commencer et ils auront des chances de se rattraper, répondit-elle avant de prendre la direction de la cuisine.

Tandis qu'elle traversait la piste de danse, elle sentit une main lui effleurer les fesses de façon suggestive. Sachant que Jonah observait la scène, elle s'immobilisa et se tourna vers le responsable, lui décochant un regard si glacial que l'autre recula en bafouillant une excuse et se fondit dans la foule.

— Elle sait y faire, apparemment, commenta Beth à laquelle l'incident n'avait pas échappé.

— Oui, acquiesça Jonah. Je n'aurais pas aimé être à la place de ce type.

— En plus, elle ne rechigne pas au travail, ajouta la serveuse. Et elle ne se plaint pas… Franchement, je crois que je commence à beaucoup apprécier ta nouvelle petite amie, Jonah.

Ce dernier jeta un regard stupéfait à Beth qui s'éloignait déjà pour prendre une commande. Comment avait-il été assez bête pour ne pas s'attendre à cela ?

Lorsque Pete fit retentir la cloche du bar, signalant ainsi la fermeture, Ally faillit lui sauter au cou. Elle était debout depuis 8 heures du matin et il était plus de 2 heures : entre-temps, elle n'avait pas arrêté. A présent, son seul désir était de rentrer chez elle et de s'effondrer sur son lit pour profiter au mieux des cinq malheureuses heures de sommeil qui lui restaient.

— Bravo, lui dit Beth tandis qu'elle se débarrassait de son tablier. Tu as été géniale.

— Merci. Je suis morte…

— C'est vrai que tu as l'air fatiguée, acquiesça Jan.

— Contrairement à toi, remarqua Ally.

— C'est à cette heure que je trouve mon second souffle. Il m'arrive même d'aller en boîte après…

— Je ne sais pas comment tu fais : je ne sens même plus mes pieds.

— Oh, avec les années, on finit par avoir la plante des pieds à toute épreuve. Surtout quand on porte des talons hauts comme les miens.

— Pourquoi est-ce que tu n'optes pas pour des tennis ?

— Parce que plus la serveuse est sexy et plus les pourboires sont importants. Il faut mettre tous les atouts de son côté pour arrondir les fins de mois.

— Je vois. Bonne nuit, les filles…

— Bonne nuit, répondit Beth. Will, ouvre-lui la porte.

— Pas de problème. Tu es sûre que tu ne veux pas prendre un dernier verre avant de partir, Ally ?

— Non, merci. Je suis lessivée.

— C'est vrai que tu as commencé fort : je n'avais encore jamais vu autant de monde. Frannie, tu me sers un cognac ?

— C'est déjà fait, répondit celle-ci.

— J'aime boire un coup après le travail, expliqua Will tandis qu'il accompagnait Ally jusqu'à la porte. Jonah nous autorise à le faire et c'est lui qui régale. Tu es sûre que tu ne veux pas ?

— Merci, Will, mais il faut vraiment que j'aille dormir.

— O.K., à demain, dans ce cas. Fais de beaux rêves.

Ally sortit et se retrouva nez à nez avec Jonah qui se trouvait sur le parking.

— Où êtes-vous garée ? demanda-t-il.

— Je suis venue à pied, répondit-elle.

— Dans ce cas, je vous raccompagne.

— Ce n'est pas la peine, je peux marcher. D'ailleurs, ce n'est pas si loin…

— Peut-être, mais il est plus de 2 heures du matin, objecta Jonah.

— Bon sang, Blackhawk, je suis policier, au cas où vous l'auriez oublié.

— Et les policiers sont à l'épreuve des balles, de nos jours ?

Avant qu'elle ait pu répondre, il prit son menton entre ses doigts, la forçant à le regarder. Allison se figea brusquement, prise de court par l'intimité inattendue de ce geste.

— Vous êtes l'une de mes employées et la fille de l'un de mes amis. Alors, que vous le vouliez ou non, je vous raccompagne.

— D'accord, s'inclina-t-elle à contrecœur. De toute façon, j'ai les pieds dans un triste état…

Elle fit mine d'écarter sa main mais il s'empara de son bras avant qu'elle ait pu le faire. A ce moment, Beth sortit à son tour.

— Bonne nuit, les amoureux ! s'exclama-t-elle. Profitez-en bien…

— C'est bien notre intention, répondit Jonah en riant. Bonne nuit, Will, bonne nuit, Frannie, ajouta-t-il en les avisant sur le pas de la porte, leur verre à la main.

Tous deux comprirent le message et effectuèrent une retraite stratégique en direction du bar.

— Qu'est-ce qui vous prend ?

— Quoi ? Je disais juste bonsoir à mes employés… Venez, je suis garé de l'autre côté de la rue.

— Vous me prenez pour une idiote ? Vous leur avez délibérément fait croire que nous avions une liaison, vous et moi.

— C'est vrai. Mais ce n'est pas moi qui en ai eu l'idée, c'est Beth. Et je pense que cela simplifie les choses.

— J'avoue que je ne vois pas très bien en quoi !

— Réfléchissez : ne trouveriez-vous pas bizarre que je décide du jour au lendemain d'engager une nouvelle serveuse sans même en avoir parlé auparavant ? D'autant que vous n'avez aucune expérience. Mais comme votre physique est, disons, loin d'être désagréable, il est raisonnable de croire que je vous ai embauchée parce que je voulais vous faire une faveur personnelle.

— Vous auriez pu dire que j'étais quelqu'un de votre famille, ou une vieille amie, protesta Ally.

— Personne ne m'aurait cru : Will et Frannie me connaissent depuis des années et ils ne vous ont jamais vue. D'ailleurs, il y a des avantages certains à cette nouvelle donne : personne ne s'étonnera que vous passiez me voir dans mon bureau de temps à autre.

— D'accord, soupira Ally. Si tordu que cela paraisse, je reconnais que c'est assez bien trouvé.

— Heureux de te l'entendre dire, Allison. Puis-je vous suggérer que nous nous tutoyions, désormais ?

— Etant donné que nous sortons ensemble, cela me paraît préférable, en effet. Où est ta voiture ?

Ils traversèrent la rue déserte pour rejoindre le véhicule de Jonah, un superbe coupé Mercedes. Comme Ally faisait mine de gagner la porte du côté passager, Blackhawk la retint par le bras, la forçant à se retourner pour lui faire face.

— Tu sais, murmura-t-il, il pourrait y avoir plus d'un avantage à cette situation, remarqua-t-il d'un ton léger.

Ally le dévisagea avec colère, réalisant ce qu'il lui proposait à mi-mots.

— Je ne crois pas, dit-elle d'une voix glaciale.

— Allons, Beth nous regarde et, malgré son passé difficile, c'est une insatiable romantique. Elle espère que nous allons nous embrasser, j'en suis sûr. Tu ne voudrais pas que nous la décevions ?

En parlant, il avait posé la main sur les hanches de la jeune femme et s'était rapproché d'elle. Malgré sa fureur, Ally sentit une pointe de désir monter en elle. Il y avait quelque chose en Jonah qui l'attirait et la repoussait à la fois, une sorte de charisme qui émanait de lui, une force brute qu'elle sentait couver comme une braise ne demandant qu'à s'enflammer. Luttant contre sa propre curiosité, elle se raidit et lui jeta un regard dédaigneux :

— J'ai bien peur que nous ne la décevions, dans ce cas, répondit-elle.

— Elle ne sera pas la seule à être désappointée, commenta Jonah en la relâchant. Mais ne t'en fais pas, je n'ai pas pour habitude de flirter avec les flics. Ni avec les filles de mes amis, d'ailleurs.

— Me voilà donc doublement protégée contre ton charme irrésistible, railla-t-elle en s'efforçant d'étouffer la pointe de déception qu'elle éprouvait.

— Oui, et c'est heureux pour nous deux, répondit Jonah. Parce que j'avoue que je te trouve excessivement séduisante.

Sans relever cette insolence, Ally contourna la voiture et prit place sur le siège passager, tentant vainement de comprendre ce qu'elle venait d'éprouver. Pas un instant, elle n'aurait envisagé de sortir avec un homme tel que Jonah : il était beaucoup trop arrogant à son goût. Mais, quels que soient les sentiments qu'il lui inspirait, force était de reconnaître qu'il éveillait en elle un certain trouble. Et cela ne lui faciliterait certainement pas la tâche.

L'important, se répéta-t-elle, c'était de se concentrer sur

son enquête. Et elle ne devait jamais oublier que Blackhawk était un suspect parmi d'autres, quoi que puisse en penser son père.

— Où est-ce que je te dépose ? demanda Jonah en s'installant au volant.

Elle lui donna son adresse et il ouvrit de grands yeux.

— Mais c'est à plus de deux kilomètres ! s'exclama-t-il. Pourquoi n'as-tu pas pris ta voiture ?

— Parce qu'on était en pleine heure de pointe. Il était plus rapide de venir à pied.

— C'est ridicule !

Ally serra les dents, agacée par cette nouvelle marque d'insolence. Mais, alors qu'elle s'apprêtait à répliquer vertement, son téléphone portable se mit à sonner. Elle le prit et constata qu'il s'agissait du commissariat.

Jonah coupa le moteur qu'il venait d'allumer et attendit qu'elle ait terminé son appel.

— Bien, dit-elle enfin, pas de problème, je m'en occupe tout de suite… C'est un nouveau cambriolage, expliqua-t-elle à Jonah en raccrochant.

— A quelle adresse ?

— Ramène-moi à la maison et je prendrai ma voiture.

— Ce serait une perte de temps, Allison. Alors ? Cette adresse ?

3.

Jonah déposa Ally devant une belle maison située en proche banlieue, dans un quartier chic près de l'autoroute. Elle devait se situer à moins de vingt minutes du centre-ville mais bénéficiait des avantages d'un isolement relatif : grand jardin, rue calme, voisinage discret. C'était la cible idéale pour des cambrioleurs…

Les Chambers était un couple d'avocats d'une trentaine d'années sans enfants qui avaient consacré leur argent à s'assurer une existence paisible et confortable. Mais, en un soir, tout ce qu'ils avaient accumulé au cours de ces dernières années s'était envolé : bijoux, œuvres d'art, garde-robe, disques, vin… Cette fois encore, les voleurs n'avaient rien laissé au hasard.

— Ils m'ont pris mes boucles d'oreilles en diamant et ma montre Cartier, déclara Maggie Chambers, effondrée sur le canapé, au milieu du salon dévasté. Il y avait aussi des lithographies de Dali et de Picasso sur ce mur, ajouta-t-elle en désignant une alcôve vide. Et une sculpture de Erté que nous avions achetée il y a deux ans à une vente aux enchères… Ils ont même dérobé la collection de boutons de manchette de Joe. Certains étaient de véritables antiquités, d'autres des pièces précieuses en diamant ou en rubis…

— Tout était assuré, ajouta Joe Chambers qui paraissait un peu sonné.

— Qu'est-ce que cela change ? protesta sa femme. C'est notre vie qu'ils ont volée… Tout ce qui faisait le charme de notre maison, tous nos souvenirs… Ils ont même volé la BMW, ajouta-t-elle en luttant pour retenir ses larmes. Une voiture neuve qui avait à peine cinq mille kilomètres au compteur. C'était ma voiture…

— Je sais combien c'est difficile, dit doucement Ally.

— Vraiment ? demanda Maggie en levant des yeux accusateurs vers elle. Avez-vous déjà été cambriolée, inspecteur ?

— Non, admit Ally. Mais j'ai travaillé sur de nombreux cas de cambriolages et d'agressions…

— Ce n'est pas la même chose !

— Chérie, je t'en prie, intervint Joe Chambers en posant doucement la main sur l'épaule de son épouse. Elle ne fait que son travail…

— C'est vrai, soupira Maggie. Je suis désolée.

Inspirant profondément, elle passa fiévreusement une main dans ses cheveux.

— Je ne veux pas passer la nuit ici, déclara-t-elle.

— Ne t'en fais pas, nous trouverons un hôtel. Avez-vous besoin d'autre chose, inspecteur ?

— Eh bien… Vous m'avez dit que vous étiez sortis toute la soirée. Puis-je savoir où, exactement ?

— Au Starfire Club, avec des amis. Maggie vient de gagner une affaire très importante et nous avions décidé de célébrer cela. Nous avons dîné et dansé et nous ne sommes pas rentrés avant 2 heures du matin, ainsi que je l'ai indiqué à votre collègue.

— Est-ce que quelqu'un d'autre que vous a la clé de la maison ?

— Notre femme de ménage.

— Et connaît-elle également le code de l'alarme ?

— Bien sûr, répondit Joe. Mais je ne pense pas qu'elle ait quoi que ce soit à voir avec le cambriolage : elle travaille pour nous depuis plus de dix ans et fait presque partie de la famille…

— Je vais tout de même devoir l'interroger. Pouvez-vous me donner son nom complet et son adresse ?

Joe Chambers les lui dicta et elle entreprit alors de le questionner sur la soirée que sa femme et lui avaient passée au Starfire Club. Hélas, les Chambers n'avaient rien remarqué d'anormal : cette soirée avait été des plus joyeuses jusqu'à ce qu'ils reviennent chez eux… Ally finit donc par s'avouer vaincue et, jugeant qu'elle avait fait le maximum, prit congé, non sans avoir dressé la liste des principaux objets dérobés.

L'assurance lui transmettrait l'inventaire définitif mais elle doutait qu'il puisse lui apprendre quoi que ce soit. L'équipe scientifique qui travaillait encore sur place lui confirma ce dont elle avait l'intuition : les cambrioleurs étaient des professionnels et n'avaient laissé aucune trace de leur passage.

Lorsqu'elle ressortit enfin de la maison des Chambers, un vent frais s'était levé, faisant tournoyer quelques feuilles mortes dans le jardin désert. Le quartier était silencieux et aucune lumière ne brillait aux fenêtres. Le lendemain, ils ne trouveraient probablement pas de témoin du déménagement nocturne qui venait d'avoir lieu quelques heures auparavant.

Jonah l'attendait, appuyé contre le capot de sa voiture, une tasse de café à la main. Il était en pleine discussion avec l'un des policiers dépêchés sur place. Lorsqu'elle les rejoignit, il lui tendit la tasse encore à moitié pleine qu'elle accepta avec reconnaissance.

— Il y a une épicerie ouverte à quelques centaines de mètres, indiqua Jonah lorsqu'elle l'eut vidée d'un trait. Je peux aller t'en chercher un autre, si tu veux…

— Ce n'est pas la peine, merci. Dites-moi, ajouta-t-elle en se tournant vers le policier, c'est vous qui êtes arrivé le premier ?

— Mon partenaire et moi, acquiesça le jeune homme.

— Je veux que vous me transmettiez votre rapport avant 11 heures, demain matin, ordonna-t-elle.

— Bien, madame, dit le policier avant de regagner sa voiture de service.

— Tu n'avais pas besoin de m'attendre, dit-elle à Jonah. J'aurais pu rentrer avec eux…

— Souviens-toi que je suis indirectement concerné par cette affaire. Est-ce que ces gens étaient à mon club ?

— Pourquoi me le demandes-tu alors que nous savons tous deux que tu as obtenu toutes les informations en interrogeant ce malheureux flic ?

— D'accord, soupira Jonah tandis qu'ils reprenaient place dans la voiture. C'est au Starfire que cela s'est passé. Est-ce qu'ils s'étaient déjà manifestés là-bas ?

— Non. Il n'y a que ton club qui ait été plusieurs fois pris pour cible. Et étant donné ce que j'ai vu ce soir, je dirais qu'ils y retourneront tôt ou tard. C'est une véritable mine de gogos !

— Voilà qui me rassure… Quel genre de marchandises ont-ils dérobé, cette fois ?

— Une BMW, des œuvres d'art, de la hi-fi haut de gamme et de nombreux bijoux.

— Je ne comprends pas pourquoi des gens aussi riches n'achètent pas de coffre-fort.

— Ils en avaient un dans leur penderie. Avec le numéro de la combinaison inscrit sur un petit papier dans le tiroir de leur bureau…

— Voilà de quoi vous décourager d'être honnête, commenta Jonah en souriant.

— Ils avaient aussi un système d'alarme dernier cri qu'ils prétendent avoir enclenché en partant. Mais la femme ne semblait plus aussi persuadée de l'avoir fait que son mari. Comment leur en vouloir ? Dans un tel quartier, ils devaient sans doute se sentir en sécurité. Pourtant, ils sont tous deux avocats : ils devraient savoir qu'il n'y a pas d'endroit vraiment sûr…

— Des avocats ? répéta Jonah. Dans ce cas, je ne me fais pas de souci pour eux : ils trouveront bien d'autres pigeons pour se renflouer à coup d'honoraires prohibitifs.

Ally sourit tandis que Jonah démarrait. Du coin de l'œil, il la vit se renverser contre son siège et fermer les yeux, lui laissant tout le loisir de l'observer. Plus il la regardait et plus il la trouvait attirante. En cet instant, notamment, elle paraissait abandonnée, confiante et laissait percer une fragilité qu'elle dissimulait soigneusement en temps normal derrière une barrière de cynisme et d'arrogance affectée.

Au repos, son visage paraissait d'une douceur et d'une ingénuité touchantes et l'on aurait eu beaucoup de mal à imaginer qu'elle passait la majeure partie de ses journées à traquer les criminels de la ville. Ses lèvres étaient légèrement entrouvertes et Jonah se laissa aller à imaginer leur contact contre les siennes.

S'arrêtant à un feu rouge, il tira le frein à main et se pencha vers Ally pour abaisser son siège. Immédiatement, elle se redressa, sa tête cognant contre celle de Blackhawk.

— Qu'est-ce que tu étais en train de faire ? demanda-t-elle, les yeux emplis de méfiance.

— Détends-toi, je n'étais pas en train de te sauter dessus. En général, j'aime que les femmes avec lesquelles je fais l'amour soient réveillées. Je voulais juste mettre ton siège en position allongée. Tu seras plus à l'aise pour dormir…

— Je ne dormais pas, mentit-elle, gênée par sa propre défiance.

— Tu imagines que je vais te croire ?

— Je me fiche de ce que tu penses : je réfléchissais.

— Eh bien, tu réfléchiras demain. De toute façon, ton cerveau doit fonctionner au ralenti en ce moment… Depuis combien de temps n'as-tu pas dormi ?

— J'ai commencé ma journée à 8 heures, avoua-t-elle.

— Et il est presque 4 heures du matin. Tu devrais peut-être passer en service de nuit, le temps de résoudre cette enquête.

— Le problème, c'est que ce n'est pas la seule sur laquelle je travaille, répondit-elle.

En fait, elle avait déjà décidé de déléguer les autres : si elle continuait à dormir trois heures par nuit, elle ne serait bientôt plus en état de faire son travail. Mais cela ne concernait certainement pas Jonah.

— Je suppose en effet que Denver ne serait pas aussi sûre sans toi, ironisa ce dernier.

— Exactement, approuva-t-elle, trop fatiguée pour répondre à ses sarcasmes. Faire régner l'ordre est une tâche difficile mais il faut bien que quelqu'un le fasse. Tu peux te garer là, ajouta-t-elle en désignant le trottoir, j'habite juste au coin.

Jonah ne tint aucun compte de sa remarque, avançant jusqu'au seuil de son immeuble.

— Merci de m'avoir ramenée, dit-elle en récupérant son sac.

Sans un mot, il sortit pour lui ouvrir la portière.

— Un véritable chevalier servant, commenta-t-elle en se levant.

Elle était épuisée et vacilla légèrement sur ses jambes que des heures de service avaient rendues aussi molles que du coton.

— Je t'accompagne jusqu'à ta porte, déclara Jonah.

— Ce n'est pas la peine, Blackhawk. Cette soirée n'était pas un rendez-vous galant.

Elle s'éloigna à grands pas mais il la suivit :

— Est-ce la fatigue qui te rend aussi irritable ? lui demanda-t-il. Non… Je suppose que c'est naturel, chez toi.

— Pas du tout. Simplement, je ne t'apprécie pas, voilà !

— Eh bien, ça a le mérite d'être clair. J'avais peur que ce ne soit une façon de lutter contre l'incoercible attraction que j'exerce sur toi…

— Très drôle, dit-elle tandis qu'ils pénétraient dans l'ascenseur.

Jonah l'observa attentivement, remarquant les cernes qui se dessinaient sous ses beaux yeux dorés. A sa propre surprise, il fut envahi par une infinie tendresse à l'égard de la jeune femme. Lorsqu'ils parvinrent devant la porte de celle-ci, il lui tendit la main.

— Bonne nuit, Ally.

— A toi aussi…

Ils se regardèrent durant quelques instants, vaguement mal à l'aise, puis elle ouvrit sa porte et entra avant de refermer le battant. Jonah resta immobile, se forçant à réprimer le brusque désir qu'il avait de la suivre. Cette femme était dangereuse pour sa santé mentale, décida-t-il en se détournant enfin. Et s'il voulait garder le contrôle de la situation, il devrait absolument lutter contre la fascination croissante qu'elle exerçait sur lui.

Quatre heures et demie plus tard, tout en avalant sa cinquième tasse de café noir, Ally concluait le briefing qu'elle avait organisé au quartier général de la police.

— Nous allons passer le voisinage au peigne fin, déclara-t-elle. Avec un peu de chance, quelqu'un aura vu quelque chose. Nous ne savons pas à quelle heure les cambrioleurs sont passés à l'action mais il y avait peut-être encore un voisin réveillé... Il faut absolument que nous obtenions une description du véhicule des coupables. En ce qui concerne la BMW, son signalement a été donné à toutes les patrouilles et nous avons peut-être une chance de mettre la main dessus.

Son supérieur, le lieutenant Kiniki, hocha la tête :

— Je tiens également à ce que deux hommes se rendent au Starfire sous couverture pour effectuer une surveillance discrète de l'endroit. En attendant, Hickman et Carson, vous vous occuperez de passer au crible tous les receleurs connus.

— Nous l'avons déjà fait et cela n'a rien donné, objecta Hickman. Nous avons aussi mis la pression sur certains de nos informateurs mais personne ne semble rien savoir de ces cambriolages. Quels que soient les coupables, ce sont certainement des nouveaux venus dans la belle et grande famille du crime de Denver.

— Continuez à cuisiner toutes vos balances, conseilla Kiniki. Ils finiront bien par prendre contact avec quelqu'un de la région... Et s'ils marchent vraiment sur les plates-bandes du milieu local, personne n'hésitera à les donner. Qu'avons-nous sur la piste de l'assurance ?

— Rien d'exaltant, répondit Ally en haussant les épaules. Sur neuf cambriolages, nous avons cinq compagnies différentes. Nous recherchons d'éventuelles connexions mais jusqu'ici, c'est une impasse. En ce qui concerne les victimes, aucune n'avait de lien avec les autres : en résumé, il y a quatre banques différentes, neuf médecins différents et neuf employeurs différents. Deux des femmes fréquentaient le même salon de coiffure mais elles n'étaient pas coiffées par le même employé. Rien non plus du côté des services d'entretien ou des garagistes. Deux des victimes ont recruté le même traiteur au cours des six derniers mois et nous vérifions une éventuelle implication. Mais, à mon avis, c'est un tuyau crevé. En fait, le seul point commun reste que tous les couples étaient de sortie le soir des cambriolages.

— A ce propos, rien de particulier au Blackhawk hier ?

— Non. Il y avait un monde fou, répondit Ally. Toutes sortes de gens mais surtout des hauts revenus... On trouve aussi bien des couples que des célibataires et des groupes. Par contre, le système de sécurité est excellent : il y a une caméra qui filme le bar et j'essaie d'obtenir les cassettes. Celui qui gère l'endroit, en dehors de Blackhawk, s'appelle Sloan. Il a accès à toutes les pièces et garde son petit monde à l'œil. Le revers de la médaille, c'est que les gens ne prennent aucune précaution : il y a un vestiaire mais la plupart gardent leurs effets avec eux. J'ai vu des tas de sacs à main ou de manteaux abandonnés sans précaution sur des dossiers de chaise.

— C'est vrai, approuva Lydia. La plupart des gens sont des habitués et passent d'une table à l'autre sans se soucier de leurs affaires. En plus, c'est un endroit idéal pour draguer et les contacts se nouent et se dénouent très facilement, ce qui rend notre surveillance difficile. En plus, bon nombre de femmes ont les yeux rivés sur Blackhawk lorsqu'il est dans la salle.

— Il est si séduisant que cela ? demanda Kiniki en souriant.

— Sur une échelle de un à dix, je dirai qu'il atteint facilement le score de neuf, répondit Lydia. Et en plus, il est célibataire : cela suffit à distraire de nombreuses femmes.

— C'est intéressant, murmura Ally en se levant pour gagner le tableau où étaient affichées les données dont ils disposaient déjà. Regardez la liste : un point commun m'avait échappé. Parmi les victimes, il n'y a pas un seul homme célibataire. Il est possible que les cambrioleurs repèrent les sacs à main… Cela leur assurerait un accès aux clés, aux papiers et même parfois à des photographies révélatrices.

— Si c'est vrai, remarqua Hickman, c'est que nous avons affaire à une personne dotée de talents de pickpocket. Quelqu'un capable de subtiliser un portefeuille et de le remettre à sa place sans que personne s'en aperçoive. Si cela se trouve, il en profite même pour prendre des empreintes des clés du domicile des victimes.

— Mais pourquoi prendre le risque de remettre les affaires volées, dans ce cas ? demanda Kiniki en fronçant les sourcils. Il pourrait se contenter de partir avec…

— C'est toute la finesse du procédé, répondit Ally. De cette façon, les victimes ne se doutent de rien jusqu'au dernier moment, ce qui laisse tout le temps aux cambrioleurs de visiter le domicile repéré. Dans le cas contraire, ils prendraient le risque de trouver les propriétaires de retour chez eux et sur leurs gardes.

— Et le plus fort, renchérit Hickman, c'est qu'ils ne prennent absolument aucun risque. S'ils ont bien un informateur dans les clubs, celui-ci a le temps de les prévenir lorsque les victimes demandent leur addition.

— Oui, acquiesça Ally. Et il s'écoule en général une vingtaine de minutes entre le moment où les clients demandent la note et celui où ils partent effectivement. Ce qui laisse tout le temps aux voleurs pour plier bagage.

— Très malin, commenta Kiniki. Il faudra vérifier si cela se passe comme cela dans les autres bars. En attendant, nous devrions rester en observation au Blackhawk : si ce que vous dites est vrai, ce bar est un véritable Eldorado pour les pickpockets. Félicitations, inspecteurs, continuez à travailler dans ce sens. Quant à toi, Fletcher, prends quelques heures de repos, tu as une mine terrible…

Ally décida de prendre son supérieur au mot et s'installa sur le petit canapé de son bureau pour faire la sieste, demandant juste à ce qu'on la réveille lorsque les rapports qu'elle attendait seraient arrivés. Une heure et demie plus tard, Hickman vint la secouer doucement pour la réveiller.

— C'est toi qui as volé mon sandwich au fromage ? demanda-t-il, les sourcils froncés.

— Quel sandwich ? dit la jeune femme d'une voix innocente en se passant une main dans les cheveux.

— Arrête ton char, Fletcher, je sais que tu les aimes autant que moi ! Avoue ton crime et je serai peut-être clément.

— Il n'y avait pas ton nom dessus, répondit-elle, se sachant découverte.

— Si…

— Tu t'appelles vraiment Boulangerie Pineview ? Mon pauvre vieux, tu as raison de te faire surnommer Hickman…

— Très drôle. Tu me dois un sandwich.

— Un demi-sandwich. Je n'en ai mangé que la moitié au

cas où tu ne l'aurais pas remarqué. Est-ce que les rapports de la police locale sont arrivés ?

— Ouais… Ainsi que ton mandat pour les cassettes de la vidéo de surveillance.

— Très bien. Dans ce cas, j'y vais. Si tu as besoin de me joindre, appelle-moi sur mon portable.

— D'accord. Mais rapporte-moi un nouveau sandwich au fromage.

— Un demi-sandwich, promit-elle en riant.

Hickman grommela et quitta la pièce, lui laissant les documents qu'elle attendait. Elle les parcourut du regard avant d'enfiler sa veste en cuir. Mais comme elle allait sortir, son père entra dans le bureau.

— Bonjour, Ally. Tu as une minute ? s'enquit-il en souriant.

— Bien sûr, dit-elle en s'emparant de son sac à main. Cela ne te dérange pas que nous discutions, en route : je partais justement voir Jonah Blackhawk.

— Très bien, je te suis…

Ils traversèrent le couloir sous le regard attentif des policiers qui s'y trouvaient. Ally savait que certains d'entre eux jalousaient son badge d'inspecteur acquis si rapidement. Et les mauvaises langues disaient qu'elle l'avait obtenu grâce à la position élevée de son père. Mais elle-même était suffisamment consciente de l'étendue de ses propres capacités pour ne pas se laisser affecter par de tels racontars. D'ailleurs, quiconque connaissait Boyd savait que ce n'était pas le genre d'homme à tolérer des passe-droits, même pour sa propre famille.

— Ça te dérange si nous prenons les escaliers ? demanda-t-elle. Un peu d'exercice m'aidera à me réveiller.

— Pas de problème. C'est pour quoi, ce mandat ?

— Pour réquisitionner les cassettes vidéo du système

de surveillance de Blackhawk. Je les lui ai demandées hier soir mais il a refusé de me les donner. Apparemment, il ne m'apprécie pas beaucoup.

Boyd poussa la porte menant aux escaliers de service et tous deux commencèrent la longue descente en direction du rez-de-chaussée.

— Au son de ta voix, je crois deviner que vous ne vous êtes pas très bien entendus, tous les deux.

— C'est vrai. Je crois que nous nous exaspérons mutuellement.

— Cela ne me surprend pas du tout ; vous aimez tous les deux faire les choses à votre propre façon.

— Pourquoi les faire autrement ?

— C'est bien ce que je dis, acquiesça Boyd en souriant.

Sa fille avait toujours eu un sacré caractère et il savait mieux que quiconque combien elle pouvait se montrer butée une fois qu'elle avait décidé quelque chose.

— A ce propos, j'ai eu un nouvel entretien avec le maire…

— Je te plains.

— Tu peux. Comment avance l'enquête ?

— Il y a eu un nouveau cambriolage, hier soir. Même mode opératoire que les précédents. Cette fois, le butin était plus que conséquent. Mme Chambers m'a adressé une liste des objets, ce matin. Tout était assuré et il y en a pour près de deux cent vingt-cinq mille dollars.

— C'est leur plus gros coup à ce jour.

— Oui. Et j'espère que le succès va leur monter à la tête. Pour le moment, tant qu'ils ne commettent pas d'erreurs, nous ne pouvons pas faire grand-chose. A part retrouver le lieu où ils entreposent les marchandises volées, le véhicule qu'ils utilisent et la BMW, bien sûr. Mais ce ne sera pas facile.

— En ce qui concerne la voiture, elle est probablement déjà en pièces détachées.

— Je ne pense pas, objecta Ally.

— Pourquoi cela ?

— Parce que la personne qui commet les cambriolages a du goût. C'est un esthète, capable de reconnaître un Dali et une sculpture d'Erté en laissant les œuvres mineures au mur… Et il s'agit de quelqu'un de compétent : lors du deuxième cambriolage, on a soigneusement choisi les livres les plus précieux de la bibliothèque. Et hier, c'étaient des boutons de manchette. Notre coupable est même très regardant : au cours de la troisième affaire, il aurait pu prendre une pendule qui valait près de cinq mille dollars mais il l'a laissée, probablement parce qu'il la trouvait laide. Il en va de même pour les voitures : ils n'en ont pris que deux, les plus chères et les plus rares.

— Je vois, nous avons affaire à une version moderne d'Arsène Lupin…

— Exactement. Un homme de goût, talentueux, intelligent mais arrogant. Et je compte bien sur cette arrogance pour parvenir à le coincer.

— J'espère que tu y arriveras très vite, Ally. La pression que le maire exerce sur moi augmente à chaque nouveau cambriolage.

En parlant, ils étaient parvenus au rez-de-chaussée qu'ils traversèrent pour gagner la voiture de la jeune femme, garée non loin de là sur le parking réservé.

— En plus, ajouta Boyd, la presse s'est emparée de l'affaire et cela ne fait qu'accroître sa nervosité.

— Tout ce que je peux te dire, c'est qu'ils agiront probablement dans la semaine. Leur technique est rodée et ils gagnent à tous les coups. Je ne vois pas pourquoi ils s'arrêteraient en si bon chemin. Et je suis certaine qu'ils reviendront tôt ou tard au Blackhawk.

— Pas si sûr. Le Starfire leur a permis de ferrer un plus gros poisson.

— Oui. Mais le Blackhawk est plus sûr pour eux. Or dans quelques nuits, je connaîtrai suffisamment les visages des habitués pour repérer les nouveaux venus suspects.

— D'accord. Entre-temps, je tâcherai de faire patienter le maire.

— J'avais une question à te poser…

— Je t'écoute.

— Depuis combien de temps connais-tu Jonah Blackhawk ? Quinze ans ?

— Dix-sept, précisément.

— Comment se fait-il qu'il ne soit jamais venu à la maison ? Je ne l'ai jamais vu à une soirée chez vous ni à l'un de tes traditionnels barbecues…

— Ce n'est pas faute de l'avoir invité. Mais il ne voulait pas venir. Il m'a toujours remercié très gentiment pour mon invitation avant de me dire qu'il était occupé.

— En dix-sept ans ? Ce doit effectivement être quelqu'un de débordé… Je sais bien qu'il n'apprécie pas trop les policiers mais il y a des limites.

— Justement, objecta Boyd, certaines personnes, dont Jonah, tracent des limites inamovibles entre les gens et s'interdisent de les franchir. Il accepte de venir me voir au commissariat, il est toujours d'accord pour faire du sport avec moi ou aller boire une bière mais le fait de venir dans ma maison est différent à ses yeux. Ce serait comme entrer dans un monde qui n'est pas le sien. Ce serait franchir la limite… Et je n'ai jamais pu le convaincre du contraire.

— C'est étonnant, commenta Ally. Il ne m'a pas semblé être le genre d'homme à souffrir d'un complexe d'infériorité.

— C'est parce que tu le connais mal. Jonah est un personnage excessivement complexe. Moi-même je ne suis pas certain de connaître toutes les facettes de sa personnalité…

Lorsque son père eut tourné les talons, Ally composa le numéro du club de Jonah. Elle ne s'attendait pas à ce qu'il s'y trouve mais, à sa grande surprise, ce fut lui qui décrocha.

— Fletcher à l'appareil, dit-elle. Je ne pensais pas que tu travaillais aussi la journée…

— Il y a des exceptions à toutes règles, inspecteur. Que puis-je faire pour toi ?

— M'ouvrir la porte dans dix minutes lorsque je serai en bas.

— Pas de problème. Qu'est-ce que tu portes aujourd'hui ?

Malgré elle, elle éclata de rire, impressionnée par son aplomb.

— Mon badge, répondit-elle.

4.

Jonah raccrocha et tenta d'imaginer Ally uniquement vêtue de son badge de policier. A sa grande honte, il n'eut aucun mal à évoquer une image dont l'érotisme le laissa pantois. Il tenta de se ressaisir. Que lui arrivait-il donc ? Il s'agissait de la fille de Boyd, pas d'une pin-up de catalogue !

Mais c'était plus fort que lui : cette femme lui faisait un effet tout bonnement démoniaque, exerçant sur ses sens une fascination aussi inexplicable qu'incontestable. Depuis qu'il était réveillé, il n'avait cessé de penser à elle. Elle était toujours là, en lisière de ses pensées et de ses préoccupations, comme un fantôme qui ne demandait qu'à lui apparaître, terriblement envoûtant.

Pourtant, elle était la fille de Boyd. Et un policier, qui plus est… Cela aurait dû suffire à doucher toutes ses ardeurs. Elle entrait dans le cercle des personnes intouchables, des fruits défendus. Etait-ce pour cela qu'elle ne lui semblait que plus attirante ?

Chaque fois qu'il fermait les yeux, il revoyait la courbe volontaire de son menton qui contrastait délicieusement avec la plénitude langoureuse de ses lèvres. Il pouvait presque sentir son parfum, aussi léger qu'entêtant. L'odeur de sa peau…

Dire qu'elle n'était même pas son type ! Il avait toujours

eu un faible pour les brunes pulpeuses et voilà qu'il se serait damné pour une blonde à la silhouette longiligne. C'était absurde. D'ailleurs, elle ne lui avait pas caché qu'elle le trouvait détestable. Elle était froide et cassante. Elle était arrogante, à la limite de la suffisance.

Mais malgré cela — ou peut-être, lui soufflait son instinct, à cause de cela — il la désirait. C'était sans doute parce qu'il l'avait vue dormir, la veille. Il avait deviné alors les trésors de douceur et de tendresse dont elle était capable malgré ses airs revêches.

« Arrête ! se dit-il en se massant furieusement les tempes. Elle ne s'intéresse à toi que parce que tu es utile à son enquête. Lorsque celle-ci sera résolue, elle retournera dans son monde qui se trouve à des années-lumière du tien. Et il ne restera de votre improbable rencontre que quelques souvenirs frustrants. »

Percevant un ronronnement de moteur dans le parking en contrebas, Blackhawk se leva et gagna la fenêtre. Au moins, songea-t-il, elle avait eu l'intelligence de prendre sa voiture, aujourd'hui. Une belle voiture, d'ailleurs, et qu'elle conduisait avec la grâce nerveuse qui paraissait la caractériser en toutes choses. Quelques instants plus tard, elle traversa le parking désert pour sonner à sa porte.

— Bonjour, inspecteur, dit-il dès qu'il lui eut ouvert la porte. Superbe engin, ajouta-t-il en désignant sa rutilante Stingray rouge et blanche. C'est le nouveau modèle de rigueur dans la police ? Ou bien est-ce un cadeau de ton père ?

— N'essaie même pas de me charrier sur ce thème. Tu ne serais pas à la hauteur de tous les flics qui l'ont fait avant toi.

— Je peux toujours m'entraîner, suggéra-t-il avec un

sourire moqueur. Très beau tissu, ajouta-t-il en caressant la veste de son tailleur.

— Bien. Nous aimons donc tous deux les tailleurs italiens. Magnifique ! Même si ce n'est pas précisément le moment de comparer nos garde-robes. Je peux entrer ?

Une fois de plus, Jonah ne résista pas à la tentation de la provoquer. Il adorait voir la lumière qui envahissait ses beaux yeux dorés lorsqu'elle se mettait en colère.

— Est-ce que je pourrais voir ton badge ? demanda-t-il le plus naturellement du monde.

— Laisse tomber, Blackhawk.

— Allons, je sais que c'est la procédure : tu dois me montrer ton badge pour que je sois sûr que tu es bien un policier.

Elle fronça les sourcils, agacée, et sortit son insigne qu'elle lui plaça juste sous les yeux.

— Là, tu es content ?

— Numéro 31628, lut-il. Je vais m'acheter un billet de loto et je le jouerai. Qui sait ? Malheureux en amour, heureux au jeu…

— Pendant que nous en sommes aux formalités, tu voudras certainement consulter ceci également, ajouta-t-elle en lui tendant son mandat.

— Je suis impressionné. Vous travaillez de plus en plus vite. J'ai vraiment bien fait d'opter pour une vie honnête. Allez, viens. Je vais te les donner. Tu as l'air reposée, ajouta-t-il tandis qu'ils traversaient la salle pour se diriger vers son bureau.

— Je le suis, merci.

— Comment avance l'enquête ?

— Elle ne recule pas, dit Ally évasivement.

— Je vois. Pas très communicative au réveil… Bien, nous

y voici, dit-il en ouvrant la porte de son bureau qui était à présent inondé de soleil.

— Donne-moi les cassettes et je te signe un reçu.

— Tu es donc si pressée ?

— L'heure tourne et les cambrioleurs courent toujours.

Blackhawk hocha la tête avant de se diriger vers la pièce attenante à son bureau. Après une infime hésitation, Ally lui emboîta le pas et se retrouva dans une chambre à coucher. Un lit immense trônait en son centre, recouvert d'une couverture noire. Il était placé sur une petite estrade et évoquait des promesses de délices et de volupté.

Instinctivement, la jeune femme regarda le ciel du lit, s'attendant à y trouver un miroir.

— Cela aurait été trop trivial, commenta Jonah qui avait lu dans ses pensées.

— Pas plus que cette couche royale, ironisa la jeune femme. On voit qu'elle n'a pas été conçue pour que l'on y dorme.

— Dans ce cas, elle remplit parfaitement sa fonction, répliqua Jonah, sarcastique.

Ally haussa les épaules et parcourut la pièce, observant les photographies en noir et blanc qui étaient encadrées au mur. La plupart représentaient des scènes de nuit ou des lieux plongés dans la pénombre. Toutes étaient très belles et Ally reconnut plusieurs artistes. Visiblement, Jonah était un connaisseur.

— J'ai une copie de celle-ci, dit-elle en désignant un cadre dans lequel on voyait un vieil homme au chapeau de paille allongé sur le bord d'une route fissurée, un sac en papier à la main. C'est un cliché de Shade Colby. J'aime beaucoup ce qu'il fait.

— Moi aussi. Et j'aime aussi le travail de sa femme, Bryan Mitchell. Celle-ci a été prise par elle.

Ally observa le couple de personnes âgées se tenant par la main à l'arrêt d'un autobus.

— Un contraste intéressant, commenta-t-elle. Le désespoir et l'amour…

— Ce sont deux aspects indissociables de l'existence.

— Je ne te savais pas philosophe, commenta-t-elle.

Continuant sa visite, elle avisa une porte qui devait conduire à une salle de bains et une autre qui semblait être celle d'un placard. Une troisième était entrouverte.

— Qu'y a-t-il là-dedans ? demanda-t-elle, curieuse.

D'un geste, il l'invita à entrer. Elle s'exécuta et tomba en arrêt devant une magnifique salle de sport équipée de tout le matériel dernier cri : rameurs, tapis de course, appareils de musculation…

— Houah ! s'exclama-t-elle, impressionnée.

Jonah la regarda parcourir la pièce, observant chacun des appareils avec admiration. Voilà qui en disait long sur elle, songea-t-il : un lit à baldaquin ne lui inspirait qu'un commentaire méprisant tandis qu'une salle de sport la ravissait. Bizarrement, cela ne le surprenait pas le moins du monde…

— Tu as même un sauna ! s'écria-t-elle en découvrant la petite cabine qu'il avait fait installer.

— Tu veux l'essayer ? suggéra-t-il en riant.

Elle lui jeta un regard noir.

— Cette pièce représente une dépense incroyable alors que tu pourrais t'inscrire à n'importe quel club de sport, commenta-t-elle.

— Le problème, c'est que les clubs de sport ont d'autres membres, répondit-il. Et, surtout, ils ont des horaires fixes, ce qui est loin d'être mon cas…

— Je vois que monsieur a ses exigences, remarqua-t-elle.

— Pourquoi pas, puisque je peux me le permettre ? demanda Blackhawk en se dirigeant vers un réfrigérateur dont il tira une bouteille d'eau. Tu en veux ?

— Non, merci. Et à présent, pourrais-tu me donner les cassettes ?

— Ah oui, j'oubliais : l'heure tourne…

Il dévissa le bouchon et avala une grande goulée d'eau fraîche.

— Tu sais ce que j'aime lorsque l'on travaille la nuit ?

— Je crois que je peux le deviner, répondit Ally en jetant un coup d'œil insistant au lit géant.

— Tu marques un point. Mais il y a autre chose de beaucoup plus important : la nuit, il est toujours l'heure que l'on veut qu'il soit. Dans la journée, chaque heure est réservée à une activité particulière, mais la nuit on peut faire ce que l'on veut quand on veut. Mon heure préférée, c'est 3 heures du matin. Pour la plupart des gens, c'est un moment difficile : s'ils ne dorment pas, ils commencent à réfléchir, à s'inquiéter de ce qu'ils vont faire le lendemain, et le jour suivant… Ils passent leur vie à se le demander jusqu'au jour où ils s'aperçoivent que leur vie prend fin.

— Où veux-tu en venir ?

— A ceci : comme ces gens, je crois que tu te préoccupes trop de ce qui va se passer et pas assez de ce qui est en train de se passer. Pourtant, en fin de compte, la seule chose que nous ayons à nous, c'est le moment présent…

— Eh bien, disons que je préférerais faire quelque chose de plus productif de mon moment présent que de philosopher avec toi. Alors donne-moi ces cassettes !

— Attends une minute, comment veux-tu chasser des

prédateurs nocturnes si tu penses comme quelqu'un qui vit le jour ?

Ally fronça les sourcils, surprise :

— Que veux-tu dire ?

— Eh bien, les gens que tu recherches vivent la nuit.

— Et alors ?

— Alors, demande-toi ceci : ils repèrent leurs proies de la façon la plus habile qui soit. C'est incontestable. Mais pourquoi prennent-ils le risque d'agir aussitôt ? Il serait beaucoup plus sage d'attendre, de surveiller les allées et venues de leurs victimes et de déterminer le moment propice pour frapper. Moment qui se situerait probablement durant le jour puisque la plupart de ces victimes travaillent. Alors pourquoi frappent-ils sans attendre ?

— Parce qu'ils sont arrogants ?

— En partie, peut-être. Mais je ne crois pas que cela soit la raison principale.

— Parce qu'ils aiment le risque, alors ? suggéra encore Ally.

— Exact. Comme toutes les personnes nocturnes, ils vivent dans l'instant. Ils ne cherchent pas l'efficacité à terme mais l'excitation du moment.

Ally hocha la tête, se demandant si Jonah parlait d'expérience. Avait-il, lui aussi, éprouvé cette sensation autrefois ?

— C'est la raison pour laquelle les gens de la nuit sont toujours plus dangereux, reprit Blackhawk. Ils agissent à l'instinct.

— Est-ce que c'est ton cas ? demanda-t-elle, curieuse.

— Oui.

— Je me le tiendrai pour dit, remarqua-t-elle avant de se détourner.

Mais il ne lui en laissa pas l'occasion, l'attrapant par le bras pour la retenir auprès de lui.

— Qu'est-ce qui te prend ? dit-elle, agacée.

— Je ne sais pas encore… Pourquoi n'as-tu pas envoyé un policier en uniforme pour chercher ces cassettes ?

— Parce que c'est mon enquête.

— Ce n'est pas la véritable raison.

Ally ne répondit pas, se demandant brusquement ce qui l'avait poussée à venir. Jonah avait raison : rien ne la forçait à le faire et elle se serait épargné un temps précieux en envoyant quelqu'un à sa place. Mais elle n'avait pas résisté à l'idée de venir le voir. Et, dans ses yeux, elle vit qu'il le savait parfaitement.

— Lâche-moi ! s'exclama-t-elle, exaspérée par son insolence. Je n'ai encore jamais frappé un civil innocent mais je peux faire une exception !

— Essaie, dit-il en riant.

Se retournant brusquement, elle lui décocha un coup de coude dans la poitrine mais il para le coup avec grâce, décalant sa prise vers le poignet de la jeune femme. D'instinct, elle effectua un balayage du pied, espérant le déstabiliser. Mais il avait déjà réajusté son centre de gravité en conséquence et elle eut l'impression de heurter un tronc d'arbre.

Faisant un pas de côté, il se servit de son élan pour la plaquer contre la porte, se pressant contre elle. Un mélange de colère et de désir monta brusquement en Ally et elle fut tentée de lui envoyer un violent coup de poing dans la mâchoire. Pourtant, elle se reprit, songeant que cela n'aurait fait que compliquer les choses.

Le sarcasme était une protection beaucoup plus sûre contre cet homme aussi dangereux que séduisant.

— La prochaine fois que tu veux danser, tu n'as qu'à m'inviter dans les formes, dit-elle d'un ton qui se voulait léger.

Mais Jonah ne sourit pas : dans ses yeux, elle vit passer une ombre troublante et les battements de son cœur redoublèrent.

— Bon sang, Jonah, qu'est-ce que tu veux, au juste ?

Blackhawk hésita un instant. Mais la tentation était trop grande.

— Au diable les principes ! s'exclama-t-il, rageur.

Il n'avait plus la force de penser aux conséquences de ses actes ni de respecter les règles de conduite qu'il s'était fixées et qui lui paraissaient soudain dénuées de tout fondement.

— Je veux savoir, dit-il en lâchant sa bouteille d'eau dont le contenu se déversa sur le sol du gymnase.

Levant les bras de la jeune femme au-dessus de sa tête, il posa ses lèvres sur les siennes. Le corps d'Ally frémit contre le sien sans qu'il sache si c'était de rage ou de désir. Mais peu lui importait : d'une façon ou d'une autre, il se damnait par ce baiser et il entendait en tirer le plus grand plaisir possible.

Mordillant la lèvre inférieure de la jeune femme comme il avait si souvent rêvé de le faire, il la força doucement à ouvrir la bouche pour pouvoir l'embrasser plus à son aise. Un grognement sourd s'échappa de la gorge d'Ally, révélant une soif aussi primitive et sauvage que la sienne.

L'odeur de la jeune femme, le contact de sa peau sous ses doigts, la chaleur de son corps contre le sien, tout contribuait à décupler l'envie que Jonah avait d'elle. Lâchant ses poignets, il laissa ses mains descendre le long de ses bras sans qu'elle cherche à se dégager. Doucement, ses paumes glissèrent le long de ses épaules tandis qu'ils se dévoraient de baisers sans cesse plus sauvages.

Mais, comme il se préparait à toucher sa poitrine haletante, il sentit brusquement la crosse de son revolver qui émergeait du holster qu'elle portait sous sa veste. Ce contact suffit à dissiper brutalement la chaleur qui avait envahi ses veines. Aussitôt, il recula, sentant un frisson glacé le parcourir.

Qu'était-il en train de faire ? Avait-il complètement perdu la raison ?

Ally ne dit mot, se contentant de le fixer de ses yeux dorés qui paraissaient légèrement troubles. Ses bras restaient dressés au-dessus de sa tête, comme s'il la tenait toujours. Jamais elle n'avait été plus désirable qu'en cet instant, offerte et consentante, et Jonah comprit que leur baiser n'avait en rien atténué le besoin qu'il avait d'elle.

— C'était une erreur, murmura-t-il pourtant avec un manque évident de conviction.

— Je sais.

— Une grave erreur, répéta-t-il comme pour mieux s'en persuader.

En guise de réponse, Ally plongea les mains dans les cheveux de Jonah et l'attira de nouveau contre elle, l'embrassant avec une ferveur accrue. Cette fois, ce fut son corps à lui qui fut parcouru d'un frémissement, comme si elle venait de l'électrocuter. Et cela ne fit qu'augmenter la fougue de la jeune femme.

Elle pressa ses lèvres contre les siennes avec une ardeur qui confinait à la rage, en se disant qu'il leur fallait aller au bout de ce qu'ils avaient commencé. Sinon, la frustration serait si grande qu'elle risquait d'en perdre la raison. Jonah avait éveillé en elle une faim insatiable qui l'habitait tout entière, la consumait. Et peu importe que ce ne soit ni raisonnable ni conforme à la procédure. Elle le voulait.

Leurs lèvres et leurs langues se mêlaient et se confondaient et elle avait l'impression de fusionner tout entière avec lui dans cette étreinte. Jamais encore elle n'avait éprouvé une telle saturation des sens. Elle avait l'impression que chacune de ses impressions était démultipliée à l'infini, éveillant au creux de son ventre un vide que lui seul pourrait remplir.

Lorsqu'il glissa les mains sous son T-shirt, elle gémit, se cambrant pour offrir sa poitrine à ses caresses. Lorsqu'il la toucha enfin, elle crut qu'elle allait mourir de plaisir.

— Je te désire depuis la première minute où je t'ai vue, murmura Jonah sans cesser d'effleurer la pointe de ses seins à travers le tissu de son soutien-gorge.

— Je sais, répondit-elle d'une voix rauque en l'embrassant de plus belle.

Il entreprit de lui ôter sa veste, impatient de la tenir nue dans ses bras. Mais lorsque ses yeux se posèrent sur son arme de service, une petite voix lui souffla qu'il était en train de commettre une folie. Il faillit envoyer au diable sa conscience, laisser son corps enfiévré suivre la voie que lui dictait son instinct. Mais il aurait alors renié tout ce en quoi il avait toujours cru.

— Ally, souffla-t-il doucement. Il ne faut pas…

Elle vit le désir refluer dans ses yeux, se muant en une expression distante et maîtrisée qui dissipa son propre désir comme le vent souffle une bougie.

— D'accord, dit-elle en luttant pour retrouver le contrôle de sa respiration hachée. D'accord…

Il recula d'un pas, continuant à la regarder d'un air indéchiffrable.

— C'était une expérience intéressante, déclara-t-elle en rajustant sa veste. Intense, en tout cas… J'ai besoin d'une minute pour reprendre mes esprits.

Elle ferma les yeux et fit quelques pas, les jambes flageolantes. Elle était incapable de comprendre ce qui venait de se passer : c'était trop fort, trop violent pour s'apparenter à un simple baiser. Mais elle aurait tout le temps de réfléchir à cela plus tard. Pour le moment, l'important était de conserver un semblant de maîtrise de soi et de dignité.

— De toute façon, nous savions tous les deux que nous avions ceci en nous, dit-elle froidement. Et il valait mieux que cela sorte un jour…

— Je suis d'accord avec la première proposition mais je réserve mon jugement en ce qui concerne la seconde, déclara Jonah en ramassant la bouteille d'eau.

Regagnant le bureau à la suite de la jeune femme, il la jeta dans la poubelle et glissa ses mains dans ses poches pour dissimuler leur tremblement.

— Qu'est-ce qu'on fait, maintenant ? demanda-t-il enfin.

— On fait comme si rien ne s'était passé.

Voilà qui serait plus facile à dire qu'à faire, songea Jonah. Elle venait de lui entrouvrir les portes d'un paradis inconnu et voilà qu'il devait agir comme si son univers tout entier ne venait pas de basculer.

— Très bien, dit-il pourtant, tentant de sauver la face.

Il récupéra les cassettes vidéo dans le tiroir de son bureau et les lui tendit.

— Je suppose que c'est uniquement pour cela que tu es venue, ajouta-t-il.

Ally les glissa dans son sac à main, se forçant à ne penser qu'à une seule chose à la fois.

— Je vais te donner un reçu.

— C'est inutile.

— C'est la procédure légale, insista-t-elle en sortant le formulaire qu'elle commença à rédiger.

— Dans ce cas, ironisa-t-il, je m'en voudrais de déroger aux sacro-saintes règles de la procédure.

Sans relever ses sarcasmes, elle finit de remplir le reçu qu'elle lui tendit.

— Bien, dit-il en l'empochant. Je ne voudrais pas te retenir. Je sais que ton temps est précieux.

— Oh, arrête de jouer à ce petit jeu, Blackhawk ! Tu as fait le premier pas et j'ai fait le second. Nous sommes à égalité, en ce qui me concerne.

Sur ce, elle sortit en claquant la porte.

Ally n'était décidément pas faite pour devenir serveuse. Elle s'en rendit compte au moment même où elle déversa sur la tête d'un client le cocktail qu'elle venait de lui apporter. Mais c'était sa faute : il n'avait pas à lui mettre la main aux fesses en lui proposant une petite partie fine avec l'un de ses amis.

Bien sûr, ledit client fit connaître son mécontentement avec force cris et protestations mais, avant qu'elle n'ait pu lui casser le bras comme elle en avait l'intention dans le mince espoir de lui apprendre les rudiments de la politesse, Will s'interposa et jeta l'homme dehors non sans lui avoir intimé l'ordre de ne jamais remettre le pied dans l'établissement.

Après cet épisode malencontreux, la jeune femme surprit plusieurs regards intrigués et se maudit pour avoir mis en danger sa couverture sur un coup de tête. Elle était trop impulsive pour ce genre de missions, sans doute. Après tout, elle ne s'était pas engagée dans la police pour servir des verres et nettoyer des assiettes…

Elle éprouvait pourtant désormais un respect et une admiration sans bornes pour les serveurs du monde entier qui avaient la patience de supporter les caprices et les mauvaises plaisanteries de leurs clients en échange d'un misérable pourboire.

— Je déteste ces gens, confia-t-elle à Pete tandis qu'il remplissait les verres de bière qu'elle venait de lui commander.

— Mais non. Ce n'est qu'une impression…

— Dans ce cas, elle est sacrément tenace ! Je les trouve mal élevés, ennuyeux et insupportables à la fois. Et ce sont les pires qui semblent s'être donné rendez-vous au Blackhawk.

— Dire qu'il n'est encore que 6 h 30, commenta le barman en riant.

— 35, corrigea-t-elle. Chaque minute compte.

Elle avisa alors Jan qui paraissait danser entre les tables, distribuant les commandes et les bons mots sans se laisser troubler par les regards salaces qui glissaient sur elle.

— Comment fait-elle, je me le demande ? soupira-t-elle avec une pointe d'envie.

— C'est une véritable mercenaire, blondinette : elle est née pour cela et pas toi. Bien sûr, tu travailles dur mais tu n'as pas le feu sacré…

— Ni les mêmes courbes qu'elle, grommela Ally en soulevant son plateau.

A cet instant, elle se figea, repérant l'homme qui venait d'entrer dans le club.

— Pete, demande à Jan de servir la table huit. J'ai quelque chose d'important à faire, dit-elle en faisant mine de s'éclipser.

Hélas, Dennis l'avait déjà repérée et fendait la foule pour venir à sa rencontre. Sans lui laisser le temps de compromettre sa couverture, Ally vint à sa rencontre et le prit par le bras, l'entraînant à travers la cuisine jusqu'à la porte de derrière.

— Bon sang, Dennis ! s'exclama-t-elle tandis qu'il se contentait de la regarder, stupéfait.

— Mais qu'est-ce qui se passe ? demanda-t-il. Pourquoi m'as-tu amené ici ?

— Parce que je suis en plein milieu d'une affaire et que tu risques de compromettre ma couverture, expliqua-t-elle. Je t'avais pourtant demandé de ne plus me suivre !

— Je ne vois pas du tout de quoi tu parles, répondit-il en feignant l'innocence. Je ne savais vraiment pas que tu étais là…

— Ecoute-moi bien, Dennis, dit-elle d'une voix où couvait une fureur glaciale. Notre histoire est terminée depuis des mois. Il n'y a aucune chance, tu m'entends, absolument aucune, pour que nous recollions les morceaux. Par contre, si tu continues à agir de cette façon, je porte plainte pour harcèlement et je te promets que je ferai de ta vie un véritable enfer.

Les lèvres de Dennis se plissèrent en une fine ligne pâle tandis qu'un éclat meurtrier passait dans ses yeux.

— C'est un endroit public, déclara-t-il froidement. J'ai tout de même le droit d'entrer prendre un verre dans un bar sans avoir à me demander si tu n'es pas en train d'y jouer les serveuses !

— Tu te trompes : compromettre une action policière peut te valoir une arrestation pour complicité avec des malfaiteurs. Cette fois, tu es allé trop loin et j'appellerai le bureau du procureur dès demain !

— Ne fais pas ça, plaida Dennis. Je t'assure que je ne savais pas. Je passais par là et je me suis dit…

— Arrête de mentir, Dennis, lui intima Ally en serrant convulsivement les poings. Je ne supporte plus ta petite comédie.

— Oh, Ally, je t'en prie, gémit-il. Tu me manques tellement… Je pense à toi tout le temps, je n'arrive pas à m'en empêcher. Je sais que je n'aurais pas dû te suivre. Mais c'est plus fort que moi. Je voulais te parler, entendre ta voix…

S'approchant d'elle, il la prit dans ses bras et se serra contre elle, lui arrachant un frisson de dégoût irrépressible.

— Ne me touche pas, lui ordonna-t-elle en le repoussant durement.

Mais il n'obéit pas, s'agrippant à elle comme une pieuvre.

— Ne t'en va pas. Tu me tues lorsque tu deviens glaciale, comme cela…

Ally aurait pu l'envoyer à terre en moins de trois mouvements mais elle s'en abstint, refusant d'en arriver là.

— Dennis, ne me force pas à te faire du mal. Ecarte-toi et laisse-moi tranquille une fois pour toutes. Sinon, nous risquons tous les deux de regretter ce qui va se passer ici…

— Reviens avec moi, supplia-t-il. S'il te plaît… Je te jure que tout ira bien.

— Tu te trompes, Dennis. Maintenant, va-t'en…

A cet instant, quelqu'un poussa la porte de la cuisine et Ally se retourna, se retrouvant nez à nez avec Jonah.

— Je vous conseille de faire ce qu'elle demande, dit-il d'une voix où couvait une menace sourde. Et de le faire vite…

Ally ferma les yeux, envahie par un mélange particulièrement désagréable d'embarras et de colère. De quel droit se permettait-il d'intervenir dans ce qui était visiblement une affaire personnelle ?

— Je peux me charger de cela toute seule, dit-elle.

— Peut-être, mais il me semble avoir été clair : ceci est mon établissement et tout ce qui s'y passe me concerne. Lâchez-la, ordonna-t-il à Dennis.

— Ceci est une conversation privée, répliqua celui-ci.

— Plus maintenant. Rentre, Ally…

— Mêlez-vous de vos affaires, cracha Dennis, rageur. Foutez le camp d'ici.

— Mauvaise réponse, répondit Jonah en s'avançant vers eux.

D'un geste, Ally se dégagea de l'étreinte de Dennis et s'interposa entre les deux hommes. Dans les yeux de Jonah elle percevait une lueur glacée qui n'augurait rien de bon.

— Je t'en prie, ne lui fais pas de mal, murmura-t-elle.

Jonah s'arrêta brusquement, touché par sa détresse inattendue.

— Rentre, répéta-t-il en posant doucement la main sur son épaule. Je m'en occupe.

— Alors c'est ça ? s'exclama Dennis. Tu m'avais dit qu'il n'y avait personne d'autre. Mais j'aurais dû savoir que tu me mentais. Je suppose que tu couchais avec lui depuis le début, espèce de garce !

Avant même qu'elle ait pu réagir, Jonah se jeta sur Dennis. Il avait bougé à une vitesse stupéfiante et elle le vit plaquer son ex petit ami contre le mur que ce dernier heurta avec un bruit sourd. Se jetant sur Jonah, elle essaya de l'écarter. Mais il tint bon, ne bougeant pas d'un pouce malgré la force avec laquelle elle tirait sur son bras pour lui faire lâcher prise. Elle aurait aussi bien pu vouloir déplacer un roc…

— Je n'aime pas les hommes qui bousculent les femmes et les insultent, dit-il froidement avant d'assener un prodigieux coup de poing dans le ventre de Dennis qui en eut le souffle coupé. Je ne le tolérerai pas dans mon établissement, ajouta-t-il en frappant de plus belle. Est-ce que tu comprends ça, espèce de salopard ?

Enfin, il s'écarta et Dennis s'effondra sur le sol, recroquevillé en position fœtale et se tenant le ventre.

— Je crois qu'il a compris, commenta Jonah en haussant les épaules.

— Formidable ! s'exclama Ally, furieuse. Tu viens juste de passer à tabac l'un des assistants du procureur.

— Et alors ?

— Aide-moi à le relever.

— Pas question, déclara Jonah en prenant le bras de la jeune femme pour l'empêcher d'aider Dennis. Il est venu ici tout seul comme un grand et il repartira de la même façon.

— Mais on ne peut pas le laisser sur le trottoir, protesta-t-elle.

— Il se relèvera tout seul, n'est-ce pas, Dennis ?

Jonah s'agenouilla auprès de lui, le dévisageant avec une froideur qui fit frissonner la jeune femme.

— Tu vas te lever et partir bien tranquillement. Ensuite, tu ne remettras plus jamais de ta vie les pieds dans mon club. Et tu prendras garde à rester loin d'Allison. Si tu la rencontres un jour par hasard, tu tourneras les talons et tu partiras dans la direction opposée. Dans le cas contraire, tu auras de nouveau affaire à moi et cette fois, je ne serai pas aussi gentil. C'est compris ?

Dennis se redressa péniblement en hoquetant, ses yeux emplis de larmes, brillant d'une haine aussi pure que le diamant.

— Prenez-la, cracha-t-il en se relevant. Elle se servira de vous et finira par vous laisser tomber lorsque cela ne l'amusera plus. C'est ce qu'elle a fait avec moi. Alors, prenez-la, je vous la laisse…

Sur ce, il s'éloigna en boitant, la main crispée sur son ventre.

— Eh bien, commenta Jonah, on dirait bien que tu es à moi,

maintenant. Mais si tu veux te servir de moi, nous ferions bien de rentrer : je ne voudrais pas choquer nos clients…

— Ce n'est pas drôle, répondit tristement Ally.

L'observant, il perçut toute la pitié qu'elle éprouvait envers Dennis et se sentit vaguement coupable d'avoir agi comme il l'avait fait.

— Je suis désolé, dit-il. Tu devrais venir dans mon bureau le temps de recouvrer tes esprits.

— Je vais bien, répondit-elle d'une voix blanche. Et je ne veux pas en parler pour le moment…

— Comme tu voudras, dit-il en posant doucement les mains sur les épaules de la jeune femme. Mais tu devrais tout de même prendre une pause.

— J'espère que cela n'a pas mis en danger ma couverture, murmura-t-elle.

— Non. Pete m'a juste dit qu'un type était rentré et que tu l'avais emmené dehors, furieuse. Il se doutait qu'il pouvait s'agir d'un de tes ex.

— Dans ce cas, nous nous en tiendrons à la vérité : Dennis était mon petit ami et il me harcelait.

— D'accord. Mais cesse de te faire du souci pour lui. Tu n'es pas responsable de ce qu'il ressent.

— Bien sûr que si… On est responsable des sentiments que l'on inspire.

Elle se tut et se tourna vers Jonah, un pâle sourire aux lèvres :

— Merci quand même. J'aurais pu m'en sortir seule, mais merci d'avoir été là.

— Il n'y a pas de quoi.

Instinctivement, Jonah se rapprocha d'elle et la prit dans ses bras, la serrant tendrement contre lui. Lorsqu'elle leva les yeux vers lui, il y lut le désir qu'il lui inspirait et fut parcouru d'un délicieux frisson. Mais, alors qu'il allait poser ses lèvres sur celles de la jeune femme, la porte de la cuisine s'ouvrit de nouveau.

— Oups, désolée, fit Frannie qui se tenait sur le seuil, un briquet dans une main et une cigarette dans l'autre.

Elle fit mine de battre en retraite, mais Ally se dégagea de l'étreinte de Jonah.

— Ne t'en fais pas, j'allais rentrer. Je suis déjà en retard…

Après avoir jeté un dernier regard à Jonah, elle pénétra dans le club.

Frannie attendit que la porte se referme et s'adossa contre le mur pour allumer sa cigarette.

— Eh bien, murmura-t-elle.

— Comme tu dis, soupira Jonah en secouant la tête, comme s'il émergeait d'un rêve.

— Elle est très belle.

— C'est vrai.

— Et intelligente, en plus. Ça se voit.

— Oui…

— En fait, je dirais qu'elle est exactement ton type.

— Tu crois ? demanda Jonah, surpris.

— Bien sûr. Elle a le même genre de classe que toi. On le sent lorsqu'on discute avec elle.

Jonah se sentait plus troublé qu'il ne l'aurait voulu par ces commentaires : Frannie le connaissait depuis des années et elle était probablement l'une des personnes qui le comprenait le mieux.

— Nous verrons bien où tout cela nous conduit, déclara-t-il, philosophe.

Frannie haussa les épaules comme si, pour elle, la question était déjà réglée.

— Ta veste est froissée, remarqua-t-elle. C'était grave ?

— Non, rien d'important. Un de ses ex qui n'appréciait pas de n'être qu'un ex.

— Je me doutais que c'était quelque chose de ce genre. En tout cas, si cela t'importe, elle me plaît bien, cette petite.

Jonah s'avança vers Frannie et posa doucement la main sur sa joue.

— Bien sûr que cela m'importe, murmura-t-il, touché par cette déclaration inattendue.

5.

Six jours après le cambriolage qui avait eu lieu chez les Chambers, Ally fut convoquée par le lieutenant Kiniki. Elle s'était déjà changée pour partir au club et se présenta donc habillée en serveuse, ce qui ne manqua pas de faire sourire son supérieur.

— Nous n'avons pu localiser encore aucun des articles volés, lui expliqua-t-elle, à contrecœur. Nous continuons à interroger régulièrement nos informateurs mais ils ignorent tout de ce gang. Même ceux de Hickman sont incapables de dégotter quoi que ce soit. La personne qui dirige ces opérations doit être supérieurement intelligente et particulièrement discrète.

— Et tu n'as aucune piste, au Blackhawk ?

— Non… Je ne peux pas t'en dire plus qu'au premier jour. Après avoir visualisé les cassettes de surveillance, je garde à l'œil plusieurs habitués mais aucun d'eux n'a encore fait la moindre tentative. Le seul point positif, c'est que ma couverture est parfaite.

— Tant mieux. J'espère juste que cela ne va pas s'éterniser. Je ne voudrais pas que tu passes ta vie à servir des cocktails dans un bar.

Kiniki se tut un instant et feuilleta un dossier d'un air

absent. Nerveuse, Ally réalisa qu'il cherchait ses mots, ce qui n'était pas dans ses habitudes.

— En ce qui concerne Dennis Overton, commença-t-il enfin, laissant planer ses paroles dans le bureau qui parut soudain se charger d'une tension sourde.

En remplissant une plainte adressée au bureau du procureur, Ally avait compris que le sujet finirait par être abordé au sein de sa hiérarchie. Pourtant, elle s'était efforcée de reculer cette échéance pour s'épargner de pénibles explications.

— Je suis désolée d'avoir dû en arriver là, soupira-t-elle. Je tiens cependant à préciser que cela n'a pas porté atteinte à ma couverture, ajouta-t-elle aussitôt. Au contraire, même, cela l'a renforcée…

— Ce n'est pas ce qui me préoccupe. Ce que je veux savoir, c'est pourquoi tu n'as pas rapporté l'attitude déplacée de Dennis auparavant. Tu aurais pu m'en parler ou contacter directement le procureur…

« Ou mon père », compléta mentalement la jeune femme qui savait Kiniki trop diplomate pour le suggérer.

— Il s'agissait d'une affaire personnelle, répondit-elle évasivement. Jusqu'à ce dernier incident, Dennis ne se manifestait qu'en dehors de mes heures de travail. Et j'ai pensé que je pourrais résoudre cela toute seule sans impliquer nos hiérarchies respectives.

— J'ai parlé avec le procureur. Dans la plainte que tu as déposée, tu indiques que Dennis a commencé à te harceler au cours de la première semaine d'avril. Depuis, il n'a cessé de te téléphoner chez toi et ici, il est passé à de nombreuses reprises à ton appartement, il t'a suivie au cours de déplacements personnels et professionnels…

— Pas professionnels, objecta-t-elle. Du moins, pas jusqu'à ce dernier soir.

Kiniki la regarda attentivement et elle jugea préférable de se taire, attendant qu'il lui dise ce qu'il avait en tête.

— Peu importe, Fletcher. Tu es bien placée pour savoir que ce genre d'attitude est répréhensible par la loi : elle tombe sous le coup des textes sur le harcèlement sexuel.

— C'est exact, reconnut-elle. D'ailleurs, lorsqu'il est apparu évident que Dennis n'amenderait pas sa conduite, qu'il ne se laisserait pas décourager et qu'il était susceptible de mettre en danger mon enquête, j'en ai référé à ses supérieurs.

— Mais tu n'as pas porté plainte comme c'était ton droit le plus strict.

— Non.

— Tu es consciente que cela t'empêche d'obtenir une interdiction de visite ou une clause de restriction.

— J'ai pensé qu'une admonestation de son supérieur suffirait à le dissuader…

— Une admonestation du procureur ou de Jonah Blackhawk ?

Ally lui jeta un coup d'œil interrogatif : elle n'avait évidemment pas fait mention de cet épisode dans sa lettre au procureur.

— Dennis a déclaré que Blackhawk l'avait attaqué sans provocation dans un accès de jalousie.

— C'est ridicule ! s'exclama Ally, dégoûtée. Je n'ai même pas parlé de cet incident parce que cela ne me paraissait pas nécessaire. Mais si Dennis insiste pour se ridiculiser, j'écrirai un rapport complet sur ce qui s'est réellement produit.

— Fais-le. Je veux une copie sur mon bureau demain après-midi.

— Cela pourrait faire perdre son emploi à Dennis, objecta Ally.

— Cela te pose un problème ?

— Non, soupira-t-elle. Mais il faut que tu saches que Dennis et moi sommes sortis ensemble pendant trois mois, reconnut-elle à contrecœur. Jusqu'à ce qu'il commence à se conduire de façon étrange…

Elle s'interrompit, hésitant à discuter de sa vie privée. Mais celle-ci avait fait brusquement irruption dans sa vie professionnelle et il ne servait à rien de se voiler la face.

— Il est devenu possessif et jaloux, reprit-elle. Cela frôlait l'obsession. Chaque fois que j'étais en retard ou que j'annulais l'un de nos rendez-vous, il m'accusait de voir un autre homme. La situation est devenue rapidement insupportable et j'ai décidé de rompre. Depuis ce moment, il n'a pas cessé de m'appeler et de me suivre, me suppliant de revenir et me promettant de s'amender. Mais comme je le rabrouais chaque fois, il a commencé à piquer des crises de larmes ou de rage… C'est pourquoi je me sens un peu responsable de cette situation.

— C'est l'une des remarques les plus stupides que je t'aie jamais entendue proférer, protesta Kiniki. Si une victime de tels procédés venait te trouver en t'expliquant la situation, lui dirais-tu qu'elle en est responsable ?

Ally ne répondit pas : elle n'avait effectivement jamais considéré la situation sous cet angle.

— C'est bien ce que je pensais, reprit Kiniki. Tu suivrais la procédure classique et enregistrerais une plainte. Alors agis de même lorsque tu es concernée.

— D'accord.

Kiniki se tut quelques instants, hésitant à franchir la limite qui séparait leur relation professionnelle de leurs liens affectifs.

— Ally, dit-il enfin, est-ce que tu as parlé de cette situation à ton père ?

— Je ne veux pas qu'il soit mêlé à cette histoire, répondit-elle. Et franchement, je te serais reconnaissante de ne pas lui en parler.

— C'est ton droit. Je pense que c'est une erreur mais je respecterai ta volonté. Par contre, si Dennis t'approche encore une fois, je veux que tu me le signales et je ferai en sorte qu'il ne recommence plus jamais.

Malgré elle, Ally sourit à cette déclaration.

— Qu'y a-t-il de si drôle ? demanda Kiniki en fronçant les sourcils.

— Eh bien… Jonah m'a dit exactement la même chose que toi. Je suppose que c'est une preuve d'affection typiquement masculine…

— C'est ça, rigole ! En attendant, je veux que tu me trouves les coupables de ces cambriolages. Allez, fiche le camp…

Consciente du fait que la plupart des serveuses n'avaient pas les moyens de s'offrir une Corvette, Ally se garait généralement à deux pâtés de maisons du Blackhawk et finissait le trajet à pied. Cela lui laissait le temps de se remettre dans la peau de son personnage tout en profitant des charmes de Denver au printemps.

Elle aimait cette ville, ses immeubles qui se dressaient fièrement vers le ciel, se découpant contre les montagnes proches. Ses parents possédaient une petite maison sur les hauteurs dans laquelle elle avait séjourné à plusieurs reprises. Mais elle ne tardait pas à s'y ennuyer, préférant la richesse sans cesse renouvelée de la cité au calme quelque peu monotone des grands espaces.

Ici, tout était possible. Toutes sortes de gens se pressaient dans les rues, se croisant sans se connaître, vivant dans des mondes aussi différents qu'incompatibles et pourtant unis par leur appartenance à cette ville complexe.

Car Denver était un point névralgique situé aux confins de l'Est policé et de l'Ouest sauvage. On y voyait aussi bien des hommes portant des tenues de cow-boy que des jeunes cadres dynamiques sanglés dans leurs costumes Armani. Les magnats du bétail rencontraient ceux de la finance dans des boîtes de nuit sans qu'aucun d'entre eux ne semble déplacé.

Et lorsque le soleil brillait comme aujourd'hui, que les oiseaux chantaient dans les arbres, Ally avait vraiment l'impression de vivre dans l'endroit le plus exaltant du monde.

D'un pas léger, elle pénétra dans le club et avisa Jonah qui se tenait négligemment accoudé au bar, sirotant un verre d'eau pétillante tout en écoutant l'un de ses habitués se plaindre de la journée infernale qu'il venait de passer.

Mais dès qu'elle entra, il leva les yeux pour observer la jeune femme, la faisant frissonner malgré elle. C'était plus fort qu'elle : cet homme éveillait au creux de son ventre un trouble incoercible qui se communiquait à tout son être. Sa simple présence faisait naître en elle un mélange d'impatience et de nervosité qu'elle était incapable de maîtriser.

Pourtant, il ne l'avait plus jamais touchée depuis le soir où Dennis avait fait intrusion au Blackhawk. En fait, il avait même paru l'éviter, ne lui parlant que lorsque c'était nécessaire. C'était sans doute mieux ainsi, songeait-elle sans pourtant réussir à se départir d'une pointe de dépit. Tant que cette enquête se poursuivrait, toute relation personnelle risquait de nuire à son investigation.

Mais il y avait quelque chose de terriblement frustrant à le voir chaque jour, à le désirer sans pouvoir faire le moindre pas vers lui. Repoussant ces tristes pensées, la jeune femme soupira et alla enfiler son tablier après s'être contentée de saluer Jonah d'un léger signe de tête.

Jonah avait parfois l'impression de devenir fou. Bien sûr, ce n'était pas la première fois qu'il désirait une femme. Il connaissait tout de cette faim lancinante qui faisait bouillir son sang et naître en lui une sensation de manque et d'attente. Mais jamais encore cette impression n'avait été aussi puissante, aussi douloureuse. Il était constamment obsédé par son image, victime d'un supplice de Tantale qui se prolongeait indéfiniment sans lui laisser de répit.

Il ne parvenait pas à se débarrasser du souvenir de son parfum ni de celui de ses lèvres pressées contre les siennes. Il pouvait encore sentir le contact de sa peau brûlante sous ses mains. Et cela le rendait faible, il le savait. C'était quelque chose qu'il détestait parce que, pour la première fois depuis de longues années, il se savait vulnérable.

Il aurait tout donné pour que cette enquête prenne fin, pour qu'Ally quitte définitivement sa vie et retourne dans son monde. Alors, il pourrait recouvrer le contrôle de ses sens en déroute et reprendre son existence comme si rien ne s'était produit.

— Heureusement qu'il n'y a pas de policier dans le coin, fit la voix de Frannie derrière lui, le tirant brusquement de ses sombres méditations.

— Pourquoi ? demanda-t-il en s'efforçant de conserver un ton parfaitement détaché.

— Parce que tu te ferais arrêter pour harcèlement, répondit-elle. Je ne t'ai jamais vu regarder une femme de cette façon.

— Vraiment ? dit-il, rassuré et ennuyé tout à la fois. Je

ferais peut-être bien de me surveiller un peu plus, dans ce cas…

— A mon avis, murmura Frannie à Will tandis que Jonah s'éloignait, c'est elle qui le tient à l'œil.

— Oui, approuva Will en souriant. Et lui, il est sacrément mordu.

— C'est vrai. Pour une fois, il a affaire à plus forte partie que lui, répondit Frannie en lui adressant un clin d'œil.

— C'est bizarre. Le patron n'avait jamais eu de problèmes avec les femmes avant…

— Eh bien, je crois que celle-ci lui fait payer des années de facilité. Si tu veux mon avis, elle lui ferait faire n'importe quoi…

— Il faut dire qu'elle est plutôt mignonne, reconnut Will.

— C'est pire que cela : elle l'a harponné, je te dis. Il est amoureux et je crois qu'il n'est pas près d'en guérir…

— Tu le penses vraiment ? demanda Will en se caressant pensivement la barbe.

Lui-même ne comprenait rien aux femmes qu'il considérait généralement comme des créatures aussi merveilleuses que dangereuses et qu'il fallait approcher avec précaution.

— Il me faut deux Margaritas avec de la glace pilée et du sel, deux pintes de bière et un Coca citron, déclara alors Jan qui les avait rejoints, son plateau à la main.

Par jeu, elle passa une main dans les cheveux de Will qui rougit, terriblement gêné. Le charme et la féminité agressive de la jeune femme le mettaient toujours terriblement mal à l'aise et elle le savait pertinemment.

— Bon, je crois que je ferais mieux d'aller m'assurer que tout va bien, dit-il en prenant la fuite.

— Arrête de le taquiner, dit Frannie à Jan. Tu sais bien qu'il marche à chaque coup…

— C'est plus fort que moi, avoua la serveuse avec un regard malicieux. Il est trop chou… Dis donc, je vais à une fête, ce soir, après la fermeture. Ça te dit de venir ?

— Non, merci. Je crois que je vais rentrer bien sagement chez moi pour rêver de Brad Pitt…

— Rêver ne mène nulle part, répondit Jan en haussant les épaules. Ce qu'il te faut, c'est un homme.

— Crois-tu que je ne le sais pas ? soupira Frannie en remplissant les chopes de bière commandées.

Allison rapporta deux plateaux jusqu'au bar. Cela faisait à peine trente minutes qu'elle avait commencé à travailler et elle avait déjà rempli trois pages de commandes. La nuit serait longue… Avisant Jonah qui approchait, elle se prépara mentalement à résister à son charme.

— Allison, il faut que je te parle… Est-ce que tu pourrais passer à mon bureau durant ta pause ?

— Il y a un problème ? demanda-t-elle, légèrement inquiète.

— Non, éluda-t-il. Ça ne prendra pas longtemps…

— D'accord. Mais tu devrais en parler à Will pour qu'il accepte de me laisser monter. Il est intraitable à ce sujet.

— Ecoute, le mieux serait peut-être que tu montes maintenant.

— Je ne peux pas : j'ai des clients assoiffés qui m'attendent. Mais je te rejoins dès que j'ai une minute.

Elle s'éloigna à grands pas, se demandant ce que Jonah pouvait bien lui vouloir. Elle avait remarqué quelque chose d'étrange dans sa voix, une sorte d'hésitation qui ne lui ressemblait guère…

Chassant ces questions de son esprit, elle gagna le bar pour passer ses commandes. Mais Pete était au beau milieu de l'une des plaisanteries alambiquées dont il avait le secret et elle jugea préférable de ne pas l'interrompre. Elle en profita pour scruter la salle et étudia les gens qui étaient massés autour du comptoir.

Il y avait là un couple d'une vingtaine d'années qui semblait passer une folle soirée, riant aux éclats à chaque bon mot de Pete. Trois hommes en costume discutaient de la saison de base-ball, apparemment en désaccord complet sur leurs pronostics. Des garçons flirtaient avec une blonde solitaire qui paraissait d'humeur à se laisser séduire, leur décochant des sourires étincelants de blancheur et des coups d'œil qui auraient enflammé une pierre.

A une table toute proche, un couple d'une trentaine d'années faisait assaut de souvenirs, riant à des allusions qu'ils étaient probablement les seuls à pouvoir saisir. Ally remarqua les alliances à leurs doigts et sourit : il était rare de rencontrer un couple marié aussi épanoui dans un bar, songea-t-elle. Mais ces gens-là paraissaient tout simplement heureux d'être ensemble et de partager un moment privilégié.

Apparemment, ils devaient appartenir à un milieu aisé : leurs vêtements et les bijoux de la jeune femme indiquaient des cadres supérieurs ou des entrepreneurs chanceux. Juste derrière eux, un autre couple se chuchotait des confidences tout en se dévorant des yeux. Eux aussi paraissaient très complices…

Brusquement, Ally ressentit une pointe de jalousie. Elle leur enviait cette complicité naturelle, cette capacité de faire abstraction du monde entier pour ne plus voir que la personne assise en face d'eux. Ils jouissaient d'une confiance et d'une attention de tous les instants et n'en mesuraient probablement pas la valeur.

Ses parents avaient réussi à conserver cette proximité au cours des années : il suffisait de les regarder pour comprendre qu'un amour et une tendresse infinis les unissaient, forgés par toute une vie commune. Ally n'avait jamais ressenti une chose pareille : ses liaisons étaient généralement brèves et elle ne s'engageait jamais beaucoup sur le plan affectif, donnant toujours la priorité à son travail.

Derrière elle, un éclat de rire ponctua la chute de la plaisanterie de Peter. Elle en profita pour lui transmettre ses commandes et, en attendant qu'il les serve, elle se concentra sur ce qu'elle était venue faire dans ce bar : observer. Elle passa de nouveau en revue les clients avant de se focaliser sur Jan.

La jeune serveuse prenait la commande d'une femme d'une quarantaine d'années, lui prodiguant des conseils qui paraissaient avoir le don de la faire rire aux éclats.

— Plus c'est fort, et mieux ce sera, l'entendit déclarer Ally. Puisque je n'aurai pas de table avant 8 heures, autant en profiter pour me détendre un peu…

Jan hocha la tête et inscrivit sa commande tandis que le compagnon de la femme portait la main de celle-ci à ses lèvres pour y déposer un petit baiser délicieusement démodé. Une fois de plus, Ally se sentit tiraillée par la jalousie. Et comme elle continuait de les fixer, elle remarqua un détail qui lui avait échappé : le sac à main de la cliente avait changé de place.

Il pendait toujours à sa chaise mais sous un angle différent. Et la fermeture Eclair, hermétiquement close quelques instants seulement auparavant, bâillait légèrement. Le cœur battant, Ally se tourna vers Jan et la suivit du regard tandis qu'elle évoluait dans la salle surpeuplée, se demandant si la serveuse pouvait être la voleuse qu'elle recherchait. Mais cela n'avait aucun sens : Jan avait passé la nuit au Blackhawk lors du précédent cambriolage. Or les victimes avaient été repérées au Starfire…

Ally se tourna donc de nouveau en direction de la table du couple. Et cette fois, elle avisa la femme brune qui se trouvait à la table voisine : discrètement, elle était en train de glisser dans son propre sac à main le portefeuille et le trousseau de clés qu'elle venait de subtiliser.

Bingo !

— Tu rêves, Ally ? demanda Pete en lui tapotant l'épaule. Ta commande est prête…

— Je m'en occupe tout de suite, répondit précipitamment Ally, s'efforçant de conserver son calme.

A ce moment précis, la pickpocket se leva et, s'emparant de son sac à main, se dirigea vers les toilettes des dames. Se tournant vers Will qui se trouvait près d'elle, Ally lui tendit son plateau.

— Désolée, mais j'ai un besoin pressant, dit-elle. Est-ce que tu pourrais servir ceci à la table huit ? Je reviens tout de suite.

Sans attendre la réponse de Will, elle se rua à son tour vers les toilettes. A l'intérieur, elle repéra aussitôt la cabine occupée : la voleuse devait être en train de prendre les empreintes des clés. Ressortant aussitôt, elle tomba sur Beth qui lui jeta un regard chargé de reproches.

— Les clients te réclament, Ally. Où est ton plateau ?

— Désolée, Beth. C'était une urgence… Ne t'en fais pas, j'y retourne.

D'un pas rapide, elle se dirigea vers la table à laquelle étaient installés les policiers en civil.

— Notre suspect est une femme blanche de trente-cinq à quarante ans, débita-t-elle rapidement. Elle a les yeux et les cheveux bruns et sortira des toilettes des dames dans une minute. Elle porte un blazer bleu marine et un pantalon blanc bouffant. Elle est assise à droite du bar avec un homme d'une quarantaine d'années, yeux bleus, cheveux gris, portant un pull vert. Gardez-les à l'œil mais n'intervenez pas. Nous suivons le plan.

Sans attendre de réponse, elle s'éloigna et alla récupérer un plateau. L'homme au pull vert venait de ranger son téléphone portable et était en train de régler l'addition en liquide. Il paraissait parfaitement détendu, mais Ally le vit jeter plusieurs fois un regard à sa montre et vers la porte des toilettes.

Finalement, la femme qui l'accompagnait en sortit. Au lieu de se rasseoir, elle s'empara de son châle qui se trouvait sur le dossier de sa chaise et le drapa autour de ses épaules, masquant ainsi ses mains. Ally la vit ensuite adresser un signe de tête à son compagnon et tous deux se dirigèrent vers la sortie. Le sac à main avait de nouveau changé de position et était fermé. C'était tout bonnement de la prestidigitation. Avec une pointe d'admiration, Ally songea que la fille avait des doigts de fée.

Elle se préparait à les suivre lorsqu'elle aperçut Jonah qui se trouvait non loin de là. En quelques pas, elle le rejoignit et se pencha pour lui murmurer à l'oreille :

— Je les ai repérés. Deux officiers vont les suivre. Nous voulons qu'ils ne se doutent de rien et commencent le cambriolage pour pouvoir les prendre sur le fait. J'ai besoin d'un peu de temps avant de prévenir les victimes. Ensuite, je les emmènerai dans ton bureau. C'est d'accord ?

— D'accord, acquiesça Jonah, passablement éberlué.

— En attendant, il faut que tout semble naturel. Reste dans les parages, je te ferai signe lorsque je serai prête. Dis alors à Beth que tu as besoin de moi pour qu'elle prenne en charge mes tables. Je veux que tout se passe comme si de rien n'était.

— Je m'en occupe.

— Et donne-moi le code de la porte du haut.

— Deux, sept, cinq, huit, cinq.

— C'est parti…

Ally reprit son plateau et recommença à servir, s'efforçant de maîtriser l'excitation qu'elle sentait monter en elle. Au bout de quinze minutes, elle vit la femme qu'elle surveillait se lever pour aller aux toilettes et fit signe à Jonah qui alla aussitôt trouver Beth.

Gagnant les toilettes à son tour, Ally vérifia qu'elles étaient désertes et aborda la cliente :

— Inspecteur Fletcher, dit-elle en lui montrant son badge. Police de Denver.

— Que me voulez-vous ? demanda l'inconnue avec méfiance.

— J'ai besoin de votre aide et de celle de votre mari dans le cadre d'une enquête. Si vous voulez bien me suivre…

— Je n'ai rien fait, protesta-t-elle.

— Non, madame, ne vous inquiétez pas, je vous expliquerai tout. J'aimerais juste que vous me suiviez.

— Je n'irai nulle part sans Don.

— Je vais chercher votre mari. En sortant, montez l'escalier et gagnez le palier du premier étage. Je vous y retrouverai avec lui.

— Mais de quoi s'agit-il, exactement ?

— Je vous l'expliquerai, répondit patiemment Ally. Faites-moi confiance.

Sans attendre, elle quitta les toilettes et gagna la table où Don sirotait son verre de whisky d'un air songeur.

— Monsieur ? fit Ally en se penchant vers lui. Votre épouse veut vous voir. Elle est au premier étage.

— Elle va bien ? demanda-t-il, inquiet.

— Oui, ne vous en faites pas.

Ally ramassa des verres qu'elle plaça sur son plateau tandis que Don se dirigeait vers les escaliers. Au bout de quelques instants, elle prit le même chemin et rejoignit le couple qui attendait sur le palier du premier étage.

— Inspecteur Fletcher, dit-elle à Don en lui montrant son insigne. Je dois vous parler en privé, à vous et à votre épouse.

Composant le code, elle ouvrit la porte et s'effaça pour les laisser entrer.

— Vous n'avez pas le droit de nous traiter de cette façon, protesta la femme, indignée.

— Lynn, calme-toi. Je suis sûr que tout va bien…

— Asseyez-vous, leur dit Ally en refermant la porte du bureau.

— Je ne veux pas m'asseoir, protesta Lynn.

Ally haussa les épaules.

— J'enquête sur une série de cambriolages qui ont eu lieu dans les environs de Denver au cours de ces dernières semaines, expliqua-t-elle.

— Est-ce que vous trouvez que nous avons l'air de cambrioleurs ? demanda Lynn, méprisante.

— Non. Vous avez l'air d'un charmant petit couple des classes supérieures. Exactement le genre des victimes qui ont été cambriolées jusqu'ici. Il y a moins de vingt minutes, une femme vous a pris vos clés et votre portefeuille.

— C'est impossible : mon sac était près de moi tout le temps. Regardez, ajouta-t-elle en l'ouvrant.

— Ne touchez pas vos clés !

— Mais vous disiez qu'elle me les avait volées…

— Lynn, vas-tu te taire, bon sang ? Inspecteur, que se passe-t-il, exactement ?

— Les cambrioleurs agissent toujours de la même façon : ils s'emparent des clés des victimes, en prennent des empreintes et les replacent là où ils les ont trouvées. De cette façon, leurs cibles ne peuvent se douter de ce qui est en train de se produire. Pendant ce temps, leur maison est cambriolée. Et c'est exactement ce que j'essaie de vous éviter en ce moment même. Maintenant, asseyez-vous et écoutez-moi.

Cette fois, Lynn ne songea pas à discuter et s'effondra dans le siège le plus proche tandis que Don prenait place auprès d'elle.

— Puis-je connaître vos noms et adresses ? demanda Ally.

— Don et Lynn Barnes. Nous habitons au 12 Crescent Drive. Vous voulez dire que quelqu'un se trouve dans notre maison en ce moment même ?

— Non. Je ne pense pas qu'ils soient aussi rapides. Y a-t-il quelqu'un chez vous, en ce moment ?

— Non. Nous vivons seuls. Bon Dieu, c'est incroyable…

— Je vais contacter mes collègues et leur donner vos coordonnées. Donnez-moi une seconde.

Se détournant, elle décrocha le téléphone au moment même où Jonah les rejoignait.

— Monsieur et madame Barnes, dit-il, puis-je vous offrir un verre ? Je réalise que cette situation doit être terriblement éprouvante…

— Je ne refuserais pas un bourbon sec, acquiesça Don, sonné.

— Madame Barnes ?

— Je ne comprends pas, murmura celle-ci.

— Un cognac vous fera le plus grand bien, déclara Jonah en gagnant le bar qui se trouvait près de son bureau.

Il remplit deux verres qu'il leur tendit avant de se servir lui-même.

— Vous pouvez avoir confiance en l'inspecteur Fletcher, reprit-il. Et pendant qu'elle s'occupe de votre affaire, je vous suggère de vous détendre. La police veillera à ce qu'il n'arrive rien de fâcheux à vos affaires.

— Monsieur Barnes, déclara Ally en raccrochant le téléphone, deux de nos équipes seront sur place dans quelques instants. Avez-vous réservé pour dîner ?

— Oui, à 8 heures.

— Dans ce cas, ils croiront avoir tout leur temps... Madame Barnes, nous allons arrêter ces gens. Je vous promets qu'ils ne vous voleront rien et qu'ils n'abîmeront pas votre maison. Mais j'ai besoin de votre entière coopération. Je veux que vous et votre mari retourniez en bas et agissiez comme si de rien n'était. Dans une heure, je pense que toute cette histoire sera définitivement réglée...

— Mais je veux rentrer chez moi ! protesta Lynn.

— Nous vous y ramènerons. Mais nous avons besoin d'une heure pour les prendre sur le fait. Or il est possible qu'un membre de la bande se trouve toujours en bas pour s'assurer que vous ne partez pas avant l'heure prévue. S'il se doute de quelque chose, ils annuleront l'opération et nous ne pourrons pas les arrêter.

— Peu importe, au moins je serai certaine que ma maison ne sera pas cambriolée !

— C'est juste. Mais quelqu'un d'autre le sera et, cette fois, les voleurs seront sur leurs gardes.

— Ecoute, Lynn, dit son mari, c'est une véritable aventure.

Nous aurons à raconter quelque chose de passionnant à nos amis ! Viens, descendons et offrons-nous une bonne cuite pour ne plus penser à tout cela…

— Jonah, descends avec eux et fais passer le mot : Mme Barnes avait un peu trop bu et elle ne se sentait pas bien. Maintenant, elle est rétablie. Quant à vous, monsieur Barnes, buvez tant que vous voudrez pour fêter l'arrestation de vos cambrioleurs.

— La maison vous offre cette soirée en compensation du dérangement, ajouta Jonah, diplomate. Je dirai en effet que Mme Barnes était malade et que je l'ai conduite dans mon bureau pour qu'elle puisse s'étendre quelques instants, ajouta-t-il à l'intention d'Ally.

— Parfait, déclara celle-ci. J'ai encore un ou deux coups de téléphone à passer et je redescends. Par contre, je devrai probablement m'absenter pour le reste de la soirée. Dis aux autres que j'ai un problème familial…

— Bonne chance, Ally, souhaita Jonah en lui adressant un sourire d'encouragement.

6.

Ally descendit en courant récupérer son sac et sortit en vitesse, adressant au passage un signe de la main à Frannie qui l'interpellait. Jonah se chargerait de tout lui expliquer, songeait-elle. D'ailleurs, si leur plan fonctionnait, ce soir, elle n'aurait sans doute plus besoin de jouer les serveuses au Blackhawk…

Au pas de course, elle traversa le parking et gagna sa voiture garée à quelques centaines de mètres de là. Il fallait absolument qu'elle parvienne à Crescent Drive avant que la fête ne commence ! Mais la chance semblait s'être brusquement retournée contre elle : les quatre pneus de sa voiture étaient crevés.

Décochant un coup de pied rageur contre les jantes, elle maudit Dennis Overton : il avait encore bien choisi son jour pour cette petite vengeance mesquine. Fouillant son sac, elle récupéra son téléphone portable et appela le Central pour demander qu'on lui envoie une voiture de patrouille.

Rageant contre ce temps perdu, elle attendit en faisant les cent pas. Cinq minutes plus tard, la voiture de police surgit au bout de la rue, toutes sirènes hurlantes. Sortant son badge, elle s'approcha du chauffeur qui jeta un coup d'œil à sa voiture :

— Des problèmes, inspecteur ?

— On dirait bien, répondit-elle en montant à l'arrière. Foncez aussi vite que vous pouvez vers le nord. Crescent Drive… Je vous dirai quand couper les gyrophares.

— Pas de problème, répondit le policier en démarrant sur les chapeaux de roues. Que se passe-t-il exactement ?

— Nous sommes sur le point de coincer la bande des cambriolages. Contactez les services techniques et demandez-leur d'envoyer une dépanneuse chercher mon véhicule. Je ne tiens pas à le laisser là toute la nuit.

Le policier s'exécuta et elle donna le numéro d'immatriculation de sa Corvette tout en sortant son holster qu'elle mit en place. Dans quelques minutes, le mystère serait définitivement levé…

A un pâté de maisons de chez les Barnes, la voiture de patrouille se rangea auprès de deux autres qui se trouvaient déjà sur place. Ally remercia son chauffeur et alla directement trouver Hickman.

— On en est où ? demanda-t-elle sans autre forme de procès.

— Ils ont pris leur temps pour venir. Ils conduisaient un mini-van. Balou et Dietz les ont suivis tout le long. Apparemment, ils respectaient scrupuleusement la limitation de vitesse, en marquant à chaque stop. Ensuite, j'ai pris la suite de la filature sur la route 36. Ils se sont arrêtés à une station d'essence et la femme a passé un coup de téléphone avant de monter à l'arrière. Elle trafiquait quelque chose mais je n'ai pas pu voir quoi…

— Elle devait fabriquer un double des clés. Je suis sûre qu'ils ont tout le matériel nécessaire dans le van.

— Quand ils sont arrivés, une patrouille était déjà en

planque sur place. Ils se sont garés non loin de la maison et sont entrés à l'intérieur comme si de rien n'était.

— Barnes m'a pourtant dit qu'il y avait un système d'alarme…

— Eh bien, il ne s'est pas déclenché. Ça fait dix minutes qu'ils sont à l'intérieur. Le lieutenant a insisté pour que nous t'attendions. Entre-temps, nous avons bouclé le quartier et encerclé la maison.

— Dans ce cas, il est temps de passer à l'action.

— Alors allons-y, déclara Hickman en lui tendant un talkie-walkie.

— Ça va me changer du métier de serveuse…

Ensemble, ils avancèrent en direction de la maison, rejoignant les autres policiers qui étaient embusqués derrière les arbres et les haies des alentours.

— Bienvenue à bord, lui souffla Kiniki. On peut dire que ces voleurs ont du cran…

Ally observa la maison : les lumières du rez-de-chaussée et du premier étage étaient allumées et elle aperçut une ombre qui se profilait derrière une fenêtre.

— Ils sont surtout très malins, répondit-elle.

— Balou et Dietz, vous passez par l'arrière, commanda Kiniki. Dès que nous avancerons, dites à tous les hommes d'en faire autant et placez deux voitures de patrouille pour bloquer la rue.

Ally hocha la tête et relaya les ordres dans son talkie-walkie. Quelques instants plus tard, l'assaut commençait. Comme prévu, les policiers s'avancèrent tous en même temps. Mais, au moment où ils traversèrent la rue, un bruit de verre brisé se fit entendre, suivi de trois coups de feu.

— Dietz est touché, entendit Ally dans son oreillette. Appelez une ambulance. Le suspect est un homme blanc muni d'un fusil à pompe. Il est passé par la porte de derrière et se dirige vers l'est à pied.

Ally étouffa un juron, pressant le pas pour courir jusqu'à la maison où elle arriva en même temps que les hommes qui portaient le bélier. En quelques secondes, ils enfoncèrent la porte et la jeune femme entra, le cœur battant à tout rompre. Hickman se glissa également à l'intérieur pour la couvrir mais elle lui fit signe de monter les escaliers.

Quelque part, quelqu'un hurlait. S'avançant prudemment, Ally évolua d'une pièce à l'autre, se forçant à prendre son temps et à ne pas céder à l'excitation du moment. Les cambrioleurs étaient armés et elle ne pouvait se permettre aucune erreur. A l'extérieur, elle entendit de nouveaux coups de feu, plus lointains.

Elle faillit ressortir pour se diriger dans cette direction mais avisa alors un rideau qui bougeait légèrement, comme si quelqu'un venait de le déplacer. Retenant son souffle, elle fit mine de n'avoir rien remarqué et se concentra sur les informations dont elle disposait. Une odeur de parfum. Un parfum de femme. Comptant jusqu'à trois, elle se précipita sur le rideau qu'elle écarta, révélant un petit salon plongé dans l'obscurité.

Dans un coin, elle discerna une silhouette embusquée derrière une plante verte.

— Police ! hurla-t-elle. Pas un geste !

La femme parut hésiter un instant puis se mit à courir, se jetant à travers une fenêtre dans un fracas de verre brisé. Sans hésiter, Ally la suivit dans le jardin tout en signalant sa position à l'équipe. La femme s'était déjà relevée et courait en direction de la clôture. Derrière elle, Ally entendit des bruits de pas dans la maison et elle força l'allure tout en criant les sommations d'usage.

La femme s'arrêta brusquement en apercevant les policiers qui se trouvaient dans la rue. Comme un animal pris au piège, elle regarda autour d'elle, cherchant une issue. Mais il n'y en avait aucune. Ally s'approcha, ralentissant l'allure. Elle reconnut la pickpocket du bar au moment où celle-ci se tournait vers elle. Et elle avisa aussi l'arme que celle-ci tenait à la main.

— Lâchez votre arme ! s'écria-t-elle en tirant en l'air.

Un deuxième coup de feu résonna aussitôt et Ally réalisa que la femme venait de lui tirer dessus. Elle avait senti la chaleur de la balle passer à quelques centimètres de sa tête. Instinctivement, elle tira.

La femme s'effondra avec une sorte de soupir étranglé et le revolver qu'elle tenait à la main roula sur l'herbe. Une tache de sang était apparue sur sa robe, au niveau de la poitrine et commençait à se répandre sur le tissu. En quelques pas, Ally la rejoignit. Par réflexe, elle écarta du pied l'arme de son agresseur avant de se pencher vers elle.

— Un suspect à terre, dit-elle dans son talkie-walkie.

Elle prit alors le pouls de la femme qui lui parut battre faiblement. Plaçant ses mains sur la blessure, Ally appuya fortement pour atténuer l'hémorragie. C'est à ce moment que Hickman la rejoignit. Elle l'entendit dire quelque chose mais fut incapable de discerner le moindre mot. Son esprit paraissait envahi par un étrange bruit blanc alors que tout autour d'elle semblait se dérouler au ralenti.

— Ally ? répéta Hickman en lui ôtant sa veste. Est-ce que tu es blessée ?

— Appelle une ambulance, murmura la jeune femme qui sentait le sang couler entre ses doigts, poisseux et brûlant.

— Elle arrive. Lève-toi…

— Je ne peux pas, balbutia Ally. Il faut que j'arrête le saignement…

— Ally, murmura doucement Hickman en rengainant son revolver. Tu ne peux plus rien pour elle. Elle est morte…

Ally se releva, s'efforçant de lutter contre la nausée qui l'assaillait. Elle regarda les ambulances arriver et les infirmiers placer les corps de la femme et de Dietz sur des civières. Le policier était toujours vivant et les médecins commencèrent aussitôt à procéder aux premiers soins tandis que les infirmiers plaçaient la femme dans un sac de plastique noir.

— Fletcher, appela la voix de Kiniki derrière elle.

— Dans quel état est Dietz ? lui demanda-t-elle d'une voix monocorde.

— Pour le moment, ils ne peuvent rien dire. Je vais à l'hôpital pour en apprendre plus.

— Et le deuxième suspect ?

— Il a également été touché mais les médecins disent qu'il s'en sortira. Il faudra attendre quelques heures avant de pouvoir le questionner…

— Est-ce que je pourrai assister à l'interrogatoire ?

— C'est ton enquête, répondit Kiniki. Ally, ajouta-t-il, empli de sollicitude, je sais exactement ce que tu ressens. Mais demande-toi dès maintenant si tu aurais pu agir autrement.

— Je ne sais pas…, avoua la jeune femme.

— Hickman et Carson étaient là. Ils m'ont dit que tu t'étais clairement identifiée et que tu avais tiré un coup de sommation. Malgré cela, elle t'a tiré dessus. Elle aurait pu te tuer. Tu n'avais donc pas d'autre choix que de répondre. C'est exactement ce que tu diras demain devant la commission d'enquête et c'est exactement ce qui s'est passé. Tu veux que j'appelle ton père ?

— Non, merci. Je lui en parlerai demain, après la commission.

— Dans ce cas, tu ferais mieux de rentrer chez toi et de te reposer. Je t'appellerai dès que j'aurai du nouveau pour Dietz.

— Je préférerais aller à l'hôpital avec toi, si tu es d'accord. Je ne veux pas laisser tomber Dietz. Et puis, je serai là quand nous serons autorisés à interroger le suspect.

Kiniki parut hésiter puis hocha la tête, songeant qu'il valait peut-être mieux pour elle s'occuper l'esprit.

— D'accord, dit-il. Allons-y…

Jonah sentait la panique le ronger, accélérant les battements de son cœur et couvrant son dos d'une désagréable sueur glacée. Jamais encore il ne s'était senti aussi malade d'angoisse. Bien sûr, il avait toujours détesté les hôpitaux. Ils lui rappelaient trop les derniers mois de la vie de son père et le fait que lui-même aurait pu finir de la même façon si Boyd n'avait pas été là pour lui tendre la main.

Mais le pire était l'incertitude. Son contact lui avait juré qu'Ally n'était pas blessée. Pourtant, il savait que quelque chose avait mal tourné et qu'elle se trouvait à l'hôpital et cela ne lui disait rien de bon. Il avait donc décidé de venir s'assurer lui-même de l'état de la jeune femme, laissant Will gérer le bar.

Lorsqu'il arriva dans la salle d'attente du premier étage, il aperçut Ally et se sentit aussitôt rassuré : elle n'était pas blessée. Par contre, elle paraissait fatiguée et tendue. Des cernes noirs soulignaient ses beaux yeux dorés et elle était très pâle, se tordant nerveusement les mains. Jonah la rejoignit et s'agenouilla devant elle, la regardant avec tendresse :

— On dirait que tu as passé une sale soirée, commenta-t-il d'une voix très douce en posant sa main sur celle de la jeune femme.

— Tu peux le dire, murmura-t-elle, sans même s'étonner de sa présence. Un de mes collègues est dans un état critique. Les médecins ne savent même pas s'il s'en sortira.

— Je suis désolé.

— Moi aussi. Le docteur a refusé que j'interroge le suspect que nous avons interpellé. Un certain Richard Fricks... Ce salaud a abattu un flic et il dort tranquillement tandis que Dietz lutte pour rester en vie et que sa femme prie dans la chapelle de l'hôpital. Ce n'est pas juste.

Elle soupira et secoua la tête :

— En plus, reprit-elle, j'ai tué quelqu'un ce soir. Une femme. D'une balle en plein cœur, comme à l'exercice...

— Sale journée, conclut Jonah en l'aidant à se lever. Viens, je te ramène chez toi. Il n'y a plus rien que tu puisses faire pour le moment...

— Hickman a dit la même chose... Vous avez sans doute raison.

Elle se laissa entraîner jusqu'à l'ascenseur, heureuse de ne plus être seule. Le souvenir de ce qui venait de se passer ne cessait de la hanter, comme un film tournant en boucle dans son esprit.

— Je peux demander à une voiture de patrouille de me ramener, dit-elle lorsqu'ils furent sortis de l'hôpital.

— Je vais le faire, dit Jonah en la prenant par la taille.

— Comment as-tu su que j'étais là ?

— Un flic est passé pour dire aux Barnes que tout était terminé. Je l'ai interrogé et il a fini par m'avouer qu'il y avait eu du grabuge et que tu étais ici. Pourquoi n'as-tu pas appelé ton père ?

— Je lui en parlerai demain, lorsque je me sentirai mieux. Je n'avais pas le courage de tout lui expliquer ce soir…

— C'est idiot ! s'exclama Jonah en s'arrêtant brusquement. Imagine que ce soit quelqu'un d'autre qui le lui annonce ! Tu imagines dans quel état il sera en apprenant la nouvelle ? Il risque de se faire un sang d'encre…

— Tu as raison, soupira-t-elle. Je n'y avais pas réfléchi…

Ils gagnèrent la voiture de Jonah où la jeune femme s'installa avant de composer le numéro de ses parents sur son téléphone portable. Tandis que son compagnon démarrait, elle attendit patiemment qu'ils décrochent, se demandant ce qu'elle allait pouvoir leur dire exactement.

— Allô ? fit la voix de Cilla.

— Maman, c'est moi. Désolée de vous déranger si tard mais il fallait que je parle à papa au sujet d'une affaire en cours.

— Pas de problème, je te le passe.

— Ally ? Ça va ? demanda son père quelques instants plus tard.

— Oui, répondit la jeune femme en s'efforçant de maîtriser le tremblement de sa voix. Je vais bien et je suis en train de rentrer chez moi. Nous avons résolu l'affaire des cambriolages, ce soir. Mais les choses ont mal tourné : un des policiers a été blessé et est à l'hôpital. L'un des suspects s'y trouve aussi et nous pourrons sans doute l'interroger dès demain…

— Et toi ? Tu n'as pas été blessée ?

— Non, rassure-toi. Mais ils étaient armés et j'ai dû ouvrir le feu. Une femme est morte…

— Je viens tout de suite, déclara Boyd.

— Non, ce n'est pas la peine. Reste auprès de maman pour la rassurer. De toute façon, je suis épuisée et j'ai vraiment besoin d'une bonne nuit de sommeil. Nous discuterons de tout cela demain, d'accord ?

— Si c'est ce que tu veux…

— Oui, je t'assure.

— Qui a été touché ?

— Len Dietz… Il est dans un état critique et Kiniki est toujours à l'hôpital à attendre de ses nouvelles.

— Je vais l'appeler tout de suite. Essaie de dormir et n'hésite pas à appeler si ça ne va pas. Nous pouvons passer quand tu veux…

— Je sais. Mais ce n'est pas la peine, promis. Je t'appellerai demain matin.

Elle raccrocha et replaça le téléphone dans son sac à main. Puis elle ferma les yeux, tentant de chasser de son esprit les visions obsédantes qui y étaient gravées. Lorsqu'elle les rouvrit, Jonah venait de se garer devant son immeuble.

— Merci de m'avoir raccompagnée, dit-elle, reconnaissante.

Il hocha la tête et descendit pour lui ouvrir sa portière.

— Je suis complètement sonnée, avoua-t-elle. Quelle heure est-il ?

— Cela n'a pas d'importance. Donne-moi ta clé…

Elle s'exécuta et le suivit à l'intérieur.

— Je devrais peut-être aller travailler, dit-elle. Ça m'éviterait de penser à ce qui s'est passé. Je pourrais enquêter sur cette Madeline Fricks, découvrir qui elle était et comment elle s'est retrouvée mêlée à cette histoire. Elle avait trente-sept ans, tu sais… Elle vivait à Englewood.

— Assieds-toi, Ally, lui conseilla Jonah.

— Oui, répondit-elle d'un air absent en contemplant le salon dans lequel elle se trouvait.

Il était exactement dans l'état où elle l'avait laissé en

partant, le matin même. Et cela ne semblait pas juste. Quelque chose avait changé en elle et cela aurait dû se refléter sur cet endroit, songea-t-elle.

Jonah, voyant qu'elle restait immobile, les yeux dans le vague, la souleva prestement et la porta jusqu'à sa chambre où il l'installa sur son lit. Le fait qu'elle ne proteste pas contre ce traitement constituait une preuve suffisante du choc qu'elle avait ressenti, réalisa-t-il.

— Allonge-toi un peu, lui dit-il. Y a-t-il quelque chose à boire ici ?

— Oui, des trucs, répondit-elle vaguement.

— Bien. Je vais aller te chercher un de ces trucs.

— Ça va, je t'assure, protesta-t-elle faiblement.

Il ne releva pas et regagna le salon. Dans le bar, il trouva une bouteille de cognac pleine qu'il déboucha. Il en servit un verre et le rapporta à la jeune femme qui était toujours assise sur son lit, ses jambes repliées et les bras autour de ses genoux.

— Je tremble, dit-elle d'une voix blanche. Si j'avais quelque chose à faire, je ne tremblerais pas comme ça…

— Tiens, bois, dit-il en lui tendant le verre de cognac.

Elle but une gorgée et toussa, faisant la grimace.

— Je déteste le cognac. Quelqu'un m'en a offert une bouteille à Noël dernier mais je n'en bois jamais.

— Allez, Fletcher, ne fais pas l'enfant. Bois, ça te fera du bien.

Soupirant, elle s'exécuta et se mit à tousser de plus belle. Mais Jonah remarqua que ses joues retrouvaient déjà quelques couleurs.

— Nous avions encerclé la maison, commença-t-elle sans le regarder. Il y avait un cordon de sécurité tout autour et ils n'avaient aucune chance de s'enfuir. Toutes les issues étaient bloquées.

Elle avala une nouvelle gorgée de cognac sans même s'en apercevoir.

— Mais ils ont quand même essayé, reprit-elle. Nous venions d'entrer lorsque Fricks est sorti par-derrière en tirant. Il a descendu Dietz… Certains d'entre nous ont foncé dans cette direction mais moi, j'ai suivi la procédure. J'ai continué à explorer la maison avec Hickman.

Fermant les yeux, elle revit la scène avec un réalisme effrayant.

— J'entendais des coups de feu et des cris, au-dehors. Finalement, j'ai failli ressortir, croyant qu'ils étaient tous les deux déjà partis. Et puis j'ai vu ce rideau qui tremblait. Je me suis approchée jusqu'au petit salon. Et je l'ai vue, dès que je suis entrée. Elle avait probablement l'intention de partir dans la direction opposée à celle de son complice pour profiter de sa diversion. Elle avait un revolver… Je lui ai demandé de poser son arme mais elle a préféré sauter par la fenêtre. Alors, je l'ai suivie…

Rouvrant les yeux, Ally secoua la tête :

— Elle n'avait pas le choix et elle le savait. Elle était cernée de toutes parts… Alors, elle a dû décider de vendre sa peau chèrement et m'a tiré dessus. Je n'ai même pas eu peur en sentant la balle passer près de moi. C'est bizarre mais je ne voyais que son visage et la lune qui brillait dans ses cheveux noirs. Et j'ai tiré…

— Tu n'avais pas le choix, toi non plus, remarqua Jonah d'une voix très douce.

— Je le sais bien. Intellectuellement, c'est évident. J'ai repassé la scène des centaines de fois dans ma tête pour en arriver à la même conclusion. Mais cela ne change rien. On ne m'avait pas préparée à ça, à l'Académie. Ils ne peuvent pas nous dire ce que l'on ressent lorsqu'on tue quelqu'un…

Une larme roula doucement le long de sa joue et elle l'essuya presque rageusement.

— Je ne sais même pas pourquoi je pleure. Ni pour qui…

— Cela ne fait rien, souffla Jonah en la prenant doucement dans ses bras.

Il la serra très fort contre lui tandis qu'elle sanglotait comme une enfant. Une femme avait failli la tuer et elle pleurait parce qu'elle avait tiré pour se défendre. Décidément, songea-t-il avec une pointe d'amertume, il ne comprendrait jamais rien aux policiers…

Ally finit par s'endormir, vidée par le trop-plein d'émotions. Ce n'est que deux heures plus tard qu'elle rouvrit les yeux. Jonah était toujours auprès d'elle, la tenant étroitement serrée dans ses bras. Durant quelques instants, elle resta immobile, faisant le point sur ce qui venait de se passer.

Elle avait un léger mal de tête qui l'empêchait de se concentrer et se sentait vaguement embarrassée par la crise de larmes qui s'était emparée d'elle. Mais, d'un autre côté, elle se sentait nettement plus vaillante qu'en revenant de l'hôpital et n'était pas assez ingrate pour ne pas y voir l'œuvre de Jonah.

Réfléchissant à ce qu'il convenait de faire à présent, elle réalisa que Blackhawk lui avait enlevé ses chaussures ainsi que les armes qu'elle portait à l'aisselle et à la cheville. Il l'avait d'ailleurs désarmée de plus d'une façon, ce soir, se dit-elle. Et le plus surprenant était qu'elle ne se sentait pas fragilisée par cette intimité nouvelle qui les unissait.

Au contraire, elle aimait le contact de ses bras autour d'elle et celui de son souffle sur sa nuque. Elle aurait pu rester ainsi durant des heures s'il ne s'était pas aperçu de son réveil.

— Tu te sens mieux ? demanda-t-il, empli de sollicitude.

— Beaucoup mieux, merci. Et c'est à toi que je le dois.

Dans l'obscurité, elle sentit le visage de Jonah se rapprocher du sien et ses lèvres se posèrent sur les siennes. Cette fois, leur baiser fut étonnamment doux, ne ressemblant en rien à ceux qu'ils avaient échangés dans le gymnase privé du Blackhawk. Mais il n'en était que plus troublant, songea la jeune femme en laissant glisser sa main de la poitrine de Jonah à son visage.

Il changea de position, pressant son corps contre celui d'Ally et elle se sentit aussitôt excitée par la force qui se dégageait de lui. Sa poitrine pesait contre la sienne tandis que ses lèvres continuaient à la tourmenter, faisant naître au creux de ses reins un désir croissant. Il la serrait avec passion, comme lorsqu'elle avait pleuré contre lui et elle se sentait en sécurité dans ses bras.

Jonah sentit une fièvre incoercible s'emparer de lui. Pendant deux heures, il était resté allongé à ses côtés, hanté par un désir brûlant qui ne lui laissait aucun repos. Le simple contact de la jeune femme enflammait ses sens, faisant battre son cœur à tout rompre et éveillant le douloureux besoin qu'il avait d'elle.

Mais il n'avait pas le droit de lui faire l'amour juste pour satisfaire ses sens.

— Ce n'est pas le bon moment, marmonna-t-il en s'éloignant brusquement d'elle pour s'asseoir au bord du lit.

— Ecoute, murmura Ally, si tu crois que ce serait tirer avantage de la situation, tu te trompes.

— Vraiment ?

— Oui. Je sais parfaitement quand et à qui je veux dire non. Et même si j'apprécie le fait que tu m'aies ramenée à la maison et que tu m'aies consolée, je ne suis pas assez reconnaissante pour m'offrir à toi pour autant. J'ai une trop haute idée de moi-même et du sexe.

— Je vois que tu te sens mieux, constata-t-il en riant.

— Justement, dit-elle en se serrant contre lui. Et j'ai très envie de faire l'amour avec toi, Jonah.

Malgré lui, Blackhawk sentit les battements de son cœur redoubler et son sang se changer en lave.

— C'est très tentant, avoua-t-il d'une voix que le désir rendait rauque. Mais la réponse est non.

Ally le regarda avec stupeur, tentée de lui décocher une volée de coups ou d'insultes. Mais elle n'aurait alors pas mieux agi que Dennis et cette comparaison suffit à l'en empêcher.

— Est-ce que je peux au moins savoir pourquoi ? articula-t-elle. Etant donné les circonstances, tu peux au moins me faire l'aumône d'une explication…

— Il y a deux raisons, commença Jonah en allumant la lampe de chevet.

La lumière révéla le visage très pâle de la jeune femme et ses cheveux blonds emmêlés qui lui donnaient un air à la fois fragile et terriblement sensuel.

— Dieu, que tu es belle, murmura-t-il.

— Et c'est pour cela que tu ne veux pas faire l'amour avec moi ? demanda-t-elle, flattée et excitée à la fois par ce compliment inattendu.

— Je n'ai pas dit que je ne voulais pas, corrigea-t-il. J'en ai tellement envie que c'en est douloureux. Et c'est bien cela qui m'ennuie.

Tendrement, il caressa une mèche de ses cheveux, la regardant droit dans les yeux.

— Je n'arrête pas de penser à toi, Ally, avoua-t-il. Beaucoup trop souvent à mon goût… J'aime avoir l'illusion de maîtriser ma vie. Et je n'ai pas encore décidé si je pouvais vraiment courir le risque de m'engager. Or je sais parfaitement que si nous faisons l'amour, je le serai plus que je ne l'ai jamais été pour une multitude de raisons.

— Eh bien, s'exclama-t-elle, passablement stupéfiée par cette déclaration, je dois dire que je suis impressionnée par ton self-contrôle.

— Je n'aime pas me jeter la tête la première dans les situations inextricables, c'est tout.

— C'est fascinant, remarqua-t-elle. Moi qui étais convaincue que tu agissais toujours à l'instinct. Je croyais que tu étais le genre d'homme à prendre ce qu'il voulait quand il le voulait sans se soucier des conséquences. N'est-ce pas ainsi que tu me décrivais les gens de la nuit ?

— Il faut croire que j'ai changé. A présent, je préfère évaluer les conséquences de mes actes avant de prendre une décision. Ce doit être le résultat de mes années de gestion honnête, ajouta-t-il avec ironie.

— En d'autres termes, je te rends nerveux, ironisa-t-elle.

— C'est ça, rigole. Je ne peux pas t'en vouloir…

— Mais tu as dit qu'il y avait deux raisons. Quelle est la seconde ?

— C'est facile, dit-il en lui prenant délicatement le menton. Je n'aime pas les flics…

Sur ce, il effleura les lèvres de la jeune femme d'un baiser. Mais, au moment où il allait s'écarter d'elle, elle se pressa contre lui et sentit son corps frissonner contre le sien. Et cette sensation la remplit d'un mélange de joie et de fierté.

— C'est bon, dit-il en reculant prestement. Je sonne la retraite.

— Lâche !

— N'espère pas que je céderai à la provocation, répondit-il en se levant.

Ally le regarda enfiler ses chaussures et la veste qu'il avait posée sur une chaise. Elle se sentait bien. Fabuleusement bien, même…

— Allez, reviens ! appela-t-elle. Viens te battre comme un homme !

Il la contempla quelques instants, agenouillée sur le lit, les cheveux en bataille, une lueur de défi brillant dans ses yeux dorés. Jamais elle ne lui avait semblé aussi attirante qu'en cet instant où il pouvait encore sentir le goût de sa bouche dans la sienne. Rassemblant son courage, il secoua la tête et gagna la porte.

— Si tu savais combien je m'en voudrai, demain matin, dit-il en quittant la pièce.

Un éclat de rire cristallin lui répondit et, malgré lui, il sourit.

7.

Ally se réveilla à 6 heures et, après avoir pris une douche rapide et s'être habillée, elle se prépara à partir pour le commissariat. Mais, en ouvrant la porte de son appartement, elle se retrouva nez à nez avec ses parents qui étaient venus lui rendre visite. Avant même qu'elle ait pu prononcer le moindre mot, sa mère la prit dans ses bras et la serra fortement contre elle.

— Tout va bien, maman, ne t'en fais pas, murmura Ally.

Mais Cilla ne pouvait retenir les larmes qu'elle s'était empêchée de verser depuis que Boyd lui avait exposé la situation, la veille. C'était idiot, songea-t-elle, mais elle se sentait soulagée de constater par elle-même qu'Ally était indemne. Finalement, elle s'écarta pour la contempler, un sourire rayonnant aux lèvres.

— Tu as de la chance que ton père m'ait retenue, dit-elle. Sans cela, je serais venue te voir dès hier.

— Je ne voulais pas que tu t'inquiètes.

— Cela fait partie de la condition de mère, tu t'en apercevras peut-être un jour… Une condition que je remplis à la perfection, semble-t-il.

— Comme tout ce que tu fais, maman, répondit Ally en riant.

Sur le visage de sa mère, elle vit les larmes refluer pour se noyer dans un sourire rayonnant. Cilla avait les mêmes yeux que sa fille et, en cet instant, ils étincelaient d'amour et de fierté. Passant une main dans ses épais cheveux noirs, elle décocha à sa fille un clin d'œil malicieux :

— J'ai fait de l'inquiétude un art, dit-elle. C'est une question de pratique : déjà, je me faisais du souci chaque fois que ton père partait en mission. Maintenant, c'est ton tour…

— Eh bien, détends-toi, répondit sa fille en posant un baiser sur sa joue. Je vais parfaitement bien, maintenant, je t'assure.

— Je dois dire que tu as bonne mine.

— Entrez, tous les deux, je vais vous préparer un café.

— Non, tu allais partir et nous ne voulons pas te retenir, protesta Cilla. Je voulais juste te voir… De toute façon, j'ai du travail : je dois faire passer un entretien à un nouveau directeur des ventes. Ton père me déposera. Comme cela, tu pourras utiliser ma voiture pour la journée.

— Comment sais-tu que je n'ai plus la mienne ?

— J'ai quelques contacts dans la police, répondit Boyd en riant. Ils m'ont dit qu'elle serait prête dans l'après-midi.

— J'aurais pu m'en occuper, protesta Ally.

— Dis donc, s'exclama Cilla, j'espère que je n'ai pas élevé ma fille pour qu'elle pense que son père va rester les bras croisés lorsqu'elle a des ennuis. Si c'est le cas, je suis très déçue.

Boyd décocha un sourire moqueur à Ally qui rougit, comprenant qu'elle venait de faire preuve d'arrogance. C'était un défaut dont elle prenait de plus en plus conscience ces derniers temps. Surtout depuis qu'elle avait compris qu'elle faisait peur à Jonah… Il était peut-être temps d'opter pour un peu plus d'humilité.

— Je suis désolée, papa, dit-elle. Merci beaucoup.

— Ce n'est rien.

— Maintenant, la question est de savoir qui va aller faire sa fête à Dennis Overton, reprit Cilla en fronçant les sourcils. Peut-être pourrions-nous y aller tous ensemble. Dans ce cas, je veux être la première à taper sur cette ordure !

— On dirait qu'elle a des tendances violentes, dit Ally à son père.

— A qui le dis-tu, soupira Boyd, feignant le désespoir. Du calme, chérie. Nous laisserons les choses se régler dans un cadre légal. Maintenant, Ally, dit-il tandis que tous trois se dirigeaient vers le rez-de-chaussée, je veux que tu passes à l'hôpital en premier. Tu as un suspect à interroger.

— Et la commission d'enquête sur mon intervention d'hier ?

— Elle aura lieu ce matin même. Je veux que tu tapes un rapport complet sur ce qui s'est passé pour 10 heures précises. Hickman a déjà fini le sien et il donne une image très claire de ce qui s'est passé exactement. Tu n'as pas à te faire de souci.

— Je ne m'inquiète pas, répondit la jeune femme. Je sais que j'ai fait ce que j'avais à faire. Bien sûr, j'ai eu des moments difficiles, hier soir. Mais je crois que je suis en paix avec moi-même, à présent. L'idée de ce que j'ai fait ne me plaît pas mais je sais aussi que c'était inévitable.

— Tout de même, tu n'aurais pas dû rester seule, remarqua Cilla.

— Eh bien… En fait, je ne l'étais pas. Un ami est passé me voir quelque temps.

Boyd ouvrit la bouche et la referma aussitôt. Après qu'Ally

l'avait appelé la veille, il avait contacté Kiniki et ce dernier lui avait dit que Jonah raccompagnait sa fille chez elle. Bien sûr, le fait qu'elle le désigne comme « un ami » en disait long sur l'évolution de leurs relations. Mais Boyd n'avait aucune idée de ce qu'il était censé en penser.

Après en avoir fait plusieurs fois le tour à la recherche d'une place libre, Ally se gara sur le parking de l'hôpital. Dès qu'elle descendit de son véhicule, elle aperçut Hickman.

— Belle voiture, commenta-t-il en souriant. Tous les flics n'ont pas une Mercedes comme voiture de dépannage…

— C'est celle de ma mère, expliqua patiemment Ally, habituée à ce genre de railleries.

— Ah, ta mère…, soupira Hickman qui l'avait déjà rencontrée à plusieurs reprises. Je crois que si elle n'était pas mariée au commissaire…

— Tu n'aurais aucune chance, compléta Ally en riant.

— Eh bien, on dirait que tu as remonté la pente depuis hier.

— Je vais bien. A ce propos, je sais que tu as déjà rempli ton rapport et je tenais à te dire que j'étais reconnaissante pour ton soutien.

— Je n'ai fait qu'écrire ce qui s'était passé, répondit Hickman en haussant les épaules. Si ça peut te rassurer, j'étais sur le point de tirer lorsque tu l'as fait. En fait, je l'aurais probablement fait avant si j'avais été plus près.

— Merci… Tu as des nouvelles de Dietz ?

— Oui. Il est toujours entre la vie et la mort. Il a réussi à passer la nuit et les médecins disent que c'est bon signe. Mais je t'assure que si je fais partie de ceux qui interrogent le suspect, il va le sentir passer.

— Tu attendras ton tour.

— Tu sais déjà comment tu comptes procéder avec lui ?

— J'y ai réfléchi, déclara-t-elle tandis que tous deux pénétraient dans le hall de l'hôpital. La fille a passé un coup de téléphone sur son portable, ce qui signifie qu'il y a encore au moins une personne impliquée. D'instinct, je dirais même deux. Quelqu'un qui travaille au club et quelqu'un qui supervise toute l'opération. Notre suspect sait que, pour avoir tiré sur un flic, il va prendre une peine maximum, peut-être même la peine de mort. Sa femme est morte, sa combine foutue… Franchement, il n'a plus rien à perdre.

— On pourrait dire le contraire : il n'a plus grand-chose à gagner non plus en parlant.

— Si, la vie. Nous pouvons lui promettre une condamnation à perpétuité au lieu du couloir de la mort.

En discutant, ils avaient atteint la porte de la chambre de Fricks devant laquelle se tenait un policier en faction. Ally lui montra son badge et entra. A l'intérieur, Fricks était allongé, le visage très pâle, presque gris. Ses yeux étaient pochés mais ouverts et son regard passa de Ally à Hickman. Puis il entreprit de contempler le plafond.

— Je n'ai rien à dire tant que je n'aurai pas un avocat, dit-il.

— Eh bien, voilà qui va rendre notre tâche plus facile, déclara Hickman en souriant d'un air faussement cordial. C'est curieux, ajouta-t-il en se tournant vers Ally, il n'a pas la tête d'un tueur de flics…

— C'est peut-être parce qu'il n'en est pas encore un, répondit-elle. Après tout, Dietz a une chance de s'en sortir. Non pas que cela change grand-chose pour lui, reprit-elle en haussant les épaules. Il est bon pour la peine capitale. Effraction, cambriolage, possession d'arme sans permis, tentative de meurtre sur un policier… Et encore, je passe la détention d'objets volés, le recel, le vol de voiture…

— Je n'ai rien à dire, répéta obstinément Fricks.

— Alors taisez-vous, répliqua Ally. Vous avez raison : un avocat vous rendra sans doute de bons et loyaux services. Mais je n'aime pas discuter avec ces gens-là… Qu'en dis-tu, Hickman ?

— Moi, tu sais, les avocats… Chaque fois que l'on essaie de parvenir à un accord avec ces gens-là, ils nous emberlificotent à coup d'argumentations juridiques. Franchement, ça ne vaut pas le coup.

— C'est vrai, admit Ally. Ces types me débectent.

— Tu sais, remarqua Hickman comme s'il venait d'y penser, il serait beaucoup plus simple de laisser toute la responsabilité retomber sur Fricks. A mon avis, même le meilleur avocat du monde ne pourra pas le sortir du guêpier dans lequel il s'est fourré. Et lorsqu'ils en auront fini avec lui, nous serons décorés par le maire pour avoir mis fin à la vague de cambriolages. C'est beaucoup plus simple et plus efficace, à mon avis…

— Peut-être… Mais il faut replacer les choses dans leur contexte. Après tout, Fricks a perdu un être cher, hier soir. C'est peut-être pour cela qu'il se montre si peu coopératif…

Fricks ferma les yeux mais pas avant que la jeune femme ait eu le temps de voir une lueur douloureuse passer dans son regard. Il était humain, après tout, et paraissait aimer son épouse. C'était la clé, songea-t-elle, l'unique moyen, sans doute de le faire parler.

— La situation n'est pas plus plaisante pour lui que pour nous, soupira-t-elle. Il a perdu sa femme et est lui-même condamné à mort. Et, pendant ce temps, ceux qui sont derrière ces cambriolages vont s'en tirer sans être inquiétés. En plus, ils récupéreront sa part et celle de Madeline…

— Ne prononcez pas son nom, cracha Fricks. Vous ne lui arrivez pas même à la cheville.

— Je suis touchée, vraiment. Franchement, Hickman, c'est beau de voir que même un tueur de flic peut être amoureux. Cela ne changera pas grand-chose pour lui, bien sûr. Après tout, cela n'a pas aidé Bonny et Clyde. Mais j'ai un faible pour les romances. Alors je vais vous dire une chose, Fricks : si votre femme était encore de ce monde, elle ne voudrait certainement pas vous voir mourir pour un crime dont vous n'êtes que partiellement responsable.

Elle se tut un instant, attendant que l'idée fasse son chemin dans l'esprit du cambrioleur.

— Vous devez savoir que si vous nous révélez qui est derrière tout ça, nous irons trouver le procureur pour lui demander de faire acte de clémence à votre égard. Il n'est pas trop tard pour être pris de remords, Richard. Et cela vous évitera de finir entre quatre planches.

— Si je parle, je suis un homme mort, répondit Fricks.

— Ne vous en faites pas, il n'y a pas d'endroit plus sûr que nos prisons. Et vous aurez une protection policière lorsque vous sortirez. C'est la procédure.

— J'aimais ma femme, vous savez, murmura Fricks tandis que des larmes coulaient de ses yeux fermés le long de son visage.

— Je sais, murmura Ally en s'asseyant près de lui. Je vous ai vus ensemble, au Blackhawk. J'ai vu la façon dont vous vous regardiez. Il y avait quelque chose de très spécial entre vous…

— Elle est morte.

— Mais vous avez essayé de la sauver. C'est pour cela

que vous êtes sorti le premier par l'arrière, n'est-ce pas ? Vous essayiez de détourner notre attention quitte à vous faire prendre pour lui permettre de passer discrètement par-devant. Vous n'avez pas hésité à tirer sur un policier pour faire diversion, tout en sachant que vous vous condamniez ainsi à mort. Pourtant, cela n'a pas marché… C'est elle qui est morte. Mais elle vous aimait et, aujourd'hui, elle refuserait sans doute de vous voir mourir à votre tour alors qu'il vous reste des années à vivre. Elle voudrait que vous viviez pour elle, pour que quelqu'un garde d'elle un autre souvenir qu'un simple nom dans les colonnes des faits divers. Si vous ne le faites pas pour vous, faites-le donc pour elle…

— Personne n'aurait dû être blessé, soupira Fricks. Les armes étaient une simple précaution pour faire peur au cas où quelqu'un nous surprendrait.

— Je vous crois. Lorsque la police a débarqué, vous avez paniqué et vous avez ouvert le feu sans réfléchir. Si nous arrivons à en convaincre le procureur, cela peut faire toute la différence à votre procès.

— C'est elle qui a paniqué, reprit Fricks. Jusqu'alors, tout avait toujours fonctionné comme sur des roulettes et elle a dû réaliser brusquement ce que nous risquions… Alors j'ai improvisé.

Improvisé ? En pensée, Ally revit le corps ensanglanté de Dietz et les infirmiers qui l'emmenaient vers l'hôpital. Pourtant, elle se força à conserver son calme, se répétant que Fricks possédait la clé qui les mènerait aux véritables responsables de cette boucherie.

— Je sais que vous ne vouliez faire de mal à personne, reprit-elle d'une voix très douce. Vous vouliez gagner du temps pour qu'elle puisse s'enfuir.

Elle attendit un moment tandis que Fricks se remettait à pleurer.

— Comment avez-vous réussi à désamorcer le système d'alarme ? demanda-t-elle enfin.

— Je m'y connais en électronique, répondit-il. J'ai travaillé dans une entreprise qui en fabriquait. D'ailleurs, la plupart du temps, les gens ne pensent pas à l'enclencher avant de sortir. Et quand nous tombions sur un système que je ne connaissais pas, nous annulions l'opération et remettions cela au lendemain… Où est Madeline ? Est-ce que je pourrai la voir ?

— Je vous l'ai dit : si vous m'aidez, je ferai tout ce qui est en mon pouvoir pour vous faciliter les choses. Vous pourrez alors la voir si tel est votre désir. Mais je dois savoir qui vous a appelé au club, Richard. Et qui vous a signalé que quelque chose n'allait pas. Si personne ne vous l'avait dit, je sais que nous serions arrivés à temps pour vous prendre par surprise. Etait-ce la même personne ? Etait-ce elle que Madeline a appelée du garage pendant que vous alliez chez les Barnes ?

— Je veux l'immunité, répondit simplement Fricks.

— Ce fils de pute veut l'immunité ! s'exclama Hickman. Tu lui tends la main et il veut le bras tout entier. A mon avis, ça n'en vaut pas la peine. Laisse-le se faire condamner à mort si ça lui chante.

— Voyons, Hickman. Tu vois bien qu'il est perturbé. Tu le serais aussi si tu étais allongé sur un lit d'hôpital sans même pouvoir organiser un enterrement décent pour ta femme.

— Elle voulait être incinérée, intervint Fricks. Elle y tenait beaucoup…

— Nous pouvons faire en sorte que ce soit le cas. Mais, encore une fois, il faut que vous vous montriez plus coopératif avec nous.

— Je veux l'immunité.

— Soyez raisonnable, Richard. Aucun tribunal n'accepterait de vous innocenter après ce que vous avez fait. Nous pouvons alléger la peine mais pas l'annuler. Les gens crieraient au scandale et vous lyncheraient purement et simplement. Alors je pourrais vous promettre n'importe quoi pour vous faire parler mais ce ne serait pas juste. Je veux être parfaitement honnête avec vous.

— Tu perds ton temps, Ally. Nous n'avons pas besoin de lui. Une fois qu'il sera mort, nous remonterons jusqu'à ses complices sans son aide. Cela ne nous prendra que quelques jours…

— Il a raison, vous savez, approuva Ally. Dans quelques jours, nous aurons les réponses à nos questions, d'une façon ou d'une autre. Mais vous nous feriez gagner un temps précieux en parlant. Et vous prouveriez que vous regrettez vraiment d'avoir tiré sur ce policier. Alors, j'interviendrai en votre faveur. Je vous promets que je mouillerai ma chemise pour vous et que j'obtiendrai l'indulgence du procureur. Et je ferai en sorte que vous puissiez rendre les derniers hommages à votre femme dans des conditions décentes.

— Tout cela, c'est à cause de son frère, déclara Fricks en rouvrant les yeux qui, cette fois, étaient emplis de haine. Il l'a convaincue de monter ce coup avec lui. Elle l'aimait beaucoup et aurait fait n'importe quoi pour lui. Il lui a dit que ce serait une véritable aventure, que ce serait terriblement excitant. Il a tout organisé, tout planifié et c'est à cause de lui qu'elle est morte.

— Où pouvons-nous le trouver ?

— Il a une maison à Littleton. Une grande baraque sur le lac. Il s'appelle Matthew Lyle. Mais je vous préviens, il cherchera probablement à me tuer pour ce qui est arrivé à sa sœur. Ce type est complètement fou, complètement obsédé par elle. Et il me tiendra pour seul responsable de ce qui s'est passé.

— Ne vous en faites pas, il n'aura pas l'occasion de s'approcher de vous, promit Ally en sortant un calepin. Dites-m'en plus sur ce Lyle…

Il était 4 heures de l'après-midi. Jonah était installé à son bureau, essayant désespérément de travailler. Il avait déjà essayé d'appeler Ally trois fois : deux fois chez elle et une fois au commissariat et il lui avait laissé des messages. Mais elle ne faisait pas mine de le rappeler et cela le rendait passablement furieux.

Il avait décidé en fin de compte qu'il avait eu tort, la veille, en repoussant la jeune femme. Il aurait dû rester et laisser s'accomplir l'inévitable. Loin de l'aider à retrouver la paix de l'esprit, le fait de repousser cette échéance n'avait fait que renforcer l'effet de manque qu'il ressentait. C'était plus fort que lui : il avait Ally dans la peau. Chaque fois qu'il avait un instant à lui, il pensait à elle.

Bien sûr, il était toujours convaincu que coucher avec elle serait une erreur. Mais ce serait toujours moins douloureux que cette sensation de vide qui le rongeait…

A présent, pourtant, il n'en était plus si sûr. Comment aurait-il pu s'engager vis-à-vis d'une femme qui n'avait même pas la décence de le rappeler ? Elle lui devait pourtant bien cela. Il lui avait ouvert son club, lui offrant sa collaboration, sa confiance, son amitié et peut-être même un peu plus que cela. Il avait trahi ses propres amis pour lui faciliter la tâche, leur cachant le fait qu'elle travaillait pour la police.

Il estimait qu'elle lui devait des réponses.

Mais, comme il s'apprêtait à téléphoner une fois de plus, la jeune femme entra dans son bureau. Elle était habillée très différemment des autres jours et il réalisa que ce devait être sa tenue de travail. Après tout, se rappela-t-il douloureusement, elle était flic. Reposant le combiné, il l'observa tandis qu'elle prenait place en face de lui.

— Il faudra que je songe à changer ce code, dit-il enfin.

— J'ai pensé que tu voudrais être tenu au courant de l'évolution de l'enquête, déclara-t-elle.

— Et tu avais raison.

Elle fronça les sourcils, consciente que quelque chose n'allait pas. Mais elle s'en soucierait plus tard : le plus important, pour le moment, c'était de régler les problèmes les plus urgents.

— Fricks nous a donné son complice, expliqua-t-elle. Il s'agit d'un certain Matthew Lyle alias Lyle Matthew, alias Lyle Delaney. Un spécialiste du détournement de fonds par informatique. Son casier judiciaire est interminable mais, la plupart du temps, il a réussi à passer entre les gouttes. Preuves insuffisantes, accords avec la police, séjours en établissement psychiatrique et j'en passe. Nous nous sommes rendus chez lui, il y a quelques heures mais il avait déjà vidé les lieux.

Elle se tut, se massant doucement les tempes pour chasser le mal de crâne qui commençait à la tarauder.

— Par contre, il n'a pas eu le temps de faire disparaître les preuves de son implication. La maison était remplie d'objets volés. Apparemment, ils avaient écoulé peu de choses. Probablement rien si l'on considère qu'il a dû en garder une petite partie pour financer sa cavale. L'endroit ressemblait à une salle des ventes. Par contre, tu risques de te retrouver privé d'une serveuse, ce soir.

— Je ne pensais pas que tu reviendrais travailler ici, objecta Jonah.

— Je ne parle pas de moi mais de Jan. D'après Fricks, Lyle et elle sont intimes. C'est elle qui repérait les proies au Blackhawk et qui a contacté les cambrioleurs lorsqu'elle s'est aperçue que les Barnes étaient montés dans ton bureau. D'habitude, elle les prévenait lorsque les victimes demandaient l'addition, ce qui leur évitait d'être surpris.

— Vous l'avez arrêtée ?

— Non. Apparemment, elle n'est pas rentrée chez elle, hier soir. A mon avis, en apprenant ce qui s'était passé chez les Barnes, elle s'est rendue chez Lyle et ils ont filé ensemble. Mais nous finirons par les coincer.

— Je n'en doute pas. Et je suppose que cela marque la fin de notre collaboration sur ce dossier.

— Oui, dit-elle en se dirigeant vers la fenêtre. Par contre, je vais devoir prendre les dépositions des membres de ton personnel et j'ai pensé que ce serait plus facile pour eux si je le faisais ici. Puis-je utiliser ton bureau pour cela ?

— Oui.

— Bien. Dans ce cas, je vais commencer par toi, dit-elle en sortant son calepin. Dis-moi ce que tu sais de Jan.

— Eh bien… Elle travaille ici depuis un an environ. C'est une serveuse très douée et la plupart des habitués l'apprécient beaucoup. Elle a le chic pour se rappeler les noms et les petits détails de la vie de chacun. Je la considérais comme quelqu'un de fiable et d'efficace.

— Avais-tu une relation plus personnelle avec elle ?

— Non.

— Savais-tu qu'elle vivait dans le même immeuble que Frannie ?

— Oui, et alors ?

— Comment l’as-tu engagée ?

— Elle s’est présentée d’elle-même. Ce n’est pas Frannie qui l’a introduite ici, si c’est ce que tu veux savoir.

— Bien, fit-elle en sortant une photographie de son sac. As-tu déjà vu cet homme ?

Jonah observa le cliché de police qui représentait un individu d’une trentaine d’années aux cheveux noirs.

— Non. C’est Lyle ?

— Oui. Pourquoi es-tu si sec avec moi ?

— Parce que je suis irrité, répondit-il froidement. Je déteste faire l’objet d’un interrogatoire policier.

— Je n’y peux rien, soupira Ally. Je suis flic et je dois faire mon travail. J’ai pensé qu’il serait préférable que ce soit moi qui vienne interroger tout le monde plutôt qu’un quelconque policier en uniforme. Et le fait que j’aie un sérieux faible pour toi n’a rien à voir avec cela. Cela t’irrite peut-être mais je n’y peux rien.

Jonah la regarda attentivement mais ne répondit pas.

— Maintenant, reprit-elle, j’aimerais que tu m’envoies les autres. Je commencerai par Will. Et reste dans le coin, j’aurai peut-être d’autres questions à te poser.

Jonah se leva et contourna le bureau, une lueur de colère glacée dans les yeux. Pendant quelques instants, il resta immobile devant elle puis la prit par le revers de sa veste et la força à se lever pour le regarder dans les yeux. Des sentiments contradictoires se bousculaient en lui mais il s’efforça de parler d’une voix calme.

— Si ça continue, dit-il, je crois que tu vas me rendre complètement cinglé.

La relâchant, il s’éloigna à grands pas, claquant la porte derrière lui.

— Alors, nous sommes deux ! soupira-t-elle, pourtant pas vraiment rassurée par cette idée.

— Alors comme ça, tu es flic ? demanda Frannie en allumant une cigarette sur laquelle elle tira une profonde bouffée. J'aurais pu le deviner avant si je ne connaissais pas Jonah aussi bien : d'ordinaire, il déteste les flics autant que moi.

Ally hocha la tête, remarquant que Frannie feignait une assurance qu'elle était loin de ressentir.

— Il y a plus, indiqua-t-elle à la serveuse. Jonah a dû te parler des cambriolages et de mon travail sous couverture. Mais il n'a pas mentionné le résultat de notre enquête : Jan faisait partie de la bande qui les commettait.

— Je suppose que je dois te croire, maintenant que tu portes ce badge, soupira Frannie.

— Oui. A présent, dis-moi depuis combien de temps tu la connaissais ?

— A peu près un an et demi. Je l'ai croisée pour la première fois devant la machine à laver commune de notre immeuble. Elle travaillait dans un bar et moi aussi, alors nous avons lié connaissance. Nous sortions quelquefois toutes les deux. Ou nous passions l'une chez l'autre. Je l'aimais plutôt bien. Et quand Jonah a ouvert ce nouveau club, je l'ai aidée à décrocher une place. Est-ce que cela fait de moi sa complice ?

— Non. T'a-t-elle parlé de son petit ami ?

— Eh bien… Elle aimait les hommes en général et ils le lui rendaient bien.

— Frannie, soupira Ally, je sais que tu n'aimes pas la police mais ces cambriolages ont fait deux victimes. L'un de mes amis se trouve en ce moment à l'hôpital, entre la vie et la mort. Les médecins ne savent pas s'il s'en sortira. Une autre femme est morte à cause de cette histoire. Alors tout ce que je te demande, c'est de m'aider à éviter que les choses n'aillent encore plus loin.

Frannie regarda Ally très attentivement puis hocha la tête.

— Elle parlait d'un type en particulier, de temps à autre. Mais elle n'a jamais mentionné son nom. Je crois qu'elle aimait faire des mystères à son sujet. Elle a juste dit que, grâce à lui, elle pourrait bientôt arrêter de jouer les serveuses.

Frannie se leva et, gagnant le bar, se servit un verre d'eau qu'elle but.

— Je ne l'ai pas vraiment crue, reprit-elle enfin. Elle parlait toujours beaucoup à tort et à travers. Surtout lorsqu'il s'agissait des hommes. Elle ne cessait de me parler de ses conquêtes.

— L'as-tu déjà vue avec ce type ? demanda Ally en lui montrant la photographie de Lyle.

— Oui, répondit Frannie après avoir étudié le cliché. Je l'ai vu dans notre immeuble une fois ou deux. Je me suis dit que ce n'était pas son genre de mec. Il est plutôt petit et légèrement enveloppé. Un type ordinaire, quoi… D'habitude, Jan préférait les play-boys. Surtout lorsqu'ils avaient une carte de crédit bien approvisionnée.

Frannie vint se rasseoir et regarda Ally droit dans les yeux.

— Ne te méprends pas sur son compte, pourtant. C'est une fille gentille comme tout. Elle est jeune et devrait sans doute mûrir un peu. Mais elle n'est pas méchante.

— Cela ne l'a pourtant pas empêchée de vous utiliser, toi et Jonah, observa Ally. A-t-elle mentionné un endroit particulier où elle se rendait avec ce type ?

— Elle a parlé d'une maison sur le lac, une fois ou deux.

Mais je n'ai pas fait attention : je te l'ai dit, elle adorait se vanter. La plupart du temps, ce n'était que du vent…

Ally poursuivit son interrogatoire pendant une quinzaine de minutes sans obtenir d'information supplémentaire.

— Si tu te rappelles quoi que ce soit, conclut-elle en tendant à Frannie sa carte professionnelle, n'hésite pas à m'appeler.

— Bien sûr…, inspecteur Fletcher.

— Pourrais-tu demander à Beth de monter un instant ?

— Pourquoi ne la laisses-tu pas tranquille ? Elle ne sait rien.

— C'est juste parce que je prends mon pied en torturant des innocents, répondit Ally, agacée.

— Ecoute, je n'aime pas la façon dont tu t'es introduite ici pour nous espionner. Je sais parfaitement comment vous agissez, dans ces cas-là : vous contrôlez les casiers de tout le monde et exhumez nos erreurs passées en espérant les retourner contre nous. Je pense que tu as dû être très déçue d'apprendre que la coupable était Jan et pas l'ex-prostituée.

— Tu te trompes, je t'aime bien, Frannie.

— Conneries…, marmonna celle-ci, déstabilisée.

— Pourquoi ne serait-ce pas le cas ? Tu as été prise dans une spirale dont la plupart des filles ne voient jamais la fin. Pourtant, tu en es sortie. Tu as un métier respectable que tu fais bien. La seule chose qui me chagrine, chez toi, c'est que tu aies une liaison avec Jonah.

— Quoi ? s'exclama Frannie, sidérée.

— Il se trouve que j'ai un faible pour lui et que je suis jalouse, c'est tout. Mais c'est un problème purement personnel qui n'a rien à voir avec le fait que je sois flic.

— Je ne te comprends vraiment pas, soupira Frannie en

allumant une nouvelle cigarette. Je croyais que cette histoire de liaison avec Jonah, c'était pour la galerie ?

— Au début, oui… Mais, maintenant, je crois que je ressens vraiment quelque chose pour lui. Mais cela ne regarde que moi. En ce qui te concerne, je n'éprouve qu'une admiration sincère. Je suis impressionnée par la façon dont tu t'es amendée. Je ne me suis jamais trouvée dans des circonstances similaires : j'ai toujours été aimée et protégée par ma famille. Mais je ne suis pas certaine que j'aurais eu la force d'agir comme toi, si j'avais été à ta place.

— Bon sang, j'étais bien décidée à te détester mais tu ne me facilites pas la tâche. Il y a plusieurs choses que tu dois savoir. La première, c'est que je n'ai pas de liaison avec Jonah. Nous n'en avons jamais eu. Il n'a jamais couché avec moi lorsqu'il fallait payer pour le faire ni lorsque je me serais donnée à lui pour rien. Ce n'est pourtant pas faute de le lui avoir proposé.

— Est-il donc aveugle ? demanda Ally qui sentit pourtant une joie profonde l'envahir. Ne voit-il pas que tu l'aimes ?

— Oui, je l'aime. Mais pas comme tu le penses. Plus maintenant, en tout cas. C'est mon meilleur ami, mon seul ami avec Will. Nous avons grandi tous les trois et nous nous connaissons depuis que nous sommes enfants.

— Je sais, admit Ally. Cela se voit, d'ailleurs.

— Lorsque je travaillais dans la rue, Jonah venait me voir régulièrement. Il me payait pour la nuit mais, au lieu de coucher avec moi, il m'emmenait boire un café ou manger un morceau. Rien de plus. Il a toujours été un tendre.

— Tu es sûre que nous parlons bien du même homme ?

— Oui. Si quelqu'un compte vraiment pour lui, il est prêt à tout pour l'aider. Il continue à te tendre la main chaque fois que tu retombes. Tu peux la mordre, cela ne l'empêche pas de la tendre de nouveau. On ne peut pas vraiment lui résister. En tout cas pas très longtemps. J'ai essayé mais cela n'a pas marché…

Avec un soupir, Frannie porta son verre d'eau à ses lèvres et le finit.

— Il y a quelques années, j'ai fait le point sur ma vie. J'avais vraiment atteint le fond du caniveau… Je vendais mon corps depuis l'âge de quinze ans et cela commençait à se voir. J'étais vidée, finie. Alors je me suis dit qu'il ne me restait plus qu'à tirer le rideau sur cette sale histoire qu'était devenue ma vie. J'ai décidé de m'ouvrir les veines…

Tendant son poignet, Frannie montra la cicatrice qui l'ornait.

— Je n'ai pu couper que celui-là, dit-elle. Et pas très profondément, encore…

— Qu'est-ce qui t'a arrêtée ?

— Le sang, d'abord, avoua Frannie en riant. Il y en avait beaucoup et ça m'a fait peur. C'est ridicule pour quelqu'un qui veut se tuer, je suppose. Alors me voilà, debout dans ma salle de bains, pissant le sang et commençant à paniquer pour de bon. Finalement, j'ai appelé Jonah. Je ne sais vraiment pas ce qui se serait passé s'il n'avait pas été chez lui. Mais il était là et il est venu aussitôt pour me conduire à l'hôpital. Lorsque je suis sortie, il m'a forcée à entrer en cure de désintoxication et a payé tous les frais.

Frannie se tut, caressant doucement sa cicatrice comme si cela l'aidait à remettre de l'ordre dans ses souvenirs.

— Ça a été l'horreur… Mais il était là tous les jours pour m'encourager et me soutenir. Finalement, lorsque je suis sortie, il m'a demandé pour la centième fois peut-être si je voulais travailler pour lui. Et cette fois, j'ai dit oui… Il m'a beaucoup aidée, à cette époque, m'avançant de l'argent pour rembourser mes dealers et mon souteneur. Alors j'ai pensé que je devais le remercier et je lui ai offert tout ce que j'avais à lui offrir : mon corps. Je crois que c'est la seule fois où je l'ai vu se mettre vraiment en colère… Il avait une plus haute opinion de moi que moi-même. Et c'était la première fois de ma vie que cela m'arrivait.

Frannie sourit et haussa les épaules :

— Franchement, Ally, si je savais quoi que ce soit de plus au sujet de Jan, je te le dirais. Ne serait-ce que parce que c'est ce que veut Jonah. Je ferais n'importe quoi pour lui.

— A sa place, je crois que je serais tombé amoureux de toi, il y a très longtemps, murmura la jeune femme, émue par cette confession inattendue.

— L'amour ne fonctionne pas de cette façon. Il ne se mérite pas, il s'impose comme une évidence. Il n'y a qu'à voir comment Jonah te regarde pour le comprendre. Jamais personne ne m'a regardée comme cela.

— Tu te trompes, répondit Ally en souriant. Regarde Will attentivement lorsque tu lui serviras son verre de cognac, ce soir. Tu pourrais être très surprise.

— Will ? Allons donc…

— Tu m'as dit autrefois que le métier de serveur développait le sens de l'observation. Eh bien, tu avais raison : j'ai fait de gros progrès en psychologie au cours de mon séjour au Blackhawk. Et je te promets que Will a plus qu'un petit faible pour toi. Maintenant, envoie-moi Beth. Mais laisse-moi quelques minutes, le temps que je retrouve mon coup de poing américain…

Frannie éclata de rire et hocha la tête.

— D'accord, dit-elle. Mais je pense toujours que tu te trompes : Will sait ce que j'étais.

— Sans doute. Mais il sait aussi qui tu es devenue…

A 7 heures, Ally avait bouclé tous ses interrogatoires et se sentait affamée. Elle n'avait pas eu le temps de déjeuner et décida qu'il était grand temps de remédier à cet état de fait. De toute façon, elle n'était officiellement plus de service et les maigres informations qu'elle avait récoltées pouvaient attendre le lendemain pour être soigneusement compilées dans son rapport.

Elle téléphona pourtant à Hickman pour lui faire part de l'évolution de ses investigations. Lui-même n'avait pour le moment toujours aucune idée de l'endroit où pouvait se trouver Lyle. Mais il continuait d'interroger ses contacts dans l'espoir que l'un d'eux pourrait leur apprendre quelque chose. Par contre, l'état de Dietz s'était amélioré et les médecins commençaient à se montrer un peu plus optimistes.

C'est ce qu'elle expliqua à Jonah lorsqu'il la rejoignit enfin.

— Ils pensent qu'il va s'en sortir mais ils ne savent pas encore s'il y aura des séquelles, ajouta-t-elle.

— Je suis heureux d'apprendre qu'il va mieux.

— Merci de m'avoir laissée utiliser ton bureau. Je peux te dire officiellement qu'aucun de tes employés n'est suspecté de quoi que ce soit à l'heure actuelle.

— A l'heure actuelle ? répéta Jonah.

— Oui. Je ne peux pas m'avancer plus. Tout semble indiquer que Jan était la seule à travailler pour les cambrioleurs et qu'elle a agi de son propre chef. Mais il y a autre chose que je tenais à te dire.

— Je t'écoute.

— Je ne suis plus de service. Est-ce que je peux avoir un verre ?

— Il se trouve justement que je suis propriétaire d'un bar qui se situe au rez-de-chaussée.

— Je pensais à quelque chose de plus intime, déclara Ally. Je sais que tu gardes une bouteille de vin blanc dans ton minibar et je me demandais si nous ne pouvions pas l'ouvrir.

Jonah soupira et alla sortir la bouteille qu'il ouvrit. Il remplit un verre qu'il tendit à la jeune femme.

— Tu ne trinques pas avec moi ? demanda-t-elle.

— Moi, je suis toujours de service, répondit-il posément. Et je ne bois jamais pendant mes heures de travail.

— Oui, je l'ai remarqué. Tu ne bois pas, tu ne fumes pas et tu ne frappes pas tes clients… Pas durant tes heures de travail, du moins.

Ally ôta sa veste et se débarrassa de son holster qu'elle rangea dans son sac à main.

— J'espère que cela ne te dérange pas, dit-elle avec un sourire. Mais je déteste séduire un homme lorsque je porte une arme.

Sur ce, elle s'avança vers lui d'un pas assuré.

8.

Ally avait beau s'être débarrassée de son arme, elle était loin d'être sans défense, songea Jonah. Une femme avec des yeux et un sourire comme les siens ne l'était jamais. Et le pire était qu'elle le savait pertinemment. Son sourire avait tout de celui d'un chat contemplant la cage ouverte d'un canari. Mais il était bien décidé à ne pas se rendre sans combattre.

— Tu devrais boire ton vin, conseilla-t-il en effectuant un repli stratégique prudent pour maintenir la distance qui les séparait. Je suis très flatté que tu te sois mis en tête de me séduire mais je n'ai pas le temps, pour le moment.

— Oh, cela ne prendra pas si longtemps, promit-elle.

Le refus de Jonah avait dû décourager plus d'une femme dans le passé mais elle-même le considérait comme un défi qu'elle était impatiente de relever. Portant son verre de vin à ses lèvres, elle le vida d'un trait avant de le reposer sur la table basse. Elle s'approcha alors de nouveau de lui, l'agrippant par le col de sa chemise pour le forcer à rester immobile.

— J'aime beaucoup ce que je vois quand je te regarde, Jonah, dit Ally. Mais cela ne me suffit plus. Je veux plus que cela.

Tous les muscles de Jonah parurent se contracter au même instant tandis qu'un brusque accès de désir montait en lui.

— Je vois que tu ne t'embarrasses pas de préliminaires, observa-t-il, luttant de toutes ses forces contre lui-même.

— Tu as dit que tu étais pressé, répliqua-t-elle du tac au tac avant de commencer à mordiller doucement sa lèvre inférieure. Alors je fais en sorte de gagner du temps.

— Je n'aime pas les femmes aussi agressives, objecta Jonah qui se sentait perdre pied.

— Et tu n'aimes pas les officiers de police.

— Exactement…

— Dans ce cas, tu es sur le point de passer un sale quart d'heure, railla-t-elle en laissant glisser ses lèvres le long du cou de Blackhawk. Je veux que tu me touches. Je veux être à toi, Jonah. Et, cette fois, je ne suis pas disposée à accepter un nouveau refus.

Rassemblant toute la volonté qui lui restait, Jonah fit un pas en arrière. Mais Ally ne se laissa pas décourager aussi facilement et le suivit. Il se demanda vaguement si cela tombait sous le coup de l'abus de pouvoir et du harcèlement. Mais elle paraissait ne pas s'en soucier le moins du monde, le caressant avec une insistance et une audace croissantes.

— Je t'ai dit que je n'étais pas intéressé, protesta-t-il d'une voix faible.

— Je sens ton cœur qui bat la chamade, dit-elle. Et je sais que tu me désires autant que je te désire. Alors pourquoi résister ?

— Certains d'entre nous ont appris à maîtriser leurs pulsions…

Elle avisa la lueur trouble qui couvait dans son regard et sourit, moqueuse :

— Et certains s'en fichent, dit-elle en riant. Mais puisque

tu résistes aux forces de l'ordre, je crois que je vais devoir me montrer plus convaincante.

— C'est ridicule, Fletcher. Tu ferais mieux de rentrer chez toi…

Peut-être s'imaginait-il s'être exprimé d'une voix ferme et autoritaire, songea Ally avec un sourire. Mais il était incapable de dissimuler l'envie qu'il avait d'elle. Et elle n'était pas décidée à se laisser arrêter par ses maudits a priori et ses principes inflexibles. Cette fois, elle irait jusqu'au bout.

— Quelle est cette réponse que tu me fais tout le temps ? Voyons voir… Non ?

Sur ce, elle l'attrapa par la ceinture, le forçant à se rapprocher d'elle.

— Arrête ce cirque ! protesta Jonah, aussi furieux qu'excité.

Mais, loin de se laisser intimider, Ally lui sauta dessus, nouant les jambes autour de sa taille et les bras autour de son cou.

— Est-ce que tu aurais peur de moi ? demanda-t-elle en couvrant son visage de petits baisers. Un grand garçon comme toi ?

Se penchant vers lui, elle posa sa bouche sur celle de Jonah qu'elle agaça délicieusement. Il sentait ses lèvres brûlantes effleurer les siennes et lutta de toutes ses forces pour ne pas l'embrasser.

— Tu cherches vraiment les ennuis ! s'exclama-t-il d'une voix mal assurée.

— Et j'espère bien que je vais en trouver, répondit-elle en riant.

Elle continua à le provoquer jusqu'à ce que Jonah perde tout contrôle. Partagé entre colère et désir, il la porta jusqu'au lit sur lequel il la projeta presque violemment.

— Ally, je ne peux pas…

Mais elle commençait déjà à déboutonner son chemisier, le narguant sans pitié. Interdit, Jonah la regarda faire, fasciné par la courbe de sa poitrine qui gonflait son soutien-gorge. Elle se rapprocha alors de nouveau de lui et le prit dans ses bras. Il eut brusquement l'impression que quelque chose se brisait dans son esprit et, cette fois, fut incapable de s'opposer à la fougue qui le poussait vers elle.

Tous deux retombèrent sur le lit, se dévorant de baisers ardents, leurs mains courant fiévreusement sur leurs corps qui tressaillaient. Il y avait quelque chose de sauvage dans cette étreinte, quelque chose de primitif qui les libérait, annihilant toute retenue. Leurs lèvres se mêlaient, leurs dents se heurtaient tandis qu'en eux montait une envie irrépressible.

Puis, soudain, les mains de Jonah se glissèrent dans le dos de la jeune femme, dégrafant son soutien-gorge pour libérer ses seins. Elle le vit s'immobiliser un instant, la contemplant avec passion, puis il se serra de nouveau contre elle et sa bouche se posa sur l'un de ses mamelons, arrachant à Ally un gémissement de pur bonheur.

Hors d'haleine, la jeune femme lutta pour garder son souffle. Jamais elle n'avait éprouvé de telles sensations. Chacune de ses terminaisons nerveuses paraissait à vif, décuplant le plaisir que lui prodiguait Jonah. Elle avait l'impression de tituber au bord d'un gouffre sans fond qu'elle avait parfois entrevu mais jamais approché.

Et puis elle bascula. Les mains de Blackhawk s'étaient mises à courir sur sa chair chauffée à blanc, éveillant autant de brasiers qui se propageaient à chacun de ses membres. La raison abdiqua en elle pour laisser place à une joie inouïe qui balaya toute pensée. Jonah faisait assaut de caresses, lui révélant des faiblesses qu'elle ne se connaissait pas, jouant de son corps comme un musicien d'un instrument dont il parvenait à arracher des notes tremblantes d'extase.

Les gémissements d'Ally s'étaient mués en une sorte de feulement sourd, très rauque, qui paraissait émaner du plus profond de son être. Et lorsque Jonah remonta le long de son corps pour l'embrasser, elle répondit avec une violence indomptable, plantant ses ongles dans son dos et lui arrachant un cri où la douleur le disputait au plaisir.

Il avait l'impression de vivre un rêve éveillé, conscient qu'il commettait un péché mortel dont il serait incapable de se rédimer. C'était plus fort que lui : chacun des mouvements de la jeune femme, chacune de ses caresses le poussait un peu plus loin sur le chemin de sa propre damnation dans laquelle il se noyait avec délice. Jamais il n'avait vécu une expérience aussi sensuelle, aussi torride. L'envie qu'il avait d'elle était si puissante qu'il en avait mal.

Ally était la femme la plus désirable qu'il lui eût jamais été donné de voir. Tout le fascinait en elle : les courbes gracieuses de son corps, la douceur de ses lèvres, la lueur dansante qui brillait dans ses yeux dorés… Au-delà de toute rémission, il se laissait guider par un instinct infaillible qui lui permettait de satisfaire chacune de ses envies.

Elle commença alors à déboutonner sa chemise, avide de le voir, de le toucher. Luttant contre les boutons qui lui résistaient, elle finit par l'arracher, découvrant le torse puissant de Jonah qu'elle couvrit de baisers. Finalement, ne pouvant y résister, elle entreprit de dénouer sa ceinture et, après quelques instants qui lui parurent une éternité, il fut enfin nu devant elle. Elle n'avait plus aucune réserve, plus aucune pudeur, souhaitant simplement découvrir chaque facette de lui. Le prenant dans sa main, elle commença à le caresser avec une ardeur croissante et, bientôt, sa bouche se joignit à ses doigts pour décupler en lui le désir qu'il éprouvait.

Jonah plongea la main dans ses cheveux blonds, s'abandonnant à ses caresses qui le faisaient frémir jusqu'au plus profond de lui-même. Il sentait les lèvres de la jeune femme contre lui et cette intimité aurait suffi à elle seule à le terrasser. Il se força à dédoubler son esprit, prenant de la distance comme s'il n'était que le spectateur de cette scène terriblement érotique.

Mais, très vite, il comprit qu'il ne résisterait plus très longtemps à pareil traitement. Doucement, il repoussa Ally et entreprit à son tour de défaire le pantalon qu'elle portait, bien décidé à lui rendre au centuple les caresses qu'elle lui avait prodiguées. Une fois encore, il ne put s'empêcher de s'arrêter un instant lorsqu'elle fut entièrement exposée à ses regards. Elle était parfaite, songea-t-il, mieux encore que dans ses rêves les plus fous.

Son corps paraissait sculpté par les plus habiles des artistes, révélant des trésors de sensualité qu'il entreprit d'explorer, descendant toujours plus bas jusqu'à ce que sa bouche se pose enfin sur la fleur humide de son sexe. Ally se raidit et, se renversant en arrière, s'offrit à lui, le laissant découvrir la partie la plus secrète de son être.

Elle poussa un cri rauque tandis qu'un premier orgasme la terrassait. Mais Jonah ne lui laissa pas le temps de recouvrer ses esprits, se laissant guider par ses gémissements et se faisant de plus en plus audacieux à mesure qu'augmentait leur intensité. Une nouvelle vague de chaleur la submergea tandis qu'un tremblement convulsif naissait en elle, incoercible.

— Viens, Jonah, murmura-t-elle d'une voix brisée.

Mais il avait décidé de prendre son temps, fasciné par les réactions de la jeune femme. Suivant un itinéraire compliqué, il se mit à embrasser chaque parcelle de sa peau, mordillant sa chair à vif, la sentant onduler sous lui. Il ne pouvait se rassasier d'elle, en oubliait presque son propre désir qui le faisait pourtant souffrir le martyre.

Tandis qu'il l'embrassait avidement, il glissa ses doigts en elle, faisant naître un nouveau spasme qui se propagea en lui. Et tandis qu'elle connaissait une nouvelle apothéose, il continua à la soumettre à une impitoyable et délicieuse torture. Les ongles d'Ally se plantèrent une fois encore dans son dos, le labourant sans ménagement. Et cette souffrance contrastait avec le plaisir qu'il ressentait à la savoir pleinement sienne.

Pas un instant, elle n'avait fermé les yeux, le dévorant du regard. Et dans ses prunelles, il devinait comme un voile qui masquait à présent la flamme qu'il y avait éveillée. Elle paraissait hors d'atteinte, perdue dans un monde auquel il n'avait pas encore accès. Incapable de résister plus longtemps, il la serra très fort dans ses bras et entra très délicatement en elle.

Il se sentit alors glisser dans un fourreau de soie humide qui s'ouvrait pour l'accueillir sans retenue et, bientôt, il fut là tout entier, et elle cria son nom tandis qu'il commençait à bouger doucement en elle. Ally répondait à chacune de ses impulsions, se cambrant pour mieux le laisser glisser au creux de son corps incandescent. Leurs gestes étaient lents et amples, faisant croître à chaque instant leur désir.

La jeune femme sentait son cœur battre à tout rompre tandis que Jonah accélérait ses mouvements, lui arrachant des bribes incohérentes de mots qui se mêlaient en une musique primale. Ils se dévoraient de baisers, roulaient sur le lit défait, incapables de maîtriser leurs élans. A un moment, elle se retrouva juchée sur lui et posa les mains sur ses épaules, l'empêchant de se retourner.

Elle le sentait grandir en elle, comme un pilier brûlant autour duquel tournoyait sa propre joie. Haletante, elle montait et redescendait, toujours plus vite, ne pouvait dompter cette vague immense qui montait en elle et ne semblait jamais devoir s'arrêter.

— Ally…, murmura Jonah d'une voix suppliante.

En l'entendant prononcer son nom, elle sentit brusquement la vague déferler sur elle, l'emportant sur son passage dans un maelström tourbillonnant de sensations presque insoutenables. Et Jonah était avec elle, relâchant le peu de contrôle qui lui restait pour l'accompagner dans cette ultime délivrance qui ressemblait au néant.

C'en était fini de lui. Jonah le comprit dès qu'il commença à émerger de l'hébétude qui avait suivi leur étreinte frénétique. Jamais il ne se remettrait de cette fille. Jamais il ne parviendrait à faire comme si rien ne s'était passé. Elle venait de balayer définitivement une vie entière de prudence sentimentale et il était à présent profondément, désespérément amoureux d'elle.

Et il avait fallu qu'il choisisse la femme la plus incompatible qui soit avec tout ce que représentait son existence. Elle avait désormais le pouvoir de le réduire en miettes, elle contrôlait ses émotions les plus intimes, elle habitait ses pensées les plus secrètes… Et, à son contact, il se sentait terriblement exposé.

Refusant de se laisser aller à cette faiblesse, il se promit d'ériger de nouvelles défenses pour éviter qu'Ally ne le blesse. Décidant de commencer sur-le-champ, il roula de côté, s'éloignant d'elle. Mais ce fut peine perdue : elle le suivit, collant son corps contre le sien, ce qui ne manqua pas de faire renaître son désir.

Bien sûr, il aurait dû se sentir flatté par le plaisir qu'elle avait pris en faisant l'amour avec lui. C'est probablement ce qu'il aurait éprouvé avec n'importe quelle autre femme. Mais, cette fois, l'intensité de leur étreinte le terrifiait plus qu'autre chose.

— Je suppose que tu as obtenu ce que tu voulais, dit-il d'une voix sèche.

— Et même plus que cela, acquiesça-t-elle en lui caressant doucement le dos.

Elle passa une jambe en travers de son corps, comme pour mieux le retenir et Jonah sentit son inquiétude redoubler.

— J'aime beaucoup ton corps, Jonah, murmura-t-elle. Tu as du sang indien, n'est-ce pas ?

— Mon grand-père était apache.

— Ça te donne une jolie couleur de peau.

— Je préfère la tienne, visage pâle, plaisanta-t-il sans grande conviction.

— Dis-moi, puisque nous en sommes au stade des compliments et des gentillesses, pourrais-tu me faire une faveur ?

— Laquelle ?

— Je suis affamée.

— Tu veux un menu ?

— Non. N'importe quoi fera l'affaire. Je vais aller prendre une douche pendant que tu commandes.

— Qui t'a dit que j'en avais fini avec toi ? demanda Jonah en riant.

— Très bien. Fais de moi ce que tu veux. Un marché est un marché…

*
* *

Lorsque Jonah eut satisfait son désir et celui de la jeune femme, celle-ci gagna la salle de bains d'une démarche mal assurée et referma la porte derrière elle pour reprendre son souffle.

Jamais encore elle n'avait dû lutter à ce point pour conserver un semblant de dignité. Elle avait l'impression que son corps s'était disloqué avant d'être maladroitement reconstitué. Tous ses muscles étaient endoloris, tous ses nerfs insensibilisés, comme si elle venait d'être traversée par une décharge massive d'électricité. Curieusement, cette sensation n'était pas du tout désagréable. Au contraire, elle se sentait comme purifiée, profondément transformée.

Comment en aurait-il été autrement ? Jusqu'à présent, elle avait toujours envisagé le fait de faire l'amour comme une forme d'occupation plaisante entre deux adultes consentants, quelque chose de détendant, comme un bon repas ou une légère ivresse… Mais elle venait brusquement de découvrir une dimension inouïe de cet acte. Jonah avait éveillé en elle des sensations qui lui étaient inconnues et dont la puissance la fascinait et la terrifiait tout à la fois.

Rien dans leur étreinte ne pouvait être qualifié de « plaisant » ou d'« apaisant ». Il s'agissait au contraire de l'expérience la plus intense qu'elle ait jamais vécue. Quelque chose de sauvage et d'incontrôlable qui l'avait fait sortir d'elle-même. Quelque chose de mystique qui évoquait plus les descriptions de voyage astral qu'elle avait lues sous la plume des chamans ou des médiums. Une transe…

Repoussant ces pensées qui la mettaient vaguement mal à l'aise, Ally se força à observer la pièce dans laquelle elle se trouvait. Une fois de plus, Jonah n'avait pas regardé à la dépense. Un bassin immense trônait dans un coin, ressemblant plus à un jacuzzi qu'à une baignoire. Cette vision était des plus tentantes mais elle eut peur que Blackhawk ne décide brusquement de la rejoindre. Et elle n'était pas certaine de survivre à un troisième assaut…

Se dirigeant vers la glace qui surmontait le lavabo, elle se contempla longuement, cherchant sur son visage des traces de ce qui venait de se passer. Ses yeux paraissaient comme voilés et sa bouche était légèrement tuméfiée par les baisers dévorants qu'ils avaient échangés. Ses cheveux étaient emmêlés et, sur sa peau, elle distingua une trace de morsure bleutée au niveau de son épaule droite.

Comment Jonah la voyait-il ? se demanda-t-elle. Il paraissait toujours si maîtrisé, si distant… Pourtant, il la désirait. Il le lui avait prouvé de façon plus que convaincante. Mais était-ce tout ? Ou bien se mêlait-il à cette attraction d'autres sentiments ? Probablement pas, songea-t-elle.

Par deux fois, après qu'ils avaient fait l'amour, elle l'avait senti se replier sur lui-même, se renfermer dans cette tour d'ivoire qu'il ne quittait que si rarement. C'était comme s'il avait peur de s'impliquer, peur de se laisser aller à ce qu'il ressentait. A moins qu'il ne s'agisse d'une forme de contrôle de soi absolu. Aucune de ces deux possibilités ne lui souriait particulièrement.

Pourtant, elle n'avait pas le droit de se plaindre : c'était sa faute si Jonah avait fini par coucher avec elle. Elle l'avait séduit, ne lui laissant aucune chance de la repousser, malgré les efforts héroïques qu'il avait déployés. De quel droit aurait-elle exigé de lui des sentiments qu'elle-même n'était pas encore certaine d'éprouver ? C'était un comportement aussi stupide que typiquement féminin.

— Et alors ? s'exclama-t-elle pour elle-même. Je suis une femme, non ?

Gagnant la vaste cabine de douche, elle fit couler un jet d'eau brûlant et s'abandonna à ce contact rassérénant. Elle décida de ne pas laisser à Jonah une seule chance de la repousser : l'intensité de ce qu'elle avait ressenti avec lui était bien trop grande pour qu'elle y renonce aussi facilement. Et s'il essayait de lui faire comprendre que cela n'avait été que l'affaire d'une nuit, il trouverait à qui parler !

Elle attendait beaucoup plus d'une relation amoureuse. Et elle parviendrait bien à le convaincre que l'affection était au moins aussi importante dans un couple que la simple satisfaction des sens.

Une idée terrifiante interrompit le cheminement de ses pensées : en réfléchissant de la sorte, n'était-elle pas en train de se conduire comme Dennis ? Avait-elle le droit d'exiger ce que quelqu'un n'avait pas envie de lui donner ? Certainement pas... Et, si elle ne voulait pas trahir ses plus intimes convictions, il valait sans doute mieux pour elle relativiser ce qui venait de se passer. Après tout, elle avait elle-même fixé les règles du jeu, ne présentant les choses que sous un angle purement sexuel.

Jamais il n'avait été question d'engagement. En fait, elle n'avait même pas clairement dit à Jonah qu'elle voulait sortir avec lui : juste qu'elle le désirait physiquement. Et si elle laissait à présent ses sentiments peser dans la balance, cela ne regardait qu'elle. D'ailleurs, connaissant Jonah, elle savait qu'il fuirait à toutes jambes la moindre ébauche de chantage affectif.

Satisfaite de cette conclusion, la jeune femme quitta la douche pour se trouver nez à nez avec Jonah qui lui tendit une serviette. Réprimant un sursaut, elle s'efforça de ne pas prêter attention à sa nudité.

— La plupart des gens chantent dans leur douche, remarqua-t-il. Tu es la première personne que j'entends se parler à haute voix.

— Je ne me parlais pas, protesta-t-elle en rougissant, se demandant avec angoisse ce qu'il avait pu entendre.

— C'est vrai. Il s'agissait plutôt de marmonnements inintelligibles, admit-il à son grand soulagement.

— En tout cas, la plupart des gens frappent avant d'entrer dans une salle de bains, rétorqua-t-elle vivement.

— C'est ce que j'ai fait mais tu ne m'as pas entendu puisque tu te parlais… Je me suis dit que tu aurais besoin de ça, ajouta-t-il en lui tendant un peignoir de soie.

— Merci, répondit-elle en tenant sa serviette pudiquement nouée pour couvrir sa poitrine.

— Le dîner sera prêt dans une minute. J'ai enlevé ton arme de service que tu avais laissée sur le bureau et je l'ai mise dans la chambre. J'ai aussi demandé à ce que l'on dépose le plateau sur le bureau sans nous déranger, ajouta Jonah en caressant doucement l'épaule de la jeune femme.

Elle sentit le désir qui renaissait en lui et il secoua la tête, sincèrement désolé.

— Je ne devrais pas avoir encore envie de toi après tout ce que nous venons de faire mais c'est plus fort que moi.

— Ce n'est pas si grave, murmura Ally en relâchant son étreinte sur la serviette qui tomba à ses pieds.

Très doucement, elle caressa son torse et laissa sa main descendre jusqu'à ce qu'elle se pose sur son sexe dressé. Jonah émit une sorte de gémissement étouffé et caressa l'un de ses seins, ravivant instantanément la flamme de la jeune femme. Tous deux se buvaient du regard.

— Dis-moi que toi aussi tu me désires, murmura Jonah.

Elle avança d'un pas et se nicha dans ses bras, sentant une étrange émotion l'envahir.

— Je n'ai jamais désiré personne comme je te désire, avoua-t-elle. Je veux que tu me fasses encore l'amour.

— Allison, souffla Jonah en posant son front contre celui de sa partenaire. Je n'arrive plus à penser à quoi que ce soit à part toi…

Dans sa voix, par-delà le besoin qu'il avait d'elle, elle perçut une note de désespoir qu'elle ne comprit pas. Mais, avant qu'elle ait eu le temps de lui poser la moindre question, il la souleva pour l'emmener vers la chambre.

— Je dois dire que la cuisine de ton club est excellente, commenta Ally en dévorant à belles dents le plat qu'elle avait devant elle. La plupart des bars servent des menus médiocres mais toi, tu n'as pas lésiné sur la chose !

Amusé, Jonah lui proposa un verre de vin qu'elle refusa d'un signe de tête.

— Je ne peux pas, je conduis.

— Eh bien, tu n'as qu'à boire et rester, suggéra-t-il, brisant une autre de ses règles.

Après tout, il n'en était plus à cela près : en une soirée, il avait anéanti le code de conduite qu'il s'était efforcé de respecter durant des années.

— Je le ferais si je le pouvais, avoua-t-elle. Mais il faut que je rentre chez moi pour me changer : je commence à 8 heures et je ne peux décemment pas me présenter avec les habits que je portais ce soir, ajouta-t-elle en désignant leurs vêtements roulés en boule abandonnés un peu partout dans la pièce. Après ce que tu as fait à mon chemisier, je vais même devoir t'emprunter une de tes chemises.

Jonah hocha la tête et porta son propre verre de vin à ses lèvres.

— Demande-moi de revenir demain et de rester, reprit-elle.

Il la regarda attentivement, comme s'il cherchait à lire en elle et sourit.

— Reviens demain et reste toute la nuit, répéta-t-il.

— D'accord. Oh ! Regarde ça ! s'exclama-t-elle en désignant l'écran géant sur lequel était diffusée la retransmission d'un match de base-ball qu'ils regardaient d'un œil distrait. Il a réussi à atteindre la dernière base !

— Non, il lui manquait un demi-pas, corrigea Jonah, amusé par son enthousiasme presque enfantin.

— N'importe quoi ! Ils ont touché la base exactement au même moment. Dans ce cas-là, c'est le batteur qui marque. Tiens, tu vois ?

Jonah hocha la tête sans chercher à discuter. Jamais il ne s'était senti aussi bien de sa vie. Et Ally paraissait être du même avis.

— Du sexe, un bon repas et un match de base-ball sur écran géant, soupira-t-elle. Que demander de plus ?

— Rien. En fait, je crois que cela correspond à ma vision du paradis…

— Eh bien, puisque nous sommes au paradis, puis-je te poser une question capitale ?

— Bien sûr.

— Est-ce que tu comptes finir tes frites ?

Jonah secoua la tête et les lui tendit, la regardant manger avec un insatiable appétit. C'est alors que le téléphone sonna. Décrochant, il écouta quelques instants puis tendit le combiné à Ally.

— C'est pour toi.

— J'ai laissé ton numéro au cas où l'on voudrait me joindre d'urgence, expliqua-t-elle. Fletcher, j'écoute…

Brusquement, elle pâlit et se redressa sur le canapé.

— Quoi ? s'exclama-t-elle.

Quelques instants s'écoulèrent avant qu'elle ne raccroche.

— Ils ont retrouvé Jan, dit-elle.

— Où est-elle ?

— En route pour la morgue. Je dois absolument y aller.

— Je viens avec toi.

— Ce n'est pas la peine…

— Elle travaillait pour moi, répondit simplement Jonah qui commençait déjà à enfiler ses vêtements.

Jonah avait vu son compte d'horreur, du temps où il traînait encore dans les rues de Denver. En fait, à quinze ans, il croyait même avoir tout vu. Mais il découvrait aujourd'hui une nouvelle facette de la mort qui ne lui était pas familière. Ici, il ne s'agissait pas des cadavres sanglants des victimes de combats de rue. Ni des corps déchiquetés par les rafales de mitraillettes après les règlements de compte des gangs.

Non. C'était une succession de couloirs glacés et aseptisés, des rangées de tiroirs où des centaines d'anonymes reposaient, prêts à être disséqués pour les besoins de la police. Il y avait dans cette froideur quelque chose de plus terrifiant encore que la mort elle-même.

Un infirmier les conduisit jusqu'à l'un de ces tiroirs qu'il ouvrit, révélant le visage de Jan. Jonah sentit une brusque vague de pitié le submerger.

— Je vais devoir te demander de signer le formulaire d'identification, murmura Ally tandis que l'infirmier refermait le tiroir. Je pourrais le faire moi-même mais ce sera plus simple si c'est toi qui la reconnais officiellement puisqu'elle travaillait pour toi.

Jonah hocha la tête et signa le papier que lui tendit Ally. Puis tous deux regagnèrent le hall d'entrée.

— Je vais aller discuter avec le médecin légiste, expliqua-t-elle. Je ne sais pas pour combien de temps j'en aurai…

— Je t'attends.

— Merci. Il y a du café dans la salle d'attente, au bout de ce couloir. Il est dégoûtant mais il est chaud et fort. Si jamais tu changes d'avis, n'hésite pas à rentrer. Prends ma voiture et je demanderai à une patrouille de me ramener.

— Je serai là, promit Jonah.

Ally ne fut pas longue. Lorsqu'elle ressortit, Jonah l'attendait toujours, une tasse de café à moitié vide à la main. Elle le rejoignit à grands pas, heureuse qu'il soit resté.

— Comment est-elle morte ? demanda-t-il en se levant.

Ally hésita un instant, songeant qu'elle n'avait théoriquement pas le droit de le lui dire.

— Allons, insista-t-il, qu'est-ce que cela change ? Ne me dis pas que tu es aussi à cheval sur la procédure.

— Elle a été poignardée, répondit enfin la jeune femme. Plusieurs coups avec une lame longue et dentelée. Son corps a ensuite été abandonné au bord de l'autoroute 85 à quelques kilomètres seulement de Denver. Lyle a laissé son sac à main pour être certain que nous l'identifierions rapidement.

— Tu dis tout cela si froidement, remarqua Jonah. On dirait que tout cela n'est qu'une sorte de puzzle pour toi.

Ally prit une profonde inspiration, se forçant à ne pas répliquer : elle savait que la mort de Jan leur avait causé un véritable choc à tous deux et il n'aurait servi à rien de se disputer à ce sujet.

— Nous ferions mieux de sortir, déclara-t-elle en l'entraînant vers le parking.

Lorsqu'ils parvinrent sous le porche de l'hôpital, elle laissa l'air frais de la nuit calmer sa colère et sa frustration.

— Apparemment, reprit-elle, Lyle l'a tuée dans un accès de rage.

— Et où est la tienne ? insista Jonah, révolté. Est-ce que tu ne te sens pas furieuse contre lui ?

— Arrête de me crier dessus, répondit-elle sèchement.

Alors qu'elle faisait mine de s'éloigner, Jonah la saisit par le bras, la forçant à se retourner pour lui faire face.

— Tu veux vraiment savoir si je suis en colère ? Eh bien, écoute : d'après les estimations concernant l'heure de la mort, elle a dû se faire poignarder pendant que nous étions tranquillement en train de faire l'amour dans ton appartement. Crois-tu vraiment que ce soit une pensée qui me réconforte ?

— Je suis désolé, murmura Jonah.

Elle haussa les épaules et tenta de se dégager mais il la prit dans ses bras et la serra contre lui.

— Je suis désolé, répéta-t-il en couvrant ses cheveux de baisers. Je n'aurais pas dû dire cela… Je sais très bien que nous n'aurions rien pu faire pour l'aider. Personne ne le pouvait.

— C'est vrai, reconnut Ally, la mort dans l'âme. Mais deux personnes sont mortes à cause de Lyle. Et je dois le retrouver avant qu'il ne fasse d'autres victimes. C'est pour cette raison que je ne peux me permettre aucune faiblesse.

Et la colère en est une pour un policier. Est-ce que tu peux seulement le comprendre ?

— Oui, souffla Jonah en caressant doucement sa nuque.

Ils restèrent ainsi enlacés durant de longues minutes, se réconfortant l'un l'autre.

— J'aimerais dormir avec toi, cette nuit, dit enfin Jonah.

— Moi aussi, répondit Ally, rassérénée par la tendresse qu'elle percevait dans sa voix.

Ils se séparèrent et gagnèrent la voiture de la jeune femme. Tandis que Jonah la contournait pour s'installer sur le siège passager, Ally s'assit au volant.

— Je vais devoir me lever tôt, demain, remarqua-t-elle en démarrant.

— Moi, non.

— Dans ce cas, tu seras chargé de faire le lit et la vaisselle du petit déjeuner. C'est à prendre ou à laisser.

— Est-ce que cela signifie que tu te chargeras du café ?

— Oui.

— Dans ce cas, je suis d'accord.

Ils restèrent silencieux durant tout le trajet, plongés dans leurs pensées.

— Je vais avoir une dure journée, demain, déclara Ally lorsqu'elle s'engagea enfin dans le parking souterrain de son immeuble. Ça ne t'embête pas si j'arrive un peu tard chez toi ?

— Non, pas du tout, répondit Jonah avant de sortir pour ouvrir la portière de la jeune femme.

— Quelle galanterie ! s'exclama-t-elle, moqueuse. Tu as pris des cours de charme ?

— Oui. J'étais premier de la classe, répondit-il en appelant l'ascenseur. Evidemment, certaines femmes peu sûres d'elles-mêmes se sentent dévalorisées par la galanterie d'un homme qui tire leur chaise ou leur ouvre les portes. Mais je te fais confiance : tu es assez assurée pour le supporter sans t'en sentir blessée au plus profond de ta féminité.

— Naturellement, répondit-elle en riant.

Il lui prit la main et elle secoua la tête :

— Tu es vraiment un drôle de personnage, Jonah. Chaque fois que je crois te cerner, je découvre un aspect inattendu de ta personnalité qui paraît complètement antithétique des autres. Mais j'avoue que cela me plaît plutôt.

— Ravi de vous satisfaire, mademoiselle.

— Dis-moi, tu jouais au base-ball, autrefois, n'est-ce pas ?

— Oui. C'est grâce à cela — et à ton père, bien sûr — que j'ai pu entrer à l'université.

— Moi, je faisais surtout du basket-ball. Est-ce que tu sais y jouer ?

— Un peu. Je ne suis pas un spécialiste.

— Ça te dirait de faire quelques paniers, dimanche ?

— Pourquoi pas ? A quelle heure ?

— Eh bien, disons deux heures… Nous pourrions aller…

Comme les portes de l'ascenseur s'ouvraient à son étage, la jeune femme s'interrompit brusquement et sortit son arme.

— Recule-toi ! ordonna-t-elle. Et surtout, ne touche à rien !

Stupéfait, Jonah chercha ce qui pouvait déclencher une telle réaction. Puis il avisa les marques d'effraction sur la porte de la jeune femme. Quelqu'un l'avait forcée. A pas de loup, elle s'avança dans cette direction et décocha un violent coup de pied dans le battant, dévoilant le couloir qui menait dans le salon. Allumant la lumière, elle s'avança, avant de s'apercevoir que Jonah l'avait suivie.

— Je t'avais dit de rester où tu étais ! Tu es fou ou quoi ?

— L'une des choses que j'ai apprises à mes cours de charme, c'est de ne jamais utiliser une femme comme bouclier.

— Il se trouve que, dans ce cas, c'est la femme qui possède un badge de la police et tient un colt 45 ! s'exclama-t-elle.

— C'est vrai. Mais, si tu veux mon avis, nous nous disputons pour rien. Je crois que le cambrioleur est parti depuis longtemps.

Ally hocha la tête mais tint bon : elle ne comptait pas lui faire courir le moindre risque.

— Dans ce cas, je n'ai rien à craindre. Alors reste là et laisse-moi inspecter les lieux.

Puis elle commença à inspecter l'appartement. Jonah l'attendit sagement et, au bout de quelques instants, elle revint et décrocha le téléphone pour appeler la police.

— Ici Fletcher. Je voudrais que vous m'envoyiez une équipe scientifique au plus vite. Il s'agit d'une effraction à mon domicile.

Elle raccrocha et se tourna vers Jonah, rengainant enfin son arme. Ce dernier contemplait le salon entièrement dévasté. L'intrus n'avait rien épargné : la chaîne hi-fi avait été réduite en miettes, les étagères renversées, des livres déchirés, l'ordinateur démembré… Quelqu'un avait déployé une énergie formidable pour détruire systématiquement tout ce qui pouvait l'être.

Le canapé lui-même avait été éventré, répandant sur le sol des flots de mousse qui étaient imbibés d'alcool provenant des bouteilles de whisky brisées qui avaient constitué la réserve d'Ally. Seul le plafonnier était encore en état de marche, jetant une lumière lugubre sur ce champ de ruines.

— C'est une surprise de ton ami Dennis ? demanda-t-il.

— Je ne pense pas. Je crois que nous venons de découvrir pourquoi Lyle se trouvait dans le sud de Denver. Viens voir.

Jonah suivit la jeune femme jusque dans sa chambre qui n'avait pas été épargnée : l'armoire avait été vidée, ses habits réduits en lambeaux. On avait même répandu un flot de peinture rouge sur le lit et une phrase écarlate était écrite sur l'un des murs :

« Fais de beaux rêves. »

— Je ne sais pas comment il a fait mais Lyle a découvert que c'est moi qui ai tué sa sœur, déclara Ally.

— Ce doit être Jan qui lui a dit que tu étais l'inspecteur chargé de l'enquête. Elle a dû te voir entraîner les Barnes dans mon bureau pour leur parler. Ensuite, ils sont revenus, nerveux et agités. Elle a certainement trouvé cela étrange et a appelé Fricks. Après votre intervention, elle a dû comprendre quel était ton rôle dans cette histoire.

— Peut-être, concéda Ally. Elle a également dû remarquer que je m'étais éclipsée peu après avoir parlé aux Barnes…

Quittant la chambre, Ally se dirigea vers la cuisine pour constater l'ampleur des dégâts. Mais la pièce était intacte.

— Apparemment, il n'a pas dû juger nécessaire de détruire ma vaisselle, constata-t-elle avec un sourire ironique qui se figea aussitôt. Mon Dieu…, murmura-t-elle en se dirigeant vers le plan de travail.

— Qu'y a-t-il ? demanda Jonah, alarmé.

— Mon couteau à pain, expliqua-t-elle d'une voix blanche en désignant le râtelier dont l'un des portants était vide. Une lame longue et dentelée… Jonah, il l'a tuée avec mon propre couteau à pain !

Ce n'est qu'alors que tous deux remarquèrent la tache sombre qui maculait le carrelage dans un coin de la pièce.

9.

Ally refusait de se laisser impressionner par la mise en scène de Lyle. En s'attaquant à son appartement, il avait cherché à lui faire peur. En utilisant l'un de ses couteaux pour assassiner Jan, il espérait qu'elle se sentirait coupable. Mais elle ne pouvait se laisser aller à de tels états d'âme. Elle savait combien cela se serait révélé néfaste pour le bon déroulement de l'enquête : l'angoisse et la colère obscurciraient son jugement, l'empêchant de se conduire en policier. Car, comme le lui avait souvent répété Kiniki, son rôle était de se mettre dans la peau du meurtrier et non dans celle de la victime. Si désagréable que cela soit dans le cas de Lyle…

Lorsque l'équipe de la police scientifique quitta l'appartement, la jeune femme considéra d'un œil désolé le salon dévasté. Et quand Jonah lui proposa de s'installer chez lui en attendant la fin de l'enquête, elle accepta avec reconnaissance. Elle n'avait pas la force de remettre les lieux en état et, de toute façon, il faudrait certainement plusieurs jours pour le faire.

Bien sûr, emménager avec Jonah constituait un pas de géant dans leur relation et il était douteux qu'ils eussent pris une telle décision en d'autres circonstances. Mais, étant donné la situation, c'était probablement la chose la plus raisonnable à faire. Elle rassembla donc les affaires dont elle aurait besoin et tous deux regagnèrent le club à présent fermé pour s'accorder une nuit de repos plus que méritée.

Ils dormirent serrés l'un contre l'autre, heureux d'avoir quelqu'un avec qui partager ces heures sombres.

Le lendemain matin, Ally se rendit directement au commissariat où Kiniki l'attendait.

— Nous avons doublé la garde devant la chambre de Fricks, indiqua-t-il après avoir écouté le rapport de la jeune femme. Lyle n'a plus aucune chance d'arriver jusqu'à lui sans être pris.

— Oh, il est bien trop malin pour essayer, répondit Ally. A mon avis, il attendra que notre surveillance se relâche, ce qui finira certainement par se produire. Alors, il réglera son compte à Fricks en profitant probablement d'un transfert de prisonnier…

Ally jeta un regard pensif à travers la vitre dépolie du bureau de son supérieur. Derrière, on devinait les silhouettes des policiers qui s'activaient dans la salle principale. Le bourdonnement de leurs voix lui parvenait, parfois interrompu par une exclamation ou un éclat de rire. Au fond, songea-t-elle, la vie continuait. L'affaire sur laquelle elle travaillait n'était que l'une des centaines qu'ils traitaient chaque année. Pourtant, celle-ci resterait probablement pour la jeune femme celle qui lui aurait le plus appris…

— Jan Norton était une proie facile, ajouta-t-elle en se tournant de nouveau vers Kiniki. Pour elle, tout ceci n'était qu'une aventure captivante, un moyen d'échapper à la grise réalité quotidienne. Elle devait se croire en parfaite sécurité avec Lyle, sans réaliser que ce type est un véritable sociopathe. L'un des voisins que j'ai interrogés m'a dit qu'il les avait vus dans l'immeuble, se tenant par la main. Elle a dû l'aider à mettre mon appartement à sac. Ensuite, Lyle a probablement estimé qu'elle ne lui servait plus à rien et ne ferait que rendre sa cavale dangereuse. Et il ne voulait pas prendre le risque de la laisser se faire prendre et interroger. Alors il l'a tuée de sang-froid.

La jeune femme haussa les épaules : elle pouvait aisément imaginer la scène et se l'était jouée au moins une centaine de fois dans sa tête aux petites heures du matin, alors que Jonah dormait auprès d'elle et qu'elle-même cherchait vainement à retrouver le sommeil.

— Ce type est froid et calculateur, reprit-elle. Chacun de ses actes est soigneusement pensé avant d'être exécuté. Mais il a une faille : tout me pousse à croire qu'il a une aversion poussée pour les riches et les puissants. En analysant son casier judiciaire, j'ai constaté que la plupart des délits dont il s'est rendu responsable, qu'il s'agisse de piratage informatique ou de cambriolages, concernent des gens fortunés. Il a même été renvoyé de l'entreprise d'informatique dans laquelle il travaillait pour s'en être pris à ses supérieurs hiérarchiques.

Kiniki hocha la tête, apparemment convaincu par ses déductions.

— La fortune et l'autorité, reprit-elle posément. Ce sont deux choses qui paraissent agacer Lyle au plus haut point. Il éprouve un besoin compulsif de faire payer aux gens fortunés et puissants le fait que lui-même n'ait jamais réussi à être des leurs. Il doit penser qu'étant au moins aussi intelligent qu'eux, il mériterait de se trouver à leur place…

Ally se rappela ce qu'elle avait lu dans le dossier de Matthews et poursuivit :

— Il a grandi dans une famille modeste. Ses parents n'étaient pas pauvres mais ils ne gagnaient pas assez d'argent pour vivre confortablement. Son père a traversé plusieurs périodes de chômage prolongé, passant souvent d'un emploi à un autre le reste du temps. Puis sa mère a dû se lasser de cette situation et s'est remariée. Le beau-père de Lyle le détestait : c'était un homme arrogant et dominateur, traits qu'il a apparemment transmis à son beau-fils. La plupart de ses anciens collaborateurs disent qu'il est remarquablement intelligent et qu'il possède un talent inné en matière de technologie. Par contre, tous s'accordent à reconnaître qu'il n'a aucun don pour les contacts humains. Il est arrogant, agressif et solitaire. D'après son dossier, la seule personne qui soit restée proche de lui au cours des années était sa sœur…

Ally soupira, revoyant la jeune femme au clair de lune, un revolver à la main. Malgré elle, une pointe de culpabilité l'envahit et elle dut se forcer à hausser les épaules.

— Sa sœur jouait de ses faiblesses tout en flattant son ego. D'une certaine façon, ils étaient complémentaires… Maintenant qu'elle est morte, Lyle doit avoir l'impression qu'on lui a arraché une partie de lui-même.

— A ton avis, où peut-il être, à l'heure actuelle ?

— Pas très loin… Il n'en a pas fini avec moi, encore. Et il voudra probablement se venger de Blackhawk et des Barnes ensuite.

— Je suis d'accord avec toi, acquiesça Kiniki. D'ailleurs, j'ai demandé à ce que l'on surveille M. et Mme Barnes en permanence. Reste à savoir ce que nous allons faire dans ton cas et celui de Blackhawk…

— Je ne compte prendre aucun risque inutile, répondit Ally. Mais je dois continuer à faire semblant d'agir comme si de rien n'était. Si je demande une protection ou si j'arrête de sortir de chez moi, Lyle risque de disparaître pour attendre son heure. Il a mon nom, mon adresse et probablement des photographies qu'il a trouvées chez moi. Pour lui, rien ne presse : il doit même prendre plaisir à me faire peur. D'ailleurs, je ne crois pas que je serai sa première cible…

— Tu penses qu'il s'attaquera d'abord à Blackhawk ?

— Oui. Parce que c'est un homme. Mais une chose est certaine : Jonah refusera toute protection policière, soupira la jeune femme.

— Nous pouvons toujours lui coller deux hommes qui le surveilleront à distance.

— Oui, mais il les remarquera, même s'ils gardent leurs distances. Il repère les flics à des kilomètres… Et s'il les voit, il fera tout pour les semer. C'est une question de principes chez lui. Moi, par contre, je suis assez proche de lui pour le garder à l'œil.

— Cela risque de t'empêcher de poursuivre l'enquête, objecta Kiniki.

— Je ne crois pas : si Lyle sait que Blackhawk et moi sommes ensemble, il décidera certainement de faire d'une pierre deux coups. Alors, je pourrai le coffrer tout en assurant la sécurité de Jonah.

— C'est une tactique risquée mais je suppose qu'elle a effectivement des chances de fonctionner. Par contre, il y a une chose que je ne comprends pas : comment Lyle a-t-il su que c'était toi qui avais tué sa sœur ?

— Nous ne sommes pas encore certains qu'il le sache, remarqua Ally. Par contre, Jan a dû lui dire que je travaillais au Blackhawk sous couverture et il en a probablement déduit que c'est moi qui supervisais l'opération.

— Exact… Bien, je vais donc mettre deux hommes sur le dos de Blackhawk durant les soixante-douze prochaines heures. S'il ne s'est rien produit d'ici là, nous aviserons. En ce qui concerne Dennis Overton, à présent, tu dois savoir que nous avons retrouvé ses empreintes sur les jantes de ta voiture. En fouillant sa voiture, nous avons découvert un couteau de chasse dont il a fait l'acquisition récemment. La lame correspond aux marques sur les pneus. Nous en avons référé au bureau du procureur qui l'a mis à pied. Mais ils ont besoin que tu portes plainte pour justifier son licenciement.

— Mais…

— Cette fois, je n'admettrai pas de refus, l'interrompit Kiniki. Si tu ne portes pas plainte, il s'en tirera sans un avertissement et avec de juteuses indemnisations. Par contre, si tu le fais, le procureur demandera un examen psychiatrique. De cette façon, Dennis pourra être soigné correctement et apprendre à dominer son caractère obsessionnel. Et nous éviterons probablement à une pauvre fille de faire l'objet d'une nouvelle fixation.

— Très bien, soupira Ally. Je m'en occupe…

— Fais-le dès maintenant : tu as déjà un fou aux trousses et je pense qu'il vaut mieux éviter que Dennis ne te complique la vie.

Ally hocha la tête et Kiniki lui fit signe qu'elle pouvait disposer. Déprimée à l'idée de remplir une plainte contre son ex petit ami, elle regagna son bureau et se laissa tomber sur son fauteuil. Bien sûr, son supérieur avait raison : elle ne pouvait laisser passer une attitude telle que celle de Dennis.

Mais rien ne parviendrait à la convaincre qu'elle-même n'avait pas sa part de responsabilité dans cette histoire. Jamais elle n'avait su voir que quelque chose n'allait pas chez lui. Jamais elle n'avait été assez attentive pour comprendre que ses sautes d'humeur trahissaient plus qu'un simple défaut de caractère. Et la désinvolture dont elle avait fait preuve à son égard n'avait fait qu'empirer les choses : Dennis avait fini par perdre complètement les pédales.

— Alors, Fletcher ? On a des problèmes ? demanda Hickman qui venait de pénétrer dans la pièce.

S'approchant d'elle, il s'assit sur le bord de son bureau, la regardant avec sympathie.

— Le patron te fait des misères ?

— Non, soupira Ally. Mais je dois rédiger une plainte et cela ne me plaît guère…

— Bizarre. Moi c'est ce que je préfère…

— Sans doute parce que tu es un véritable pervers…

— J'adore quand tu me flattes comme cela.

— D'accord, fit la jeune femme en souriant malgré elle. Si je te dis que tu n'es qu'un dégénéré dont le QI avoisine celui d'une amibe protoplasmique, est-ce que tu accepterais de me rendre un service ?

— Tout ce que tu veux. Tu n'as qu'à demander.

— Eh bien… Je dois rédiger une plainte contre Dennis Overton. Et j'aimerais que ce soit toi qui te charges de l'interpellation. Il te connaît et je pense que ce sera plus facile pour lui si c'est toi qui le fais.

— D'accord, Ally. Mais si c'est pour lui que tu te mets dans tous tes états, ce n'est vraiment pas la peine. Ce type est un bouffon.

— Je sais, acquiesça-t-elle tandis que Hickman se dirigeait vers la porte du bureau. Mais je ne peux pas m'en empêcher…

Deux heures plus tard, Ally se rendit dans le bureau de son père. Lorsqu'il la vit entrer, il se leva pour venir la serrer dans ses bras sans dire un mot.

— C'est bon de te voir, fit-il enfin en s'efforçant de dissimuler le soulagement qu'il éprouvait en sa présence.

Ally prit place dans l'un des fauteuils tandis que son père leur servait deux cafés.

— Tu sais que ta mère s'inquiète beaucoup pour toi, après tout ce qui s'est passé, dit-il.

— Je m'en doute. Je suis désolée que ce soit le cas... Mais, étant donné l'évolution de l'enquête, je n'ai guère d'autre choix que de m'exposer un minimum pour faire sortir Lyle de sa cachette. Je crois qu'il ne tardera pas à passer à l'action. Il n'a plus personne, désormais. Or tout indique qu'il a besoin de quelqu'un pour l'admirer et flatter son ego. S'il est seul, s'il n'a plus personne avec qui jouer, il va craquer.

— Je suis d'accord. Et je pense qu'il va reporter sa frustration sur la première personne qu'il pourra rendre responsable de ses malheurs : en l'occurrence, toi.

— C'est vrai. Il a déjà fait le premier pas en entrant chez moi par effraction. Mais, ce faisant, il s'est exposé. Il n'a même pas pensé à mettre des gants et ses empreintes digitales sont partout dans la maison. Le chagrin et la colère le rendent imprudent.

— Et d'autant plus imprévisible. Alors pourquoi te promènes-tu toute seule ?

— Il ne m'attaquera pas pendant la journée. C'est un prédateur nocturne. Je te promets que je ne prends pas plus de risques qu'il n'est vraiment nécessaire, papa. D'ailleurs, je voulais également te dire que j'avais porté plainte contre Dennis.

— Très bien. Ce n'est pas le moment pour toi d'être distraite par le harcèlement de ce clown. Je suis passé chez toi, ce matin, et j'ai pu constater de mes propres yeux que tu avais déjà suffisamment d'ennuis avec Lyle.

— Oui. Je pense qu'il va me falloir envisager de réaménager en profondeur, approuva-t-elle avec un petit sourire.

— En attendant, tu ne peux pas rester là-bas. Reviens vivre à la maison le temps que tu aies mis la main sur Lyle…

— C'est gentil mais j'ai déjà pris mes dispositions, répondit la jeune femme, comprenant qu'ils en venaient à la partie la plus délicate de leur entrevue.

Portant la tasse de café à ses lèvres, elle but, se demandant pour la centième fois ce que son père penserait de sa liaison.

— Je resterai chez Jonah, ajouta-t-elle enfin.

— Mais tu ne vas tout de même pas camper dans le club en attendant que…

Il s'interrompit brusquement, lisant dans les yeux de sa fille la vérité qu'il avait jusqu'ici refusé de considérer.

— Oh…, fit-il simplement.

Il passa nerveusement la main dans ses cheveux.

— Nous sommes amants, précisa Ally.

— Bien, je… Je suppose que tu es une adulte responsable, commença-t-il avant de se taire de nouveau. Et merde…

— Qu'y a-t-il ? Tu ne m'as jamais dit que du bien de lui…

— Oui, évidemment. Ce n'est pas cela… C'est juste qu'il est un homme et que tu es ma fille. C'est ça, souris ! J'ai quand même le droit de réagir en père, non ?

— Evidemment. Mais… Ce n'est pas la première fois que je sors avec un garçon, tu sais…

— Hélas, oui, je le sais. Mais Blackhawk ! Je suppose que c'est parce que je le connais depuis si longtemps que cela me semble… bizarre.

— J'aimerais beaucoup l'amener au barbecue que tu organises ce week-end, tu sais…

— Propose-le-lui. Mais, à mon avis, il ne viendra pas.

— Oh, si, répondit Ally avec un sourire confiant. Cette fois, il viendra.

La jeune femme passa la majeure partie de la journée à s'occuper de deux autres enquêtes dont elle avait la charge. Il s'agissait d'un cas de harcèlement sexuel qu'elle régla dans la journée et d'une attaque à main armée dans une épicerie dont on ne retrouverait probablement pas les coupables de sitôt.

Il était près de 8 heures lorsqu'elle se gara enfin sur le parking qui faisait face au club de Jonah. Tandis qu'elle se dirigeait vers l'entrée, elle repéra la voiture de patrouille banalisée que Kiniki avait envoyée pour surveiller l'endroit. A n'en pas douter, Blackhawk avait dû la remarquer lui aussi, songea-t-elle avec une pointe d'amusement.

Pénétrant dans le bar, elle avisa aussitôt Hickman qui se tenait au comptoir, le visage décoré d'un formidable œil au beurre noir. A grands pas, elle le rejoignit, l'observant avec curiosité : Hickman n'était pourtant pas le genre d'homme à se laisser taper dessus…

— C'est un petit souvenir de ton grand ami Dennis Overton, expliqua-t-il, lisant la question muette dans les yeux d'Ally.

— Tu veux dire qu'il a résisté à l'arrestation ? s'exclama-t-elle, sidérée.

— Il a commencé par s'enfuir à toutes jambes, déclara Hickman en tendant son verre à Franny pour qu'elle le remplisse. J'ai dû le courser sur près d'un kilomètre ! Mais avant que j'aie pu lui passer les menottes, il m'a décoché un coup de coude en plein visage. Et il est inutile de te moquer de moi : nos collègues ne se sont pas gênés pour le faire et je crois que je ne pourrai plus encaisser un seul sarcasme de plus !

— Je suis désolée, répondit Ally en déposant un léger baiser sur la joue de Hickman. Merci de t'en être occupé pour moi. Je te revaudrai ça.

Du coin de l'œil, elle vit Jonah qui descendait les escaliers, observant avec une pointe d'ironie le visage de Hickman. Puis il se dirigea vers Will et s'entretint avec lui durant quelques instants tandis qu'Ally commandait une bière.

— Je n'aurais jamais cru que ce type pouvait courir si vite, reprit Hickman en soupirant. Et lorsque j'ai enfin réussi à le maîtriser, il s'est mis à gigoter dans tous les sens, se tordant sur le sol comme une carpe et pleurant toutes les larmes de son corps en s'accusant des pires maux. Je n'ai jamais vu un type aussi fêlé !

— Hélas, ce genre de revirement est une véritable marque de fabrique, chez lui.

— Ouais… Eh ben, il aura toute la nuit pour pleurer en cellule parce que je compte bien ajouter à ta plainte une autre pour résistance aux forces de l'ordre. Franchement, Ally, qu'est-ce que tu as bien pu lui trouver ?

— J'avoue que, rétrospectivement, je me le demande moi-même, répondit Ally avant de se tourner vers Franny. Est-ce que tu peux mettre les verres de Hickman sur mon ardoise ? demanda-t-elle.

— D'accord. Mais cela va te coûter cher : apparemment, il est bien parti pour vider le fût de bière.

Tous trois éclatèrent de rire tandis que Will les rejoignait.

— C'est la première fois que nous avons des flics ici, commenta-t-il en souriant avant de décocher un coup d'œil complice à Frannie. Vous voulez un peu de glace pour votre œil, inspecteur ?

— Non, merci, soupira Hickman en se tournant vers le nouveau venu. Vous n'aimez pas les policiers ?

— Disons que, depuis cinq ans, je n'ai plus rien contre eux. Mais dites-moi, est-ce que le sergent Maloney travaille toujours à la Soixante-Troisième ? Il m'a coffré deux fois mais c'est un type plutôt réglo.

— Oui, répondit Hickman, visiblement surpris par la franchise de Will. Il travaille toujours à la brigade des mœurs.

— Eh bien, si vous le voyez, saluez-le de ma part et dites-lui que je serais ravi de prendre un verre avec lui, un de ces jours, en souvenir du bon vieux temps.

— Je n'y manquerai pas, répondit Hickman en souriant.

— Bien. En attendant, le patron m'a demandé de porter deux repas à vos amis dans la Ford, de l'autre côté de la rue. Il a dit qu'ils finiraient par mourir de faim s'ils restaient là toute la nuit à se tourner les pouces.

— Je suis certaine qu'ils apprécieront le geste, approuva Ally en riant.

— C'est vraiment le moins que nous puissions faire, répondit Will avec un sourire malicieux avant de disparaître en direction de la cuisine.

— J'ai deux ou trois choses à faire, s'excusa Ally auprès de Hickman. Mets de la glace sur ton œil, lui conseilla-t-elle avant de gagner la salle du personnel pour retrouver Beth.

— Tu aurais une minute ?

— Eh bien, soupira la jeune serveuse, nous sommes vendredi soir et il va y avoir un monde fou. En plus, il nous manque deux serveuses…

Ally perçut aussitôt la froideur qui se lisait dans la voix de Beth mais elle refusa de se laisser éconduire de la sorte.

— Je ne peux pas attendre ta pause, objecta-t-elle.

— De toute façon, je ne sais même pas si je vais pouvoir en prendre une, répondit Beth avec une pointe d'agressivité.

— Ecoute, j'attendrai que tu aies un instant. Je n'en ai que pour une minute…

— Comme tu voudras, répliqua Beth en s'éloignant.

— Elle a l'air plutôt à vif, remarqua Will qui avait entendu la fin de leur échange.

— Tu es vraiment partout ! s'exclama Ally qui ne l'avait pas remarqué.

— C'est mon métier : tout voir, tout entendre et faire en sorte de mettre de l'huile dans les rouages de cette boîte lorsque c'est nécessaire. En ce qui concerne Beth, je pense qu'elle est plus affectée qu'elle ne veut le dire par la mort de Jan. Après tout, elles travaillaient ensemble et c'est Beth qui l'avait formée.

— Tu crois qu'elle me considère comme responsable ?

— Je ne sais pas. Peut-être en partie… Mais elle finira par admettre que ce n'est pas vraiment ta faute. Après tout, ce n'est pas toi qui as forcé Jan à se mettre en ménage avec ce Lyle… Et elle a trop de respect pour le patron pour penser qu'il puisse se tromper à ce point sur ton compte. Mais dis-moi, le groupe commence à jouer dans une heure. Veux-tu que je te prépare une table ? Il va y avoir un monde fou et, dans quelques minutes, il n'y aura sans doute plus une place de libre…

— Non, merci. C'est gentil mais je vais rester au bar avec Hickman.

— Si tu changes d'avis, tu n'auras qu'à me faire signe, d'accord ?

— D'accord. Et merci pour tout, Will, ajouta la jeune femme en posant la main sur son épaule.

— Il n'y a pas de quoi. Je te l'ai dit : je n'éprouve plus que le plus grand respect pour les flics. Depuis cinq ans, en tout cas…

Ally alla s'installer au bar et discuta avec Hickman jusqu'à ce que les musiciens commencent à jouer. Comme l'avait prédit Will, le club était bondé et les serveuses ne chômaient pas. Mais l'activité ralentit un peu tandis que les clients écoutaient le groupe et Beth put alors se libérer pour rejoindre Ally.

— J'ai dix minutes de pause, lui cria-t-elle pour couvrir la musique. Je peux t'en consacrer cinq.

Ally hocha la tête et l'entraîna vers le vestiaire des employés.

— Encore des questions, inspecteur Fletcher ? demanda la jeune serveuse en dévisageant Ally d'un air ouvertement méfiant.

— Je serai directe avec toi : tu as conscience de ce qui est arrivé à Jan ?

— Tout à fait, répondit Beth sans se départir de son agressivité.

— J'ai prévenu sa famille. Ses parents seront à Denver demain et ils voudront probablement récupérer ses affaires. Alors je voudrais récupérer celles qui se trouvent ici dans son armoire.

— Je n'ai pas la combinaison du verrou, objecta Beth.

— Moi si. Elle l'avait écrite dans son carnet d'adresses.

— Dans ce cas, je ne vois pas pourquoi tu aurais besoin de moi : tu n'as qu'à les récupérer toute seule.

— Il me faut un témoin. Je vais dresser une liste du contenu du placard et j'aimerais que tu puisses garantir que je n'ai rien oublié et rien rajouté.

— C'est donc seulement de cela qu'il s'agit, pour toi ? Une procédure de routine ?

— Tu ne comprends pas : plus vite j'en aurai fini avec la routine et plus vite je découvrirai l'homme qui l'a tuée.

— Elle ne représentait rien pour toi. Nous non plus, d'ailleurs. Tu nous as menti depuis le début…

— C'est vrai. Et je ne peux même pas te présenter des excuses à ce sujet parce que c'était ce que j'avais à faire. Et, dans des circonstances similaires, je referai exactement la même chose.

Sans attendre la réponse de Beth, Ally gagna le placard de Jan qu'elle ouvrit.

— A ta connaissance, quelqu'un d'autre que Jan possédait-il la combinaison ? demanda-t-elle à Beth qui l'avait suivie.

— Non.

Ally retira le sac qui se trouvait à l'intérieur et l'ouvrit.

— Je reconnais son parfum, murmura Beth d'une voix étranglée. Bon sang, quoi qu'elle ait pu faire, elle ne méritait pas de finir comme ça ! Assassinée et jetée sur le bord de l'autoroute comme un déchet… C'est horrible.

— C'est vrai, approuva Ally. Elle ne méritait pas cela. Et je t'assure que je suis bien décidée à le faire payer très cher au coupable.

— Tu sembles prendre cette affaire à cœur, remarqua Beth, surprise par la colère qu'elle avait senti couver dans la voix d'Ally.

— C'est parce que je crois en la Justice. Sans elle, nous ne serions que des animaux livrés à nos plus bas instincts. Et aussi parce que j'ai parlé à ses parents et que j'ai senti qu'ils avaient le cœur brisé par ce qui était arrivé à leur fille.

Ouvrant le sac, Ally commença à sortir son contenu, posant chaque article sur la table avant de noter leur description :

— Deux tubes de rouge à lèvres, du fond de teint, trois eye-liners…

— Laisse-moi t'aider, suggéra Beth en sortant son carnet de commande. Je vais prendre des notes pendant que tu feras l'inventaire.

— Merci, Beth, fit Ally, reconnaissante.

— Il n'y a pas de quoi. Tu sais, j'aimais bien la fille que tu étais censée être. Je me suis sentie insultée en découvrant que tu étais de la police…

— Eh bien, disons que c'est comme si nous avions une deuxième chance de nous connaître, à présent, remarqua Ally en souriant.

— Je suppose, acquiesça Beth en lui rendant son sourire.

Ally commanda un repas qu'elle mangea au bar sans quitter Jonah des yeux. Le vendredi soir, les clients étaient plus nombreux que le reste de la semaine et ils se montraient souvent plus chahuteurs, sachant qu'ils n'auraient pas à se lever pour aller travailler le lendemain matin. Cela rendait particulièrement difficile la surveillance que la jeune femme s'était promis d'effectuer.

Jonah ne prenait aucune précaution particulière, discutant avec les clients aussi librement que d'ordinaire. Et il serait difficile de lui faire admettre que, jusqu'à ce que Lyle soit en prison, il vaudrait mieux pour lui se montrer prudent. Pourtant, elle était bien décidée à essayer. En attendant, elle se cantonnait au café, se considérant en service.

Finalement, incapable de rester assise à ne rien faire, elle demanda un plateau à Frannie et entreprit d'aider Beth à prendre les commandes.

— Je croyais que je t'avais licenciée, remarqua Jonah comme elle passait près de lui.

— Tu ne m'as pas licenciée, c'est moi qui ai démissionné, objecta-t-elle. Pete, ajouta-t-elle à l'intention du barman, il me faudrait deux pressions, un Campari, un Merlot et un Coca…

— Pas de problème, ma jolie…

— Tu ferais mieux de monter te reposer, lui conseilla Jonah, plein de sollicitude. Tu as l'air épuisée.

— Pete, ce type fait des remarques désagréables sur mon apparence et, en plus, il vient de me mettre une main aux fesses !

— Si tu veux, je peux lui casser la figure. Attends juste que j'aie les mains libres…

— Tu as entendu ? demanda Ally à Jonah. Mon nouveau petit ami a des biceps en béton. Alors tu ferais mieux de faire attention à ce que tu dis !

Blackhawk sourit et lui prit doucement le menton entre ses doigts pour l'embrasser tendrement.

— Sache que je ne compte pas te payer ces heures supplémentaires, dit-il enfin.

— Oh, ce genre de pourboire me convient parfaitement, répondit-elle, luttant contre le désir qu'elle avait de se jeter sur lui sans autre forme de procès.

Sur ce, elle s'éloigna avec ses commandes et continua à servir jusqu'à l'heure de la fermeture. Tandis que Will fermait le club et que les musiciens rangeaient leur matériel, elle s'assit à une table dans la grande salle déserte et retira ses chaussures pour poser ses pieds sur la banquette qui lui faisait face. Sans même s'en rendre compte, elle s'endormit…

A l'autre bout de la pièce, Will termina son traditionnel cognac avant de se tourner vers Jonah :

— Tu as besoin de quelque chose avant que je parte ?

— Non, merci.

— Apparemment, Ally est crevée…

— Oh, ne t'en fais pas, d'ici peu, elle sera sur pied, prétendant qu'elle n'a jamais été aussi en forme.

Il y avait une telle tendresse dans sa voix que Will s'abstint sagement de répondre : cette fois, il n'y avait aucun doute, le patron était accro. Et quelle ironie que ce soit un flic qui l'ait mis K.-O. de la sorte… Finalement, Will se dirigea vers le vestiaire et il avisa Frannie qui s'y trouvait déjà.

— Il est mordu, dit-il en riant. Complètement fini…

— Ce n'est que maintenant que tu t'en rends compte ? s'étonna Frannie.

— Je ne pensais pas que c'était à ce point. Tu crois que cela marchera entre eux ?

— Je ne suis pas vraiment la mieux placée pour juger une relation aussi… romantique. Tout ce que je sais, c'est qu'ils vont très bien ensemble. Ils ont la tête aussi dure l'un que l'autre…

— Vise un peu ça ! s'exclama Will en regardant la salle du bar. Je n'ai jamais vu quelqu'un regarder une fille endormie avec tant d'admiration. Tu sais, ajouta-t-il en se tournant vers Frannie, je crois que l'on peut lire beaucoup dans les yeux d'un homme lorsqu'il observe une femme.

Frannie soutint son regard, comme si elle cherchait à lire en lui et il rougit, détournant les yeux. Mais, cette fois, elle avait vu l'admiration qu'il ne parvenait pas à dissimuler et elle sentit son cœur battre la chamade. Cela ne lui était pas arrivé depuis de très longues années et la sensation n'avait rien de déplaisant.

— Je suppose que tu rentres chez toi ? demanda-t-elle,

la gorge serrée par une émotion qu'elle avait le plus grand mal à maîtriser.

C'était ridicule, songea-t-elle : voilà qu'elle avait peur d'un homme. Un homme aussi inoffensif et dévoué que Will… Décidément, Ally avait vu juste.

— Oui, répondit-il. Et toi ?

— Eh bien, je pensais commander une pizza et regarder un vieux film d'horreur sur le câble.

— Tu as toujours adoré les séries B, remarqua Will en souriant avec une indéniable tendresse.

— Oui… Il n'y a rien de tel qu'une tarentule géante ou qu'un vampire assoiffé de sang pour vous rappeler que vos problèmes ne sont, en définitive, pas si graves que cela. Mais c'est beaucoup moins drôle tout seul… Cela te dit de venir avec moi ?

— Euh, moi ? répondit Will, stupéfait par cette proposition inattendue. Tu es sûre que c'est à moi que tu parles ?

— Absolument certaine.

— Eh bien… Je suppose que peu de choses au monde pourraient me faire plus plaisir, en cet instant, avoua-t-il avec un sourire radieux. Et… Frannie ?

— Oui ?

— Je pense que tu es une femme merveilleuse. Je voulais juste te le dire au cas où j'oublierais plus tard…

— Si tu l'oublies, je te le rappellerai, répondit-elle, émue.

— Bon, eh bien, on y va, alors…

Jonah regarda Will et Frannie quitter le club bras dessus bras dessous. Tous deux souriaient jusqu'aux oreilles en lui disant bonsoir et il se demanda ce qu'ils pouvaient bien manigancer. Haussant les épaules, il se dirigea vers la cabine du DJ qui occupait le fond du bar et régla les lumières de la salle avant de choisir un disque qu'il plaça dans le lecteur.

Lorsque les premières notes retentirent, il sourit et revint jusqu'à la table de la jeune femme qui dormait toujours. Se penchant vers elle, il l'embrassa tendrement,

Ally se sentit flotter entre deux eaux tandis qu'elle reprenait lentement conscience. Elle sentait le contact des lèvres de Jonah contre les siennes, chaudes, douces et infiniment tentantes. Ouvrant les yeux, elle lui rendit son baiser, constatant que le club était plongé dans l'obscurité. Mais un millier de points lumineux brillaient sur les murs et le plafond, lui donnant l'illusion de se trouver sous un ciel étoilé.

— Danse avec moi, murmura Jonah en l'aidant à se relever sans cesser de l'embrasser.

Ils dansèrent quelques instants, enlacés, avant qu'elle ne réalise soudain quelle était la musique.

— Les Platters, murmura-t-elle, stupéfaite. C'est bizarre…

— Tu n'aimes pas ? Je peux mettre quelque chose d'autre, si tu veux…

— Non, non, au contraire, j'adore ce morceau. Ce qui est bizarre, c'est que c'est la chanson de mes parents. Tu sais que ma mère était DJ sur la radio KHIP avant de devenir manager. C'est la chanson qu'elle a jouée pour mon père le jour où elle a accepté de l'épouser. C'est une très jolie histoire…

— Maintenant que tu me le dis, je me souviens avoir entendu Boyd la mentionner une fois ou deux…

— Tu devrais voir la façon dont ils se regardent lorsqu'ils dansent sur cet air. Ils sont si émouvants…

Machinalement, elle passa la main dans les cheveux de Jonah :

— Tout le monde est parti ? demanda-t-elle tendrement.

— Oui, il n'y a plus que toi, répondit Jonah.

Et il réalisa alors combien c'était vrai : il n'y avait plus qu'elle désormais.

10.

Pour la première fois depuis plusieurs semaines — plusieurs mois, peut-être — Ally n'avait aucune envie de quitter le cocon réconfortant de son lit pour attaquer la journée. Longuement, elle resta allongée dans la semi-pénombre, observant le corps de Jonah étendu auprès d'elle.

On était dimanche. Le samedi soir avait drainé vers le club une foule de clients encore plus importante que celle du vendredi, et Ally avait de nouveau aidé Beth. Cela lui donnait une bonne raison pour rester au Blackhawk où elle pouvait veiller discrètement sur Jonah. Heureusement, ce dernier ne s'en était pas aperçu.

Il avait fini par accepter à contrecœur la présence des deux policiers stationnés devant le club mais aurait vu d'un très mauvais œil sa petite amie jouer les gardes du corps. Et elle avait soigneusement évité de s'appesantir sur les risques qu'il courait, craignant qu'il ne devine la raison de sa présence près de lui.

Au fond, songeait-elle, elle ne faisait que lui retourner la faveur qu'il lui avait faite en acceptant de l'accueillir pendant que son appartement était rénové. Il lui fournissait un endroit où dormir et elle lui assurait une protection rapprochée. Et cet accord tacite leur permettait à tous deux de satisfaire la faim grandissante qu'ils avaient l'un de l'autre.

A cette pensée, la jeune femme sentit pointer le désir toujours prêt à renaître lorsqu'elle était près de Jonah. Se penchant vers lui, elle caressa doucement sa poitrine avant de la couvrir de petits baisers. Au bout de quelques instants, Jonah ouvrit les yeux et entreprit de répondre à ses provocations avec une habileté diabolique.

Doucement, elle le repoussa, le forçant à s'allonger sur le dos avant de se placer au-dessus de lui, le laissant entrer lentement en elle. Tous deux furent parcourus d'un violent frisson tandis qu'elle commençait à bouger contre lui, le cœur battant, les veines charriant un feu liquide qui rendait sa peau brûlante.

Se renversant en arrière, elle s'abandonna aux vagues de plaisir qui la traversaient tout entière, s'insinuant au creux de chacun de ses membres et lui faisant graduellement perdre tout contrôle. Finalement, Jonah se redressa et la serra passionnément dans ses bras tandis que tous deux luttaient contre eux-mêmes, repoussant le moment de leur délivrance pour monter toujours plus haut.

Elle sentit ses mains se poser sur ses fesses, accompagnant chacun de ses mouvements. Jamais encore elle ne s'était abandonnée aussi complètement à un homme. Il y avait dans leurs étreintes une forme de possession qu'elle avait pourtant toujours fuie, craignant peut-être qu'elle n'aliène sa volonté. Mais, à présent, elle la recherchait, en tirant un plaisir décuplé.

Les mains de Jonah couraient sur son corps, effleurant ses seins sur lesquels sa bouche se posa, enveloppant délicatement l'un de ses mamelons qu'il entreprit d'agacer de la langue. Une fois de plus, elle ne fut plus que sensations. Son être tout entier vibrait à l'unisson de celui de Jonah tandis que tous deux se perdaient dans un tourbillon de jouissance. Et, soudain, ils frémirent, terrassés par leur plaisir au même instant.

Mais Jonah ne lui laissa pas le temps de se remettre : la renversant sur le dos, il la couvrit de baisers, caressant sa chair dont il paraissait ne pas pouvoir se repaître. Il continua de la sorte jusqu'à ce que leur désir s'éveille une fois de plus et il pénétra alors de nouveau en elle. Cette fois, ils firent l'amour beaucoup plus doucement, presque précautionneusement.

Jonah murmurait à son oreille des mots d'une tendresse infinie qui augmentaient encore le bien-être qui s'était emparé de la jeune femme. Elle noua ses jambes autour de sa taille et ses bras autour de son torse et ils restèrent ainsi immobiles, appréciant ce moment d'intimité absolue où ils paraissaient ne faire plus qu'un. Ils échangèrent un baiser langoureux qui réveilla leur fougue.

Leurs gestes s'accélérèrent et leur étreinte culmina bientôt en un ultime moment de bonheur qui les fit retomber, pantelants, serrés l'un contre l'autre comme s'ils avaient peur de se perdre.

Jamais Jonah ne s'était senti aussi proche d'Ally qu'en cet instant où il avait l'illusion de la posséder tout entière. Ce n'était plus de sexe qu'il s'agissait mais d'amour. Un amour qu'il sentait grandir en lui chaque jour et qui devenait presque douloureux. Parfois, il avait l'impression que la jeune femme partageait ce sentiment. Il croyait le lire dans ses yeux, le deviner dans ses gestes. Mais, d'autres fois, il se disait que ce n'était peut-être que le reflet de son propre besoin. Elle n'envisageait peut-être leur liaison que comme une aventure, une simple passade sans lendemain. Après tout, ils n'avaient jamais fait de projets, jamais parlé d'amour…

Et Jonah avait peur d'aborder le sujet. La simple idée

de confesser ses sentiments à Ally le terrifiait parce qu'il craignait qu'elle ne mette fin à leur relation si elle ne les partageait pas. Elle lui avait démontré à maintes reprises qu'elle était pourvue d'un sens du devoir sans faille et elle considérerait qu'une liaison aussi déséquilibrée ne pourrait que le faire souffrir. Alors, elle partirait et il n'était plus très sûr de pouvoir le supporter...

Ils passèrent une matinée délicieuse, commençant par s'entraîner dans la salle de gym de Jonah tout en discutant âprement leurs pronostics quant aux résultats à venir des ligues de base-ball et de football. Puis ils partagèrent un pantagruélique petit déjeuner en regardant les matchs en cours, faisant assaut d'encouragements et de huées comme deux enfants facétieux.

Cette vie leur semblait parfaitement naturelle, comme s'ils vivaient ainsi depuis des années, partageant une intimité de tous les moments. Ils décidèrent alors d'aller jouer au basket-ball et Ally se changea, enfilant un T-shirt long et sa paire de baskets fétiche. Lorsqu'elle sortit de la salle de bains, Jonah était déjà prêt. D'un œil admiratif, il contempla les jambes interminables de la jeune femme.

— Si tu espères que ce short miniature suffira à me déconcentrer sur le terrain, tu te trompes, remarqua-t-il en souriant.

— Je n'ai pas besoin de recourir à de tels artifices, répondit-elle. Je suis assez douée pour te ridiculiser.

— Tu ne sais pas ce que tu dis, petite... Mais si tu m'embrasses, je te promets de me montrer clément.

— Pas la peine de me ménager, répondit-elle en riant. Alors cesse de frimer et viens prendre une leçon de modestie.

— Allons-y, cher inspecteur !

Ils descendirent quatre à quatre l'escalier du club pour gagner la voiture de Jonah.

— Tu me laisses conduire ? demanda-t-elle.

— Pas question.

— Tu sais pourtant que je conduis très bien, protesta-t-elle.

— Eh bien, dans ce cas, tu n'as qu'à t'acheter ta propre Jaguar.

Ils s'engouffrèrent dans le véhicule et Jonah démarra.

— Alors ? Où comptes-tu te faire ridiculiser ?

— Tu veux dire où compté-je t'infliger la plus cuisante et lamentable défaite de ta misérable existence ? Je te guiderai. A moins que tu ne préfères me laisser conduire, bien sûr. Ce serait plus facile…

— Bien tenté, Fletcher, mais c'est non. Où allons-nous ?

— Prends la direction de Cherry Lake.

— Cherry Lake ? Mais c'est à l'autre bout de la ville ! Il doit y avoir au moins vingt terrains entre ici et là-bas…

— Il fait trop beau pour jouer en salle et il y a un superbe terrain là-bas.

Jonah haussa les épaules sans chercher à la contredire et elle en profita pour détourner la conversation :

— Qu'est-ce que tu fais, d'ordinaire, le dimanche ?

— Eh bien… Je vais voir des matchs ou des galeries de peinture. Et je séduis des filles, ajouta-t-il avec un sourire provocant.

Ally abaissa ses lunettes de soleil et le regarda attentivement.

— Quel genre de match ?

— Cela dépend de la saison. Je m'intéresse aussi bien au hockey qu'au football, au base-ball et au basket.

— Et quel genre de galerie ?

— Cela dépend… Une exposition temporaire s'il y en a une ou bien le musée d'Art moderne…

— Oui, j'ai cru remarquer que tu étais un grand amateur d'art, acquiesça-t-elle. Il suffit de regarder comment tu as aménagé le club pour s'en rendre compte.

— Je dois dire que c'était passionnant. Je regrette presque que ce soit terminé…

— Et quel genre de filles ?

— Des filles faciles.

— Es-tu en train de me dire que je suis une fille facile ? s'exclama la jeune femme en riant.

— Oh, non… Loin de là ! Cela veut peut-être dire que j'avais besoin de me renouveler…

— Quelle chance j'ai eue ! plaisanta Ally. J'ai aussi constaté que tu avais une bibliothèque très complète. C'est bizarre parce que je ne t'imaginais pas du tout en lecteur assidu lorsque je t'ai rencontré.

— Eh bien, c'était une erreur, inspecteur. J'adore lire dès que j'ai un peu de temps devant moi. Je passe parfois des journées entières à dévorer un bouquin qui m'intéresse.

— Prends à droite sur la Vingt-Cinquième… Et modère ta vitesse : il y a beaucoup de policiers sur cette section de l'autoroute qui ne demanderaient pas mieux que de mettre une contravention à un homme aussi sexy conduisant une Jaguar. Tu es une véritable provocation ambulante…

— Ne t'en fais pas pour moi, j'ai de bons contacts au sein de la police, répondit Jonah en souriant.

— Parce que tu t'imagines que je vais faire sauter tes PV alors que tu ne me laisses même pas conduire ton précieux bolide ?

— Pas besoin de passer par un vulgaire sous-fifre quand on connaît personnellement le commissaire…

Jonah s'interrompit brusquement, réalisant ce que la jeune femme avait en tête.

— Tu as bien dit Cherry Lake ?

— Exact.

Avisant une aire de repos, Jonah s'y engagea brusquement et arrêta la voiture pour se tourner vers elle.

— Ta famille vit à Cherry Lake, dit-il en lui jetant un regard suspicieux.

— C'est exact. Et nous avons un terrain de basket-ball. Un demi-terrain, devrais-je dire… Malgré la pression que mes frères et moi avons exercée sur mes parents, ils ne nous ont accordé que cela. Il y a aussi un barbecue dont mon père assure le bon fonctionnement… Nous nous y retrouvons un week-end sur deux.

— Pourquoi ne m'as-tu pas dit que nous allions chez tes parents ? demanda Jonah, furieux.

— Qu'est-ce que cela change ?

— Il est hors de question que j'impose ma présence à ta famille. Alors je vais te déposer là-bas et, ensuite, je rentrerai chez moi.

— Attends une minute, protesta la jeune femme, bien décidée à avoir gain de cause. Tu ne t'imposes pas du tout ! Il est tout à fait naturel que je vienne chez mes parents avec mon petit ami. Nous allons juste manger un morceau et jouer au basket, je ne vois pas où est le problème.

— Peu importe. Je ne passerai pas un dimanche après-midi avec ta famille. Un point, c'est tout.

— C'est parce que c'est une famille de flics ? demanda-t-elle durement.

— Cela n'a rien à voir !

— Alors si je comprends bien, je suis tout juste bonne à réchauffer ton lit ?

— C'est ridicule, répondit Jonah, très pâle. Tu sais très bien que ce n'est pas vrai…

— Alors pourquoi te mets-tu en colère à la simple idée de passer quelques heures avec mes parents ?

— Tout d'abord parce que tu me forces la main, Ally. Et je déteste ça.

— Je ne pensais pas avoir à le faire, Jonah ! mentit-elle. En fait, cela me paraissait la chose la plus naturelle du monde… Mais je commence à comprendre qu'il s'agit de quelque chose de plus grave. C'est pour cela que tu n'avais jamais répondu aux invitations de mon père. Il t'a pourtant demandé des dizaines de fois de venir…

— Justement. Je n'ai pas ma place dans ta famille. Je dois beaucoup à ton père, Ally. Et lui ne me doit rien. Et, aujourd'hui, en guise de remerciement, je couche avec sa fille…

— Et alors ? Il est au courant.

Jonah lui jeta un regard où la stupeur le disputait à l'angoisse.

— Eh bien quoi ? Tu pensais qu'en l'apprenant, il allait débarquer chez toi avec un 357 Magnum et t'abattre d'une balle entre les deux yeux ? Est-ce pour cela que tu crains de l'affronter ?

— Ce n'est pas drôle, Ally. Je sais que, pour toi, tout ceci est très facile… Tout est simple dans le monde duquel tu viens : les choses sont réglées comme du papier à musique. Tu ne peux pas imaginer dans quel monde je vivais, moi, avant de rencontrer ton père. Et, s'il n'avait pas été présent, je ne serais peut-être même pas là à l'heure actuelle pour t'en parler… Et je ne veux pas le payer en retour en trahissant sa confiance.

— Cette fois, c'est toi qui m'insultes ! En refusant d'admettre notre liaison, c'est comme si tu en avais honte. Alors que moi, je suis fière de te présenter à ma famille. Quant à ton existence passée, je crois que je m'en fais une idée assez précise. Mon père est flic et je le suis moi-même. Nous sommes chaque jour confrontés à la rue et à ses vices. Franchement, je doute que tu aies vu autant d'horreurs que j'en ai vu moi-même ! Alors cesse de te draper dans ton passé de criminel : quelles que soient nos origines, nous sommes ce que nous faisons de notre vie. Mon père me l'a appris et je suis certaine, en te voyant, qu'il te l'a enseigné aussi.

— Je te déteste ! s'exclama Jonah en sortant de la voiture.

— Moi aussi ! répondit-elle en le laissant s'éloigner.

Il avait besoin de temps pour digérer ce qu'elle venait de lui dire et elle se demanda si les sentiments qu'il éprouvait pour elle l'emporteraient sur sa fierté. Finalement, il revint vers elle et la dévisagea gravement.

— Ecoute, dit-il, je te propose un marché : si tu me débarrasses de cette filature ridicule, je veux bien aller chez tes parents.

— D'accord, fit la jeune femme en dissimulant mal sa joie.

Elle quitta la Jaguar, se dirigea vers la voiture noire qui les avait suivis tout le long du parcours, et échangea quelques mots avec le chauffeur. Lorsqu'elle fut de retour, elle sourit à Jonah.

— Je leur ai dit de prendre le reste de l'après-midi. C'est le mieux que je puisse faire… En ce qui concerne la façon dont je t'ai forcé la main, ajouta-t-elle, j'avoue que je n'aurais pas dû me conduire de cette façon. Je suppose qu'il aurait mieux valu que je t'en parle directement.

— Tu sais très bien que non : j'aurais refusé de te suivre dès le début, avoua Jonah avec un demi-sourire.

— N'empêche que je suis désolée. Mais ma famille compte beaucoup pour moi. Alors je veux que l'homme avec lequel je sors s'entende bien avec eux.

— Je ne peux pas te promettre que je m'entendrai avec eux, dit Jonah tandis qu'Ally réintégrait le véhicule. Mais je tiens à ce que tu saches que je n'ai pas honte de notre liaison. Au contraire, je suis fier de sortir avec une femme comme toi, quoi que j'aie pu t'en dire lorsque nous nous sommes rencontrés.

— Alors laisse à ma famille une chance de te prouver que tu pourrais très bien les apprécier, eux aussi. C'est tout ce que je te demande.

— Bon sang, Ally ! Quelle négociatrice tu fais !

— C'est exactement ce que dit mon frère Bryant. Je suis certaine que vous vous entendrez à merveille, tous les deux.

Jonah démarra et reprit la route de Cherry Lake.

— Il y a une chose que j'ai oublié de te dire, reprit la jeune femme que la situation commençait à amuser.

— Je t'écoute.

— Eh bien… La réunion de famille d'aujourd'hui est un peu… élargie. Il y aura plus de monde que d'habitude. Des oncles et des tantes, quelques cousins venus de l'Est, un ancien partenaire de mon père…

Jonah lui jeta un regard noir et elle leva une main en signe de conciliation :

— Tu sais, ce sera plus facile pour toi. Au milieu de ce groupe, tu pourras te faire aussi discret que tu le voudras et éviter les immanquables questions d'usage.

Blackhawk fit mine de lui assener un coup de poing et Ally sourit de plus belle.

— Tu as l'air tendu, dit-elle malicieusement, tu es sûr que tu ne préférerais pas que je conduise ?

— Je préférerais surtout t'assommer et te mettre dans le coffre jusqu'à ce que nous atteignions notre destination, répliqua-t-il.

— D'accord, d'accord, ce n'était qu'une suggestion en l'air…

Le silence retomba entre eux.

— Tu sais, ce ne sont que des gens comme les autres, dit la jeune femme doucement. Plutôt gentils, même.

— Je n'en doute pas.

— Ecoute, si tu ne peux vraiment pas le supporter, je te promets que nous nous en irons au bout d'une heure. Je n'aurai pas de mal à inventer un prétexte quelconque. Cela te va ?

— Non. Si je ne me sens pas à l'aise au bout d'une heure, je partirai et toi, tu resteras. Je ne veux surtout pas t'empêcher de voir ta famille.

— Très bien. Je crois que je ferais bien de te donner un petit aperçu des personnes qui seront là. Il y a mes parents que tu connais. Tu as déjà dû rencontrer mes frères. Bryant travaille pour les Fletcher Industries : il est détective privé pour le compte de la compagnie. Il voyage beaucoup et passe la majeure partie de son temps à jouer les redresseurs de torts, ce qu'il adore. Mon autre frère, Keenan, est pompier comme mon oncle Ry qui sera là lui aussi. Ryan Piasecki est inspecteur de police. Il est chargé de la lutte contre les incendies criminels. Il est marié à la sœur de mon père, Nathalie Fletcher. C'est elle qui dirige les Fletcher Industries pour lesquelles travaille Bryant.

— Ce sont eux qui fabriquent des sous-vêtements ?

— Pas des sous-vêtements, de la lingerie fine.

— Ils ont de superbes catalogues…

— Je ne savais pas que tu t'intéressais à la mode féminine.

— Oh, ce ne sont pas les produits qui m'intéressent mais les mannequins !

Ally éclata de rire et poursuivit sa présentation.

— Ryan et Nathalie ont trois enfants de quatorze, douze et huit ans, si mes souvenirs sont bons. Et il y aura aussi la sœur de ma mère, Deborah. Elle est procureur et a épousé Gage Guthrie.

— Le type qui passe pour être aussi riche que la reine d'Angleterre ?

— Peut-être pas aussi riche mais oui, c'est lui. Ils ont quatre enfants de seize, quatorze, douze et dix ans. C'est ce que l'on peut appeler de la régularité… Enfin, il y aura Althea Grayson, l'ancienne partenaire de mon père. Elle est mariée à Colt Nightshade, un détective privé. C'est un type assez insaisissable qui travaille toujours en indépendant. Tu devrais bien t'entendre avec lui. Ils ont deux enfants de quinze et douze, non, treize ans.

— En gros, je vais passer l'après-midi avec une bande d'adolescents…

— Oui. Tu n'aimes pas les enfants ?

— Je ne sais pas. Je n'en ai jamais rencontré.

— Après cette journée, tu en sauras probablement plus sur eux que tu ne l'aurais voulu…

— Je n'arriverai jamais à retenir tous ces noms, remarqua Jonah.

— Tiens, c'est là. Prends à gauche à la prochaine. C'est la troisième maison.

*
* *

Tout en conduisant, Blackhawk s'était fait une idée très précise du quartier où vivait Boyd : ici, tout respirait le confort et la tranquillité. Les maisons étaient grandes, les jardins soigneusement entretenus, les voitures luxueuses… Pas du tout le genre d'environnement auquel il était habitué !

Car il était un fervent adepte du centre-ville : il aimait les grandes rues, la foule, l'anonymat. Il pouvait alors se fondre dans le décor et échapper aux regards, aux jugements et aux critiques. Mais ici, tout le monde devait se connaître. Les parents se rencontraient dans les clubs de sport, aux réunions dominicales ou à l'église. Il n'y avait aucune place pour les brebis égarées.

Ici tout n'était que luxe, calme et volupté.

Et lui était un intrus.

— C'est cette maison, lui signala Ally, celle avec le cèdre et les claies de bois. Apparemment, tout le monde est déjà arrivé : on dirait un véritable parking public…

De fait, il y avait déjà plusieurs véhicules garés devant la superbe maison de Boyd. C'était une construction moderne qui alliait à la perfection style, confort et sobriété. Elle était très bien ensoleillée et entourée de parterres de fleurs soigneusement entretenus qui lui donnaient un aspect accueillant et joyeux.

Malgré lui, Jonah frissonna.

— Je veux revenir sur un point concernant notre accord, dit-il. J'exige en plus un certain nombre de faveurs érotiques que je te communiquerai en temps voulu. Cette épreuve les justifie pleinement !

— D'accord, concéda Ally en éclatant de rire. Tu n'auras qu'à demander…

Elle se pencha pour ouvrir la portière mais il la retint, ne se sentant pas encore prêt à affronter ce qui l'attendait.

— Est-ce que tu veux une avance pour te convaincre ? demanda-t-elle en riant de plus belle.

Mais avant qu'il ait eu le temps de répondre, une jeune fille aux longs cheveux noirs accourut dans leur direction en poussant un cri de joie. Ally sortit de la voiture et la fille se jeta dans ses bras, manquant la faire tomber à la renverse.

— Enfin tu es là, Ally ! Tout le monde est arrivé. Sam a déjà poussé Mick tout habillé dans l'eau et Bing a poursuivi le chat du voisin qui est monté dans un arbre. Keenan a dû aller le chercher et il s'est fait griffer. Maman est en train de le soigner dans la cuisine. Tiens, salut ! ajouta-t-elle en avisant la présence de Jonah qu'elle dévisagea avec admiration avant de lui décocher un sourire charmeur. Je m'appelle Addy Guthrie et vous devez être Jonah. Tante Cilla a dit que vous viendriez avec Ally. Il paraît que vous êtes propriétaire d'une boîte de nuit ? Quel genre de musique est-ce que vous passez ?

— Jonah, je te présente Addy. Elle ne se tait que cinq minutes par an. Nous avons chronométré… Sam travaille avec Piasecki, et Mick est le frère d'Addy, expliqua la jeune femme. Quant à Bing, c'est le chien de la famille : il est aussi laid que dépourvu de manières et s'accorde donc parfaitement avec nous tous. N'essaie pas de retenir tous les noms que tu entendras ou tu risques très vite d'avoir mal à la tête.

— Est-ce que je pourrai venir à votre boîte de nuit ? demanda Addy en prenant la main de Jonah. Bon sang, vous êtes vraiment grand. Et très beau, aussi. Félicitations, Allison.

— Addy, protesta celle-ci. Tais-toi !

— Tout le monde me dit toujours ça, soupira Addy en haussant les épaules.

— Et est-ce que tu les écoutes ? demanda Jonah, amusé malgré lui.

— Pas du tout !

Soudain, deux adolescents débouchèrent en courant à toutes jambes, d'imposants fusils à eau à la main. Ils disparurent non sans avoir copieusement arrosé le trio qui traversait la pelouse pour contourner la maison.

Jonah se retrouva alors face à la famille d'Ally. Une belle femme blonde était en conversation avec une superbe rousse tandis qu'un groupe d'hommes s'affrontait au cours d'une impitoyable partie de basket-ball. D'autres adolescents en maillots de bain étaient rassemblés autour d'une table couverte de victuailles.

— La piscine est de l'autre côté. Elle est couverte et nous l'utilisons toute l'année.

Un des hommes sur le terrain de basket traversa brusquement la ligne des défenseurs et fonça sur le panier. Projetant la balle, il marqua sous les bravos et les huées des autres. Puis, avisant Ally, il se précipita dans sa direction et la prit dans ses bras pour la serrer contre lui, la soulevant littéralement de terre.

— Hé ! protesta-t-elle. Repose-moi, imbécile, tu es couvert de sueur !

— Tu le serais aussi si tu menais ton équipe vers une deuxième victoire consécutive.

Reposant Ally, il essuya sa main sur son short et la tendit à Jonah.

— Je suis Bryant, incontestablement le plus brillant des trois enfants Fletcher. Ravi que vous ayez pu venir. Vous voulez une bière ?

— Volontiers.

Bryant observa attentivement Jonah, jaugeant sa taille et sourit :

— Vous ne jouez pas au basket, par hasard ?

— Je connais les règles.

— Parfait. Nous allons avoir besoin de nouvelles recrues. Servez-vous des bières pendant que je vais faire un sort à ces petits canapés. Si j'attends une seconde de plus, les enfants les auront tous dévorés.

— Suis-moi, dit Ally en prenant le bras de Jonah. Et ne te laisse pas impressionner par le monde.

Elle l'entraîna jusqu'à une deuxième table qui ployait sous le poids des boissons qui y étaient disposées. Y prenant deux bières, elle en tendit une à Jonah avant de l'escorter sous la véranda. Ils traversèrent un vaste salon et parvinrent dans la cuisine où se trouvaient Cilla, que Jonah connaissait de vue, et un jeune homme aux cheveux noirs qui tentait vainement de repousser la femme qui était en train de le soigner.

— Je survivrai, tante Deb. Maman, dis-lui de me lâcher les baskets !

— Ne fais pas l'enfant, Keenan ! répondit Cilla, sans se détourner du congélateur qu'elle fouillait. Bon Dieu, je le savais ! Nous allons manquer de glace. Je l'avais bien dit à ton père mais, comme d'habitude, il n'a pas voulu me croire.

— Keenan ! s'exclama Deborah en pansant l'une des blessures de son neveu. Arrête de bouger. Là ! Parfait, maintenant tu as droit à un bonbon.

— Je suis entouré de tarés, soupira Keenan. Et à ce propos, voilà la plus folle de tous. Salut, Ally !

— Salut, Keenan. Bonjour, Deb. Je vous présente Jonah Blackhawk. Jonah, voici ma tante Deborah et mon frère Keenan. Je crois que tu connais déjà ma mère.

— Oui. Ravi de vous revoir, madame Fletcher.

A cet instant, une véritable armée déferla dans la cuisine, hurlant des cris de guerre. A peine étaient-ils ressortis qu'un énorme chien très laid entra à son tour et se jeta sur Ally pour lui lécher la figure à grands coups de langue.

Brusquement, Jonah se détendit, songeant qu'au fond, l'après-midi ne serait peut-être pas aussi horrible qu'il l'avait craint.

Jonah était bien décidé à partir au bout d'une heure : il tenait à respecter ses engagements mais ne comptait pas s'éterniser pour autant. Il avait décidé qu'il ferait poliment la conversation avant de trouver un prétexte quelconque pour effectuer une retraite stratégique et rentrer chez lui.

Mais, sans même qu'il s'en rende compte, il se retrouva enrôlé dans une équipe de basket au milieu des oncles, des cousins et des neveux d'Ally et il oublia le délai qu'il s'était fixé. Bryant l'avait recruté dans son équipe alors qu'Ally se trouvait dans celle de Keenan. En la regardant jouer, Jonah fut stupéfait par son adresse et sa rapidité.

Mais lui-même avait grandi dans la rue, apprenant le basket qui se pratiquait dans le ghetto. C'était un jeu moins subtil mais nettement plus efficace qu'il mettait aujourd'hui en pratique, se déplaçant avec une vivacité qui déstabilisait tous ses adversaires. Les seuls qui parvenaient à le contrer étaient Ryan, Keenan et Ally. La jeune femme était la plus efficace en défense, sachant pertinemment que, face à elle, il hésiterait à passer en force.

Sur le bord du terrain, Nathalie et Althea observaient le jeu d'un œil admiratif.

— J'aime bien la façon dont il joue, ce Jonah, remarqua Nathalie.

— Il paraît que c'était un vrai voyou lorsqu'il était plus jeune. Mais Boyd l'a toujours adoré. Ouille, ça doit faire mal…

— Oui. A mon avis, Ryan va boiter demain. Mais ça lui apprendra à s'attaquer à un type qui doit être à peu près deux fois moins âgé que lui. Tu as remarqué qu'il avait un très joli postérieur ?

— Ryan ? C'est ce que j'ai toujours pensé !

— Eh ! Je t'interdis de parler comme cela de mon mari. C'est à Jonah que je faisais allusion.

— Est-ce que Ryan sait que tu passes ton temps à reluquer les petits jeunes ?

— Evidemment. Il est d'accord tant que je le laisse regarder les filles.

— Pas bête… En attendant, je dois avouer que je suis d'accord avec toi : Jonah a des fesses superbes. Aïe ! Le voilà qui recommence… Et panier !

— Magnifique, vraiment…, murmura Nathalie d'un ton pensif.

Althea éclata de rire et Nathalie lui décocha un regard noir :

— Tu es vraiment une obsédée ! Je parlais de basket-ball, idiote. Allez viens, allons demander des informations à Cilla au sujet de ce mystérieux garçon.

— Excellente idée ! s'exclama Althea.

— Je ne sais rien du tout ! protesta Cilla qui disposait de la glace dans un baquet où elle avait placé une quantité impressionnante de cannettes de bière. Fichez-moi le camp, toutes les deux !

— Allons, plaida Nathalie. Tu dois bien avoir entendu parler de quelque chose… Après tout, c'est le premier petit ami qu'Ally amène à une fête de famille.

Cilla resta silencieuse, faisant le geste de fermer une fermeture Eclair sur la bouche.

— Laissez tomber ! s'exclama Deborah en riant. Cela fait une heure que j'essaie de lui extorquer des informations et je n'en ai toujours obtenu aucune.

— C'est parce que tu es procureur, déclara Althea en haussant les épaules. J'ai toujours pensé que les procureurs étaient trop mous avec les accusés.

Saisissant Cilla par le col de son chemisier, elle la secoua :

— Alors ? Tu vas parler ? Crache le morceau O'Roarke ou je te fais jeter au trou pour vingt ans ! Je te préviens que j'en ai fait chanter des plus résistantes que toi.

— Tu perds ton temps, le flic ! répondit Cilla en riant. Je ne suis pas un indic. Et de toute façon, je ne sais rien. Mais je suis bien décidée à en apprendre davantage, ajouta-t-elle en voyant Ally qui entraînait Jonah dans leur direction. Je crois d'ailleurs que cela ne va pas tarder… Fichez le camp, les filles.

Deborah, Althea et Nathalie ne se firent pas prier, s'éloignant en riant gaiement.

— Ce n'est rien, protestait Jonah.

— Si. Tu saignes. Et le règlement est le règlement : si un joueur saigne, il doit se faire soigner.

— Une autre victime, s'exclama Cilla en se frottant les mains. Amène-le-moi…

— Il s'est cogné, expliqua Ally.

— Oui, contre un coup de poing, précisa Jonah en lui jetant un regard accusateur. Lorsque tu marques un joueur, tu n'es pas censée lui décocher un crochet du gauche.

— Dans cette famille, si, répondit-elle du tac au tac.

— Voyons ce qu'elle vous a fait, fit Cilla en observant la lèvre fendue de Jonah. Eh bien ! Elle ne vous a pas raté… Ally, va aider ton père à préparer le barbecue.

— Mais, maman…

— Vas-y ! lui intima Cilla avant de prendre Jonah par la main pour l'entraîner vers la cuisine. Où ai-je bien pu ranger mes instruments de torture ?

D'un tiroir, elle sortit une trousse de premiers secours et fit asseoir Jonah sur un tabouret.

— Ne bougez pas. Et je vous préviens, je ne tolère aucune jérémiade de la part de mes patients, lui dit-elle en riant.

Elle sortit une compresse qu'elle plongea dans une petite fiole d'antiseptique.

— Alors, comme ça, elle vous a frappé ?

— Oui.

— Elle tient de son père. Je vous suis reconnaissante de ne pas lui avoir retourné la politesse !

— Je ne frappe jamais une femme.

Jonah tressaillit tandis que Cilla épongeait le sang qui coulait toujours de sa lèvre à l'aide de la compresse.

— Je suis heureuse de l'apprendre. Où en êtes-vous, exactement, tous les deux ?

— Je vous demande pardon ?

— Vous savez… Est-ce juste une histoire de sexe ou bien êtes-vous vraiment amoureux l'un de l'autre ?

Jonah poussa un juron, sans savoir si c'était à cause de cette question sans détour ou du picotement douloureux de l'antiseptique sur ses lèvres.

— Désolé, murmura-t-il.

— Oh, j'ai déjà entendu ce mot auparavant… Est-ce que c'est votre réponse ?

— Madame Fletcher…, gémit Jonah, terriblement mal à l'aise.

— Appelez-moi Cilla, l'interrompit-elle aussitôt, le regardant droit dans les yeux. Je vois que je vous ai embarrassé. Ce n'était pas mon intention, je vous assure. Là… C'est presque fini. Tenez cette poche de glace durant une minute.

Cilla prit place sur le banc qui faisait face à Jonah, sachant qu'elle avait tout au plus deux minutes avant que quelqu'un ne surgisse dans la cuisine et ne les interrompe.

— Boyd ne pensait pas que vous viendriez, aujourd'hui, remarqua-t-elle. Moi si. Allison est une femme à laquelle il est très difficile de dire non lorsqu'elle a une idée en tête.

— A qui le dites-vous…

— Je ne sais pas quelles sont vos intentions à son égard, Jonah, mais je vous aime bien. Ce que Boyd m'a raconté à votre sujet et ce que je vois aujourd'hui me plaisent beaucoup. Alors je veux vous raconter quelque chose.

Cilla se tut quelques instants, tandis que Jonah la contemplait avec un mélange de stupeur et de fascination.

— Il y a très longtemps, j'ai rencontré un policier. C'était un type irritant, arrogant et sûr de lui et j'étais bien décidée à ne pas répondre à ses avances. Surtout, je ne voulais pas m'impliquer dans une relation avec lui. Parce que ma mère était dans la police, qu'elle était morte en service, et que je ne m'en étais jamais vraiment remise. Je ne tenais pas du tout à revivre la même chose…

Cilla prit une profonde inspiration, aujourd'hui encore troublée par ces souvenirs.

— Quoi qu'il arrive, j'avais décidé que jamais je ne m'impliquerais affectivement avec un flic. Je ne savais que trop comment ils vivaient, comment ils pensaient, comment ils mouraient... Et regardez-moi ! Mariée à un commissaire et mère d'un inspecteur !

Elle sourit pensivement en regardant par la fenêtre Ally et son père qui s'activaient auprès du barbecue.

— C'est étrange, non ? Aujourd'hui, malgré mes peurs, malgré mes angoisses, je n'échangerais pour rien au monde ma vie avec celle d'une autre.

Jonah ne répondit rien et elle lui tapota doucement la main.

— Je suis contente que vous soyez venu, aujourd'hui, dit-elle.

— Pourquoi ?

— Parce que cela m'a donné une chance de vous voir avec Ally. Et une chance de vous voir, vous, ce qui n'a pas été le cas durant de longues années. Pourtant, vous connaissez Boyd depuis dix-sept ans, au moins ! Et, franchement, je suis heureuse de connaître l'homme que vous êtes devenu.

Cilla se leva, laissant Jonah sans voix, et alla chercher une pile de steaks hachés dans le congélateur.

— Pourriez-vous donner ceci à Boyd ? lui demanda-t-elle en les lui tendant. Si nous ne nourrissons pas les enfants toutes les deux heures, ils ont tendance à devenir incontrôlables.

— Je m'en charge, répondit Jonah en prenant le plateau sur lequel elle avait posé la viande. Vous savez, ajouta-t-il, elle vous ressemble beaucoup.

— Oui. Je suppose qu'elle a hérité de toutes les déplorables qualités que nous avons Boyd et moi. Ce qui fait d'elle une femme têtue et qui ne sait pas tenir sa langue !

Se hissant sur la pointe des pieds, Cilla déposa un petit baiser sur sa blessure au coin de sa bouche.

— Cela fait partie du traitement, expliqua-t-elle en souriant.

— Merci, répondit-il, plus ému qu'il ne voulait se l'avouer. Je vais devoir rentrer mais je tenais à vous remercier pour tout, Cilla…

— Il n'y a pas de quoi. Revenez quand vous voudrez.

En souriant, Cilla le regarda partir.

— A toi de jouer, Boyd, murmura-t-elle.

11.

— Tout est dans le mouvement de poignet, déclara doctement Boyd en retournant une énorme tranche de steak.

— Je croyais que tout était dans le temps de cuisson, objecta Ally, accoudée au mur qui abritait le barbecue du vent.

— Eh bien, le temps de cuisson est décisif, c'est certain. Mais le poignet est aussi important. L'art du barbecue est souvent sous-estimé et il faut des années pour le maîtriser complètement.

— D'accord, d'accord, soupira Bryant, habitué à ces tirades. Mais la question importante est : quand est-ce qu'on mange ?

— Il faut compter deux minutes pour un hamburger et dix de plus pour un steak, répondit Boyd en regardant Jonah qui se dirigeait vers eux. Ah, des rations supplémentaires ! Excellente idée.

— Et si je veux un hamburger et un steak ? reprit Bryant sans se laisser détourner de son objectif.

— Tu es le dixième sur ma liste d'attente, répondit Boyd en retournant un autre steak.

Il aperçut alors sa femme qui se trouvait sous le porche. Elle lui désigna Jonah et lui fit un signe de tête qu'il comprit aussitôt. Il avait repoussé assez longtemps l'inévitable échéance et devait parler à Blackhawk. Cette idée le mettait plutôt mal à l'aise mais il n'était pas le genre d'homme à se défiler.

— Tu peux poser les morceaux de viande sur la grille, dit-il à Jonah qui s'exécuta. Comment va cette lèvre ?

— Je survivrai, je crois, répondit Jonah en jetant un regard amusé à Ally. D'autant que, malgré la conduite totalement anti-sportive de mon adversaire, j'ai réussi à marquer ce panier qui nous a permis de gagner.

— C'était juste un coup de chance, protesta la jeune femme. Je demande une revanche après le repas.

— C'est toujours pareil, soupira Bryant. Chaque fois qu'elle perd, elle demande une revanche. Mais lorsqu'elle gagne, elle vous rebat les oreilles durant des jours entiers.

— Je ne vois pas ce que cela a de contradictoire, remarqua Ally en riant.

— Et le pire, c'est que je n'ai jamais pu lui taper dessus parce qu'elle est une fille. Maman prétend que ce serait déloyal.

— Elle disait la même chose pour Keenan. Cela ne t'empêchait pas de t'en prendre à lui.

— Oui. A ce propos, j'avais envie de me battre contre lui, en souvenir du bon vieux temps.

— Je pourrai regarder ? demanda Ally.

— Bien sûr…

— Très bien. Maintenant que vous êtes aussi grands l'un que l'autre, le match risque d'être intéressant !

— Dites donc, vous deux, protesta Boyd. Votre mère et moi aimerions pouvoir donner l'illusion que nous avons réussi à faire de vous des enfants équilibrés et mûrs et pas une bande de sauvages. J'espère que tu n'as pas perdu toutes tes illusions en découvrant la véritable nature de ma fille, Jonah.

Ally émit un reniflement méprisant et Boyd se tourna vers son fils, la mine soudain très sérieuse.

— Le grand moment est venu, Bryant !

— La fin du monde ?

— Non, un moment plus important encore : je te confie la responsabilité de veiller sur le barbecue sacré et je te remets les instruments du pouvoir.

Il lui tendit cérémonieusement la fourchette et la spatule.

— Eh, dis donc, pourquoi ce ne serait pas moi ? demanda Ally en poussant son frère de côté.

— Ah… Combien de fois ai-je entendu prononcer ces mots depuis que tu as appris à parler ?

Jonah avait maintenant le plus grand mal à conserver son sérieux devant ces relations familiales aussi complices que débridées.

— Alors ? insista Ally, une expression mutine sur le visage.

— Allison, mon trésor, il y a certaines choses qu'un homme ne peut transmettre qu'à son fils. Fils, ajouta Boyd solennellement en posant la main sur l'épaule de Bryant, c'est entre tes mains que repose la réputation des Fletcher, désormais. Ne me déçois pas.

— Papa, je ne peux te dire à quel point je suis honoré de reprendre le flambeau. Je te promets que je ferai honneur à mon nom et que tu n'auras pas à rougir de la cuisson de nos steaks. Je protégerai le barbecue sacré contre toute intrusion indésirable comme tu l'as toujours fait, ajouta Bryant en jetant un regard de défi à sa sœur.

— Bien, aujourd'hui, tu deviens un homme.

— Il ferait beau voir, ironisa Ally.

— Allons, protesta Boyd en levant un sourcil, tu n'es qu'une fille, Ally. Il va falloir t'y faire.

Sur ce, il entraîna Jonah à l'écart tandis qu'une dispute fraternelle éclatait autour du barbecue, bientôt envenimée par l'arrivée de Keenan.

— Nous n'avons pas eu l'occasion de discuter, dans toute cette agitation, remarqua Boyd. Comment vas-tu ?

Jonah soupira intérieurement, se demandant comment il allait pouvoir s'éclipser discrètement si tout le monde continuait à vouloir lui parler de la sorte. Pourtant, il fit contre mauvaise fortune bon cœur et sourit.

— Je vais bien. Et je vous remercie de votre hospitalité. Mais je crois que je vais devoir rentrer au club…

— Je suppose que ton travail est très accaparant, acquiesça Boyd en le guidant vers une petite cabane installée au fond du jardin. Est-ce que tu t'y connais en bricolage ?

— Pas vraiment, dit Jonah tandis que Boyd déverrouillait la porte.

La cabane était savamment aménagée : des étagères chargées d'outils en tous genres étaient installées le long des murs et plusieurs établis occupaient la pièce. Quelques projets en cours de construction étaient posés dessus dans l'attente de leur finition.

— C'est impressionnant, dit-il. Qu'est-ce que vous fabriquez, ici ?

— Eh bien, je fais surtout beaucoup de bruit. J'ai construit cet endroit pour avoir un lieu bien à moi. Ensuite, je me suis mis à construire diverses choses : des sièges, une cabane à oiseaux, une niche…

Les deux hommes se turent tandis que Jonah examinait les objets, impressionné par la qualité de leur facture. Apparemment, Boyd ne faisait jamais rien à moitié…

— Bon, soupira ce dernier au bout d'un moment. Je crois que nous ferions mieux d'en venir directement au fait. De cette façon, nous pourrons nous détendre et aller manger tranquillement. Que se passe-t-il exactement entre ma fille et toi ?

Jonah sentit son estomac se resserrer. Evidemment, il s'était attendu à la question mais la brutalité avec laquelle son ami l'avait posée le prit au dépourvu.

— Eh bien… Nous sortons ensemble.

Boyd hocha la tête et se dirigea vers un réfrigérateur dont il sortit deux bières. Il en tendit une à Jonah et tous deux burent en silence.

— Que puis-je vous dire d'autre ? soupira enfin Jonah.

— Je ne sais pas. Que ce ne sont pas mes oignons ou quelque chose dans ce goût-là…

— Mais ce sont vos oignons, justement, protesta Jonah. Ally est votre fille.

— C'est incontestable…

Boyd se tut de nouveau, se demandant où lui-même voulait en venir.

— Je crois, dit-il enfin, que j'essaie de te demander ce que vous comptez faire, tous les deux.

— Je ne sais pas… En fait, la seule chose que je sais, c'est que je n'aurais jamais dû sortir avec elle.

— Pourquoi cela ? demanda Boyd, surpris.

— Que voulez-vous de moi, au juste ? demanda Jonah en passant nerveusement une main dans ses cheveux.

— Tu m'as posé exactement la même question, la première fois que nous nous sommes vus. Tu avais treize ans, à l'époque. Et ta lèvre était ouverte, exactement comme aujourd'hui.

— Je m'en souviens.

— Je m'en doute. Tu as toujours eu une mémoire phénoménale… Et tu dois donc te rappeler ce que je t'ai dit en ce temps-là.

— Vous m'avez demandé ce que je voulais, moi.

— Exact.

— La réponse est différente aujourd'hui : j'ai exactement ce que je désire. Une existence décente et honnête qui me permet de gagner ma vie. Et je sais pourquoi les choses sont ainsi : c'est grâce à vous, Fletcher. Tout a commencé quand vous m'avez aidé à voir quelles étaient mes possibilités. Vous m'avez forcé alors que vous n'aviez aucune raison de le faire.

Jonah s'interrompit mais Boyd continuait à le regarder fixement, paraissant passablement interdit.

— Vous avez changé ma vie. Ou plutôt, vous m'avez donné une raison de vivre. Je sais très bien où je serais aujourd'hui si vous n'aviez pas été là. Et je sais ce que je vous dois. Je n'aurais jamais dû abuser de votre confiance en sortant avec Ally.

— Mon Dieu ! s'exclama enfin Boyd, stupéfait. Je crois que tu te fais une trop haute idée de ce que j'ai fait pour toi : tout ce dont je suis responsable, c'est d'avoir botté les fesses d'un gamin de la rue pour le remettre dans le droit chemin.

— Vous avez fait de moi ce que je suis, protesta Jonah d'une voix étranglée par l'émotion.

— Non, ce n'est pas vrai. C'est toi qui t'es fait tout seul. Je suis juste très fier de t'avoir donné un petit coup de pouce au moment où tu en avais besoin.

Boyd se détourna, luttant contre le brusque accès de tendresse qui s'était emparé de lui. Ce n'était pourtant pas pour cela qu'il avait voulu voir Jonah. En fait, rien ne l'avait préparé à cette déclaration qui lui donnait brusquement l'impression d'être le père de Blackhawk.

— La seule chose que tu me doives, reprit-il, c'est une honnêteté sans faille. Alors, réponds à cette question : sors-tu avec Ally parce qu'elle est ma fille ?

— Non, protesta Jonah. Au contraire, je sors avec elle malgré cela. J'ai même arrêté d'y penser sans quoi je n'aurais jamais pu le faire.

Boyd hocha la tête, rassuré par cette réponse. Mais il réalisa à quel point Jonah souffrait et se sentit terriblement désolé pour lui.

— Et quelle est la nature de votre relation ? demanda-t-il pourtant.

— Bon sang, Fletcher ! s'exclama Jonah.

— Je ne te demande pas ce que vous faites, intervint Boyd, mal à l'aise. Je préfère ne pas mettre de mots là-dessus. Mais ce que je veux savoir, c'est ce que vous ressentez l'un pour l'autre.

— Eh bien… Je tiens beaucoup à elle.

— Parfait, approuva Boyd sans pourtant réussir à dissimuler sa déception.

— Bon Dieu ! Vous ne me ménagez pas… Je l'aime, voilà tout. Je suis fou amoureux d'elle ! ajouta-t-il en se détournant, résistant à l'envie qu'il avait de lancer sa bouteille de bière contre le mur le plus proche.

Jamais un aveu ne lui avait autant coûté, mais Boyd avait raison : il lui devait la vérité.

— Je suis désolé, murmura-t-il enfin. Mais je ne peux pas le dire autrement : je suis amoureux de votre fille.

— C'est bien ce qui m'avait semblé.

— Et comme vous savez qui je suis, vous devez penser que je ne suis pas assez bien pour elle.

— C'est exact, approuva Boyd.

Jonah ne réagit pas, comme s'il s'était attendu à cette réponse et s'y était depuis longtemps résigné.

— Ally est ma fille, reprit Boyd, et je considérerai toujours que personne n'est assez bien pour elle. Mais disons que, si je devais faire un portrait du gendre idéal, tu lui correspondrais probablement en grande partie. Et je ne vois pas pourquoi tu as l'air si surpris : je ne savais pas que tu avais une si piètre opinion de toi-même.

— C'est parce qu'elle vaut cent fois mieux que moi, murmura Jonah. Il faudrait être aveugle pour ne pas s'en rendre compte.

— C'est l'effet que font les femmes aux hommes qui les aiment, répondit Boyd en haussant les épaules. Lorsqu'on rencontre celle qui nous convient, on se sent toujours complètement à côté de la plaque.

— Elle est tellement belle…

— Oui. Et intelligente. Et forte. Et volontaire.

— Ça, c'est certain, soupira Jonah avec un demi-sourire en caressant sa lèvre tuméfiée.

— Alors mon conseil est le suivant ; au lieu de battre ta coulpe inutilement, dis-lui ce que tu éprouves pour elle. Elle le mérite autant que moi. Et de toute façon, elle finira bien par s'apercevoir que tu lui caches quelque chose. C'est un flic, après tout.

— Je ne crois pas qu'elle attende plus de notre relation que ce que nous partageons déjà, objecta Jonah.

— Tu pourrais bien avoir des surprises, Jonah. Au cas où tu ne l'aurais pas déjà remarqué, ma fille est une personne plutôt imprévisible…

Jonah éclata de rire et Boyd le prit par les épaules, l'entraînant vers le jardin.

— Une dernière chose, dit-il gravement. Si jamais tu lui

fais le moindre mal, je te tuerai de mes propres mains et je t'assure que l'on ne retrouvera jamais ton corps.

— Marché conclu.

— Très bien. Alors ? Quelle cuisson, ce steak ?

Ally regarda les deux hommes sortir de la cabane à outils et, pour la première fois depuis qu'ils y étaient entrés, elle se détendit. Son père tenait Jonah par les épaules et tous deux riaient, apparemment détendus. De deux choses l'une : ou bien ils s'étaient contentés de prendre une bière entre hommes ou bien Jonah avait su trouver les réponses satisfaisantes à l'interrogatoire de Boyd.

Quelle qu'ait pu être la teneur de leur discussion, elle se sentait heureuse de les voir aussi proches. Comme elle l'avait dit à Blackhawk, l'opinion de ses parents comptait beaucoup à ses yeux. Et elle aurait été terriblement blessée si l'homme qu'elle aimait ne s'était pas entendu avec sa famille.

— Alors ? dit Cilla, la tirant de ses pensées. Tu rêves ?

— Maman, je crois que je suis amoureuse de lui, murmura-t-elle.

— Je sais. A mon avis, vous êtes les seuls ici à ne pas vous en être aperçus plus tôt. Mais la question primordiale reste celle-ci : aurons-nous assez de glace ?

— Mais comment le sais-tu ? reprit Ally, sidérée par la perspicacité de sa mère. Je viens tout juste de m'en rendre compte moi-même…

— Mais c'est parce que je te connais, ma chérie. Et je vois bien la façon dont tu te conduis avec lui. Dis-moi, est-ce que cette révélation te rend heureuse ou est-ce qu'elle te terrifie ?

— Les deux.

— Très bien, approuva Cilla en déposant un petit baiser sur la joue de sa fille. C'est la meilleure façon de commencer. Moi, en tout cas, je l'aime bien…

— Tu sais qu'il ne voulait pas venir ?

— Je m'en doutais. Mais apparemment, tu as eu gain de cause.

— Oui. Et je suppose qu'il faudra me montrer encore plus convaincante quand je lui dirai que je veux l'épouser…

— Tu es la digne fille de ton père ! s'exclama Cilla en riant. Et je suis prête à prendre le pari que tu l'emporteras encore.

— Dans ce cas, je vais aller préparer le terrain, déclara Ally en se dirigeant vers Boyd et Blackhawk.

Elle traversa la pelouse et s'approcha de Jonah, prenant son visage entre ses mains pour l'embrasser avec passion. Il gémit, lui rappelant l'état de sa lèvre qui avait enflé mais elle ne se laissa pas décourager aussi facilement.

— Allons, Blackhawk, conduis-toi comme un homme ! s'exclama-t-elle avant de l'embrasser de plus belle.

Malgré lui, Jonah répondit à son baiser, la serrant dans ses bras avec tendresse.

— Papa ? fit Ally lorsqu'ils se séparèrent enfin. Je crois que maman cherche des glaçons.

— Keenan ! s'exclama Boyd en repérant son fils qui se trouvait non loin de là. Va chercher de la glace chez l'un de nos voisins.

— Sûrement pas ! s'exclama Keenan en riant.

Boyd se précipita dans sa direction tentant un plaquage que son fils évita habilement.

— Alors ? demanda Ally à Jonah en les suivant des yeux. Qu'est-ce que vous vous êtes raconté dans cette cabane ?

— Des trucs de garçons, répondit Jonah avec un sourire malicieux.

Elle l'embrassa de nouveau et il se dégagea maladroitement.

— Tu espères peut-être que je vais me laisser faire ? Je ne tiens pas à être réduit en bouillie par ta famille !

— Ne t'en fais pas. Personne ne nous reprochera quelques baisers. Je ne sais pas si tu as remarqué mais ni mes parents ni mes oncles et tantes n'ont d'inhibition dans ce domaine.

— J'ai cru le comprendre, en effet. Mais ce n'est pas une raison pour les imiter.

— Tu es timide ? s'exclama Ally en riant. Comme c'est mignon ! Dis-moi, est-ce que tu t'amuses, au moins ?

— A un incident près, répondit Jonah en effleurant sa lèvre, je passe une excellente journée. Tu avais raison : ta famille est adorable.

— Oui. J'oublie parfois à quel point c'est important de les avoir. Je dépends d'eux pour un millier de petites choses… Nous sommes liés par tant de souvenirs. Des réunions comme celles-ci, des randonnées dans les montagnes, des jeux, des…

Ally s'interrompit brusquement et claqua des doigts, le visage illuminé.

— Qu'y a-t-il ? demanda Jonah.

— Eh bien… Les gens sont toujours attirés vers les lieux où ils ont grandi. Cela les ramène à leurs souvenirs d'enfance. C'est pour cela que beaucoup d'entre eux finissent par retourner dans leur ville natale, par repasser devant l'appartement ou la maison où ils ont vécu. Avec l'âge, on idéalise ces moments… Et ce doit être particulièrement vrai pour quelqu'un qui vient de perdre un parent proche.

— Quelqu'un comme Lyle ? demanda Jonah, comprenant où elle voulait en venir.

— Exactement. La question est de savoir où il a grandi avec sa sœur. Où ont-ils vécu leurs années de complicité ? C'est là qu'il sera revenu en pèlerinage, le temps de se ressourcer et de mettre au point un plan. Il est rentré chez lui…

Sans attendre, la jeune femme se précipita en direction de la maison, suivie de près par Jonah.

— Comment n'y ai-je pas pensé plus tôt ? C'est stupide de ma part, murmura-t-elle en composant le numéro du commissariat. Carmichael ? C'est Fletcher. J'aurais besoin que tu me trouves une adresse. Celle de l'ancien domicile de Matthew Lyle. La dernière et les autres, également… Toutes celles que l'on connaît sans limite dans le temps.

Elle s'interrompit, se forçant à se rappeler les éléments du dossier qu'elle avait eu entre les mains.

— Il est né dans l'Iowa et sa famille a pas mal bougé dans cet Etat. Par contre, je ne me souviens plus quand il est arrivé à Denver. Ses parents sont morts. Dès que tu sais quelque chose, appelle-moi chez mon père ou sur mon portable, d'accord ? A tout à l'heure.

— Tu crois vraiment qu'il est rentré chez lui ? demanda Jonah.

— Il a besoin de se rapprocher de sa sœur pour retrouver sa confiance en lui. Elle comptait beaucoup à ses yeux et son équilibre psychique dépendait largement d'elle. Son profil psychologique indique une étrange relation d'interdépendance : Lyle se posait en protecteur mais en réalité, elle lui servait d'intermédiaire avec le monde extérieur. Et elle est le seul facteur de stabilité dans sa vie… Leurs parents se disputaient beaucoup et ont fini par divorcer. Lyle détestait son beau-père qui était…

Ally fronça les sourcils, se concentrant pour se rappeler ce détail.

— … un ancien marine. C'était un homme très dur et apparemment il ne ménageait pas Lyle et sa sœur. Une bonne partie des complexes de Lyle doit provenir de sa vie de famille : son beau-père le tyrannisait, sa mère le laissait faire et son père était bien trop faible pour protéger ses enfants. Lyle a toujours été brillant et son QI est nettement supérieur à la moyenne. Il s'est donc complètement replié sur lui-même, et la seule personne avec laquelle il est resté en contact était sa sœur. Lorsqu'elle s'est mariée, il a commencé à avoir des problèmes avec la justice. Probablement parce qu'elle n'était plus aussi disponible pour lui et qu'il cherchait des exutoires à sa colère… Pourtant, chaque fois, elle est venue témoigner en sa faveur et l'a soutenu envers et contre tout…

La sonnerie du téléphone l'interrompit et elle décrocha prestement :

— Fletcher à l'appareil, tu as appris quelque chose ?

Tout en écoutant ce que lui disait son interlocuteur, la jeune femme s'empara du bloc-notes qui se trouvait sur la table basse et commença à prendre des notes.

— Non, je ne pense pas qu'il ait quitté l'Etat… Il a encore des choses à faire ici. Attends un instant. Est-ce que tu pourrais demander à mon père de me rejoindre ? ajouta-t-elle en se tournant vers Jonah.

Ce dernier alla chercher Boyd et les deux hommes rejoignirent Ally qui s'était installée devant l'ordinateur de son père et compulsait les fichiers de police auxquels elle avait accédé par réseau.

— Il y a dix ans, expliqua-t-elle aux deux hommes, Lyle avait donné comme adresse une boîte postale. Il l'a conservée pendant six ans alors qu'il possédait déjà la maison sur le lac qu'il a achetée il y a neuf ans, après le mariage de sa sœur avec Fricks. De plus, sa sœur a utilisé la même boîte postale pendant cette période. Par contre, je ne sais pas où Fricks vivait… J'ai demandé à Carmichael de le découvrir.

— Beau boulot, commenta Boyd, visiblement très fier de sa fille.

— J'aurais dû y penser plus tôt, soupira celle-ci. Lyle a un sens très aigu de la propriété : il suffit de voir comment il avait aménagé sa maison pour s'en rendre compte…

Le téléphone sonna de nouveau et Ally décrocha. Quelques secondes plus tard, son visage s'illumina.

— Bingo ! s'exclama-t-elle. Carmichael, tu es génial. Je te revaudrai ça.

Elle raccrocha et se tourna vers Boyd :

— Un certain Lyle Madeline possède un loft en centre-ville, lui dit-elle.

— Très bien ! Appelle Kiniki et demande-lui de rassembler une équipe d'intervention. Et dis-lui que je viens avec vous.

En moins d'une demi-heure, l'équipe se retrouva devant l'immeuble où était situé l'appartement. Boyd le fit encercler, plaçant des policiers devant chaque issue. Puis un groupe d'hommes revêtus de gilets pare-balles entra dans le bâtiment, silencieusement guidé par Ally qui avait étudié la disposition des lieux et en connaissait le moindre recoin.

Ils parvinrent devant la porte de Lyle et elle leur fit signe de l'enfoncer. Dès qu'elle fut ouverte, la jeune femme pénétra à l'intérieur, suivie par ses hommes qui se séparèrent aussitôt pour explorer l'endroit. Très rapidement, ils eurent la certitude que l'appartement était désert.

— Il a pourtant séjourné ici, remarqua Ally en désignant les assiettes sales qui se trouvaient près de l'évier.

S'approchant d'une plante verte posée dans le salon, elle plongea le doigt dans la terre et hocha la tête.

— Elle est encore humide, ce qui signifie qu'il s'occupe de la maison. Il reviendra probablement bientôt.

Poursuivant leur exploration des lieux, ils découvrirent un véritable arsenal dans la chambre à coucher : trois revolvers, un fusil d'assaut et plusieurs caisses de munitions.

— Il y a aussi des balles de neuf millimètres, observa Ally. Je ne vois pas d'arme de ce calibre, ce qui signifie qu'il doit être continuellement armé.

— Inspecteur Fletcher ? fit l'un des hommes en lui montrant un couteau à pain qui était posé sur une commode. Il se pourrait que ce soit l'arme du crime.

— Emballez-la, commanda Ally en reconnaissant son propre couteau.

Sur la table de nuit, elle avisa une pochette d'allumettes marquée du logo du Blackhawk.

— C'est bien ce que je pensais, soupira-t-elle en se tournant vers son père. Jonah est probablement sa prochaine cible. La seule question est de savoir quand il compte frapper…

La nuit était déjà tombée lorsque Ally rejoignit enfin Jonah au club. Elle lui expliqua ce qu'ils avaient découvert et le prévint qu'il figurait certainement sur la liste noire de Lyle.

— Il vaudrait probablement mieux que tu fermes pour vingt-quatre heures, lui conseilla-t-elle. Quarante-huit, tout au plus, le temps que Lyle revienne à son appartement et que nous le coincions…

— Il n'en est pas question.

— Je pourrais t'obliger à fermer, protesta-t-elle vivement.

— Non. Même si tu parviens à obtenir une autorisation, il te faudra plus de quarante-huit heures, ce qui rend l'opération inutile.

Ally s'assit sur la chaise la plus proche, bien décidée à conserver son calme. C'était fondamental si elle voulait avoir une chance de convaincre Jonah. Inspirant profondément, elle lutta contre la colère et l'angoisse qui montaient en elle.

— Ecoute-moi un instant, commença-t-elle.

— Non, l'interrompit Jonah en levant la main, cette fois, c'est toi qui vas m'écouter. Je pourrais faire ce que tu me demandes, c'est un fait. Mais quel serait le résultat ? Lyle réaliserait que je me méfie et se planquerait pour attendre un moment plus propice. Et, contrairement à ce que tu dis, je doute qu'il soit assez bête pour retourner à l'appartement s'il sent que nous connaissons aussi bien ses intentions. Alors, plutôt que de jouer au chat et à la souris avec lui, je préfère prendre le risque de le débusquer une bonne fois pour toutes.

— Très bien, j'admets que tu marques un point. Mais cette tactique te fait courir des risques inutiles. Nous avons mis son immeuble sous surveillance. Même s'il s'en approche sans y entrer, nous le repérerons. C'est l'affaire d'un jour ou deux. En attendant, tout ce que tu as à faire, c'est de fermer le bar et de t'accorder deux jours de vacances. Mes parents ont une superbe maison dans les montagnes où tu pourras t'installer, si tu veux.

— Avec toi ? demanda Jonah, tenté malgré lui.

— Non. Je dois rester en ville jusqu'à ce que cette affaire soit classée.

— Dans ce cas, je reste aussi.

— Mais tu es un civil ! protesta Ally.

— Justement. Tant que nous ne vivons pas dans un Etat policier, je suis libre d'aller et de venir à ma guise et de gérer mes affaires comme je l'entends.

Une bordée de jurons fleuris monta aux lèvres de la jeune femme qui s'abstint prudemment de les proférer, sachant que Jonah ne ferait qu'en rire.

— Ecoute, c'est mon métier de te maintenir en vie justement pour que tu puisses continuer à gérer tes affaires comme tu l'entends.

— C'est vraiment ce que tu penses ? Que tu me sers de bouclier ? Est-ce pour cela que tu ne te sépares jamais de ton pistolet, sauf lorsque nous sommes enfermés ici tous les deux ? Et que, même dans ces circonstances, tu le gardes toujours à portée de main ?

Ally resta silencieuse et Jonah contourna le bureau pour venir se placer en face d'elle.

— Je n'aime pas beaucoup les implications de tout cela, déclara-t-il.

— Ne me dis pas comment je dois faire mon travail, répondit-elle durement.

— Je ne le ferais pas si tu renonçais à me dire comment vivre ma vie ! s'emporta Jonah.

— D'accord ! s'exclama-t-elle, furieuse et frustrée à la fois. Oublie ce que j'ai dit. Nous allons la jouer à la manière forte : il y aura des gardes vingt-quatre heures sur vingt-quatre en bas et des policiers en civil au bar à tout moment. Et tu en engageras d'autres pour aider aux cuisines.

— Cela ne me plaît pas du tout.

— Dommage car c'est à prendre ou à laisser. Mais si tu refuses, je te fais mettre en résidence surveillée pour ta propre sécurité. Et il y aura tellement de monde pour monter la garde que même un petit malin comme toi n'arrivera pas à passer entre les mailles du filet. J'ai l'autorité pour le faire et mon père m'aidera parce qu'il t'apprécie beaucoup. Alors, je t'en prie, montre-toi raisonnable.

— Très bien, soupira Jonah. J'accepte. Mais pour quarante-huit heures seulement. Et en attendant, je ferai savoir dans le milieu que je recherche Lyle.

— Ce n'est pas prudent.

— Peut-être, mais ce sera plus efficace que d'attendre bêtement qu'il attaque le premier.

— D'accord, dit Ally.

— Combien tu paries que je reconnaîtrai tous les policiers en civil que tu placeras dans le bar ?

— Rien du tout ! Je ne sais pas comment tu fais mais je suis certaine que tu gagnerais, répondit la jeune femme en souriant. Au fait, je suppose qu'il est inutile de te demander de rester à l'étage, ce soir.

— Oui. Sauf si tu restes avec moi, bien sûr.

— C'est bien ce que je pensais.

Tous deux se dirigèrent vers les escaliers.

— Sois prudent, lui conseilla Ally. Il y a de fortes chances pour qu'on le coince à l'appartement, mais s'il réussit à s'échapper ou qu'il se doute de quelque chose, il viendra certainement ici pour en finir avec nous deux. Et ce sera très bientôt…

— Ne t'en fais pas. Will est un gardien hors pair et il le repérera avant même que tes petits camarades ne le voient.

— A ce propos, je ne veux pas que toi et ton personnel preniez le moindre risque. Si Lyle est repéré, fais-le-moi savoir.

Jonah hocha la tête et s'arrêta, contemplant attentivement la jeune femme.

— Qu'y a-t-il ? demanda-t-elle.

— Eh bien, quand cette affaire sera résolue, est-ce que tu accepterais de prendre quelques jours de vacances ?

— Pour faire quoi ? demanda-t-elle.

— Pour partir tous les deux.

— Je pourrais me laisser convaincre. Tu as une idée de l'endroit où tu veux m'emmener ?

— Non, c'est toi qui choisis.

— Voilà un homme entreprenant et conciliant ! Je vais y réfléchir.

Elle fit mine de descendre mais Jonah la retint par le bras.

— Ally…

— Oui ?

Jonah hésita puis songea que le moment était probablement mal choisi. Il avait trop de choses à lui dire, à lui expliquer. Et ce n'était pas le bon moment pour le faire. Elle devait rester parfaitement concentrée et la révélation qu'il avait à lui faire risquait de la déstabiliser.

— Rien… Je t'en parlerai plus tard…

12.

Traditionnellement, il y avait peu de monde au Blackhawk le dimanche soir. Pourtant, ce soir-là, les clients étaient un peu plus nombreux que d'ordinaire : beaucoup avaient profité de cette belle journée ensoleillée pour sortir se promener et certains avaient décidé de s'arrêter au club au retour pour boire un verre ou deux avant de rentrer chez eux.

Ally était postée près de la sortie et surveillait discrètement les entrées et les sorties, comptant les clients. De temps en temps, elle allait téléphoner aux hommes qui surveillaient l'immeuble de Lyle. Pourtant personne jusqu'alors ne correspondait au signalement de ce dernier. Une heure avant la fermeture du Blackhawk, il n'avait encore été aperçu nulle part.

Nerveuse, la jeune femme redoubla d'attention, scrutant la foule qui diminuait de minute en minute. Où pouvait-il bien se trouver ? Il n'avait plus d'endroit où aller, était cerné de toutes parts. Cela aurait dû suffire à le faire craquer…

— Inspecteur ? dit Jonah en posant une main sur son épaule. Un de mes informateurs m'a parlé d'un homme qui posait des questions à mon sujet. Sa description correspond à celle de Lyle.

— Quand et où ? demanda Ally, le cœur battant à tout rompre.

— Tout à l'heure. A mon autre club.

— Le Fast Break ? Mince... Nous n'avons personne là-bas. Je pensais que ce n'était pas le genre d'endroit qu'il fréquentait.

— Si ce n'est qu'à présent, il ne cherche plus des pigeons à cambrioler mais un homme à descendre, dit Jonah. Le barman du Fast Break vient de m'appeler et m'a dit qu'un homme posait des questions sur mon compte. Apparemment, il voulait surtout savoir si je comptais me rendre là-bas.

— Et le barman est sûr qu'il s'agit de Lyle ?

— Non. Je ne lui avais pas parlé de lui, pensant comme toi que Lyle viendrait directement ici. Mais le signalement correspond, à ceci près que l'homme portait une fausse barbe et des lunettes. Le barman a remarqué qu'il paraissait très nerveux et sursautait à la moindre occasion.

— Il doit être au bord de la crise de nerfs : la découverte de son appartement a été la goutte d'eau qui a fait déborder le vase... Appelle ton barman et dis-lui que je lui envoie deux policiers en civil, au cas où.

Jonah hocha la tête et sortit son portable pendant qu'Ally faisait signe à deux des policiers en civil pour qu'ils la rejoignent.

— Lyle aurait été repéré au Fast Break, leur dit-elle. Il porterait une fausse barbe et des lunettes. Allez-y et restez sur place jusqu'à la fermeture au cas où il déciderait de revenir. Et transmettez ce nouveau signalement aux autres.

Les deux hommes hochèrent la tête et sortirent du bar à grands pas. Jonah rangea son portable et le replaça dans la poche de sa veste.

— A mon avis, cela ne sert à rien : Lyle ne prendra pas le risque d'y retourner.

— Je sais, concéda Ally. Et cela veut dire qu'il ne va pas tarder à arriver ici. Sois prudent !

— Toi aussi, répondit Jonah en faisant mine de se diriger vers une table d'habitués toute proche.

Mais, au même instant, un fracas de vaisselle brisée se fit entendre dans la cuisine, suivi d'une série de cris. Instantanément, Ally tira son arme de service et fonça vers la porte. Mais avant qu'elle ait eu le temps de l'atteindre, elle s'ouvrit brusquement, laissant apparaître Lyle.

Il ne portait plus ses lunettes mais avait gardé sa fausse barbe. Ses yeux étaient écarquillés et ses pupilles dilatées comme s'il était sous l'effet d'une quelconque drogue. Ally comprit tout de suite qu'en réalité il était en pleine crise de démence. Il avait à la main un 9 millimètres dont le canon était pointé directement sous le menton de Beth qu'il tenait devant lui fermement comme un bouclier.

— Que personne ne bouge ! hurla-t-il alors que les clients se ruaient vers la sortie en criant de peur.

— Restez calme ! ordonna Ally en gardant son arme braquée sur Lyle.

Elle ne voyait plus que lui, ignorant volontairement le visage terrifié de Beth.

— Lyle, dit-elle doucement, calme-toi et laisse-la partir.

— Non ! Je vais la tuer ! Je vais faire exploser sa sale tête !

— Si tu le fais, je tire et tu mourras aussi. Qu'est-ce que cela te rapportera ?

— Pose ton arme et lance-la dans ma direction sinon c'est une femme morte !

— Non, répondit Ally. Je ne le ferai pas et les autres ne le feront pas non plus, ajouta-t-elle en désignant les policiers en civil qui entouraient à présent Lyle. Est-ce que tu as compté le nombre d'armes qui sont braquées sur toi, Lyle ? Regarde bien et sois raisonnable, ne nous force pas à te transformer en passoire et relâche cette fille.

— Je vais la tuer et ensuite je te tuerai, répliqua Lyle, une lueur de folie dans le regard. Peu importe ce qui m'arrivera après.

Derrière Ally, quelque part, une femme sanglotait. Du coin de l'œil, elle vit que Will faisait discrètement sortir les clients les uns après les autres, leur laissant le champ libre.

— Madeline n'aurait jamais accepté que tu te laisses tuer, déclara Ally d'une voix très douce.

— Ne prononce pas son nom ! Ne t'avise pas de prononcer le nom de ma sœur ! s'écria Lyle en enfonçant le canon de son arme dans le menton de Beth, lui arrachant un cri de douleur.

Ally réfléchissait à cent à l'heure. Sa sœur s'était retrouvée exactement dans la même situation que lui : cernée, sans espoir de s'en sortir. Et elle n'avait pas hésité à tirer. Lyle ferait-il de même ? Si seulement elle pouvait le forcer à détourner son arme de Beth ne serait-ce qu'un seul instant… A la tourner vers elle…

— Elle t'aimait, dit-elle doucement. Et elle est morte pour toi.

— Elle était tout ce que j'avais, hurla Lyle qui vacillait dangereusement, au bord de la folie. Je la vengerai. Je tuerai le flic qui l'a tuée et je tuerai Blackhawk !

Ally vit Jonah s'avancer et Lyle tourner son regard vers lui, un éclair de haine dans les yeux.

— Regarde-moi ! cria-t-elle. Regarde-moi bien ! C'est moi qui ai tué ta sœur !

Lyle poussa un hurlement et poussa violemment Beth de côté, pointant son arme sur Ally. Au moment où tous les policiers ouvraient le feu, Jonah se jeta devant elle pour la protéger et les deux hommes s'effondrèrent ensemble.

La peur au ventre, la jeune femme se précipita vers Blackhawk et s'agenouilla à ses côtés. Dans sa tête, une pensée obsédante avait effacé toutes les autres : il n'avait pas hésité à se sacrifier pour lui sauver la vie.

— Espèce d'imbécile, sanglota-t-elle en le palpant pour savoir s'il était blessé. Tu es devenu fou ?

Jonah respirait et elle bénit mentalement le ciel de l'avoir épargné.

— Je vais bien, dit-il. Arrête de me tripoter comme ça.

— Tu aurais pu te faire tuer ! protesta Ally, la gorge serrée, en proie à mille sentiments contradictoires.

— Toi aussi, répondit-il en se redressant péniblement.

— J'avais mon gilet…

— Peut-être mais ta tête n'est pas encore assez dure pour être à l'épreuve des balles.

Jonah jeta un coup d'œil à ce qui restait de Lyle. Un policier, agenouillé près du corps, secoua la tête.

— Il est mort.

— Je dois aller calmer mes clients, déclara Jonah en se relevant.

— Tu ne vas calmer personne, protesta la jeune femme. Tu es couvert de sang. C'est le tien ou le sien ?

— Le sien, en grande partie.

— Qu'est-ce que ça veut dire « en grande partie » ? s'exclama-t-elle, alarmée.

— Je vais m'occuper de mon personnel et de mes clients, dit-il en la repoussant. Fais ton boulot et laisse-moi faire le mien.

Se dirigeant vers Beth qui se trouvait auprès d'un officier de police, il la serra contre lui.

— Tout va bien, maintenant, Beth. Tout va bien…

La jeune serveuse se mit à sangloter sur son épaule tandis qu'il la berçait doucement, comme une enfant.

— Ouais, murmura Ally avec amertume en regardant le corps déchiqueté de Lyle. C'est sûr, tout va bien…

Assise à une table dans le bar désert, Ally regardait l'équipe de la police scientifique qui remballait son matériel et se préparait à quitter les lieux. Les clients étaient partis depuis longtemps et le corps de Lyle avait été emporté par les hommes du coroner. La jeune femme ignorait quelle heure il pouvait être, sachant juste qu'elle avait besoin de dormir, d'oublier ce qui venait de se passer. Demain, elle aurait l'esprit plus clair pour réfléchir à tout cela.

A ce moment, Hickman vint la rejoindre et s'assit en face d'elle.

— Il s'est vraiment jeté dans la gueule du loup, cette fois.

— Oui, reconnut Ally. Malgré toute son intelligence, il n'a pas réussi à surmonter la douleur que lui causait la mort de sa sœur et la peur que nous lui inspirions. Il a foncé dans le tas…

— Apparemment, il avait enfilé une blouse pour se faire passer pour un cuisinier et une fausse barbe pour ne pas être reconnu. Ça a marché, d'ailleurs : alors que le policier qui l'avait repéré allait donner l'alarme, il s'est jeté sur Beth.

— J'ai vu son visage lorsqu'il a réalisé qu'il était cerné : il était stupéfait. Apparemment, il n'avait pas imaginé une seule seconde que nous pouvions lui avoir tendu un piège ici. Il devait penser entrer dans le bar, tuer Jonah puis prendre les clients en otage pour exiger qu'on lui livre le flic qui avait tué sa sœur. Il croyait vraiment que nous le ferions… Ensuite, il pensait sans doute s'enfuir avec un otage.

— Finalement, son arrogance l'a perdu, comme tu l'avais prédit. En parlant de cela, j'ai trouvé plutôt audacieux la façon dont tu lui as balancé que tu avais descendu sa sœur !

— Je ne sais pas pourquoi il ne m'a pas reconnue tout de suite.

— Peut-être qu'il ignorait que c'était toi qui l'avais effectivement tuée.

— Ou peut-être qu'il ne savait pas précisément à quoi je ressemblais…

— Nous ne le saurons jamais, conclut Hickman en haussant les épaules.

Il regarda la trace d'impact que la balle de Lyle avait laissée dans le sol.

— C'est dommage d'abîmer un carrelage comme celui-ci, remarqua-t-il en souriant. Ça doit coûter cher à réparer.

— Je ne sais pas si Jonah compte le faire : après tout, cela fera un sujet de conversation passionnant pour ses clients.

— Exact… Heureusement que Lyle était surexcité : à cette distance, la balle aurait probablement été arrêtée par le gilet pare-balle mais tu aurais tout de même été blessée.

— Tu as déjà pris une balle de cette façon ?

— Moi non. Mais Deloy, lui, en a reçu une. Il avait un bleu de la taille d'un ballon de foot. En plus, il a été projeté en arrière sur plusieurs mètres et s'est salement cogné la tête sur le sol. Il a frôlé la commotion cérébrale.

— C'est toujours mieux que de se faire descendre.

— Ça, c'est certain. Bon… Je vais rentrer. On se voit demain ?

— Oui. Beau boulot, inspecteur.

— J'en ai autant à ton service, inspecteur. A ce propos,

ton petit ami est dans la cuisine. Il est en train de se faire soigner.

Il s'éloigna et Ally se précipita vers la cuisine. Là, elle découvrit Jonah, assis sur un tabouret, torse nu, en train de se faire panser par Will tout en buvant un verre de cognac.

— Attendez une minute, vous deux ! s'exclama-t-elle, furieuse. Laissez-moi voir cela…

Repoussant Will, elle défit le bandage et effleura la profonde coupure faite par la balle qui l'avait frôlé.

— Aïe ! s'exclama Jonah en la repoussant. Ça va pas la tête ?

— Pose ce verre immédiatement. Je t'emmène à l'hôpital.

— Pas question, répondit Jonah en avalant une nouvelle rasade de cognac.

— Mais tu es complètement débile ou quoi ? Tu viens de te faire tirer dessus !

— Mais non… La balle n'a fait que transpercer le gras du bras. Laisse faire Will. Il a l'habitude de ce genre de choses et, en plus, il est beaucoup plus doux que toi.

— Mais la blessure pourrait s'infecter.

— Tu crois vraiment que c'est la première fois que ça m'arrive ?

— C'est vrai, Ally, plaida Will en renouant le pansement. Je l'ai bien nettoyée et il n'y a aucun risque. Franchement, nous avons vu bien pire, autrefois. N'est-ce pas, Jonah ?

— Exactement. Et maintenant, j'ai de nouveau une cicatrice d'avance sur toi.

— Comme c'est mignon ! s'exclama Ally avec humeur. Un concours de blessures de guerre !

S'emparant de la bouteille de cognac, elle avala une grande gorgée avant de la reposer violemment sur la table.

— Je croyais que tu détestais le cognac ? dit Jonah.

— Je déteste le cognac.

— Pourquoi ne prends-tu pas un verre de vin, dans ce cas ? dit Will.

— Non, merci, ça va très bien, mentit Ally qui sentait ses mains trembler convulsivement. Bon sang, Blackhawk, tu te rends compte que c'est probablement une de mes balles qui t'a éraflé ?

— Oui. Mais j'ai décidé qu'étant donné les circonstances, je ne porterais pas plainte.

— C'est vraiment très aimable à toi. Maintenant, tu vas m'écouter...

— Frannie est rentrée avec Beth, l'interrompit Jonah pour faire diversion. Elle se remet doucement, même si elle est encore sous le choc. Avant de partir, elle m'a demandé de te remercier.

— Et voilà ! s'exclama Will en décochant une claque dans le dos de Jonah. Ton bras est comme neuf. Par contre, ajouta-t-il, il n'y a plus grand-chose à tirer de ta chemise. Tu veux que j'aille t'en chercher une autre là-haut ?

— Ce n'est pas la peine, répondit Jonah en pliant prudemment son bras. Beau travail, Will ! Tu n'as pas perdu la main.

— Question d'habitude. Je tenais à te féliciter, moi aussi, Ally, ajouta Will. Sans toi, la soirée aurait pu virer au carnage. Mais tu t'en es sortie brillamment.

— Question d'habitude, répondit la jeune femme en souriant.

— Bon. Je vais fermer. Bonne nuit, vous deux.

Tandis que Will quittait la pièce, Ally s'assit en face de Jonah et le contempla en silence.

— Tu t'es immiscé dans une opération de police, dit-elle au bout d'un moment.

— Je sais que je n'aurais pas dû mais je ne voulais pas que ce taré te tue. Alors je n'ai pas réfléchi et je suis intervenu.

Il se resservit un cognac et la jeune femme secoua la tête avec humeur.

— Est-ce que tu comptes rester assis ici et continuer à te soûler ?

Il haussa les épaules et s'approcha d'elle, passant les bras autour de son cou.

— Ne t'avise jamais de me refaire une telle frayeur ! lui dit-elle d'une voix tremblante.

— Je ne le ferai plus si tu me promets toi aussi de me ménager… Bon sang, je sens que je vais rêver de cette scène pendant des mois. Jamais je n'avais eu aussi peur de ma vie !

— Je sais.

— Je suis capable de le gérer, Ally. Je sais que c'est en cela que consiste ton métier. Mais avant tout, il y a une chose que je veux que tu saches.

— Quoi ?

Jonah se leva et vida son verre de cognac d'un trait pour se donner du courage.

— Y a-t-il encore des flics ici ?

— A part moi, tu veux dire ?

— Evidemment.

— Non. Nous sommes seuls.

— Alors assieds-toi.

— Oh là ! Ça a l'air vraiment sérieux, dit-elle en reprenant place sur sa chaise.

— Ma mère m'a laissé tomber lorsque j'avais seize ans, commença-t-il sans trop savoir ce qu'il comptait lui dire au juste. Je ne pouvais pas lui en vouloir : mon père était un homme très dur et elle en avait assez de lui.

— Elle t'a laissé seul avec lui ?

— Plus ou moins. A l'époque, je me débrouillais déjà par moi-même. Et puis, il y avait ton père.

— Il compte beaucoup, pour toi, n'est-ce pas ?

— Plus que tu ne peux l'imaginer. C'est lui qui m'a forcé à aller à l'école. C'est lui qui me réprimandait lorsque j'en avais besoin et qui me soutenait le reste du temps. Il a été le premier à me dire que je valais quelque chose, à deviner ce que je pouvais devenir… Je ne connais personne qui le vaille.

— Je sais…, dit-elle en posant une main sur la sienne.

— Laisse-moi finir, protesta Jonah en la retirant doucement. Je suis allé à l'université sur les conseils de Boyd. J'ai décroché une bourse et j'ai suivi des cours de management. J'avais vingt ans lorsque mon père est mort d'un cancer. Sa fin a été longue et très pénible, pour lui comme pour moi. Lorsqu'il est parti, je me suis senti soulagé.

— Je peux le comprendre.

— Ce que j'essaie de t'expliquer, c'est que nous venons de deux mondes radicalement différents.

— Pas tant que cela. Tu as eu une enfance malheureuse et moi une enfance bénie. Mais, en fin de compte, nous avons tous les deux été élevés par Boyd Fletcher. Il est devenu ton père comme il était déjà le mien. Et ne me regarde pas comme cela : il suffit de voir comment tu parles de lui pour s'en rendre compte.

— Peut-être… Mais tu te trompes en disant que j'ai eu une enfance malheureuse. Difficile, peut-être, mais elle me convenait tout à fait, à l'époque. Je n'étais pas une victime, Ally. J'étais un battant et j'utilisais tous les moyens à ma disposition, légaux ou non, pour m'en sortir. Je volais, je jouais, je trichais, j'arnaquais et je ne le regrette pas aujourd'hui. Bien sûr, les choses auraient été différentes si j'avais été éduqué dans ton milieu. Mais cela n'a pas été le cas.

— Et aujourd'hui ?

— Aujourd'hui, je n'ai pas changé tant que cela. Je ne vole plus et je n'arnaque plus parce que je n'en ai plus besoin. C'est l'unique raison.

— Est-ce que tu espères une seule seconde que je vais te croire, Jonah ? Tu peux toujours jouer les durs, me décocher des regards courroucés ou faire de l'humour. Au fond, tu as le cœur tendre. Tu es même un véritable saint-bernard.

Jonah la dévisagea avec stupeur et elle ne put s'empêcher de sourire. Se levant, elle alla chercher une bouteille de vin blanc dans le réfrigérateur et l'ouvrit avant de se servir un verre.

— Crois-tu que je n'ai pas effectué des recherches sur ton compte ? Que je n'ai pas enquêté sur tes amis ? Tu attires à toi tous ceux qui sont meurtris par la vie et tu les prends sous ton aile. Tu as tiré Frannie de la rue, tu lui as donné un emploi et une dignité. Tu as payé les dettes de jeu de Will avant qu'on ne lui explose les deux genoux en guise de représailles et tu lui as donné un travail, à lui aussi.

— Ce sont des amis d'enfance, protesta Jonah.

— Soit ! Mais ce n'est pas le cas de Beth. Pourtant, à chaque Noël, tu offrais des cadeaux à ses enfants lorsqu'elle n'avait pas assez d'argent pour le faire. Ensuite, il y a Maury, l'un de tes chefs cuisiniers : tu lui as prêté une somme d'argent très importante parce que sa mère était malade et qu'il avait besoin de lui payer une infirmière.

— Ça suffit ! s'exclama Jonah en rougissant.

Ally secoua la tête et, après avoir avalé une gorgée de vin, reprit son énumération.

— Tu as également payé deux mois d'université à Sherry, une serveuse qui ne travaille même plus chez toi, lorsqu'elle s'est retrouvée à court d'argent. Et Peter, le barman ? Qui lui a payé une nouvelle voiture lorsqu'il s'est fait emboutir par un type qui n'avait pas d'assurance ? Je crois bien que c'est encore toi…

— Qu'est-ce que cela prouve ? demanda Jonah. J'ai de l'argent et j'investis dans les hommes. C'est une façon de m'assurer leur fidélité.

— Tu crois vraiment que je vais croire des âneries pareilles ?

— Tu commences à m'exaspérer sérieusement, Ally ! s'exclama-t-il, partagé entre la colère et l'embarras.

— Oh, vraiment ? s'exclama-t-elle, provocante. Eh bien, vas-y, joue les durs, fais-moi taire de force, si tu en es capable !

— Fais attention à ce que tu dis, la menaça-t-il sans grande conviction.

— Je crois que je tremble de peur, répliqua-t-elle en riant.

— Un mot de plus et je te jure que je te fais ravaler tes railleries, dit-il en se levant brusquement.

Elle s'approcha de lui et se pressa contre son corps, effleurant son torse du bout des doigts.

— Tu n'y peux rien, Jonah, souffla-t-elle, tu es un grand sentimental.

La repoussant, il se dirigea vers la porte de la cuisine.

— Où vas-tu ?

— Enfiler une chemise. Il est inutile de poursuivre cette conversation.

— Très bien. Mets une chemise pour que j'aie le plaisir de la déchirer. J'ai un faible pour les hommes blessés qui jouent les durs mais sont aussi tendres que de la guimauve.

En riant, elle se jeta sur lui et se jucha sur son dos, manquant le renverser.

— Je suis folle de toi, Blackhawk !

— Fiche le camp ! s'exclama-t-il. Va arrêter quelqu'un ou

faire je ne sais quoi d'autre. Je crois que j'ai eu mon compte de flics pour la journée !

— Allons, nous savons pertinemment tous les deux que tu n'en auras jamais assez de moi, répondit-elle en lui mordillant le lobe de l'oreille. Ose seulement dire le contraire…

Jonah avisa alors l'impact de la balle sur le sol du bar dans lequel ils venaient de pénétrer. Et il se souvint brusquement qu'il avait failli la perdre. Incapable de résister à l'émotion qui lui serrait la gorge, il força Ally à descendre de son dos et la serra contre lui, l'embrassant avec une passion qui confinait au désespoir.

— Voilà qui est mieux, Jonah, remarqua-t-elle, haletante, lorsqu'il la laissa enfin respirer. Maintenant, fais-moi l'amour.

La soulevant de terre, il la porta jusqu'à l'une des profondes banquettes qui se trouvait non loin de là et l'y déposa précautionneusement avant de se serrer contre elle, noyant dans son odeur les images insupportables qui l'assaillaient. Il avait besoin de la sentir en vie. Tant qu'elle serait dans ses bras, plus rien d'autre n'aurait d'importance.

Lorsqu'il l'embrassa de nouveau, toute sa colère, toute son angoisse se muèrent brusquement en passion torride, et il entreprit de la déshabiller fébrilement tandis qu'elle faisait de même avec lui. Il voulait se perdre en elle, s'abandonner entièrement à l'amour qu'il ressentait et qu'il ne savait exprimer que par gestes.

Ils firent l'amour très rapidement, presque dans l'urgence, comme pour se prouver qu'ils étaient encore en vie. Et le plaisir les balaya ensemble, emportant avec lui le monde et ses terreurs. Ensuite, ils restèrent longuement nichés l'un contre l'autre, le souffle court et les yeux emplis d'étoiles.

— Serre-moi fort, murmura Ally en pressant son visage contre son épaule.

Mais elle sentit alors le liquide chaud et poisseux qui coulait le long de ses joues et jura.

— Ta blessure s'est rouverte, dit-elle en se dégageant doucement. Je vais refaire le pansement.

— Ce n'est pas la peine, protesta-t-il.

— Mais cela ne prendra qu'une minute.

— Ally, laisse tomber, dit-il en enfilant ses vêtements. Je m'en occuperai tout à l'heure…

La jeune femme perçut une certaine froideur dans sa voix et comprit qu'il avait déjà repris de la distance.

— Rhabille-toi, dit-il en lui tendant ses habits froissés.

En silence, elle s'exécuta.

— Je pense vraiment que nous devrions poursuivre notre conversation de tout à l'heure. Tu ne m'as toujours pas dit ce que tu voulais…

— Ce n'est pas grave, répondit froidement Jonah.

Malgré elle, la jeune femme sentit de grosses larmes rouler le long de son visage.

— Ally, je t'en prie, ne pleure pas, supplia Jonah d'une voix incertaine.

— Je suis surprise que tu ne me dises pas que tu n'en vaux pas la peine, remarqua-t-elle, furieuse contre lui et contre elle-même.

Très doucement, il essuya ses pleurs et le sang qui maculait son visage.

— Ne pleure pas, répéta-t-il.

— Espèce d'imbécile ! s'exclama-t-elle en reniflant.

Elle lui décocha un violent coup de poing dans la poitrine qu'il encaissa sans broncher.

— Tu es amoureux de moi, dit-elle. Mais tu refuses de l'admettre. Cela ne fait pas de toi un dur mais un être sans cœur !

— Mais tu ne m'écoutais pas, protesta Jonah.

— Et toi non plus. Comme ça, nous sommes à égalité.

— Eh bien, écoute-moi, maintenant. Nous n'avons rien en commun, toi et moi...

— Espèce de salaud ! Si tu comptes me parler d'argent, je te gifle.

— Je ne parle pas d'argent, répondit Jonah en haussant les épaules. Je suis sûr que j'en ai plus que toi. Je ne te parle même pas de nos enfances respectives, si différentes soient-elles. Je te parle de ta famille : tu as des racines, des liens émotionnels qui te relient à un tas de gens, un passé dont tu es fière... Je n'ai rien de tout cela.

— C'est faux. Tu as une famille : Frannie, Will, Beth, mon père... Tous comptent autant à tes yeux que mes tantes, mes cousins ou mes neveux... Mais je vois ce que tu veux dire : tu penses peut-être qu'une fille comme moi devrait épouser quelqu'un de bien, quelqu'un qui vient d'une bonne famille et pratique une profession aussi honorable que celle de banquier, d'avocat ou de médecin ?

— Plus ou moins...

— C'est intéressant. C'est logique. D'ailleurs, il se trouve que je connais justement un type qui remplit toutes ces conditions, le parti parfait, en somme. Il se nomme Dennis Overton. Tu te souviens de lui, j'en suis sûre. Franchement, j'ai déjà donné...

Ally finit de boutonner son chemisier et regarda Jonah dans les yeux.

— Il est inutile de te trouver des excuses aussi minables si tu n'as pas le cran de m'avouer ce que tu ressens pour moi, Blackhawk. Maintenant, cette enquête étant close, je crois que je vais rentrer... A un de ces jours !

Se détournant, elle se dirigea vers la porte mais Jonah fut plus rapide et lui bloqua le passage.

— Tu ne partiras pas d'ici tant que nous n'aurons pas terminé de parler, dit-il.

— Je t'ai dit tout ce que j'avais à te dire.

— Moi pas. Alors tais-toi et écoute.

— Si tu me dis encore une fois de me taire, je…

Il ne la laissa pas finir, l'embrassant presque avec violence.

— Si tu crois que c'est facile, dit-il enfin. Je n'ai jamais été amoureux auparavant…

Malgré elle, Ally sentit son cœur battre plus fort. Pourtant, elle s'efforça de rester impassible.

— D'accord, dit-elle. Je t'écoute.

— Je crois que j'ai perdu la tête dès le moment où je t'ai vue entrer dans le bureau de ton père. Et depuis, les choses n'ont fait qu'empirer…

— Jusque-là, ça me plaît. Continue…

— Tu vois ? Ce genre d'attitude aurait sans doute le don d'exaspérer n'importe qui.

— Mais pas toi. C'est l'une des choses qui te plaît chez moi.

— Apparemment, soupira-t-il. Tout ce que je sais, Ally, c'est que je t'aime. Voilà, c'est tout.

— C'est tout ? Est-ce que tu n'es pas censé en tirer des conclusions plus concrètes, me faire des propositions ?

— Très bien. Installe-toi ici et vis avec moi.

— Un accès permanent au sauna et à la salle de gym ? Ça marche !

Jonah se détendit brusquement et éclata de rire.

— Qu'est-ce que tu me proposes encore ? demanda-t-elle avec aplomb.

— Personne ne t'aimera comme moi, je te le promets. En fait, je pense que personne ne pourrait s'entendre avec toi plus d'une journée d'affilée. Mais moi, si.

— J'en ai autant à ton service. Mais cela ne suffit pas.

— Mais qu'est-ce que tu veux d'autre ? s'exclama Jonah, stupéfait.

— Je veux que tu m'épouses.

— Tu le penses vraiment ? demanda-t-il, interdit.

— Je dis toujours ce que je pense, au cas où tu ne l'aurais pas remarqué, répondit-elle. Bien sûr, je pourrais te le demander moi-même mais étant donné que tu es le genre d'homme à ouvrir les portes aux femmes et à acheter des cadeaux aux enfants pour Noël…

— Oublie cette histoire, tu veux bien…

— D'accord. Disons donc que tu es un homme attaché aux conventions. Alors je pensais que tu tiendrais à faire la demande toi-même.

— Bon sang, Ally. Nous sommes dans un bar en plein milieu de la nuit et, de but en blanc, tu me demandes de te demander de t'épouser. Je ne vois pas ce que cela a de très conventionnel.

— Moi, ça me convient parfaitement.

— Moi aussi. Mais je veux d'abord que tu me dises ce que tu ressens pour moi.

— Je t'aime, Jonah, répondit gravement Ally. Je t'aime comme je n'ai jamais aimé personne avant toi.

— Tu m'aimes, je t'aime. C'est un bon début… Marions-nous et nous verrons bien où cela nous mènera…

Épilogue

Avec un hurlement de rage, Ally se leva du canapé :

— Corner ? Mais la balle n'est même pas sortie ! Cet arbitre est nul !

Au lieu de décocher un coup de pied dans la télévision comme elle le faisait parfois, elle décocha une série de coups de poing dans l'épaule de Jonah.

— Tu es énervée parce que ton équipe perd et que tu vas me devoir un dîner, dit-il en riant.

— Pas du tout ! répliqua-t-elle avec aplomb. Mon équipe ne perdra pas, même si l'arbitre est aveugle ou corrompu. Et dois-je te rappeler que ce pari était illégal ? Tu n'as pas de licence pour être bookmaker.

Jonah haussa un sourcil et détailla le peignoir sous lequel elle était nue.

— Tu n'as pas ton badge, remarqua-t-il. Tu ne peux donc pas m'arrêter…

— Rappelle-toi, Jonah, qu'au propre ou au figuré, je porte *toujours* mon badge. Dis-moi, reprit-elle, brusquement prise d'un doute, tu n'aurais pas regardé l'enregistrement du match en cachette avant de prendre le pari, par hasard ?

— Certainement pas ! protesta-t-il.

— Tu ne connaissais pas le résultat, tu en es bien sûr ?

— Promis, juré !

Le regard malicieux de Jonah ne lui disait rien de bon. Ils avaient enregistré le match de football le lundi précédent, se promettant de ne pas le visionner avant le week-end.

— Je ne te fais pas confiance. Tu as toujours été un tricheur !

— Eh ! s'exclama Jonah. Nous avons passé un marché et je ne reviens jamais sur ma parole.

Il appuya sur la touche pause de la télécommande et caressa doucement la cuisse de la jeune femme.

— Dis-moi, puisque tu es debout, tu pourrais peut-être en profiter pour remplir nos verres.

— Je l'ai déjà fait la dernière fois.

— C'est parce que tu étais déjà debout. Si tu restais tranquillement assise à regarder le match, tu ne te ferais pas piéger à chaque fois.

— D'accord, soupira-t-elle en ramassant leurs verres. Mais ne t'avise pas de regarder la suite sans moi.

— Je n'oserais pas.

Ally se dirigea vers la cuisine. Il lui arrivait parfois de regretter l'appartement de Jonah au-dessus du Blackhawk. Mais leur nouvelle maison leur convenait parfaitement. Comme leur mariage, d'ailleurs, songeait-elle en remplissant leurs verres de bière. En dix-huit mois, leur vie à tous deux avait radicalement changé et chaque jour qui passait était plus heureux encore que la veille. Ils étaient en train de construire quelque chose de mystérieux, de beau et de solide, quelque chose dont ils pourraient être fiers et qui n'appartiendrait qu'à eux.

Revenant dans le salon, elle fut surprise de le trouver désert. Mais elle devina aussitôt où elle trouverait Jonah. Posant les verres, elle traversa la maison jusqu'à leur chambre. Poussant la porte, elle découvrit une scène qui fit battre son cœur un peu plus vite. Debout dans le clair de lune qui filtrait à travers la fenêtre, Jonah berçait doucement leur enfant. Rayonnante, la jeune femme se sentit envahie d'un immense amour.

— Tu l'as réveillée, lui reprocha-t-elle gentiment.

— Elle l'était déjà, mentit-il sans vergogne.

— Tu l'as réveillée parce que tu ne peux pas te passer d'elle.

— Et pourquoi pas ? dit-il en déposant un léger baiser sur le front de sa fille. Elle est à moi, non ?

— Il suffit de regarder ses yeux pour s'en rendre compte, dit Ally avec tendresse.

Jonah observa le petit visage du bébé qui le fixait de ses immenses yeux noirs, et sourit. L'idée avait quelque chose d'exaltant parce qu'il signifiait qu'à travers Sarah, ses yeux verraient le monde d'une tout autre façon qu'à travers lui. Ils sauraient discerner la joie et le bonheur auxquels il avait été si longtemps aveugle.

— Est-ce qu'elle a faim ? demanda Ally en s'approchant d'eux.

— Non, répondit Jonah avec un sourire. C'est une créature de la nuit, comme ses parents.

Tournant la tête, il embrassa Ally — sa femme — songeant qu'il ne s'était jamais senti aussi bien qu'en cet instant. Sentant Sarah bouger contre sa poitrine, il la tendit à Ally qui la prit délicatement contre son épaule.

La jeune femme avait été stupéfaite par la facilité avec laquelle Jonah s'était coulé dans son nouveau rôle de père. Peut-être fallait-il y voir l'influence de Boyd ?

— Je crois qu'il serait temps de faire son éducation sportive, dit Jonah.

— Elle risque de s'endormir devant la télévision, remarqua Ally.

— Toi aussi, à mon avis.

— Dans ce cas, je te propose un marché : je la garde jusqu'à la mi-temps et ensuite, c'est ton tour.

— Marché conclu, répondit Jonah.

Main dans la main, ils retournèrent dans le salon, conscients qu'ils vivaient les moments les plus heureux de leur existence.

Le 1er mai

Dans l'œil du tueur - Gayle Wilson • N°286

Depuis qu'elle a participé, comme psychologue, à un entretien télévisé sur un tueur en série, Jenna vit dans l'angoisse. Tout le monde a cru qu'elle avait de la compassion pour l'assassin qui sévit à Birmingham. Or l'homme est cruel et vaniteux. Il jubile de l'intérêt que lui portent la presse et la police. Et il a vu Jenna parler de lui à la télévision... Sans le savoir, elle est devenue la prochaine victime sur sa liste...

Les bois meurtriers - Ginna Gray • N°287

Le tueur en série qui sévit à Mears, dans le Colorado, viole ses proies puis les laisse s'enfuir dans la forêt, pour les traquer sans pitié et les abattre de son fusil... Il a déjà fait plusieurs victimes lorsque l'inspectrice Casey O'Toole s'empare de l'affaire, et les pistes sont rares. Deux points communs rapprochent les femmes abattues : chacune a, comme Casey, les cheveux d'un roux flamboyant. Et elles ont toutes consulté le même chirurgien esthétique, le trop séduisant Mark Adams...

Noire vengeance - Maggie Shayne • N°288

Beth a tout perdu il y a 18 ans, lors d'une nuit sanglante. Elle est alors membre d'une secte dirigée par Mordicai Young, un homme fascinant, aux dons de medium. Mais la secte est détruite par les flammes... Beth ne veut plus jamais vivre ce cauchemar. Elle a changé de vie. Et reste sur la défensive. Car Mordicai cherche à la retrouver pour se venger. Elle doit se soumettre à son pouvoir et lui donner un héritier, à qui il pourra transmettre ses pouvoirs visionnaires...

Secret mortel - Laurie Breton • N°289

Fuir. Robin doit fuir tant qu'il en est temps. Elle possède de dangereux documents qui compromettent Luke Brogan, le policier le plus influent de la ville. Et cet homme sans scrupules est prêt à tout pour récupérer ces pièces à conviction. Elle doit disparaître. Changer de vie. Dorénavant,

Robin s'appellera Annie, et tiendra un motel à l'autre bout du pays. Mais la traque n'est pas finie, et le moindre indice peut remettre Luke Brogan sur ses traces...

L'héritière des Highlands - Fiona Hood-Stewart • N°290

Devenue l'héritière du grandiose domaine familial de Dunbar, India prend subitement conscience de son attachement viscéral à cette vieille demeure, plantée au cœur des terres écossaises. Mais pourra-t-elle la conserver ? Un riche entrepreneur, Jack Buchanan, est tombé sous le charme de la propriété... et tente par tous les moyens de séduire la jeune femme accablée de solitude. L'heure est venue pour India de retrouver ses racines. Des racines qui vont chercher loin dans la terre de ses ancêtres, et jusque dans l'âme de Dunbar.

Le blason et le lys - Joan Wolf • N°291

Le jour des noces, le soleil ne se montra pas. Le ciel plombé semblait au diapason des sentiments d'Eleanor de Bonville alors qu'elle pénétrait dans la cathédrale. Mon Dieu, pourquoi avait-il fallu que sa soeur aînée meure à la veille de son mariage et qu'on la contraigne à prendre sa place ? Du coin de l'œil, Eleanor observa son promis. Lord Roger de Roche, comte du Wiltshire, semblait en proie à une insoutenable tension. Qui eût pu l'en blâmer ? De toute évidence, il n'était pas plus heureux qu'elle de cette union forcée... Oppressée, elle s'entendit prononcer le « oui » fatidique qui scellait son destin...

Le prédateur - Lynn Erickson • N°68 *(réédition)*

Si Anna Dunning n'est pas femme à perdre son sang-froid, les appels téléphoniques obscènes qu'elle reçoit depuis quelque temps la minent cependant à petit feu. Elle finit par accepter une protection rapprochée... pour le regretter aussitôt : la présence constante à ses côtés d'un ancien flic accusé de falsification de preuves dans une affaire de meurtre et rongé par l'amertume ne fait qu'ajouter à sa nervosité. Une nervosité qui croît, à mesure que le mystérieux pervers se révèle plus insaisissable qu'une ombre...

ABONNEMENT...ABONNEMENT...ABONNEMENT...

Oui, je désire profiter de votre offre exceptionnelle. J'ai bien noté que je recevrai d'abord gratuitement un colis de 2 romans* ainsi que 2 cadeaux. Ensuite, je recevrai un colis payant de romans inédits régulièrement.

Je choisis la collection que je souhaite recevoir :

(☑ cochez la case de votre choix)

- ☐ **AZUR** : Z7ZF56
- ☐ **BLANCHE** : B7ZF53
- ☐ **LES HISTORIQUES** : H7ZF53
- ☐ **AUDACE** : U7ZF52
- ☐ **HORIZON** : O7ZF54
- ☐ **BEST-SELLERS** : E7ZF53
- ☐ **MIRA** : M7ZF52
- ☐ **JADE** : J7ZF52
- ☐ **PRELUD'** : A7ZF54
- ☐ **PASSIONS** : R7ZF53
- ☐ **BLACK ROSE** : I7ZF53

*sauf pour les collections Jade et Mira = 1 livre gratuit.

Renvoyez ce bon à : Service Lectrices HARLEQUIN
BP 20008 - 59718 LILLE CEDEX 9.

N° d'abonnée Harlequin (si vous en avez un) ⊔⊔⊔⊔⊔⊔⊔⊔

Mme ☐ Mlle ☐ NOM ________________

Prénom ________________

Adresse ________________

Code Postal ⊔⊔⊔⊔⊔ Ville ________________

Le Service Lectrices est à votre écoute au 01.45.82.44.26
du lundi au jeudi de 9h à 17h et le vendredi de 9h à 15h.

Conformément à la loi Informatique et Libertés du 6 janvier 1978, vous disposez d'un droit d'accès et de rectification aux données personnelles vous concernant. Vos réponses sont indispensables pour mieux vous servir. Par notre intermédiaire, vous pouvez être amené à recevoir des propositions d'autres entreprises. Si vous ne le souhaitez pas, il vous suffit de nous écrire en nous indiquant vos nom, prénom, adresse et si possible votre référence client. Vous recevrez votre commande environ 20 jours après réception de ce bon. Date limite : 31 décembre 2007.

Offre réservée à la France métropolitaine, soumise à acceptation et limitée à 2 collections par foyer.

Composé et édité par les
éditions Harlequin
Achevé d'imprimer en avril 2007

BUSSIÈRE
GROUPE CPI

à Saint-Amand-Montrond (Cher)
Dépôt légal : mai 2007
N° d'imprimeur : 70331 — N° d'éditeur : 12801

Imprimé en France